陽炎の市《まち》

ドン・ウィンズロウ
田口俊樹 訳

CITY OF DREAMS
BY DON WINSLOW
TRANSLATION BY TOSHIKI TAGUCHI

ハーパーBOOKS

CITY OF DREAMS
BY DON WINSLOW

Published by K.K. HarperCollins Japan, 2023

ご教示いただいた方々へ。
あなた方なくしてこの本が書かれることはなかった。
もちろん読まれることも。

陽炎の市《まち》

おもな登場人物

ダニー・ライアン――――――――アイルランド系マフィアの一員
ジミー・マックニーズ（マック）――ダニーの親友
ケヴィン・クームズ／ショーン・サウス―ダニーの配下。通称アルター・ボーイズ
マーティ・ライアン―――――――ダニーの父親
ネッド・イーガン――――――――マーティの友人
バーニー・ヒューズ―――――――ダニーの金庫番
テリ――――――――――――――ダニーの妻。故人
イアン―――――――――――――ダニーとテリの息子
マデリーン・マッケイ――――――ダニーの母親
ジョン・マーフィ――――――――アイルランド系マフィアのドン
キャシー――――――――――――ジョンの娘。テリの姉
パット／リアム―――――――――ジョンの長男と次男。故人
ピーター・モレッティ――――――イタリア系マフィアのドン
ポーリー――――――――――――ピーターの弟
ヴィニー・カルフォ―――――――ピーターの相談役

クリス・パルンボ――――ピーターの元相談役
フランキー・V――――ピーターの元配下
シーリア――――ピーターの妻
パム――――ポーリーの妻
パスコ・フェリ――――イタリア系マフィアの長老
ビル・キャラハン――――FBI支局長
レジー・モネタ――――FBI本部の上級捜査官
ブレント・ハリス――――麻薬取締局の捜査官
エヴァン・ペナー――――ジョージタウン大学教授。元CIA長官
ボビー・モラン――――〈グロッカ・モーラ〉のバーテンダー
スーザン・ホルト――――撮影所所長
ミッチェル(ミッチ)・アプスベルガー――映画監督
ダイアン・カーソン――――ハリウッドの女優
ネト・バルデス――――麻薬密売人
ドミンゴ・アバルカ――――メキシコ麻薬カルテルのボス。通称ポパイ

人物相関図

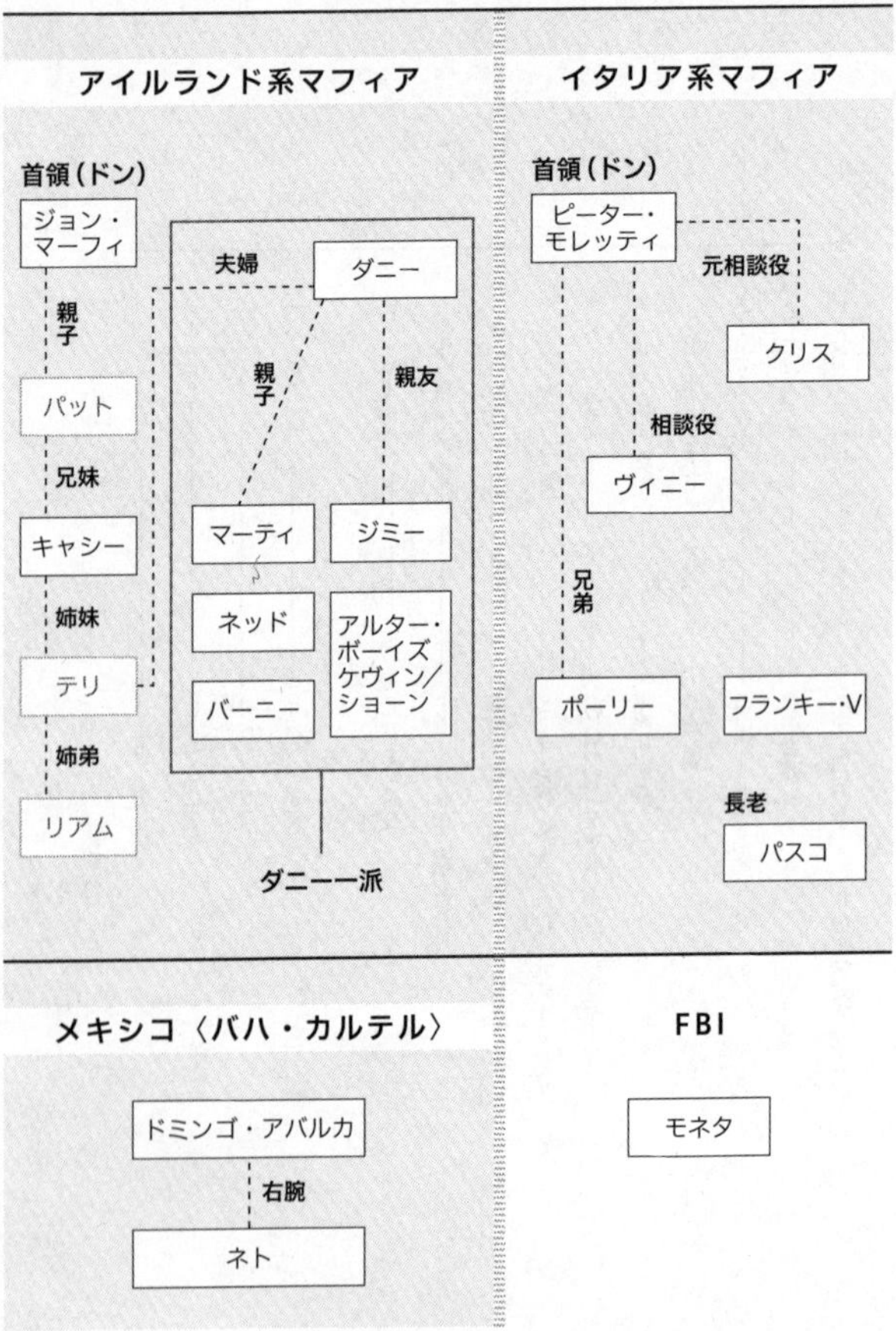

アイルランド系マフィア
首領（ドン）
ジョン・マーフィ
親子
パット
兄妹
キャシー
姉妹
テリ
姉弟
リアム
夫婦
ダニー
親子
親友
マーティ
ジミー
ネッド
アルター・ボーイズ ケヴィン／ショーン
バーニー
ダニー一派
イタリア系マフィア
首領（ドン）
ピーター・モレッティ
元相談役
クリス
相談役
ヴィニー
兄弟
ポーリー
フランキー・V
長老
パスコ
メキシコ〈バハ・カルテル〉
ドミンゴ・アバルカ
右腕
ネト
FBI
モネタ

戦《いくさ》とひとりの男の歌を私は歌う
運命によって流れ着いた英雄の歌を……
――ウェルギリウス『アエネーイス』第一巻

プロローグ　夜明け

一九九一年四月、カリフォルニア州アンザ・ボレゴ砂漠

ようやく夜が明けようとしている、明けの明星が昇り……

　　――ウェルギリウス『アエネーイス』第二巻

ダニーは全員殺すべきだった。

今はそれがダニーにもわかる。

そんなことは初めから当然わかっていなければならなかった――四千万ドルもの現金を強奪したのだから、追ってこられないように殺しておくべきだった。

金を奪うなら、命も奪うべきだった。

しかし、それができないのがダニー・ライアンという男だ。

昔からそれが彼の弱点だった――今でもまだ神を信じている。天国やら地獄やらそういうおめでたいたわごとのすべてを。確かに、過去には何人か殺したことがある。が、いずれも殺《や》らなければこっちが殺られるような状況だった。

今回の強盗はそうではなかった。相手は全員結束バンドで縛られて床や地面に転がっていた。抵抗もできない相手の頭に、ダニーの仲間《ファミリー》たちは背後から弾丸《たま》をぶち込みたがった。

彼らの言う〝処刑スタイル〟で。

「逆の立場だったら、やつらはそうする」とケヴィン・クームズは言った。

ああ、確かにそうするだろう、とダニーは思った。

悪名高いポパイ・アバルカは、盗みを働いた当人だけでなくその家族《ファミリー》を皆殺しにすることで知られている。それはダニー自身、ポパイの右腕から言われたことだ。その男は床から彼を見上げ、笑みを浮かべて言った。「おまえもおまえの家族《ファミリー》もみんな死ぬ《ムエルテ》。時間をかけて、ゆっくりとな」

おれたちが来たのは金のためだ、虐殺のためじゃない、とダニーは思った。古い人生とは一切縁を切り、新しい人生を始めるための数千万ドルの金のためだと。

殺し合いには終止符を打たなければならない。

だから彼は金を奪い、命は奪わなかった。

今となっては、それがまちがいだったことがよくわかる。

膝をついているダニーの頭に銃口が突きつけられている。ほかの仲間は手も足も縛られて柱にくくりつけられ、訴えかけるような眼に恐怖の色を浮かべて、ダニーを見下ろしている。

夜明けの砂漠の空気は冷たく、砂の上にひざまずいてダニーは震えている。太陽が昇りはじめ、月はもはや薄れゆく記憶と化す。まるで夢のようだ。もしかしたら、人生は夢なのかもしれない、とダニーは思う。

あるいは悪夢か。

なぜなら、人は夢の中でも犯した罪の報いを受けるからだ。

清々《すがすが》しく凛《りん》とした外気を刺激臭が切り裂く。

ガソリンのにおい。

声が聞こえてくる。「おまえの仲間が生きたまま焼かれるのを見物させてやろう。おまえはその次だ」

なるほど、これがおれの死にざまか。

夢は薄れ、
長かった夜も終わり、
夜明けが始まる。

第一部

見捨てられた地で

ロードアイランド州
1988年12月

……追放された今、いずこかの見捨てられた地に
住処《すみか》となる土地を探す……

——ウェルギリウス『アエネーイス』第三巻

1

夜明けまもなく、彼らは発《た》つ。
冷たい北東の風——ほかにどんな風がある？——がまるで彼らを追い立てるかのように海から吹いてくる。ダニーと彼の家族——かろうじて残った者だけ——が乗った車のあとに仲間たちの車が続く。難民輸送団みたいにならないように間隔を空《あ》けて。
ダニーの年老いた父、マーティが歌っている——

さらば、プリンス桟橋《さんばし》
さらば、マージー川
おれはカリフォルニアをめざしてる……

どこに向かっているのかはダニーにもわからない。ただ、急いでロードアイランドから出なくてはならないことだけはわかっている。

悲しいのは、リヴァプールを去ることじゃない……

彼らが去るのはリヴァプールではなく、プロヴィデンスだ。できるだけ遠くへ行かなければならない。イタリア系マフィアのモレッティ・ファミリーからも、市警察からも、州警察からも、FBIからも……つまり誰からも遠くへ逃れなければならない。

戦争に敗《やぶ》れた者の宿命だ。

ダニーは喪《も》にも服せない。

妻のテリが数時間まえに死んだばかりなのに。容赦なくゆっくりと忍び寄ってくる嵐のように、癌は彼女をさらっていった。しかし、悲しんでいる時間はない。後部座席で眠っている一歳半になる息子のためにも。

愛する女《ひと》を思うたび……

ミサが開かれるだろう、とダニーは思う。葬儀も通夜も。ただ、そこにおれはいない。警察にもFBIにも捕まらなかったとしても、戻ったらモレッティ・ファミリーに捕まる。そんなことになれば、イアンは両親のいない子になってしまう。

祖父のやかましい歌声も気にならないのか、幼い息子は眠りつづけている。可笑《おか》しなものだが、この古いアイルランドの歌が子守歌になっているのかもしれない。

もう少しこのまま眠らせておこう。

もう二度と母親に会えないことはどうやって伝えればいい？　「ママは神さまと一緒にいるんだよ」とでも言えばいいのか？

もしそんなことを信じているなら。

自分がまだそう信じているのかどうか、ダニーにはわからない。

もし神がほんとうにいるのなら、おれが犯した罪の償《つぐな》いを妻と幼い息子にさせるとは、神もずいぶんと非情で執念深い。イエス・キリストは、おれの罪のために死んでくれたものと思っていたのに。少なくとも修道女はそう言っていた。おれはそう言われて育った。

もしかしたらおれの罪は、キリストのクレジットカード限度額を超えていたのかもしれない。

おまえは強盗を働き、人を殴り倒してきた。さらに三人の人間を殺した。最後の死体は、一、二時間まえに凍える海辺に置いてきた。が、最初におまえを殺そうとしたのはあっちのほうだ。

そのことは覚えておくことだ。おまえを殺そうとしたその男が死んだことに変わりはないが。おまえが殺したことにちがいはないが。言い逃れはできないが。

おまえはヤクの売人だ。十キロものヘロインを街中で売りさばこうとした売人だ。初めからあんなものには手を触れなければよかったのだ。ダニーはそのことを深く後悔している。

それくらいの分別は持っていたはずなのに。車を運転しながら今、改めて思う。弁解したければすればいい——生き残るためにはしかたなかったんだとか、息子のためだったんだとか、もっとまともな暮らしをするためだったんだとか、これからなんとかして埋め合わせをするつもりだとか——それでも実際にやってしまったことを〝無〟に戻すことはできない。

まちがったことだという自覚はあった。すでに悪と苦しみに満ちている世界に、さらに悪と苦しみをもたらすのはどう考えてもまちがったことだ。しかもあのときには、癌に命を奪われようとしていた妻の腕にも管を通して、同じものが流れ込んでいるのを目《ま》のあたりにしていたのに。

そんなことをして手に入れる金はそもそも血にまみれている。だから、汚れた捜査官を殺す少しまえ、ダニー・ライアンは二百万ドル相当のヘロインを海に投げ捨てたのだ。

戦争のきっかけはひとりの女だ。

少なくともほとんどの人間はそう思っている。パムのせいだと。

彼女が海から上がり、女神のような姿で砂浜に立ったあの日、ダニーもその場にいた。そのときにはまだ誰もこの氷の乙女のような白人の女が、ポーリー・モレッティの恋人だとは知らなかった。彼が彼女のことを本気で愛していたことも。

もっとも、リアム・マーフィがそのことを知っていたとしても、気にもとめなかっただろうが。

そもそも、リアムが気づかうのは自分だけだ。だからリアムはただこう思った――こんなに美しい女はおれみたいに美しい男と一緒にいるべきだ、と。だから彼は自分が自分でいることへのトロフィーのように、彼女を自分のものにしたのだった。

一方、パムはどうしたか。

パムがリアムの中に何を見たのか、どうしてリアムから離れようとしなかったのか、ダニーには最後まで理解できなかった。パムのことはずっと気に入っていた。賢くて、可笑しくて、人のことを気づかっているようにも見えた。

しかし、ポーリーにはパムを失ったことが耐えられなかった。ましてやアイルランド系の色男に寝取られるなど。

それまでアイルランド系とイタリア系は諍《いさか》うことなく共存していた。何世代にもわたって同盟関係を築き上げていた。ダニーの実父マーティ――ありがたいことに、今は歌うかわりにいびきをかいて寝ている――はそんな同盟関係を築き上げたひとりだ。アイルランド系は波止場を支配し、イタリア系は賭場を支配し、組合も両方で分かち合っていた。彼らは力を合わせてニューイングランドを仕切っていた。ビーチで開かれたパーティでリアムがパムにちょっかいを出したときにも、双方がその場にいた。

四十年にも及ぶ良好な関係がその一夜にあっさり崩れ去った。

イタリア系の数人がリアムを半殺しにした。

そんなリアムをパムが病院に見舞い、そして彼と一緒に病院を出た。

かくして戦いの火蓋《ひぶた》が切られた。

そう、確かにたいていの人間がパムのせいにする。しかし、ダニーにはわかっている。ピーター・モレッティは何年もまえから波止場を狙っており、弟が恥をかかされたことを口実にしただけのことだ。

それも今となってはどうでもいい。

何が原因で戦争が始まったにしろ、もう終わったのだから。

ダニーたちは負けた。

失ったのは波止場と組合だけではなかった。

もっと個人的なものも失った。

ダニーはマーフィ家の人間ではない。アイルランド系マフィアを束ねていたマーフィ・

ファミリーの娘と結婚しただけのことだ。彼は一兵卒にすぎず、ジョン・マーフィとふたりの息子たち――パットとリアム――が組織を取り仕切っていた。しかし、そのジョンも今はＦＢＩに拘束され、ヘロイン売買の罪で終身刑に処せられるのを待っている。

リアムは死んだ。ダニーが殺した捜査官に撃ち殺された。

ダニーの親友のパット――義兄にあたるが、ほんとうの兄弟のようなパット――も殺された。車に轢《ひ》かれ、道路を引きずりまわされ、本人だと判別できないほど変わり果てた姿になった。

ダニーの心は引き裂かれた。

テリは……

彼女を殺したのは戦争ではない。少なくとも戦争に直接殺されたわけではない。ただ、癌が見つかったのは彼女の愛する兄パットが殺されたすぐあとのことだった。それが始まりではないかとダニーは時々思う。まるで嘆きが心臓《ハート》から浸み出し、胸に広がっていったのではないかと。

ああ、おれはどんなにテリを愛していたか！

男たちの多くが破目《はめ》をはずし、愛人をつくるような世の中で、ダニーは浮気など一切しなかった。ゴールデン・レトリーヴァー並みに忠実だった。ダニーが決して自分を裏切らないことを知っているので、彼女はそんな彼をからかった。

パムが初めて姿を見せたあの日、彼女はダニーとともに砂浜に寝転がっていた。海から上がってきたパムの肌は太陽と塩できらきらと光っていた。そんなパムにダニーの視線が釘づけになっているのを見て、テリは彼を肘で小突いた。ふたりはそのあとレンタルのコテージに戻り、熱い愛を交わしたのだった。

彼らのセックス――ふたりともカトリックであり、彼女がパットの妹だったため、ダニーは婚約するまではお預けを食らっていたが――はいつも最高だった。だからダニーは妻以外に眼を向ける必要がなかったのだ。彼女が病気になってからでさえ。

彼女が病気になるまえはなおさら。

今、彼はモルヒネによる最期の昏睡状態にはいるまえの彼女の最後のことばを思い出す。

「あの子のことは頼んだわよ」

「ああ、わかった」

「約束よ」

「ああ」と彼は言った。「約束する」

インターステート九五号線に乗ってニューヘイヴンを通過していると、家々に飾られている大きなクリスマス・リースがダニーの眼に飛び込んでくる。窓には赤と緑のライトが輝いている。まわりにオフィスビルが建ち並ぶ広場からは、巨大なクリスマスツリーの先端が突き出ているのが見える。

クリスマスか、とダニーは思う。

くそメリー・くそクリスマス。

ヘロインの白さにかけたリアムのくだらないジョークもすっかり忘れていた――〝アイム・ドリーミング・オヴ・ア・ホワイト・クリスマス〟。あと数日でクリスマス。だからなんなんだ？　イアンはまだ小さすぎてわからない。来年になったら……もし来年が来るのなら。

そういうことなら、今けりをつけよう。

先延ばししたところで、逃亡の時間稼ぎができるわけでもない。

ダニーはブリッジポート市で高速道路を降りると、東に向かう道を通って海に出る。ロングアイランド海峡かもしれない。小さなビーチの未舗装の駐車場に車を乗り入れる。

何分かすると、次々に仲間の車もやってくる。

ダニーは車の外に出てピーコートの襟を立てる。刺すように冷たい冬の空気が心地よい。

ジミー・マックがウィンドウを下げる。幼稚園時代からのこの友人は、年を追うごとに丸くなり、今では洗濯袋のような体つきをしている。しかし、車の運転にかけては、ニューイングランドで彼の右に出る者はいない。ジミーが訊《き》く。「どうした？　なんで高速を降りた？」

早くすませてしまえ、とダニーは思う。単刀直入に言ってしまえ。「ジミー、ヘロインは捨てた」

愛想のいい親しみのあるジミーの顔がショックに引き攣《つ》る。「何を言ってるんだ、ダニー？　あれはおれたちの切り札だったんじゃないのか！　あのヘロインのためにおれたちは命を懸けたんじゃないのか！」

ああ、そうだ、だけど、そもそもあんなものに命を懸けたりするべきじゃなかったんだ、とダニーは思う。

なぜなら、全部仕組まれた罠だったからだ。

端《はな》から。

まずモレッティ・ファミリーの幹部フランキー・Vが、とても断われないような提案を持ちかけてきた。ピーター・モレッティがメキシコ人から四十キロのヘロインを仕入れ、その荷揚げの仕事を任されたのだと言う。ただ、フランキー・Vは内心、その取引きの最中に自分はモレッティ・ファミリーに始末されるのではないか、と疑心暗鬼になっていた。で、ヘロインの強奪計画をダニーに持ち込んだのだ。

ダニーはこれをモレッティに打撃を与えて戦争を終わらせられるチャンスと見た。

だから話に乗った。

結果、彼らは四十キロのヘロイン強奪にあっさり成功した。

いとも簡単に。それが問題だった。

フィリップ・ジャーディンというＦＢＩ捜査官が、イタリア系マフィアと手を組んでいたのだ。彼らの計画は、マーフィ・ファミリーにヘロインを強奪させ、それを奪い返すというもので、それで大部分のヘロインがモレッティの手に戻る。

すべてはおれたちアイルランド系マフィアをつぶすための罠だった。

彼らの計画はまんまと成功し――

おれたちはまんまと引っかかった。

マーフィ側は逮捕され、モレッティ側は麻薬を取り戻した。

ダニーがかすめた分けまえ、ヘロイン十キロを除いて。

それは、ダニーたちにとって最後の命綱、逃亡のために必要な金、ほとぼりが冷めるまで潜伏するための資金だった。

しかし、ダニーはそれを海に捨てた。海の神に与えてしまった。

ジミーにはそんなダニーをただじっと見つめることしかできない。

ネッド・イーガンが近寄ってくる。マーティの長年の用心棒も今はもう五十代。消火栓のような体つきをしているが、消火栓よりもっとタフな男だ。ネッド・イーガンには誰も手は出せない。ふざけて手を出すふりすらできない。彼がこれまでに何人葬ってきたのか、それは誰にもわからない。

マーティは車の中に残っている。寒い外には出てこない。かつては、マーティ・ライアンの名前を聞いただけで大の大人が小便をちびったものだ。が、それははるか昔の話。年老いた今はほとんどいつも酔っぱらっていて、白内障のせいで眼もあまりよく見えていない。

ダニーのところに別のふたりもやってくる。

ひとりはショーン・サウス。ショーンの口にパイプをくわえさせ、妖精レプラコーンの緑の服を着せれば、これ以上ない完璧なアイルランド人が出来上がる。鮮やかな赤毛とそばかすだらけの顔、整った見てくれを見るかぎり、生まれたての子猫のように危なっかしい。しかし、理由さえ与えれば平然と相手の顔を撃ち抜き、そのあと平気な顔でハンバーガーを食べにいくような男だ。

もうひとりはケヴィン・クームズ。ダニーが最初に会ったときから着ている黒い革のジャンパーに両手を突っ込んでいる。ぼさぼさの長い茶色の髪を肩まで伸ばし、三日間剃《そ》っていないような無精《ぶしょう》ひげを生やした姿は、典型的な東海岸のパンクな若造。それに大酒飲みが加わると、これまた完璧なアイルランド系カトリックが出来上がる——つまるところ、アル中の盛り合わせ《コンボ・プレート》の出来上がり。しかし、ことヤバい仕事の担い手となると、ケヴィンほどの適役もない。

ショーンとケヴィンは、ふたり合わせて〝アルター・ボーイズ（ミサの侍者）〟と呼ばれており、自分たちからも好んで〝おれたちは最後の聖体拝領に仕えている〟などとうそぶく。

「こんなところで何してるんだ、ボス？」とショーンが訊く。

「ヘロインは捨てた」とダニーは言う。

ケヴィンは眼をぱちくりさせる。信じることができない。次第に顔が怒りに歪《ゆが》む。「クソ冗談だろ？」

「口を慎め」とネッドが言う。「ボスと話してるんだぞ」

「何百万ドルもの価値があったんだぜ」とケヴィンは言う。

息が酒くさい。

「たとえそのまま持っていたとしても」とダニーは言う。「誰に話を持っていけばいいかもわからなかった」

「リアムに訊けばいい」とケヴィンは言う。

「リアムは死んだ」とダニーは言う。「あんなもの、災いしかもたらさなかった。たぶんおれたちには令状が出てる。もちろんモレッティも捜しまわってるだろう」

「だから金が必要だったんじゃないのか、ダニー」とショーンが言う。

ジミーがつけ加える。「みんなおれたちを追ってる。イタリア系のやつらも、ＦＢＩも

「……」

「わかってる」とダニーは言う。が、ジャーディンは追ってこない。ほかの捜査官はどうかわからないが。しかし、このことをみんなに打ち明けるつもりはない——罪を共有する必要はない、お互いのために。「ヘロインは証拠だった。だから捨てた」

「おれたちにそんな仕打ちができるなんて、信じられない」とケヴィンが言う。

革ジャンパーのポケットの中でケヴィンの手首が少し動く。銃を握っている、とダニーは思う。

もしケヴィンがその気なら、ためらわないだろう。

ショーンも。

彼らは一心同体、アルター・ボーイズだ。

しかし、ダニーの手は動かない。その必要はないからだ。ネッドがすでに銃を構えている。

ケヴィンの頭に向けて。

「ケヴィン」とダニーは言う。「ヤクと一緒におまえまで海に捨てさせないでくれ。必要ならそうするしかない」

一か八かの瀬戸際だ。

どっちに転んでもおかしくない。

そのときケヴィンが笑いだす。天を仰いで叫ぶ。「二百万ドルも海に捨てた？　ＦＢＩがおれたちを追ってる？　イタリア系も？　おれたちは世界じゅうから追われてる？　そいつは傑作だ！　最高だよ！　ボス、おれはあんたについていくよ！　おれはダニー・ライアン一派だ！　ゆりかごから墓場まで！」

ネッドは銃を下げる。

ほんの少しだけ。

ダニーは緊張をゆるめる。ほんの少しだけ。アルター・ボーイズのいいところは、ふたりとも頭がいかれているところだ。逆に悪いところも、頭がいかれているところだが。

「さてと。こんなところで大騒ぎしてる場合じゃない」とダニーは言う。「ばらばらに散らばろう。連絡はバーニー経由で」

バーニー・ヒューズは組織の古くからの金庫番で、ＦＢＩとモレッティから身を守るためにニューハンプシャーに潜伏している――とりあえずしばらくのあいだは。

「わかった、ボス」とショーンが言う。

ケヴィンもうなずく。

彼らはみな自分たちの車に戻り、出発する。

おれたちは難民だ、とダニーは運転しながら思う。

クソ難民。

クソ逃亡者。
クソ追放された者たち。

2

ピーター・モレッティは死ぬほどビビりながら――

クリス・パルンボを待っている。

プロヴィデンスのアトウェルズ通りにある〈アメリカン・ヴェンディング〉のオフィスの椅子に坐り、落ち着きをなくしたウサギのように忙《せわ》しなく、右足でこつこつと床を叩いている。世の母親たちがするようなクリスマスの飾りつけがオフィスの中にも施されている。クリスマス・ホリデーにはいつも弟のポーリーが浮かれるから。実際、今年は最高のクリスマスになるはずだった――ヘロインで大儲けして、アイリッシュの連中も追い出して。壁にはリースや花飾りが掛けられ、部屋の隅に置かれた銀色の大きなつくりもののクリスマスツリーの下には、包装されたプレゼントがいくつも積まれている。毎年恒例のパーティの準備だけは万端だ。

だけど、プレゼントのいくつかは引っ込めたほうがいいかもしれない、とピーターは思う。クリス・パルンボが現われなければモレッティ・ファミリーは破産する。相談役のクリスから最後に連絡があったのは、ダニー・ライアンが隠れ家にしまい込んでいるヘロイン十キロを奪い返しに向かったときだから、あれからもう三時間も経っている。三時間で往復できないような場所は、このロードアイランドには存在しない。

クリスは戻ってこない。連絡すらない。

要するに、十キロのヘロインは彼とともに消えたということだ。

混ぜものをして嵩増《かさ》しすれば、十キロのヘロインも末端では二百万ドル以上の価格になる。

ピーターにはその金が要る。

借金をしているからだ。

文字どおりの借金ではないが、それに近い。

ピーターはメキシコ人からキロ十万ドルで四十キロのヘロインを仕入れた。どうしても麻薬の仕事を広げたかったからだ。ニューヨーク五大マフィアのひとつ、ガンビーノ・ファミリーのゴッティなど文字どおり濡れ手に粟《あわ》みたいな商売をしている。だからピーターもそのおこぼれにあずかりたいと思ったのだ。

しかし、どう転んでも四百万ドルもの現金は出てこない。で、彼は弟と一緒になってニューイングランドじゅうのマフィアの約半数に呼びかけ、いい儲け話があると誘ったのだ。すっかり乗り気になって参加した者もいれば、ピーターに逆らえずに参加した者もいた。

いずれにしろ、どんな理由にしろ、今回のヘロインの仕入れには大勢の人間が一枚嚙んでいる。

うまくいくはずだった――クリス・パルンボが持ってきたリスキーな計画に乗るまでは。

「フランキー・Vをアイリッシュのところに行かせる」とクリスは言った。「で、おれたちを裏切るふりをさせる。ヘロインの荷揚げの情報をやつらに与えて、ダニー・ライアンに強奪させる」

「何を言ってるんだ、クリス？」とピーターは言い返した。自分たちのヤクをわざわざ奪わせる？　いったい何を考えてる？　しかも戦争してる敵に？　まったく、おまえ、麻薬でハイになってるのか？

それに対するクリスの説明はこうだった。こっちにはフィリップ・ジャーディンというFBI捜査官がついている。マーフィにヘロインを奪わせたら、そのあとジャーディンにマーフィを逮捕させる。そうすれば、結果的にモレッティ・ファミリーとマーフィ・ファミリーとの長い戦争を終結させることができる。

「だけど、代償として四百万ドルは高すぎる」とピーターは言った。

「そこがこの計画のミソだ」

クリスはさらに説明を続けた。麻薬捜査を合法的に見せるために、ジャーディンはその一部を押収するが、大部分のヘロインは自分たちのもとに戻ってくる。もちろんジャーデインにも少しはおいしい思いをさせてやる必要があるが、戦果を分配する頃には末端価格が跳ね上がっているから、損失の埋め合わせは充分にできる。

「ウィンウィンだ」とクリスは言った。

ピーターはその話に乗った。

そして、ことはすべて計画どおりに運んだ。

ジャーディンは華々しくアイルランド系マフィアの拠点をガサ入れして、十二キロのヘロインを押収した。その一件は大々的に報じられた。さらに、首領《ドン》のジョン・マーフィは逮捕され、禁錮三十年から終身刑が確実視されている。

悪くない。

彼の息子のリアムは死んだ。

ますます悪くない。

いいだろう。二十八キロでも充分大金になる。これで全員に金がはいる。

さらに――

クリス・パルンボとジャーディンはダニーから十キロを奪い返すことになっている。

それはいい。

なのに――

そのふたりからいまだに連絡がない。しかも十八キロのヘロインはジャーディンが持っている。

ピーターは改めて計算する。

仕入れたヘロインは四十キロ。

リアムはジャーディンは表向き十二キロ押収した。

ダニー・ライアンの手元には十キロある。

フランキー・Vには分けまえとして五キロくれてやった。

残りは十キロ。

ピーターはそれについてはさほど心配していない。押収したのが十二キロもあれば政府は満足する。残りの十キロについては報告しない。ジャーディンはそう言っていた。一緒に踏み込んだ捜査官に口止め料代わりに少し分け与えたら、いずれここに持ってくる。

姿を現わす気があの男にありさえすれば。

ジャーディンばかりか、ダニー・ライアンまで姿を消した。死にかけている妻を残して、病院からいなくなった。どうやったのかはまだわからないが、ピーターの手下たちの包囲網をかいくぐり、それ以降誰もダニーを見ていない。

ビリー・バッタリアがドアを開けてはいってくる。

かなり動揺している。

「どうした？」とピーターは尋ねる。

「ライアンからヤクを取り戻すのにおれたちはクリスについていった」とビリーは言う。

「で、クリスはひとりで家の中にはいったと思ったら、十分もしないうちに出てきたんだ――何も持たずに。で、おれたちには帰るように言ったんだ」

「なんだと？」ピーターは心臓が口から飛び出そうになる。

「ライアンはクリスの家の外に手下たちを張りつかせてたみたいだ」とビリーは言う。「で、大人しく引き下がらなけりゃ、家族を皆殺しにするとクリスを脅した」

「じゃあ、どうしてクリス本人がそのことを伝えにこないんだ？」

「来てないのか？」

「クリスが来てたら、おまえからこの話を聞く必要はないんだよ！」とピーターは怒鳴る。

「やつはどこにいる？」

「知らない。すぐ車で行っちまった」

　電話が鳴り、ピーターは飛び上がる。

　ポーリーからだ。「ギリアッド警察のお巡りから電話があった。ビーチで死体が発見されたそうだ」

　ピーターはほとんど吐きそうになる。ライアンなのか？　それともクリス？

「ジャーディンだ」とポーリーは言う。「胸に一発。やつも銃を握ってた」

「クリスは？」

「どこにいるかわからない」

ピーターは電話を切る。

ジャーディンに関する知らせに途方もない衝撃を受けている。ジャーディンは残りのヘロインを届けにくるはずだった。どうしてクリスは行方をくらましたのか？ くそ、クリスとライアンは裏で手を組んでたのか？ あの赤毛野郎、二重にも三重にも裏切ってやがったのか？ ああ、クリスならやりかねない。

くそメリー・くそクリスマス、とピーターは胸に毒づく。

おれたちは戦争には勝った。が、金を失った。

すべては——何年ものあいだの戦争も殺戮《さつりく》も葬式も——いったいなんのためだったんだ？

これではなんのためでもなくなってしまう。

ダニー・ライアンを見つけ出さないかぎり。

ダニーは見つかるとは思っていない。

夜のあいだずっと車を走らせている。夜が明けたらモーテルに部屋を取り、日中はずっと寝て過ごす。イアンが許してくれるかぎり。一日か二日おきにダニーとジミーは盗んだ車に乗り換える。ナンバープレートを付け替え、泥で汚してナンバーを見づらくする。何百キロか走ったら、その車は乗り捨てる。

ひたすらそれを繰り返す。

常にミラーで後方を確認しながら高速を走っているので、死ぬほどストレスが溜まる。パトカーを追い越すたびに息が止まりそうになり、追ってこないことをひたすら祈る。ガソリンスタンドに立ち寄るだけでも冷や冷やする。店員の様子におかしなところはないか。ほんのわずかにしろ余分におれたちをうかがったり、眼に恐怖の色を浮かべていたりしていないか。

町の中心部から離れた場所にあるモーテルを選んで泊まる。そういうところならあれこれ詮索されずにすみ、人の眼につくことも記憶に残ることもない。

おかしなものだ、とダニーは思う。ずっとこんなふうに旅をしてみたいと思っていたのに。生まれてこの方ニューイングランドを出たことは一度もなかった。そんな彼の望みは、テリとイアンを連れて大陸を横断することだった。新しい世界を目のあたりにし、新しい経験をすることだった。

といっても、昼間の明るい時間に、だ。人間らしく、だ。

夜行動物のように夜になってから活動するのではなく。

それでも、こうして車を走らせているだけでも夢はふくらむ。

ひたすら高速を走り、出口標識に初めて見る名前――ボルティモア、ワシントンD．C．、リンチバーグ、ブリストル――が現われ、ラジオ局が変わるたび胸が高鳴る。どんどん遠くに来ていることが実感される。

これぞまさしくアメリカン・ドリーム。運転しながらそんなことを考える。車を飛ばして西部に向かう。何キロにも及ぶおれたちなりの幌《ほろ》馬車隊。電話ボックスを見つけると、バーニーに連絡する。何日かに一度、安っぽいモーテルで仲間たちと落ち合う。イタリア系の連中が追っている可能性を考えると、みんな一緒にいると心強い。

とはいえ、楽な逃避行とは言いがたい。赤ん坊の世話をしつつ、トイレの近い老人も一緒では、途中で停車せざるをえないことも少なくない。その都度、危険をともなうことがわかっていても。マーティはジミーの車に乗ることもあるが、たいていはダニーと行動をともにする。ボトルからじかに酒をちびちび飲み、歌を歌い、しゃべりつづける。サンディエゴ――ダニーの父親は〝ディエゴ〟と呼ぶ――で自由気ままに暮らしていた時代、バーで酒を呷《あお》り、女たちと戯《たわむ》れ、喧嘩に明け暮れていた頃の昔話をダニーに話して聞かせる。

大急ぎでロードアイランド州を出たものの、ダニーに行くあてはなかった。が、今はこうして車を走らせているだけなので、考える時間はたっぷりある。カリフォルニアに行ってみたい。ずっとそう思っていた。移住しないかとテリに話したこともある。テリはそんなのは夢物語だと言って、まともに聞いてはくれなかった。

しかし、それもいいかもしれない。今はそう思える。ロードアイランドからできるだけ遠い場所を選ぶなら、サンディエゴをおいてほかにどこがある？　マーティもきっと喜ぶだろう。ほかに選択肢は？

いずれにしても、まずは無事にそこまで行かなければ。

まだまだ先は長い。

高速道路のすぐそばのモーテルに宿を取り、パスコに電話をかける。

モレッティ兄弟との戦争が勃発するまで、ニューイングランドを仕切るイタリア系マフィアの大物、パスコ・フェリとは良好な関係を保っていた。一緒にカニ捕りをするほどの仲だった。夏ともなると、ダニーとテリはパスコの家のまえのビーチによく寝そべって過ごしたものだ。

そもそもパスコとマーティとは長いこと友好関係にあった。

「パスコ、ダニー・ライアンだ」

「テリのことは聞いた」とパスコは言う。「残念だ」

「ありがとう」

長い沈黙が流れる。やがてパスコが口を開く。「おれに何をしてほしいんだ、ダニー？」

今、どこにいる？　パスコはそうは訊かない。ダニーはそのことを意識する。「パスコ、あんたはおれに含むところがあるのかどうか。おれはそれが知りたい」

「おまえに？　ピーター・モレッティはそうあってほしいと思ってるようだ」

思わず息が止まりそうになる。「で？」

「ピーターのやり方は気に食わない」とパスコは言う。「あいつは麻薬に手を出した。それだけは絶対に駄目だとずっと言い聞かせてきたのに。その挙げ句、面倒なことになってる。仲間も金もいっぱい失った。おれからやつらに言うことはもう何もない」

つまり、ピーターには今、相当な重圧がのしかかっているということか。パスコとしてもその重荷を軽くしてやることはできない。そもそも、何かしてやるつもりもないようだ。

「ということは、おれとあんたとの関係は今も良好と思っていいんだろうか？」とダニーは尋ねる。「そう、おれはあんたには知っておいてもらいたいんだ。おれは足を洗う。ただ、地道に生きていける場所を見つけたい」

「足を洗うだと？」とパスコは訊き咎《とが》める。「トランクに十キロも甘い汁《バナニア》を積んでながら、よく〝足を洗う〟だなどと言えるな？　そいつは罪だ、恥ずべき罪《インファミア》だ」

「ヘロインは持ってない」

「おれに嘘をつく気か？」

「ほんとうだ、パスコ」とダニーは訴える。

沈黙が流れる。

「戦争はモレッティの勝ちだ」とダニーは認めて言う。「それはわかってる。負けを認める。おれはこのさきおだやかに暮らしたいだけだ。だけど、パスコ、あんたがおれの首を狙ってるなら、万にひとつも望みはない」

「泣きごとはやめろ」とパスコは言う。「女々《めめ》しいことは言うな。ピーターとおまえとのあいだの揉《も》めごとはおまえたちだけの問題だ。おれが言えるのは、ブツはクリス・パルンボが持っているということだけだ」

「ありがとう、パスコ」

「親父さんとのよしみだ」とパスコは答える。「おまえのためじゃない」

「わかってる」

「おまえにはおまえの人生がある」とパスコはなおも言う。「一からやり直せばいい。息子のためにできることをするんだ。それが男としての務めだ」

パスコはそう言うと電話を切る。

ダニーはパスコとの会話をかいつまんでマーティに話す。

「それなら安心だ」とマーティは言う。「パスコに追われる心配がないなら大丈夫だ」

ああ、たぶん。ダニーはそう思う。

ただし、ピーター・モレッティのほうはそうはいかない。追撃の手をゆるめるとは考えられない。どこまでも執拗《しつよう》に追ってくるだろう。警察の動きは？　それはまだわからない。

ダニーはイアンに三十分だけテレビを見せてから寝かしつける。物語を読んで聞かせる。農夫の話で、昔何度も読んだのでほとんどそらで言える。今夜、イアンはすぐに眠りにつく。

3

ボストンにあるＦＢＩ支局の会議室。画像の粗いダニー・ライアンの写真がスクリーンに映し出される。

ブレント・ハリスは渋々この会議に出席している。夜行便に乗り、温暖なサンディエゴから凍えるほど寒いニューイングランドに来る破目になった。そもそもＦＢＩの人間ですらないのに。ハリスは麻薬取締局《DEA》の捜査官で、南西部薬物不正取引集中地域特別捜査班の一員だ。にもかかわらず、上層部からＦＢＩとは仲よくやるように言われ、こうしてご機嫌伺いにきている。

ハリスは監視カメラがとらえたダニー・ライアンの写真を凝視する。組織の枠を越えたこの会議の表向きの目的は、この男を見つけ出すことにある。ダニー・ライアンの身長は一八〇センチちょうどで、いかつい肩はいかにも元港湾労働者を思わせる。ぼさぼさの茶色い髪に、できれば見たくなかったものを見てきたと言いたげな濃い茶色の眼。写真は真冬に撮られたものらしく、着古した海軍のピーコートを着て、襟を立てている。

先日FBI本部組織犯罪捜査部門の管理職に昇進したばかりのレジー・モネタが、画面上の小さな白い矢印をライアンの顎の下に移動させて言う。「ライアンを見つけ出して。すぐに見つけて連行してきて」

感情の激しいシチリア人をそのまま小柄にしたような女だ、とハリスは思う。身長は一六五センチくらいか。ショートカットにした黒髪にわずかに光るものが交じり、眼は濃い茶色で、男を顎でこき使うきつい女だともっぱらの評判だ。つい最近までボストン支局にいたこともあり、この事件には思い入れもあるのだろう。

会議には、ニューイングランドが管轄のビル・キャラハンFBI支局長も出席している。どこから見てもボストンに住むアイルランド系とわかる男だ。青白い顔、色褪《いろあ》せて錆《さび》色に近い赤毛、血管が浮き出て赤みを帯びた鼻。大柄で肉づきもよく、スコッチウィスキーとステーキに眼がないことがすぐにわかる顔をしている。そのキャラハンが口をはさむ。「ダニー・ライアン？　そいつはただの一兵卒だ。下働きの雑魚《ざこ》だ。なんでそんなやつを追わなきゃならない？」

モネタは言う。「フィリップ・ジャーディンの殺人容疑がかかってる」

キャラハンが言い返す。「ライアンとジャーディン捜査官の殺害を結びつける証拠はない」

モネタはハリスのほうを向いて促す。「ブレント？」

深夜の便で（しかもエコノミークラスで）わざわざ駆けつけたのは、ここにいる全員がすでに知っている情報を披露するためなのか。ハリスは苛立《いらだ》ちを抑え、かいつまんで説明する。「プロヴィデンスのマフィア、ピーター・モレッティがメキシコのティファナを拠点にしているアバルカの麻薬密輸組織からヘロインを大量に仕入れた。ドミンゴ・アバルカ――ライヴァル組織との銃撃戦で片眼を失ったことから〝ポパイ〟と呼ばれている――はこの世界じゃ名の知れた悪党で、残虐きわまりないサイコパスだ。莫大な量のマリファナやコカインやヘロインをアメリカに密輸している。

ジャーディン捜査官にはイタリア系マフィアのフランキー・ヴェッキオという情報提供者がいて、そこから今回の荷揚げに関する情報を得た。しかし、ヴェッキオはアイルランド系のダニー・ライアンとリアム・マーフィと共謀して、仕入れたヘロインを強奪するつもりだった。

そのうち十二キロは、ジャーディン捜査官がガサ入れしたアイルランド系のマーフィ・ファミリーの拠点〈グロッカ・モーラ〉――通称〈グロック〉――で見つかっている。ライアンは十キロ持ち逃げしたと思われる。ジャーディンの遺体はライアンの父親が住んでいた家のすぐそばの海岸で発見された。ライアンがその家をしょっちゅう訪れていたこともわかっている」

モネタがあとを引き取って言う。「つまり、ジャーディンはライアンを捕まえるためにそこに行き、返り討ちにあって殺されたと推測される」

「それは飛躍しすぎじゃないかな、レジー」とキャラハンは反論する。

「いずれにしろ、ライアンを聴取の対象とするには充分よ」とモネタは言い返す。

「仮にライアンを見つけたとして、本気で聴取する気か?」とキャラハンは尋ね、身を乗り出して続ける。「誰も言わないようだから私が言おう。ジャーディンは汚れた捜査官だった」

「それはまだわからない」とモネタは言う。

「そうだろうか?」とキャラハンはさらに言う。「彼の車のトランクからヘロインが三キロ見つかっている」

「押収して戻る途中でライアンの居所をつかんだのかもしれない」

「で、ひとりでその場所に向かった?」とキャラハンは言い募る。「考えるまでもない。ハリス、モレッティがドミンゴ・アバルカから仕入れたヘロインは全部で何キロだ?」

「われわれの情報源によれば四十キロです」

「四十キロ」とキャラハンはおうむ返しに言う。「ジャーディンが証拠として押収した十二キロを引くと残りは二十八キロ。そこからジャーディンの車のトランクにあった三キロを引くと二十五キロ。ヴェッキオは証人保護プログラムを受けるのと引き換えに分けまえの五キロを提出した。ライアンが十キロ持っているとする。さて、残りの十キロはどこにある?」

「ジャーディンが奪ったとでも?」とモネタは嚙みつく。「マーフィの拠点にガサ入れしたときには特別捜査班も一緒だった。FBIも麻薬取締局も州警察も地元の警察もいた。衆人環視の中でどうやってヘロインをくすねたと言うの?」

「もしかしたら史上初の出来事だったのかもしれない」とキャラハンは皮肉を言う。「警察がみんなでグルになって証拠品を提出するまえにちょこっと着服したのだとすれば。私が言いたいのは、真相をわざわざほじくり返して世間の眼にさらしたいのかということだ。寝ている犬をわざわざ起こすことはない」

「FBIの捜査官が殺されたのよ」とモネタは言う。「このままにしておけるわけがない。明日、ライアンの妻の葬儀がある。捜査官を張り込ませて」

「まさかライアンが姿を見せるとでも?」とキャラハンは言う。

「いいえ」とモネタは答える。「それでも万が一現われたとしたら、取り逃がすわけにはいかない。それに、居場所を知らないかどうか家族を聴取できる」

「娘を埋葬して悲しんでいる家族にさらに追い打ちをかけたいのか?」

「あなたたちには職務を全《まっと》うしてもらいたい。それだけよ」

モネタが会議室を出ていくなり、キャラハンは悪態をつく。「おたくはどうだか知らないが、こっちはそれでなくてもやらなきゃならない仕事が山積みなんだ。それを全部あとまわしにして用済みのアイルランド野郎を捜してる暇などない。表向きは捜索するふりだけはするが、レジー・モネタを満足させるために予算を費やすのも、犠牲を払うのもまっぴらご免だ」

　ハリスは尋ねる。「彼女はどうしてあそこまで躍起になってるんです？」

「ジャーディンとできてたからだよ」

「まさか」

「九五号線の恋、いわゆる遠距離恋愛ってやつだ」とキャラハンは続ける。「彼女はもともとボストンにいて、ジャーディンのほうはプロヴィデンスにいた。彼女が昇進してワシントンD.C.に異動になってからは、アムトラックに飛び乗ってウィルミントンで逢瀬を重ねてた」

「ウィルミントンで？」

「愛は強し、だな」

「ライアンがジャーディンを殺《や》ったと思いますか？」

「だとしたらどうだって言うんだ？」とキャラハンは言う。「あいつは汚れてたんだぞ？当然の報いだ」

「だったら、どうしても気になりますよね……」

「モネタも恋人と一緒に一枚噛んでた？」とキャラハンはハリスの言いかけたことを察し

て言う。「それはないだろう。もしそうなら、ライアンを捕まえようとはしないはずだ。こっちは捜索なんてしなくてもいいと言ってやってるのに。レジー・モネタのことは彼女が交通誘導員だった頃から知っている。確かに野心家にはちがいないが、曲がったことはしない」

ハリスはひとつの決心を胸に会議室を出る。ダニー・ライアンを見つけなければ。レジー・モネタよりさきに。

アーカンソー州リトルロックのとあるモーテルを出たところで――

ケヴィンとショーンは女を引っかけた。いや、女たちのほうから彼らに近づいたのかもしれないが、まあ、どっちでもいいことだ。ケヴィンとショーン――ふたり合わせてアルター・ボーイズ――は何時間かぐっすり眠り、そのあとビールと尻軽女を求めてハイウェーを渡った先にあるバーに向かい、運よくどちらも手に入れた。

女たち――リンダとケリとジョー・アン――はバーの常連らしかった。すぐにそうとわかった。かつての自分たちと同じちんけな田舎者や、トラック野郎に飽き飽きしていて、新顔を見つけて喜んでいる。それもすぐにわかった。一分もしないうちに彼らは一緒に少しだけビリヤードをし、ブースでストレートの酒を何杯か引っかけた。そのあとリンダが〝パーティ〟をしないかと持ちかけてきた。

「モーテルに泊まってるの？」と彼女は尋ねた。歳は三十代半ばといったところか。髪は濃い赤毛で、紫色のシルクのブラウスの下に見事なおっぱいがある。

「別々に部屋を取ってる」とケヴィンは答えた。

「パーティ、しましょうよ」とリンダは誘った。

「だけど、人数が足りないんじゃないか？」とショーンが訊いた。「そっちは三人いるけど、おれたちはふたりだ」

リンダは問題ないとばかりに首を振った。「ケリとあたしはふたりで一チームだから」

ケリは小柄で引きしまった体つきをしたブロンドの女だ。おそらく二十代だろう。

ショーンはわざと恥ずかしがって言った。「おれは、ほら、敬虔《けいけん》なアイルランドのカトリック教徒だから……」

リンダはケヴィンのほうを向き、彼の太腿《ふともも》に手をすべらせて一物を握った。「あんたは小心者のカトリック教徒じゃないよね？　パーティしたいと思ってる。でしょ？」

ああ、そのとおりだ。ケヴィンはもうすっかりその気になっていた。

で、ふたり一組のほうと一緒に部屋に帰り、ショーンはジョー・アンを部屋に連れ込んだ。ジョー・アンは黒髪で背が低く、ちょっとぽっちゃりしているが、ショーンは彼女の大きなおっぱいとふっくらした唇とずっと顔に貼りついている、痛めつけられた仔犬のような表情が気に入り、大いに満足していた。

ケヴィンのほうはパーティを愉しんでいた。

いきなり終わりを迎えるまでは。リンダのスラックスに手を突っ込むと、なんとそこには固いものがあった。「どういうことだ？」

「どうかした？」とリンダは訊き返した。

「どうもこうもない」とケヴィンは言った。「おまえ、男なのか！」

「体はね」とリンダはすました顔で言った。「でも、心はちがう」

「そうかい、だけど、おれは体のことを言ってるんだ」とケヴィンは言い返した。「今すぐここから出ていけ」

「まだ払ってもらってない」

「誰が金を払うなんて言った？」

「ただでやれると思ってたの？」とリンダは言った。

「だいいちまだ何もしてないじゃないか！」

「あたしたちの時間が無駄になった」

「叩き出されたくなかったら、ふたりともさっさと出ていけ」とケヴィンは声を荒らげた。

「お金を払ってよ、このクソ野郎」

ショーンが隣りの部屋から出てきた。同じ問題に気づいたようだった。「ケヴィン、こいつら男だ！」

「くそったれ！」

「お金をちょうだい！」

その怒鳴り声はダニーの部屋にも聞こえてくる。騒ぎを起こして人目につくことだけは避けなければならないのに。部屋の外に出てみると、ケヴィンが廊下にいるのが見える。胸をはだけ、ジーンズのまえを開けっぱなしにして、女の手首をつかんでいる。女のほうは金切り声でわめきたて、ケヴィンの顔を爪で引っ搔こうとしている。もうひとりの背の低いほうの女はケヴィンの脛《すね》に蹴りを入れようとしている。

ダニーは部屋のまえのコンクリートの階段を駆け降り、中庭を突っ切り、別の階段を上がってケヴィンの部屋のまえまでいく。

「どうした？」

「このクソ野郎が金を払おうとしないんだよ」とリンダが言う。

「そいつは男だ」とケヴィンが言う。

「彼女にちゃんと金を払え」とダニーはケヴィンに向かって言う。

その眼と声の調子にはケヴィンに有無を言わせぬ力がある。ケヴィンは素直に財布から紙幣を何枚か取り出し、リンダに向かって放り投げる。

「金を持って、とっとと失せろ」とダニーはリンダに言う。

リンダは紙幣を拾う。

ケヴィンは腹の虫が収まらない。「この変態野郎」

リンダはバッグからナイフを取り出し、ケヴィンの咽喉元《のど》に切りかかる。ケヴィンは攻撃をかわし、さらに罵倒する。「おかま。くそホモ野郎」

「黙れ」とダニーは一喝する。

リンダがまたわめきだし、ケリも一緒になって甲高い声をあげる。

中庭でジミーがその様子を見ている。

「親父とイアンを連れてさきに行っててくれ」とダニーはジミーに言う。「おれはあとからこのまぬけどもと一緒に行く」

「そうそう、さっさと出ていけ」とリンダが怒りもあらわに言う。「口の悪い坊やも連れて。このふにゃちん。おまえなんか一生、紙皿とプラスティックのフォークでおまんま食べてりゃいいのよ、この負け犬」

ダニーは両手を上げて制する。「おれたちはいなくなる。おまえたちももう帰ったほうがいいんじゃないか？　警察が来るまえに」

リンダはケリの手を取って階段を降りていく。ジョー・アンはショーンの頰にキスしてからふたりのあとに続く。ケヴィンは自分の部屋の中に戻る。

ダニーとショーンもケヴィンの部屋にはいる。

「くそ」とケヴィンは言う。「あんなのとヤろうとしてたのかと思うとぞっとする」ダニーはケヴィンの両肩をつかんで壁に押しつける。「おれは息子ひとり世話するだけで手一杯なんだ。これ以上手間のかかる子供は要らない。おまえのせいで警察沙汰になるところだった」

「すまない、ダニー」

「おれは家族を守らなきゃならない」とダニーは続ける。「その邪魔をするな。おまえのことは好きだ、ケヴィン。だけど、もしまたおれの家族を危険な目にさらすようなことがあったら、うしろから頭に二発ぶち込むからな。わかったな?」

「わかったよ、ダニー」

ダニーは手を放し、アルター・ボーイズを交互に見すえる。「もっと頭を使え。面倒を起こすな」

「わかった」とショーンが言う。「約束する」

「荷物をまとめろ」

ダニーはモーテルの事務所に行く。夜勤のスタッフがうんざりした顔で彼を見やる。ダニーはポケットから百ドル札を出し――くそ、貴重な逃走資金なのに――カウンターの上をすべらせる。「騒ぎを起こしてすまなかった。穏便に収めてもらえるだろうか?」

スタッフは百ドル札を受け取って言う。「いいとも」

「ほんとうのことを言ってくれ。警察に通報したか?」

「してない」

「いい一日を」

十分後、ダニーは残った家族を集めて西に向かう。大勢の先達《せんだつ》がそうしたように。

オクラホマ・シティ、アマリロ、トゥクムケアリ……

アルバカーキ、グランツ、ギャラップ……

ウィンズロウ、フラッグスタッフ、フェニックス……

アメリカを横断する道をひた走る。

4

キャシー・マーフィは妹の墓のそばに立っている。コートを着ていても寒さで体が震える。立てたコートの襟にかかる琥珀《こはく》色の髪に雪片が舞い落ちては溶けていく。

二日で二回の葬儀。いかにマーフィ家でもこれは異常事態だ。

昨日は弟のリアムを埋葬した。ハンサムで、欠点だらけで、自分勝手なリアム。すべての問題のきっかけをつくった張本人。警察は自殺だと言った。銃で頭を撃ったと。が、キャシーにはとても信じられない。リアムは誰より自分のことが好きだった。そんな弟が大好きな自分を傷つけるなどありえない。

とはいえ、自殺と断定されたことは大問題だった。自殺した人間を神聖な場所に埋葬するのに教会が難色を示したからだ。キャシーは司祭を訪ね、これまでマーフィ家が教区にどれほどの財政的な支援をしてきたか訴えなければならなかった。聖句を唱え、聖水を撒《ま》いてリアムの魂を鎮めることを拒否するなら、今後一切そうした援助は得られないだろうとも言った。

当然ながら、キャシーもカトリック教徒として育ったが、信仰心はとうの昔に捨てていた。今は自分をバッディスト——悪い仏教徒《バッド・ブディスト》——だと思っている。薬物依存更生プログラムに逆戻り寸前の彼女の一部は、大いなる力《ハイアー・パワー》を求めている。

キャシーはまたヘロインを打っている。

やめてから三年になろうとしていた。それなのに、わずか数時間のあいだに父親はしょっ引かれて投獄され、妹は病死し、弟は自殺を装って殺された。

だからまたクスリに手を出した。

今朝もクスリでハイになって、テリの葬儀を乗り切った。午後も少しだけ打つかもしれない。でも、それでおしまいにする。リハビリ施設には戻らない。そういう場所とは縁を切った。ただ、依存者同士の集会には参加する。でなければ自分も死んでしまう。これ以上わが子を失うことは両親には耐えられないだろう。

今ではキャシーだけが彼らの生き残った子供だ。

最初に逝ったのはパトリックだった。最愛の兄、パット。彼女の保護者であり、親友でもあったパット。兄は兄弟姉妹の中で一番出来のいい子供だった。勇敢で、誠実で、信心深く、忠義に厚い人間だった。それなのに殺されてしまった。兄が死んだあと、クスリに手を出さずにいられたのは、ひとえに兄に対する敬意があったからだ。

キャシーは遺《のこ》された妻のシーラを見る。幼い息子の肩に両手を置いて立っている。コートと同じくらい真っ黒な髪をしている。シーラはいつも堅実で、現実的で、親密な関係にある一族の女たちのリーダーだった。その彼女が今はひとり孤独に包まれている。キャシーは新しい相手とデートするように彼女をけしかけたこともあったが、彼女はまるで聞く耳を持たなかった。亡くなった夫をひたすら崇めているようにさえ思える。実際、シーラの今の家は夫を奉る廟《びょう》みたいになっている。シーラ自身は、貞節を今もまだ示すかのように孤独というマントを羽織っている。

　リアムの葬儀はまさに悪夢だった。

　母親のキャサリンは泣きわめき、とても手に負えなかった。リアムはいつだって母の可愛いお気に入りの坊やだった。土に掘った穴にリアムの棺《ひつぎ》を降ろすときには、棺にすがりつく母親を引き離すのに苦労した。

　父親のジョンはただじっとその場に立っていた。両手にかけられた手錠をさりげなくコートに隠して。幸い、判事が地元のアイルランド系の人物で、恩情をかけて特別に数時間の保釈を許可してくれたのだ。おかげで、こうして息子と娘の葬儀への参列が叶《かな》った。両脇をずっと連邦保安官にはさまれてはいたが。

　キャシーは父を見る。

　そこにはいつもと変わらない父がいる。我慢強く、誇り高く、感情を決して表に出さない父がいる。けれど年老いて、もろくなり、傷ついているように見える。事業は崩壊し、四人の子供のうち三人に先立たれた。父にとってこれ以上むごい仕打ちがあるだろうか。

もうひとり可哀そうなテリ。

あの子が望んだのは家庭と家族だけだった。その両方を手に入れた。ほんのわずかなあいだではあったけれど。やさしくて誠実なダニーと結婚し、可愛い息子にも恵まれた。そのわずか数ヵ月後に癌と診断された。

司祭は愛すべき神について話している。好きなだけしゃべらせておけばいい。神に関することばなど全部たわごとだ。

葬儀には大勢が参列している。リアムのときと同じように。

アイルランド系の住民はみんな来ている。以前ならイタリア系の人々もここにいた。が、それはもうはるか昔のことのように思える。テリはみんなと仲がよかった。モレッティ兄弟とも、クリス・パルンボとも。イタリア系の全員と良好な関係を保っていた。が、彼らはここにはいない。いなくて正解だ。来たところで、こちら側の神経を逆撫《さかな》でするだけのことだ。

かわりに車が数台、墓地に面した通りを行ったり来たりしている。ピーター・モレッティの配下の者たちがダニーを捜しているのだ。それはキャシーにもわかる。

警察も来ている。

プロヴィデンス警察の警官と州警察の私服刑事とＦＢＩの捜査官が獲物を狙うジャッカ

ルよろしく、墓地の端のほうに陣取っている。ダニーが姿を見せるのを待っている。

どうか来ないで。キャシーはそう願う。逃げたのなら、そのまま行方をくらまして。ダニーもイアンも遠く離れた場所に行って、この呪われた地にも呪われた家族のもとにも戻ってこないで。キャシーは切にそう願う。

ダニーの母親は来ている。義理の娘に敬意を払っている。

セックス・シンボルのマデリーン。彫像のように美しい姿で立っているダニーの母親を見て、キャシーはそう思う。かつてショーガールだったこの女性は、その美貌を武器に金と力を手に入れた。今日もわざわざラスヴェガスの豪邸から飛行機で来ていた。

ダニーの母親がまだ赤ん坊だったダニーを捨てたことは、キャシーも子供ながらに知っていた。酔っぱらいの父親に息子を押しつけ、そのままいなくなったのだ。ダニーは事実上、マーフィ家で育ったようなものだ。パットとはほんとうの兄弟のようだった。

マデリーンが再登場したのは数年まえのこと。ダニーが撃たれて大怪我をしたとき、雛《ひな》鳥《どり》の危険を察知した親鳥のようにどこからともなく急に現われたのだ。息子が最高の治療を受けられるように根まわしし、その費用もすべて支払った。息子のダニーはそのことにひどく腹を立てたが、テリはだんだんこの義理の母親が好きになり、ことあるごとにダニーと母親を和解させようと努めた。

マデリーンは今、息子と孫の身の上を案じ、きっと気が気でないだろう。

キャシーはまた寒気を覚える。

肩が震える。寒さのせいなのかクスリが切れたせいなのか、自分でもわからない。


葬儀がようやく終わる。


マデリーン・マッケイは待たせてあるリムジンのほうに歩く。背が高く、堂々としていて、顔を上げてまっすぐまえを見すえている。眼を瞠《みは》るような赤毛の髪をうしろできっちりまとめ、さりげなく、それでいて完璧な化粧を施している。

ただただ悲しい葬儀だった、とマデリーンは思う。テリは息子の良き妻であり、孫の良き母だった。

テリが息を引き取る数時間まえに病院からダニーに電話した。そのあとダニーから連絡はない。令状が出るかもしれない、イタリア系に見つかったら命はないと言って、すぐに逃げるように彼に警告したのが最後になった。あれ以来、誰も彼らを見ていないということは、まちがいなく息子と父親を連れて逃げたということだ。

ありがたいことに、まだ誰の死体も見つかっていない。

ジャーディンを除いては。

ダニーからの連絡をマデリーンは待っている。せめて本人と孫が無事かどうかだけでも知らせてくれたらと願っている。

が、連絡してくることはないだろう。

あの子は今でもわたしに怒っている。

リムジンが待っている場所まで半分ほど歩いたところで、スーツの上にコートを羽織った男が近づいてくる。「ミズ・マッケイ?」

「そうですけど?」

「FBIのモンロー捜査官です」

「話すことは何もないわ」

まわりを見ると、ほかの捜査官たちがマーフィ家の人間や友人たちに群がっている。ゴミ置き場にたかるカモメのようだと彼女は思う。

「ダニーの居場所を知りませんか?」とモンローは尋ねる。「連絡はありませんでしたか?」

「訊きたいことがあるなら」とマデリーンは歩きながら言う。「弁護士を通して。それ以上訊くなら、弁護士のほうからあなたに電話することになると思うけれど」

「何か知っていることは――」

「それとも、おたくの長官にわたしから直接電話しましょうか」とマデリーンは言う。

「プライヴェートの番号を知ってるから」

はい、そこまで。

モンローは立ち去る。

運転手が車のドアを開ける。ずっとエンジンをかけっ放しにしてあったので、車内は暖かく心地いい。いきなり反対側のドアが開いて冷たい風が吹き込んだかと思うと、ビル・キャラハン支局長が乗り込んでくる。

キャラハンは手袋をはめた両手をこすり合わせながら言う。「マデリーン、これは私の考えじゃない」

「だといいけど」とマデリーンは答える。「だって、ものすごく不愉快だから。で、誰の考えなのかしら?」

キャラハンはレジー・モネタがダニーを執拗に追っていることを話す。

「私はこんなことはしたくない」とキャラハンは言う。「私はまもなく引退の身だ。条件のいい民間企業のポストの話が山ほど来てる」

マデリーンは言う。「どんな形であれ、息子がかすり傷ひとつでも負うようなことがあったら、関わった全員の人生をぶち壊してやる。あなたも例外じゃないから、ビル、言っておくけど」

「おれたちは昔からの友達じゃないか、マデリーン」

「これからも友達でいられるといいと思ってる」とマデリーンは答える。

キャラハンにはそのひとことが退去命令であることがわかり、車から降りる。

「空港に行って」とマデリーンは運転手に指示する。

これ以上、プロヴィデンスにとどまる理由はない。

ここには会いたい人はもういない。


ダニーはイアンをプラスティック製の小さなすべり台のてっぺんに坐らせ、手を放す。ただし、イアンが笑い声をあげながらすべり降りるあいだも、すぐそばに手を添えている。ビーチのそばにある小さな公園から青い海が見える。ダニーは昔から海が好きだった。ロードアイランドで今とはちがう人生を送っていた二十代の頃には、ギリアッドで漁師として働いていた。思えば、あの頃がいろいろな意味で人生の一番いいときだった。

イアンがすべり台のてっぺんを指差し、もう一度とねだる。

ダニーはイアンを抱き上げてすべり台の上に乗せる。もう何度目かわからない。イアンが遊び疲れて昼寝をしてくれることだけを願う。さっき昼食も食べたし――メニューはピーナツバターとジャムのサンドウィッチとブドウとスライスしたリンゴ――新鮮な空気に触れ、こうして体も動かしているから、そろそろ眠くなる頃だ。一時間かそこら昼寝してくれるだけでありがたい。

ただし、それ以上長く寝かせてはいけない。夜、シッターに預けているあいだに遅くまで起きていては困る。それでもイアンに昼寝は欠かせない。それはダニーも同じだ。夜勤で働いているのだが、朝はイアンと一緒に早く起きるので、時間が許すかぎり寝ることにしている。

イアンはもう一度とねだる。

「これで最後だよ」とダニーは言う。

イアンはきゃっきゃと笑い声をあげながらすべる。

ダニーはすべり降りたイアンを抱き上げ、肩車する。もうバスの時間だ。毎日この公園に来ているので、バスの時刻表はすっかり頭にはいっている。公園を出て、通りを渡り、バスに乗る。サンディエゴの中心部に近い、これといって特徴のない地区の小さなアパートメントから一ブロック離れた場所でバスを降りる。

カリフォルニアに着いた当初、ダニーはたとえつまらない仕事でも、身を隠していられそうなものならなんでもやった。モーテルで部屋代を払うかわりに夜勤を引き受け、トレーラーパークでは賃料を払うかわりに管理人として働いた。食堂で揚げもの担当のコックもやったし、もぐりの流しタクシーの運転手もやった。

三カ月が過ぎ、これ以上イアンをあちこち連れまわすのはよくないと考え、ガスランプ・クォーターにあるアイリッシュパブで、給料が現金払いのバーテンダーの職に就いた。隠居して気候のいいカリフォルニアに移住したものの、北東部の酒場の雰囲気を忘れられないアイルランド系の老人を相手に商売している店だ。

最初の頃は定年になった元警察官が店に来ると死ぬほどビビったものだが、彼らはダニーにはビールとチェイサーに示すほどの興味も示さなかった。

ダニーはジョン・ドイルと名乗り、髪を短く切り、ぶざまな口ひげを生やした。酒を水で薄めたりせず、常連客には時々ただで振る舞ってやる。そうしていれば、誰もダニーに注意を払わない。ポケットからチップを出してくれることはなくても。

ダニーは自分の仕事に没頭する。酒を注ぎ、小さな樽と氷を運び、床をモップがけし、トイレを掃除し、仕事を終えたら家に帰ってシッターに時給を払う。

ほんの少し寝て、朝早くイアンと一緒に起きる。朝食をつくり、少しだけテレビでアニメ番組を見させ、ほかの子供たちがいそうなビーチか公園に出かけてイアンを遊ばせる。公園で離婚したシングルマザーに色目を使われたことも何度かあるが、ダニーは一切誘いには乗らない。

それはマーティから教わったことだ。逃亡中は女に手を出すな。信じられないなら、ディリンジャー（一九三〇年代前半に銀行強盗と脱獄を繰り返したギャング。逃亡中に恋人に裏切られ、ＦＢＩに射殺された）にでも、ほかの誰かにでも訊いてみるといい。ダニーは父の教訓に従う。それに、まだテリの死を乗り越えられそうもなく、ほかの女をベッドに連れ込むのはためらわれる。たとえ一夜の情事だとしても。

いずれにしろ、今のダニーは父親の役目を果たすだけで精一杯だ。

くそ、誰がこんなことを予想していた？　幼い子供の世話をするのがこんなに大変だなんて思ってもみなかった。やってもやっても終わらない。

食事の支度をし、なだめすかして食べさせ、イアンが退屈しないように何かに夢中にさせる。一緒に遊び、風呂に入れる……おむつも替えなきゃならない。トイレトレーニングを始める時期が来て、ダニーは喜んだ。そろそろおまると〝お兄ちゃんのズボン《ビッグボーイ・パンツ》〟に進む頃合いだ。とはいえ、ダニーにはどうすればいいのかまるでわからなかった。だから、ある日、図書館に行き、育児書で調べた。

育児書を読んで、ダニーは頭を抱えた。本によって正反対のアドヴァイスが書かれている。こうしなさい、でないとちゃんと育たない、と書いてある本もあれば、そうではなく真逆のことをすべきだと書いてあるものもある。

マーティはまるで役に立たない。ひとつには、彼自身が駄目な父親だったから。もうひとつは、今じゃ先週の出来事すら思い出せなくなっているから。三十年まえのことなど覚えているはずもない。

ありがたいことに、公園で知り合った母親たちがシングルファーザーのダニーに同情して、どうすればいいか教えてくれる。

気を楽に持って、とも言ってくれる。

「へまをしたっていいのよ」と母親のひとりは言った。「あなたのお父さんだってへまをしたでしょ？」

へまなんてもんじゃない、とダニーは思う。

「子供はそんなにヤワにできてない」とその母親は続けた。「精一杯愛情をかける、それだけでいい」

ほんとうにそれだけでいいならどれほどありがたいか。

ダニーは潜伏生活から抜け出せるチャンスをひたすら待つ。

連邦裁判所が麻薬強奪の一件で令状を出す可能性はまだある。大陪審がどんな判断をくだすかは誰にもわからない。加えて、ロードアイランド州の刑法で容疑がかかるかもしれない。強奪、銃器の使用、殺人。それらを全部足したら刑期は寿命より長くなる。

今朝、ダニーはプロヴィデンスの弁護士、デネヒーに電話した。

「便りがないのはいい便りですよ」とデネヒーは言った。「麻薬の件では令状は出ていません」

「ほかは？」

ジャーディン殺害についてはどうなのか。

「ＦＢＩのレジーナ・モネタという捜査官に聞き覚えは？」とデネヒーは尋ねた。「あなたがこっちにいた頃はボストン支局にいたけれど、今はワシントンの本部に所属している女性です」

「いや、記憶にないな。でも、どうして?」

「どうやら、その人がジャーディン殺害の犯人はあなただと言い張っているようです」とデネヒーは説明した。「ロードアイランド州の司法長官事務所は反論したようですが。あなたと事件を結びつける証拠は何もないと言って。それでもモネタはあなたを捕まえて連邦法十八編を適用しようとしています」

「なんだい、それは?」

「連邦法律集十八編、第一一一四条」とデネヒーは解説した。「連邦法執行機関の職員の殺害。死刑に相当」

「電話してよかったよ」とダニーは皮肉を言う。

「今のところ、彼女はまだ何もつかんでいません。連邦裁判所の検察を説得できるほどの材料は」

「その女はどうしてそんなにおれが憎いんだろう?」とダニーは尋ねた。

「噂ではジャーディンとできてたようです。ともあれ、もうしばらく見つからないように隠れていたほうがいいことに変わりはありません」

　ダニーは浮かない気分のまま電話を切る。

　イアンの手を引いて歩き、バスに乗る。イアンの瞼《まぶた》はもう閉じかけている。このまま昼寝をしてくれればいい。そうすれば、自分も眠れるし、シャワーを浴びる時間もできる。

バスを降りる頃にはイアンは熟睡している。ダニーは息子を抱いてアパートメントに帰り、ベッドに寝かせる。自分も十五分眠り、シャワーを浴びて、汚れものを枕カヴァーに詰め込む。

シッターには早めに来てくれるように頼んであるが、洗濯しないともう着る服がない。

「冷蔵庫にマッケンチーズ(マカロニにチーズソースをからめた料理)がはいってる」シッターのチョーンシーがやってくるとそう伝える。近所に住んでいる大学生で、イアンも彼女になついている。

「やった」

「アニメ番組とお気に入りの農夫が出てくるビデオを見せてやってくれ」とダニーは言う。

「了解」

「洗濯が終わったら、一度帰ってくる。仕事に出かけるまえにイアンにキスしたいから」

ダニーは歩いてコインランドリーに行き、両替機で一ドル札を二十五セント硬貨にくずす。色ものと白い服を分け――これも公園で知り合った母親たちに教わったことだ、ありがとう――空いている二台の洗濯機に入れる。

三十分後、ジミー・マックがやってきて、隣りに坐る。

ジミーはある女性の家のガレージの上にあるアパートメントに住んでいる。賃料を現金で支払うと言うとその女の家主は喜び、よけいな詮索はしてこなかった。ジミーのほうは自動車修理工場で現金払いの仕事に就いている。

時々こうしてダニーと会うが、頻繁《ひんぱん》ではない。互いの家を行き来することもない。

ジミーは単刀直入に切り出す。「アンジーと子供たちをこっちに呼び寄せようと思ってる」

「まだ早い」

「けど、なんとかしないと」とジミーは言う。「アンジーはスーパーマーケットの〈アルマックス〉で食料品の袋詰めの仕事なんてしてるんだぞ。もしかしたら、おれはあっちに戻るべきなのかもしれない」

「それも駄目だ」

「おれには令状は出てない」

「ピーター・モレッティにそう言ってやれ」とダニーは言う。「きっと聞き入れてくれるだろうよ」

「このまま一生家族を放ってはおけないよ、ダニー」

はっきり口にしないものの、そこには非難が込められている。おまえは息子と一緒にいる、そもそもこうなったのはおまえのせいだ。おまえがヘロインを海に捨てたりしなきゃ、こんなことにはならなかった。ジミーは暗にそう言って、ダニーを責めている。

洗濯が終わる。ダニーは立ち上がり、洗濯ものを乾燥機に移す。

ジミーもそばに来て手伝う。「おれは稼がなきゃならない。金が要る」

「わかってる」

「で？」

「で、もう少しだけ待ってくれ、ジミー」

ダニーは乾燥機の蓋を閉める。

「いつまで？」とジミーは言いつのる。「何がどうなるまで待てばいい？」

その答はダニーにもわからない。

モネタとかいう女があきらめるまで？

ピーターが死ぬまで？

どちらもすぐにはありそうにない。

「何を考えてる？」とダニーは尋ねる。

ジミーは声を落として言う。「車だ。このあたりで盗んでメキシコに持っていけば、正規の値段より高く売れる」

「もし捕まったら？」

「おまえを警察に売るような真似はしないよ、ダニー」

「そんなことはこれっぽっちも思っちゃいないよ」とダニーは言う。「だけど、ＦＢＩもモレッティ兄弟もおれたちを捜してる……もうちょっとだけ待ってくれ、ジミー」

もう手は汚さない。ジミーにも汚させるつもりはない。もし誰かひとりでも捕まったら、全員護送車に乗せられて、ロードアイランドに逆戻りだ。そんなことになったら、イアンはどうなる？　母親は死に、父親はムショ送りなんてことになったら？　仮にうまくことが運んで、捕まらなかったとしても、噂はすぐに広まる。

一番伝わってほしくないところに。

そういうことだ。

結局、ジミーはダニーの頼みを聞き入れる。そういうやつなのだ。

忠義に厚い男だ。

むしろ心配なのはアルター・ボーイズのほうだ。

ショーンとケヴィンとはあまり話していないが、連絡は取っている。ふたりは数週間に一度、バーニー・ヒューズに電話して、居場所を伝えている。しばらくサンフランシスコのベイエリアにいたが、今はアナハイムに移り、毎日ディズニーランドがよいをしているらしい。

バーニーは今もニューハンプシャーに潜伏している。ダニーとしてはプロヴィデンスに近すぎるのが心配なところだが、実のところ、バーニー自身は悪事に加担したことはなく、大きな危険にさらされているとは言えない。

それでもジミーの言ったことは正しい。ダニーはそう思う。プロヴィデンスを発ったときにはとにかく逃げただけだった。具体的な計画は何もなかった。今もない。いつまでもこのままでいられるはずはない。

洗濯を終えて家に帰ると、イアンは起きていて、床に大きなレゴブロックを広げ、チョーンシーと遊んでいる。

「パパ！」

ダニーはイアンを抱き上げ、頬にキスする。「愛してる」

「ぼくも」

ダニーはイアンを床に降ろす。「おまえが眼を覚ます頃に帰ってくるよ」

「わかった」イアンは早く遊びの続きがしたくてもうずうずしている。

ダニーは歩いて仕事場のパブに向かう。

辛い日々が続く。

テリの死を悼《いた》み、イアンの世話をし、父の様子をうかがい、わずかな日銭を稼ぎ、令状の心配をする。誰かに気づかれやしないかとびくびくし、このさきどうやって生きていけばいいのか不安になる。イアンが大きくなったら育てていけるのか。いや、それを言うなら今だって充分とは言えない。わずかな稼ぎでは全然足りない。家賃にミルクにシリアルに……

それだけでなく、いつもまわりを見まわして警戒し、ずっと怯えていなければならない。

さっきちらっとこっちを見たやつがひょっとしてモレッティの偵察要員ということはないだろうか？　店に初めて来たあの客はＦＢＩじゃないだろうか？

ダニーの心はすり切れてぼろぼろになっている。

好き好んでこんな人生を送っているわけじゃない。それでも人生は人生だ。それに、人は自分の人生が好きになるもんだなんて誰が言った？　牢獄にいるわけでも、墓場で眠っているわけでもない。誰も殺さないし、誰にも殺されない。この世界ではそれ以上のことは望めないのか。

だとしたら、頭を低くして、口を閉ざし、ちょっとは謙虚になって、なんでもありがたいと感謝しながら暮らすべきなのかもしれない。

おれは息子を育てている。それがおれのすべきことだ。

今は父親でいることこそ。

5

大勢の人間がピーター・モレッティに不満を抱いている。

金は支払われることなく、儲け話に乗った者たちは出資した金を失った。

ピーターはなんとか言い逃れしようとする。リスクがあるのはわかってただろ？　積み荷を盗まれたんだ。ほかになんて言えばいい？　ああ、確かに。ここではピーターがボスだ。だから誰も説明を求めたりしない。が、ピーターも現実がわからないほど馬鹿ではない。ボスがボスでいられるのは、配下の者たちを稼がせるからだ。ボスのせいで金を失うとなったら、誰もが新しいボスを探すのは眼に見えている。

不満はピーターの耳にも届いている。くぐもっていて、はっきりとは聞こえなくても、不満がそこらじゅうに渦巻いているのはわかっている。今、彼はオフィスにいる。新たな相談役、ヴィニー・カルフォとともに。「ライアンについて何か手がかりは？」

「あの下衆《げす》野郎、ちっとも網に引っかからない」とヴィニーは答える。

ヴィニーは三年間、成人矯正施設で重量挙げをして過ごし、刑期を終えて出所したばかかりだ。体にぴったりしたTシャツを着て、銃と上腕三頭筋を見せびらかすのが好きなやつだ。見てくれもいいイタ公だ。それでもただの能なしのぼんくらではない。頭のいいやつで、自分でもストリップクラブや洗車場やアスファルト舗装の会社などを経営している。ピーターはこの男のことなどこれっぽっちも好きではないが、ほかにもう誰もいないのだ。

サル・アントヌッチは死んだ。

トニー・ロマーノも死んだ。

クリスは行方不明だ。

弟のポーリーはくその役にも立たない。あのあばずれのパムを妻にして、フロリダに移り住んでしまった。こっちで何が起きているか知ろうともしないし、手はおろか、指一本貸そうとしない。

戦争には勝った。が、モレッティ・ファミリーは兵隊を大勢失った。だから今、ピーターはヴィニーに命じて、新しい兵隊のリクルートにあたらせている。文句を言いたいところはいろいろあるが、なにより今はヴィニーが稼ぎ頭だ。ヘロインの一件で大金を失ったピーターにとって、今一番必要な人間だ。通りに人を送り込むことができなければ、金ははいってこない。

ピーターは今、がむしゃらに働いている。一年まえなら手を出さなかった詐欺まがいのしのぎにまで手を出している。市が所有するアスファルトを盗み、建設業者に売る。自動車修理工場の部品を安物とすり替え、本物は自動車販売業者に売る。そういう雀《すずめ》の涙ほどの稼ぎにしかならないしょぼいしのぎをしている。

現実は雀の涙ではまるで足りない。

「やっぱりクリスとライアンじゃないのかな」とヴィニーが言う。「あのふたりが、なんていうんだ――そう、共謀したんだよ」

ピーターはヴィニーをじっと見て言う。「共謀?」

ヴィニーは肩をすくめる。

「だったらジミー・マックニーズは?」とピーターは尋ねる。「家族はこっちに残ってるんだろ?」

「そうだけど……」

「だったら、あいつの女房に会いにいけ」とピーターは言う。「絶対に亭主の居場所を知ってるはずだ」

ヴィニーはなんとも言えない表情を浮かべる。

「なんだ?」とピーターは問いつめる。

「そういうことはしないんじゃないのか?」とヴィニーは言う。「なんていうか、おれたちにはルールがある。家族には手を出さない」

「おれの言うことが聞けないのか?」

「いい考えじゃないと言ってるんだ。みんなもきっとそう思う」

「だったら、その〝みんな〟に金を稼いでこいと言ってやれ」言ったそばから、まずいことを口走ったことが自分でもわかる。ヴィニーもみんなも金ならとっくに稼いでいる。

「クリスの女房はどうなんだ？」妻の話が出たのでヴィニーのほうから尋ねる。

「ケイトか？　あいつがどうした？」

「彼女のほうこそ亭主の居場所を知ってるかもしれない」とヴィニーは言う。

「ケイトとはおれが話す」

そう言ったものの、ピーターはクリスがヘロインを持ち逃げしたとは思っていない。持っているのはダニー・〝くそ〟・ライアンだ。あのアイルランド野郎、おれの金でジミー・バフェット（歌手でベストセラー作家。実業家としても知られ、著作の題名を冠したレストランが有名）なんかを気取ってやがったらただじゃおかない。ぼこぼこに痛めつけてから、息の根を止めてやる。


ヴィニーはマックニーズ家の呼び鈴《りん》を鳴らす。

アンジー・マックニーズがドアを開ける。ハンマーで叩かれたのかと思うほど打ちひしがれている。顔色は青白く、ずっと泣きどおしなのか、眼が腫《は》れている。「誰？」

「突然来て申しわけない」とヴィニーは言う。「おれはジミーの古い友達だ」

「いいえ、ちがう」とアンジーは言う。「ジミーの古い友達は全員知ってる。あなた、警察？　ピーターに言われて来たの？　それとも両方？」

「警察じゃない」とヴィニーは答える。「入れてもらえるかな？」

「お断わりよ」

ヴィニーは笑顔で応じる。「この寒いのにこうして外に立たせておく気か？」

「用件は？」

「ジミーはどこにいる？」

「知らない」とアンジーは言う。「知っててもあんたには教えない」

「連絡はないのか？」とヴィニーは食い下がる。

アンジーは何も答えない。黙ってドアを閉めようとするが、ヴィニーが足をはさんで阻止する。「アンジー……アンジーだったよな？　ジミーの居場所を知ってるなら正直に話したほうがいい。あんたのためにも、それに子供たちのためにも……」

自分でそう言いながら、ヴィニーは反吐《へど》が出そうになる。こんなのは正しくない。ピーターにもそう忠告したとおり、みんなもよく思わないに決まっている。マックニーズの家族にこういう仕打ちをするなら、自分の家族もいつそういう目にあってもおかしくない。みんなそう考えるだろう。

アンジーが眼に涙を溜めて言う。「あの人の居場所なんかほんとうに知らない」

ヴィニーは足を引っ込める。

アンジーはドアを閉める。

ピーターはクリス・パルンボの家のキッチンにいる。

ここには何度も来たことがあるが、いつもクリスがいた。彼の妻とふたりきりでカウンターテーブルにつくのは初めてだ。ケイト・パルンボのことは昔からよく知っている。高校生の頃からの知り合いだ。クリスの結婚式で花婿の付添人を務めたのがほかでもない、ピーターだった。

「クリスの居場所を知りたいんでしょうけど」とケイトは単刀直入に言う。

ケイト・パルンボはきれいな女だ。ピーターはそう思う。まえからずっとそう思っていた。ブロンドの長い髪、青い眼。ぺちゃぱいだが、何事にも完璧はありえない。クリスはよく冗談めかしてそう言っていた。「おっぱいを拝みたいなら、ストリップ小屋を経営するよ」

ピーターは言う。「こんなのはあいつらしくない。黙っていなくなるなんて。おれはあいつのことが心配なんだ」

ケイトは笑みを浮かべて言う。「あなたが心配してるのは自分のことでしょ、ピーター？」

「それもある」

「クリスがどこにいるかは知らない」とケイトは言う。「愛人のところにでも転がり込んでるんじゃないかしら」

「クリスに愛人がいたとは驚きだ」とピーターは言う。

「たわごとはやめて」

「ああ、確かに今のはたわごとだ」とピーターは認めて言う。クリスの愛人からはすでに話を聞いていた。彼の居場所に心あたりはなさそうだった。「どうしてもあいつを見つけなきゃならないんだ、ケイト」

「夫が殺されるとわかっていて、みすみす差し出すとでも思ってるの?」

「話をしたいだけだ」

「あんたなんかくそくらえよ、ピーター」

「そんな口は利かないほうが――」

「わたしを脅すつもり?」とケイトは言い返す。「いったいなんなの? 今まではこういうことにはルールがあった。わたしはそれを受け入れてきた。夫には愛人がいる……そう、夫には愛人がいる。それも受け入れた。夫は仕事の話はしない。わかった、仕事の話はしない。それも受け入れた。家に帰ってこない夜もあった。それも受け入れた。それなのに、あなたはずかずかと家にはいってきて、わたしを脅すの? そんなのはとうてい受け入れられない」

「居場所を教えてくれさえすれば――」

「出ていって、ピーター」

ピーターは立ち上がり、出ていく。

ピーターは二杯飲んでから市《まち》を出る。ウォッカを二杯だけ……いや、三杯か。州道四号線の路肩に車を停めて、運転席に坐ったまま州警察の警官が車に歩み寄るのを待つ。

警官がすぐそばまで来ると、ウィンドウを開ける。

「免許証と登録証を見せてください」

言われたとおり渡す。それですむと思っている。名前を見て誰だかわかれば、警官はこう言うに決まっている。「失礼しました、ミスター・モレッティ。ですが、次に乗るときにはもうちょっと気をつけてください」だからピーターは警官にそう言われないことに驚く。

「車から降りてください」

「なんだと？」

「車から降りてください」

「どうして？」

「私がそう言っているからです」

ピーターは警官の名札を見る。オレアリー。

なるほど。（オレアリーはアイルランド系の姓。警察官にはアイルランド系が多く、仕事熱心でも知られる）

「おれが誰だかわかってるのか？」とピーターは言う。

「車から降りてください」とオレアリーは繰り返す。「これが最後の警告です」

ピーターは外に出る。

ふたりの脇を車が次々に通り過ぎていく。なんという屈辱。

「どうして停止させられたかわかりますか？」

「スピードを出しすぎてた」とピーターは答える。

「酒を飲んでるんじゃないですか？」とオレアリーは訊く。

「飲んでない」

「息が酒くさい」

「マウスウォッシュのにおいだ」

「そうは思えませんね」

「一杯飲んだかもしれない」

「一杯だけ？」

ピーターは答えない。このくそったれ。おれが今置かれてる立場にいたら、おまえだって一杯や二杯飲まなきゃやってられないよ。こっちは何百万ドルもの大金を失い、手下たちから白い眼で見られ、おまけに頭痛の種を増やすだけの女房が待ってる家に帰らなきゃならないんだ。

オレアリーは酒気検知器でピーターの呼気を調べる。

数値は一・一。

「ロードアイランド州の基準値は〇・八です」とオレアリーは言う。「酒気帯び運転で逮捕します。うしろを向いて手をうしろにまわしてください」

「この仕事に就いてもう長いのか？」とピーターは尋ねる。「それも今日でおしまいになるぞ。おれがおまえの上司に一本電話をかければ」

「うしろを向いてください」

ただ、オレアリーも恩情を示して車をレッカーで押収することまではしない。ピーターは思う。車はポーリーにでも取りにこさせるとするか。フロリダから呼び寄せて。

一時間後、ピーターは保釈される。

ヴィニーが彼を迎えにいき、ナラガンセットの海岸――〝イタリアのリヴィエラ〟が不動産屋の謳《うた》い文句――沿いにある大きな家まで送る。妻が絶対にここでなければ駄目だと言い張った豪邸だ。車は石造りのアーチをくぐり抜け、私道にはいる。

クソ豪邸とはまさにこのことだ。ピーターはそう思いながら車を降りる。が、妻のシーリアにはどうしてもこの邸宅が必要だった。

「あなたは今じゃニューイングランド一のボスなのよ」と妻は言った。「老いぼれた田舎者みたいな暮らしはしていられない。見栄えってものがあるでしょうが」

もともと一家はクランストンにある立派な家に住んでいた。現代風で、寝室が四つとバスルームがふたつとトイレがひとつあり、なんの不満もなかった。ただ、シーリアはそれでは満足できなかった。

冗談じゃないわ。海を見渡せる場所で、私道には石造りのアーチがあって、寝室五つとバスルーム三つに加え、別棟のゲストハウスとテニスコートとプールがなくちゃ。いやはや、プールとは。すぐ眼のまえに大西洋が広がっているのに、それでもまだ水が足りないのか。それに、ふたりともテニスなんかやらないのに。シーリアは最近になってレッスンにかよいはじめたが。

この家を買うのに大金を払った。維持費も馬鹿にならない。ピーターは数百万ドルを失ったが、シーリアはしょっちゅうパーティを開いている。あの映画みたいに。あのロバート・レッドフォードなんかが出てるやつだ。

大きく深呼吸してから玄関のドアを開ける。一歩家の中にはいったとたん、シーリアが問題を投げつけてくる。それははいるまえからわかっている。

給湯器のお湯がなかなか温かくならない。室内装飾の職人には彼女の〝構想〟がまるでわかっていない。夫が買ってきた安物のウォッカなんか客には振る舞えない。もっとも、最近では問題はほぼジーナについてだが。

モレッティ夫妻には三人の子供がいる。息子がひとりと娘がふたり。ピーターはもっと子供をつくりたかったのだが、シーリアは次々に子供を産むだけの昔ながらのイタリアの母親になるのはご免だと思っていた。だから、ピーターに精管結紮《パイプカット》を迫った。ピーターは断固としてそれは拒否した。

「カットしないなら、あなたとはもうしない」とシーリアは言い放った。

「ピルを飲めばいいだろうが」

「ピルには副作用がある」

「おれのタマを切り取っても副作用も支障もない。そういうことか？」

「どっちだっていいでしょ？」とシーリアは言った。「愛人とだってゴムなしでヤれるんだから」

それは事実だ、とピーターは思う。だとしても、男には自分の妻とセックスする権利がある。その妻が盛大にパーティを開き、美容に金をかけ、クロゼットには贅沢《ぜいたく》な服があふれるほど詰まっているシーリアのような女ならなおさら。

結局、シーリアがピルを服用することで決着するが、ふたりがヤることはめったにない。シーリアがパーティで何杯か酒を飲み、客が帰ったあともいい気分でいるときくらいだ。

ただ、シーリアはいざヤるとなると、とことんヤる。ベッドでの彼女はまるで野獣だ。おまけに美しい。その美貌は誰にも奪うことはできない。それを保つには金がかかるが、それだけの値打ちはある。

ともあれ、子供はヘザーとピーター・ジュニアとジーナだけということになった。ヘザーは二十歳、ピーター・ジュニアは十八歳、ジーナは十六歳。見事に二歳ずつ歳の離れた理想の兄弟姉妹だ。

ヘザーはロードアイランド大学の学生で、すでに家を出ている。頭のいい子で、経営学を専攻している。ピーターとはとても仲がいい。ただ、週末もあまり家には帰ってこない。ピーターはそのことを淋《さび》しく思っている。友達と遊び歩いているのだろう。まあ、大学生とはみんなそんなものだろうが。

ピーター・ジュニアは父親から見ても理想の息子だ。ハンサムで、運動神経がよくて――野球でもバスケットボールでもスター選手だった――礼儀正しく、女の子にはやさしく、男の子たちのリーダー的存在だ。ピーターはそんな息子を誇りに思っている。

〝男同士の話〟ももうしてある。

セックスについての話ではない。父親はマフィアだという話だ。

ピーター・ジュニアは父親が何をして家族を養っているか知っている。それがわからないほど馬鹿な子供ではない。息子が十六歳になった日、ピーターは息子と向き合い、こう言った。「これはおれの人生だ。だけど、おまえはちがう。おまえならもっといい仕事に就ける。医者でも、弁護士でも……」

ピーター・ジュニアはどちらの人生にも興味はなかった。

今もまだない。

まずは軍に入隊したい。息子はそう言った。

海兵隊にはいりたい、と。

「どうして？」とピーターは尋ねた。「大学には行かないのか？」

「それが使命だから」と息子は答えた。「まず軍にはいって、それから大学に行く。そうすれば学費をまかなえる」

「金の心配ならしなくていい」とピーターは言った。

実際、心配する必要はなかった。

そのときはまだ。

ピーターには息子の決断が不思議でならなかった。シーリアは断固反対した。世の母親がみなそうするように。が、ピーターは内心では息子を誇らしく思っていた。で、結局ピーター・ジュニアは入隊した。

息子についてはなんの心配もない。

問題はジーナだ。

どうしてこんなことになったのか、ピーターにはまるでわからない。

ジーナは母親に似てきれいな子だ。いや、母親より美人と言ってもいい。それなのに、いつも不幸のどん底にいるような顔をしている。

いつも落ち込んでいる。

拒食症になり、次は一転して過食症になり……いつも泣いている。癇癪《かんしゃく》を起こし、母親やピーターに向かってわめき散らしているときを除くと。あるいは、ベッドで横になり、ただ天井を見つめているときを除くと。

〝才能に恵まれた〟子だが、成績は振るわず、チアリーディング・チームも抜け、体操教室もやめた。シーリアは夫の反対を押し切ってジーナを精神科病院に連れていった。効果がないとわかると別の病院に、それでも駄目だとまた別の病院に。医者はいろんな組み合わせの薬を処方したが、症状は悪化するばかりだった。

ピーターは家の中にはいる。シーリアが待ちかまえている。片手にマティーニを持って。夫のためではなく、自分で飲むために。

彼女が夫のために用意しているのは胸焼けがひどくなる材料だけだ。

「あの子は自分の部屋にいる」とシーリアは言う。

「そりゃそうだろう」

「自分を切り刻んでる」

「どういう意味だ？」

「自分の体を切り刻んでる」とシーリアは続ける。

「小さなナイフで両脚を切ってる。深くはないけど、血が出るくらいに。それってちょっとどうかと思う」

「どうかって？」

「ローザがシーツを取り替えていて、血がついていることに気づいたのよ」とシーリアは言う。「恥さらしもいいところよ。ジーナを問いつめた」

「そうしたら？」

「そうしたら、自分でやったと白状した」

「どうしてそんなことを？」とピーターは尋ねる。

「生きていることが実感できるんだって」

「自分で自分を傷つけることで」とピーターは言う。

「あの子はそう言ってた」

ピーターはホームバーのところまで行き、ウォッカをグラスに注ぐ。なんてこった、娘が自傷行為をしているとは。

「シュナイダー先生に電話したわ」

「あのうさんくさい医者はなんて？」

「施設がある」とシーリアは言う。「ヴァーモントに」

「施設？」

「ジーナみたいな子のための施設」

「どういう意味だ」とピーターは言う。だんだん怒りがこみ上げてくる。「ジーナみたいな子っていうのは？」

「自分の体を傷つけてしまう子たちのこと」

「娘を精神科病院に入れるつもりはない」

「精神科病院じゃない」とシーリアは言い返す。「寄宿学校っていうか、リゾートみたいなところよ。ただ、医者もいるだけで」

「リゾートならおれが行きたいくらいだ」とピーターは言う。「駄目か？」

「シュナイダー先生は入院させたほうがいいって」

「おれと賭けるか？　その医者は施設と組んでるに決まってる。どれだけ金がかかるかわかってるのか？」わかるはずもない、とピーターは思う。シーリアは値札を気にしない女だ。「それでいつまで預けなきゃならない？」

「それはまだわからない」とシーリアは答える。「治療がうまくいくか見てからでないと」

「ああ、そうだろうとも」とピーターは言う。「わからないならおれが教えてやる。おれたちが金を払いつづけるかぎりずっとだ。払えなくなったとたんにあの子は全快するに決まってる。まるで奇跡みたいにな」

「娘のためなのよ」とシーリアは食い下がる。「それなりにかかってもしかたない」

「うちにはそんな金はない」

「どういう意味？」

「どういう意味かだと？」ピーターはウォッカをたっぷり一口飲む。「何がわからない？ うちには、金が、ない。あるのはエスカロール（イタリア料理に使われる葉物野菜）くらいだ。わかったか《カピーシュ》？」

ピーターは親指と人差し指をこすり合わせ、金を意味する仕種《しぐさ》をする。

「いつから？」とシーリアは尋ねる。

「今は事業がうまくいってない」

シーリアはピーターをじっと見つめる。ピーターも見返す。彼女が今身につけているのもいかにも彼女らしい〝衣装〟だ。金色のシルクのブラウスのボタンをちょうど胸の谷間がのぞくくらいまではずし、形のいい尻を見せびらかすように、ぴったりしたジーンズを穿《は》いている。ピーターが稼いだ金でジムの会費を払い、パーソナルトレーナーまでつけているおかげだ。シーリアはきれいに整えた眉を吊り上げ、ピーターを見つめる。「でも、愛人の首にダイアモンドのネックレスをぶらさげるお金はある。ちがう？」

ピーターは音をたてて乱暴にグラスを置く。「寄宿学校でも精神科病院でもスパでもいいが、どうしても入れたいって言うなら、この家を売ることだ。そうすれば金を払える。おまえの指にはまってる宝石を売ればいい。そうすれば金ができる。階上《うえ》の靴箱にはいっている靴も全部売り払ってこい。くそったれ。そうすりゃすぐに金になる」

「ピーター、ほかに手はないのよ」

「いや、シーリア」とピーターは言い返す。「あの子は自分にかまってほしいだけだ」

「あなたがちっともかまわないからよ」とシーリアも言い返す。「いつも仕事が忙しいって言って」

ああ、そうだ。おれは忙しい。あの子に服を着せ、屋根のある家に住まわせ、食べさせるために必死で働いている。どうせ全部吐いてしまうのに。「あの子はもっと強くならなきゃいけない。自分で自分を傷つけて、その褒美にヴァカンスに行かせてもらえるだと。いい加減《バスタ》にしろ。もううんざりだ」

シーリアはピーターを睨みつける。ありったけの憎しみを込めた眼で。「あんたなんて大嫌いよ」

「だったら列に並ぶこった。おれを嫌ってるやつは大勢いるから」

ピーターは酒を飲み干し、階上《うえ》にあるバスルーム付きの寝室に行く。寝室からは広々とした海が見渡せる。服を脱ぎ、バスルームでシャワーを浴びる。寝室に戻り、バスローブを着ると、弁護士に電話して飲酒運転の件がどうなったか尋ねる。

「最善を尽くしましたが」と弁護士は言う。「千ドルの違反金で手を打つのが精一杯でした。ですが、服役は免れました」

「まったく、この州はいったいどうなっちまったんだ？」とピーターはぼやく。

「それからＡＡ（アルコール依存症自主治療会）の集会にも出席しなければなりません」

「〈十二のステップ〉がどうのこうのっていうあれか？」とピーターは言う。「勘弁してくれ。おれはアル中じゃない」

「免許証を剝奪されたくはないでしょ、ピーター？」と弁護士は言う。「大したことはありません。ただ坐ってお涙ちょうだいの話を聞いていればいいだけです。終わったら書類にサインしてもらう。それでおしまいです」

ピーターは電話を切る。

クソ集会に出ろだと？

娘は頭がいかれてる。

妻はおれを憎んでる。

おれは破産寸前だ。

仲間たちがいつ反乱を起こしてもおかしくない。

戦争に勝ったのにこのざまだ。負けていたらどんな目にあっていたか考えるとぞっとする。

何がなんでもダニー・ライアンを見つけなければ。

6

父親に会いにいくだけでも危険をともなう。

マーティとネッドは偽名を使い、いかがわしいガスランプ・クォーターにある単身者用の長期滞在型ホテルに身をひそめている。ダニーを追っている者はみな彼が父親と息子を連れて逃げたことを知っている。こうして頻繁に訪ねていれば、見つかる確率は高くなる。

ただ、かつてゴールデン・ライオン酒場があったこの場所――今にも死にそうな老いぼれのアル中でいっぱいの場所――はマーティにはぴったりだ。

いつものように食料品を持って、父の部屋に向かうダニーを受付係が呼び止める。「話があるんだけど」

「なんだ?」

「あんたのおじさんだけど」と受付係は言う。「出ていってもらわなきゃならない」

「どうして?」

「ひとりじゃ生活できないからだよ。自分がどこにいるのかもほとんどわかってないんだから」

　ダニーはロビーを見まわす。年寄りが五、六人、どこかを一心に見つめている。ほかにもふらふらと歩きまわり、見えない幽霊とおしゃべりしている人たちもいる。「だったら、この人たちはどうなんだ、マゼラン？」

「おじさんはベッドで用を足しちゃうんだよ」と受付係は言う。「で、苦情が来てる。においがひどいって」

　マーティが衰えているのはわかっていたが、そこまでとは知らなかった。ネッドがそんなことでマーティを見捨てるわけがないが。しかし、近頃、マーティは記憶も曖昧《あいまい》で、脚の震えもひどくなっている。何度かテリはどうしてると訊かれたこともある。それでもベッドで失禁とは。

「オーナーが出ていってもらうしかないって言っててね。一週間は待つけど」

「わかった。ありがとう」

　さて、どうする？　ダニーは途方に暮れる。

　半ば脅すようにしてマーティを病院に連れていき、検査を受けさせる。マーティは口をきわめて息子を罵《ののし》るが、それでも病院には一緒に行く。

　医者が診察室から出てきて、ダニーに話をする。若いが、現実的なものの見方をする医者だ。「詳しく検査をしようと思えばいくらでもできますが、どう見てもあなたのおじさんが認知症を患っているのは明らかです。末期の慢性アルコール依存症のせいもあって、かなり進行しています。肝臓は完全にやられています。身体機能は制御が利かず、認知機能もどんどん衰えています。一時的に正気に戻ることもありますが、完全介護の施設に入居するしかなさそうです」

老人ホームにはいるしかないなどと言おうものなら、きっと激しく抵抗するだろう。ダニーはそう思っていた。が、予想に反して父はまったく抵抗しない。

「自分専用の部屋があるのか？」とマーティは尋ねる。

「ああ、個室がある」

「看護師は手でしてくれるのか？」

「それは自分で交渉してくれ」とダニーは答える。

「任せておけ」

もうひとつの問題は金だ。ダニーには払えるあてがない。が、マーティが思いがけないことを言う。「保険にはいってる。長期介護契約だ」

「なんだって？」

「おまえの奥さんに言われて契約した」

それなら合点がいく、とダニーは思う。テリはいつだって用心深かった。いつもさきのことを考えていた。

もっとも、それはそれで危ない橋を渡ることになる。保険を利用するには本名で入所しなければならない。マーティには容疑はかけられていないし、令状も出ていないが、ダニーにつながるおそれがある。

それでも背に腹は代えられない。ダニーは覚悟を決める。

ほかに選択肢はないのだから。

ノースパークの施設に空きを見つける。

別れぎわ、マーティの眼がほんの少し潤《うる》む。父がこんなふうに人間らしい感情を見せたのは初めてかもしれない。

ネッドはいつものように冷静沈着だ。が、相当辛いはずだ。ダニーにはそれがわかる。

会いたくなったら、バスに乗ればいつでも来られる。ネッドはマーティにそう告げる。

「おれも週に何日かは会いにくるよ」とダニーは言う。

「わかった、ジョン」とマーティは答える。

「父さん、おれの名前はダニーだ」

「からかっただけだ、馬鹿たれ」とマーティは言う。「気をつけるんだぞ。おまえにもしものことがあったら困る。〈ホーメル〉のコンビーフハッシュは誰が届けてくれるんだ？」

その夜、ダニーは夢を見る。

ものすごくおかしな夢を。

彼はスワン・ポイント墓地にいる。テリの墓を探して歩きまわるものの、見つけられない。すると、シーラ・マーフィがいるのに気づく。パットの墓石のまえで、ナラガンセット・ビールの瓶を持って立っている。ビールをパットの墓にかけている。

ダニーに気づいて、彼女は言う。

「ダニー？　ほんとうにあなたなの？」

「シーラ？　これはいったい――」

「わたしは毎日ここに来てるの」とシーラは言い、ダニーを見つめる。本物かどうかまだ信じられないようだ。「あなたは死んだとばかり思ってた」

「死んでない」

「イアンは？　生きてるの？」

「ああ、元気にしてる」

「だけど、テリはそうじゃない」とシーラは言う。「パットと一緒にここで眠ってる」

「テリの墓が見つからないんだ」とダニーは言う。

シーラは唐突に告げる。「わたし、再婚したの」

「ほんとうに？」

「パットの兄弟と」

「リアムと？」とダニーは驚いて訊き返す。

「いいえ」と彼女は答える。「リアムは死んだわ。ここで眠ってる。わたしの再婚相手はパットのお兄さんのトミーよ」

ダニーは困惑する。マーフィ家には息子はふたりしかいない。パットとリアムしか。そのとき、男が歩いてくる。パットによく似ている。が、パットより少し年上で、がっしりしていて、落ち着きがあり、堂々としている。

「会えて嬉しいよ、ダニー」とトミーが言う。「でも、ここはきみがいるべき場所じゃない。きみはここが自分の居場所だと思っているけれど、きみの居場所はここじゃない」

「だったら、どこなんだ？」

「私にはわからない」とトミーは答え、シーラの肩に腕をまわす。大きな手をしている。

「ただ、パスコがそう言っていた」

「いつパスコに会った？」

「いつも会ってる」

いつのまにかシーラは編みものをしており、緑色のセーターをダニーに手渡して言う。

「イアンにこれを。自分がどこから来たのか忘れないように（緑はアイルランドを象徴する色）」

そこでダニーは眼を覚ます。自分がどこにいるのか思い出すのに一分ほどかかる。まだ少しショックを受けている。ダニーは夢のお告げを信じるような人間ではない。夢に意味があるとも思っていない。それでもひどく混乱する。パットにはリアムのほかに兄弟はいない。そもそもシーラが再婚するとも思えない。

それに、おれの居場所はそこじゃないというのはどういう意味だ？　そのこととパスコになんの関係がある？

そもそも、どうしてテリの墓を見つけられなかったのか？　テリの墓には絶対に行けないとわかっているからかもしれない。

イアンがぐずる声がする。ダニーは部屋を出てイアンのところに行き、朝食をつくる。オートミールにしようか。スクランブルエッグでもいいかもしれない。イアンが食べてくれそうなら。

7

　クリス・パルンボはむずかしい問題に直面していた。

　ドミンゴ・アバルカの組織から四十キロのヘロインを仕入れる取引きをまとめ、ピーター・モレッティとニューイングランドのマフィアの半数にその費用を出資させ、ダニー・ライアンとアイルランド系の連中にヘロインを略奪させた。

　全員を手玉に取る。いかにもクリス・パルンボのやりそうなことだった。

　まず、ダニー・ライアンを言いくるめてアイルランド系マフィアにヘロインを強奪させる。強奪させたそのヘロインをＦＢＩのジャーディンと組んで持ち逃げし、ピーターに一泡吹かせる。ピーターは出資した者たちに金を返せず、その責めを負う。

　そうやってピーターを玉座から引きずり下ろし、自分がその後釜に坐る。それがクリスの算段だった。

　ピーターがへまをするたびに尻拭《しりぬぐ》いする役目にはほとほとうんざりしていたのだ。ピーターに分けまえを上納するのにも、弟のポーリーがしくじって後始末をさせられるのにも。

が、計画は無残にも失敗に終わった。

クリスはダニー・ライアンが隠し持っている十キロを奪う手筈《てはず》になっていた。ところが、ダニーはここぞとばかりに度胸を見せ、家族を殺すと脅してクリスを退《しりぞ》けた。まあいい、十キロは失ったかもしれない。かなりの量だが、致命的ではない。なのにジャーディンまでもが殺された。

あの身のほど知らずのクソ野郎。

結局、クリスの手にはいるはずだったヘロインはすべて失われた。過去の不徳を清算しようという目論見はジャーディンの死とともに消え去った。おまけに、ヘロイン強奪の件でピーターが彼を疑っているのはまちがいない。血眼《ちまなこ》になって行方を捜しているだろう。で、権謀術数に長《た》けたクリス・パルンボはこの上なくシンプルな解決策を選んだ。

逃げた。

ピーターが死刑宣告を出したからといって、のこのこ出ていって刑を執行させることはない。

そういうことはおれ抜きでやってくれ。

組織の長に君臨する野望を絶たれ、逃げ出すことにはなったが、クリスはそれほどがっかりしていなかった。実のところ、マフィアの一員でいることにも、同胞同士の密接な関係にも、ほとほとうんざりしていたのだ。誰もが誰かにへつらいながら生きているロードアイランドの暮らしに、すでに息がつまりそうになっていた。日曜日ごとの夕食会も、結婚式も、洗礼式も、あらゆる行事への参加を強制されて窒息しそうになっていたのだ。

確かに彼にも家族はいる。が、子供たちはもう大きくなったし、妻のケイトはひとりでも充分生きていける。

あとでいくらか金を送ればいい。送れるだけの金ができたときに。

それに、永遠に帰らないわけではない。ほとぼりが冷めたら戻る気でいた。ピーターの横暴に嫌気が差して、どうにかしなきゃならないと、みんなが立ち上がるときが来るかもしれないではないか。

それまでの辛抱だ。家族にしたって、夫と父親が死ぬより、行方をくらましているほうがいいに決まっている。そういうわけで、クリスは万が一に備えて愛人の部屋の床下にこっそり貯えてあった十万ドルを持ち出し、愛人の頬にキスをして、市《まち》を出たのだった。

当初はフロリダに行こうかと思っていたのだが、考え直した。北東部に住むマフィアはたいていマイアミやボカラトンで週末やヴァカンスを過ごす。第二候補はラスヴェガスだったが、そちらにも同じことが言えた。

それでもやはり暖かい場所がよかった。日光が燦々《さんさん》と照りつける場所に行きたかった。

で、今、クリスはこうしてアリゾナ州スコッツデールでビールを飲んでいる。テーブルをはさんで向かいにはフランキー・ヴェッキオが坐っている。

フランキー・〝あほんだら〟・Vは地獄耳な上にやたらと口が軽い。どんな噂も耳に入れ、聞いた話に尾ひれをつけて人に話す。

ダニーたちアイルランド系をヘロインの強奪作戦に巻き込むのに、クリスが利用したのがフランキー・Vだった。フランキーはアイルランド系に不利な証言をすることと引き換えに無罪放免となり、証人保護プログラムの適用を受けて新しい人生を送っていた。

しかし、フランキーは手の施しようのない馬鹿だ。プログラムの保護を受けるとき、馬鹿正直に分けまえのヘロイン五キロを当局に提出してすっからかんになった挙げ句、プログラムで用意されたアルミ製の外壁材だかなんだかを売る仕事に飽きて、プログラムから逃げ出したのだ。

だから、今はフランキーも逃亡の身だ。

ただ、フランキーのいいところは、使い勝手がいいところだ。クリスはそう思っている。人に使われることにかけては、彼の右に出る者はいない。

フランキーはアリゾナを嫌っている。少なくともクリスにはそう言う。「どこを見ても茶色《マローン》くて、すごく暑い。頭が爆発しそうだ」

クリスはそう思わない。自分でも驚いたことに、砂漠での暮らしがとても気に入っている。まぶしい太陽も、暑いのも苦にならない。コートを着込み、ブーツを履き、手袋をしなくてすむのがこれほど快適だったとは。たいていはポロシャツにショートパンツ、それにサンダルで過ごしている。暑いのが嫌なら、エアコンを使えばいい。早朝にゴルフをやって、陽が沈んで涼しくなったら続きをやる。

クリスはもっと早くスコッツデールに来ればよかったとさえ思っている。

女房のケイトもここが気に入るかもしれない。いつも喧嘩ばかりしている姉妹と離れ離れになるのに耐えられるなら。

フランキーは住民たちの民族構成にも文句を言う。「メキシコ人が多すぎる。気づいてたか?」

「ここはもともとメキシコだったからな」

「おれに言わせりゃ、今でもそうだ」

クリスはそのこともまるで気にならない。メキシコ料理も口に合うようになってきている。ただ、メキシコ風の音楽団《マリアッチ》だけはいただけないが。

ともあれ、クリスはアリゾナが好きだ。

女もできた。不動産会社のマネージャーで、寝室が一部屋のきれいなコンドミニアムを紹介してくれ、申込書に記入するときにはあれこれ不都合な質問をしてこなくて、おまけにベッドの使い心地まで一緒に試してくれた。

クリスは本気でホームシックにかかろうと努力した。主に罪悪感からだが、ケイトと子供たちを恋しく思おうとした。が、現実にはそうはならなかった。今はまだ。ここでの生活はすばらしく、快適で、クリスは幸せを感じている。

唯一の問題は金だ。

どんどん減りつつある。

十万ドルと言えば大金だし、当面は心配ない。が、やがてその金も底をつく。いずれさらに金が必要になる。ほんとうは自動車販売店を経営したいのだが、表だって合法の事業をすることはできない。一度橋を渡ってしまったら、二度と反対側には戻れない。それがおれたちみたいな輩《やから》の人生だ、とクリスは思う。

「で、どうする?」とフランキーが尋ねる。この男からアイディアがひとつでも出されることは決してない。

「もう一度アバルカの組織と取引きしようと思ってる」とクリスは答える。

「前回うまくいったからか?」

「いいか、メキシコのやつらはちゃんと金を受け取ってる」とクリスは言う。「おれたちに含むところはないはずだ。ただ、今回はヘロインじゃなくてコカインにしようと思う。もっと上客を狙う」

「どういうことだ? ジャンキーの売春婦に売るのか?」

「そうじゃない、金持ちの白人を相手にするんだ」とクリスは説明する。「医者とか弁護士とか先住民族の首長とか。ゴルフをしながら、クスリでハイになるチャンスを求めてる連中だ」

「元手はあるのか？」

「おれには信用がある」

「ほんとに？」

ほんとだ。クリスは胸につぶやく。そうでなきゃそんなことは言わない。

翌日、ふたりはクリスのキャディラックでニューメキシコ州ルイドソに向かう。そこではアバルカの右腕が馬の飼育牧場を経営している。


ヴィニーはいくらでもヤれる。

疲れ知らずだ。

シーリア・モレッティはベッドから出て服を着る。モーテルでシャワーを浴びてから帰るか、シャワーは家に帰ってからにするか少し迷ってから、後者を選ぶ。どのみちピーターは家にいない。〈ホリデイ・イン〉の駐車場に車を停めておく時間は短いに越したことはない。奥のめだたない場所に停めてあったとしても。

ヴィニーはベッドに寝そべったまま、いつもの得意げな顔をしている。

ええ、そうでしょうとも、とシーリアは思う。わたしをイかせたから。だけど、こっちだってあんたをイかせてあげたじゃないの。まったく。まるで壊れた消火栓みたいだった。

「じゃあ、また水曜に？」とヴィニーは尋ねる。

「またここ？」

「いや、場所は変えたほうがいいな」とヴィニーは答える。

ボスの妻とヤるなら、いくら用心しても足りることはない。


ピーターはＡＡの集会に参加する。すこぶる退屈なことには変わりないが、酔っぱらいどもから面白い話を聞けることもあるし、なによりここにはコーヒーとクッキーがある。何度か参加するうち、ピーターは集会が好きになりかけている。静かで、平和で、それでいて感情を刺激する何かがここにはある。

六回目の集会で若い女に会う。赤毛を長く伸ばして、淋しげな顔をしている。

彼女に会うのは何年かぶりだ。

キャシー・マーフィに会うのは。


彼女のほうも彼に気づく。

かつてふたりは友達とも言える仲で、一緒にビーチで遊んだり、パスコ・フェリの海辺の家のパーティで顔を合わせたりしていた。彼女がまだクリーンで素面《しらふ》だった頃のこと、クスリにも酒にも手を出すまえのことだ。

あんなことがあって、マーフィ・ファミリーとモレッティ兄弟の戦争が勃発するまえの話。兄と弟が殺され、父が刑務所送りになったあと、キャシーはまたクスリを打つようになった。なんとかやめようとして、こうして教会の地下でおこなわれる集会にも参加しているが、なかなかやめられずにいる。

ふたりは教会の外の階段で向き合う。

「キャシー」

「ピーター」

どちらも何を話せばいいのかわからない。何が言える？　彼のせいで彼女の家族も人生も滅茶苦茶になったというのに。

いや、正確にはそれは正しくない。キャシーはそう思う。すべては身から出た錆《さび》、因果応報だ。リアムと一緒になってヘロインの略奪なんてしないでほしい。キャシーはよき友ダニーにそう懇願した。それなのにダニーは計画を実行した。

ピーター・モレッティにやらされたわけではない。

キャシーは言う。「まさかこんなところであなたに会うなんてね」

「飲酒運転で捕まったんだ」とピーターは言う。「そっちは？」

「知ってるでしょ、わたしが昔から問題を抱えてるのは」

「ああ、そうだった」

長い沈黙が流れる。が、どちらも立ち去ろうとしない。ほかの参加者はもう誰もおらず、まだ階段に立ち止まっているのはふたりだけだ。

ピーターが口を開く。「こんなことを言うのはおかしいけど、コーヒーでもどうかな？」

確かにおかしい、とキャシーは思う。それでも、最後に打ったクスリのおかげでまだ少しハイになっているからか、それとも何かしていないとまた打ってしまうことがわかっているからか、キャシーは誘いに応じる。

ふたりは一緒にコーヒーを飲む。それだけだ。

禁酒プログラムの話をする。

気づくと、ピーターはジーナの話をしている。

娘のことをもっと気にかけようと努力している、ヴァーモントにある五つ星の精神科病院なんかには断じて入れない。

だけど、うまくいかない。なにしろ、ジーナは部屋に鍵をかけてほとんど閉じこもっているし、ピーターは金を掻き集めるのに忙しくてあまり家にいられないからだ。

キャシーは黙って聞き役に徹する。非情きわまりないと思っていたピーター・モレッティがこんなふうに心の内をさらすことに驚いている。

「集会でみんなに話せばいい」とキャシーは勧める。

「やめてくれ」とピーターは答える。

〝クォーターホース〟というのは馬の四分の一という意味ではない。クリスはフランキー・Ｖにそう説明しなければならない。

「馬の品種のことだ」とクリスは言い、ネト・バルデスの牧場に続く道を車で進む。「牧場で牛を追わせたり、競馬をさせたりする馬だ」

「だったら、どうしてクォーターホースなんて名前なんだ？」とフランキーは尋ねる。

「知るわけないだろ？」とクリスは突っぱねる。

それがなんだっていうんだ？

とはいえ、馬の飼育は相当儲かるらしい。この牧場はなんとも美しい。緑のきれいに覆われた放牧地との境界に連なる、白くてどこまでも長い柵を見てクリスは圧倒される。散水用のスプリンクラーが規則的なリズムで音をたてている。

ネトは家の外に出てふたりを出迎える。

白いカウボーイハットをかぶり、真珠のように光るスナップボタンのついたデニムシャツを着て、最高級の〈ルケーシー〉の茶色いウェスタンブーツを履いている。

癪《しやく》にさわるほどハンサムな男だ。

ネトはクリスを歓迎する。「クリス、久しぶりだな」

いかにも。こうして会うのはクリスがヘロインの荷揚げを手配したとき以来だ。

「ネト」とクリスは言う。「こっちは友達のフランキーだ」

「ようこそ《ビエンベニド》」

ネトは彼らに厩舎《きゆうしや》を案内する。そこにいるクォーターホースには十五万ドルもの値がつくという。「でも、種馬のほうがずっといい金になる」

ネトは馬の精液を冷凍して出荷するのだと説明する。

「馬の精液が金になるってことか？」とフランキーはクリスにこっそり訊く。

「そうみたいだな」

「なんてこった」とフランキーは驚く。

このさきアメリカの競馬場は二度と安全ではなくなる。クリスはそう思う。早くもフランキーがどうやって馬をしごいてまわろうかと考えているところを見ると。

見学ツアーを終えると、ネトはふたりをパティオに連れていって昼食を振る舞う。豪勢な昼食——牛肉《カルネアサーダ》のステーキ、エビ、瑞々《みずみず》しいフルーツ、キンキンに冷えたビール。最高だ。

ようやく仕事の話になる。クリスはコカインを買いたいと申し出る。

「どれくらい？」とネトは尋ねる。

「十キロばかり」とクリスは答える。

「用立てることはできる」とネトは言う。「一キロあたり一万七千ドルだ」

「それは外国人向けの値段だ」とクリスは言う。「メキシコ人にはいくらで売ってる？」

「あんたはメキシコ人じゃない」とネトは言い返すが、笑みを浮かべている。

「おれはあんたを兄弟同然に思ってる」とクリスは言う。

「あんたのことは好きだよ、クリス」とネトも言う。「買う量を増やせるなら、一万五千に値下げしてもいい」

「十五キロ買うから、キロあたり一万五千ドルでどうだ？」とクリスは持ちかける。

「契約成立」とネトはあっさり応じる。

「現金で五万ドルある」とクリスは続ける。「それを置いていく。残りは用意できてから払う」

「おいおい、クリス」

「なあ」とクリスは言う。「すぐに買い値の倍にできるのはわかってるだろ？　ミネアポリスとかオマハとかの中西部に行けば、あっというまにさばける」

「残りの十七万五千ドルは後払いってことなら売れない」とネトは渋る。「おれはあんたが好きだよ、クリス。だから、あんたが無茶な商売に手を出して首がまわらなくなるのは見たくない。こうしよう。その値段で五キロ売ってやる。残金はあとで払ってくれ。ブツを売って、金ができたら清算しにくる。それを繰り返す」

「わかった」とクリスは言う。

「ただ、担保が要る」とネトは言う。

「あいにく今は持ち合わせがない」

「あんたは逃亡中の身だ」とネトははっきり言う。「事情は全部聞いてる。だから、なおさらこっちとしちゃ保証がないと困る。わかるだろ、クリス？」

クリスは担保を渡す。

フランキー・Vを置いていく。

質に入れるようなものだ。

クリスが金を持ってくれば、フランキーは買い戻される。

戻って来なかったら……

フランキーは一巻の終わりだ。


ピーターは帰宅する。玄関を開けて中にはいった瞬間、悲鳴が聞こえる。シーリアの声だ。二階から聞こえてくる。ピーターは二段飛ばしで急いで階段を駆け上がる。ジーナの部屋のドアが開いている。

シーリアが部屋のまえに立っている。

今まで聞いたことがないような甲高《かんだか》い声で叫んでいる。

ピーターは妻を押しのけ、室内を見る。ジーナがベッドに横たわっている。

カヴァーが血に染まっている。ジーナの頭がマットレスの外にはみ出してのけぞっている。眼は開いたままで、天井を見つめている。口も開いていて、舌が横に垂れている。

床に左手から落ちたナイフがある。

ピーターは娘を抱え起こそうとする。娘の体は力なくぐにゃりとしている。両手首に深い切り傷がある。

ピーターは娘の顔を叩《はた》いて呼びかける。「ジーナ！　ジーナ！　眼を開けろ！」

反応はない。

ピーターはシーリアに向かって怒鳴る。「救急車を呼べ！」

シーリアはその場に立ち尽くしたまま、ただ叫びつづけている。

「早く救急車を呼べ！」

シーリアは夫をただじっと見る。

「手遅れよ、もう」と彼女は言う。「もう死んでる」

「嘘だ、嘘だ、嘘だ……」

シーリアが言い放つ。「あの子は死んだ。あなたが殺したのよ」

ジーナ・モレッティの葬儀はただただ悲しみに包まれる。

大勢の参列者が集まる、もちろん。市《まち》じゅうの成金や有力者に縁のある者たち。政治家もほぼ全員顔をそろえ、警察官も大勢いる。さまざまな友人や近隣の住民とその妻たちもいる。教会にも墓地にも多くの人々が詰めかける。

ピーター・ジュニアも忌引《きび》き休暇を申請して、妹の葬儀のために帰ってきている。

あまりに悲しい光景だ。

娘に先立たれた両親は並んで立っているものの、互いに一言も口を利かない。黒い喪服を着たシーリアは痛ましいほどに美しい。が、ヴェールに隠れた顔を見れば、薬のおかげで、それにおそらくは酒のおかげで、ぎりぎりのところで取り乱さずにいることがわかる。

ピーターは石のごとく黙りこくっている。

ひそひそ声の疑問が飛び交う……あんなに可愛い子がいったいどうして……なんの不自由もないはずなのに……あの一家に何があったのか……よその家のことは他人にはわからない……

ピーターが棺《ひつぎ》の付き添い人として娘を納めた棺を地中に降ろす。ピーター・ジュニアも一緒に棺を埋める。ピーターの弟ポーリーとヴィニーのほか手下のふたりも手伝う。

そばで見守っていたシーリアがこらえられなくなる。ジーナの棺に土を一握りかけたとたん、膝からくずおれる。ピーターは抱きかかえようとするが、彼女はその手を振り払う。倒れる寸前にポーリーとパムが彼女を抱え、支えて歩き、リムジンに乗せる。

墓のそばに残るピーターにも妻が泣きじゃくる声が聞こえる。

ポーリー・モレッティはモーテルの部屋にいる。開けっ放しになっているバスルームのドア越しに、シャワーを終えた妻が大きな白いタオルを体に巻くのを見ている。きっとアウトドア用品店の〈REIコープ〉で買ったのだろう。ポーリーはそう思う。このところパムは何キロか肥《ふと》ったから。いや、何キロどころじゃない。ポーリーは以前の彼女のほうが好きだった。コカインを吸って、ガリガリに痩せていた頃の彼女のほうが。今じゃ、彼女の鼻の下に白い粉が付着していたとしても、おそらくそれはドーナツの粉砂糖だ。

昔はこんなじゃなかった。といっても、そう遠い昔じゃない。ほんの数年まえまで、パムは彼がこれまで出会った中で誰より美しい女だった。彼だけでなく、世界じゅうの男が出会った中で誰より美しい女だった。

そもそもそれが一連の悪夢の始まりだった。ポーリーが絶世の美女を連れていることにリアム・マーフィが嫉妬し、酔いも手伝って、ビーチでのパーティのあと彼女に手を出そうとした。ポーリーとピーターとサルはリアムをぼこぼこに叩きのめした。すると、パムは瀕死のアイルランド野郎を病院に見舞い、あろうことか、ポーリーを捨ててリアムになびいてしまったのだ。

そこからすべてが始まった。歯止めが利かなくなった。

何人の死体が転がった？　何度葬式がおこなわれた？

やがて、クリスがアイルランド側にわざと麻薬を略奪させるという妙案を思いついた。その結果、今に至る。アイルランド系組織は壊滅し、ニューイングランドはイタリア系のものになった。そうしてポーリーはパムを取り返した。しかし、取り返すだけの価値があったのか？

パムは日に日に〈ウェイト・ウォッチャーズ〉のダイエットプログラムの広告に出てくる〝減量まえ《ビフォー》〟のような姿になりつつある。

「悲しい出来事だったわね」とパムが寝室に戻ってきて言う。

「ジーナのことか？　そうだな」あの子はずっとどこかおかしかった。ポーリーは内心そう思う。

パムはタオルをほどいて床に落とし、ベッドにはいる。なんとなんと。絨毯《じゅうたん》に濡れたタオルを放り出したままにするのか？

不潔きわまりない。

「したい？」とパムは尋ねる。

「いや」

パムは寝返りを打ち、彼に背を向ける。

ポーリーはレターマンの番組の音量を上げる。

　ポーリーが求めてこなかったので、パムはほっとする。よりを戻した当初、彼が求めたのはそれだけだった。いつも同じことばかり訊いた――リアムよりおれのほうがいいか？　あいつはこんなことをしたか？　こんなことは？　おれみたいにおまえをイかせてくれたのか？

　パムはどう答えるのが正解か知っていた――あなたが一番よ。リアムはこんなことしてくれなかった。そんなこともしてくれなかった。彼とじゃイけなかった。わたしをイかせてくれるのはあなただけ。

　コカインをやめるのはそれほど苦痛ではなかった。そもそも、リアムと一緒にいるのに耐えるためにやっていたようなものだ。彼との生活は悲惨でしかなかった。今はクスリが食べものに変わった。自分でもそれはわかっている。肥って醜くなればポーリーも愛想を尽かして自分を捨てるかもしれない。自分がそんなかすかな期待をしているのもわかっている。

　自分から彼を捨てる勇気はない。

　怖くてとてもそんな真似はできない。絶対に見つかって殺される。実際、一度は殺されかけた。そのときは好きにしていいからと体を差し出して命拾いした。最近では彼がセックスしたがること自体少なくなっているが、それでもあのときと同じことを強《し》いられるときもある。銃を出してこう言うのだ。まずこいつをしゃぶれ、このあばずれ。おれが撃鉄を起こしたらどうなると思う？　彼女の口に銃を突っ込んだまま、彼女を犯すこともある。彼女もそれを喜んでいると思っている。彼女としても喜ぶふりをする。ほかにどうすればいい？

ただ、これだけは絶対にしてはいけなかった。今ならパムにもそうとわかる。ポーリーに麻薬のありかを教えてはいけなかった。

リアム——ハンサムで、自分さえよければそれでいい、傲慢なリアム——はコカインのせいで頭がどうかしていたのか、隠れ家にヘロインを残して逃げた。三包みだけスーツケースに突っ込み、残りの十キロはベッドの下に隠したまま大慌てで家を出た。ふたりは逃げて、逃げて、逃げつづけた。彼女がリアムを裏切って居場所を密告するまで。

ＦＢＩのジャーディンがやってきて、リアムを連れていった。それ以来、彼には会っていない。そのあと彼女が会ったのはポーリーだった。モーテルの部屋に現われ、彼女の顔に銃を向けて言った。「やあ、あばずれ」

ほんとうに撃たれると思った。だから必死で命乞いした。「お願い、やめて。やらせてあげるから。してあげるから」

「リアム・マーフィみたいな大食い野郎の食い残しをおれがありがたがると思うか？」ポーリーはそう言って撃鉄を起こした。

「お尻に入れてもいい」

「あいつにはそれはさせなかったのか？」

「お願い」とパムは泣いて頼む。

「おまえはおれが欲しいものを何も持ってない」

が、実は持っていた。パムは十キロのヘロインの隠し場所を知っていた。ジャーディンに先まわりされていないとすればだが。殺さないで、隠し場所に案内するから、とパムは訴えた。こんなところは捨てて、一緒にどこへでも行ける、人生をやり直せる。

「愛してる」とパムは言った。「ずっとあなたを愛してた。その証拠を見せてあげる」

パムはポーリーを隠れ家に連れていった。ありがたいことに、ヘロインはまだそこにあった。ポーリーはそれをひそかに独り占めにし、数週間後にふたりはフロリダに移った。

そのあとはずっとフロリダにいて、今日初めて可哀そうなジーナのために戻ってきたのだ。

ヘロインを売った金でフロリダのフォートローダーデールにそこそこの家を買い、残った現金で暮らした。そう、何もしなくても暮らせるほどの余裕があった。ヘロインを売った利益をピーターに渡して、金欠に喘《あえ》ぐ兄を助けようなどという気はポーリーにはさらさらなかった。

「兄貴なんぞくそ食らえだ」と始終言っていた。

いつのまにかポーリーは眠っている。

パムはそっとリモコンを手に取り、テレビを消す。

ようやく、ほんとうにようやく、全員が帰る。弔問客も親族も病的なまでに好奇心をあらわにしていた人々もいなくなる。ピーター・ジュニアとヘザーはふたりきりで居間にいる。

シーリアは階上《うえ》の寝室で寝ている。薬のおかげで眠り込んでいる。ピーターは家の外で煙草を吸っている。

ピーター・ジュニアが言う。「さっきまでいた連中、一生帰らないつもりなのかと思ったよ」

「みんな愉しくてしかたないのよ」とヘザーは言う。「人の家の悲劇をドラマみたいに愉しんでる」

「確かに悲劇だ」

「厳密にはそこまで悲劇じゃない」とヘザーは言い返す。「ただ悲しいだけ」

「母さんはこれから大丈夫かな」

「あの人が大丈夫だったことなんてあった？」とヘザーは言い返す。「それより心配なのはパパのほうよ。なんでもひとりで抱え込むから。そのうち抱えきれなくなって、抱えてたものに呑み込まれちゃうのよ」

ふたりはしばらく黙ったままでいる。ピーター・ジュニアが沈黙を破る。「可哀そうなジーナ。なんていうか、よくわからないけど、もっと力になってやれることがあったんじゃないかっていう気がする」

「やめて」

「ええ？」

「罪悪感を背負い込まないで」とヘザーは言う。「ジーナはいつだって自分勝手だった。今度のことは最後の、一番最悪な、自分勝手よ」

「手厳しいな」

ヘザーは弟のことが好きだったが、ピーター・ジュニアには繊細すぎるところがある。当然だろう。イタリア系の一家に生まれたただひとりの息子なのだから。そう、弟は選ばれし者だった。父はピーターの試合があると必ず見にいった。一試合も欠かさず。ジーナの行事はたいていあとになって思い出した。実際、見にいくより行けなくて悪かったと謝ることのほうが多かった。ジーナが育ち盛りの頃、父の仕事がそれまでより忙しくなっていたせいもある。ヘザーはその理由を知っている。

新聞で読んで知っている。

ピーターに公正を期して言えば、その頃にはジーナもあまり行事には出席しなくなっていた。

「あの人はあの人を責めてる」とヘザーは言う。

「誰が誰を責めてるって？」

ヘザーは呆《あき》れたように眼をまわして言う。「ママはジーナが自殺したのはパパのせいだと思ってる」

「ニューハンプシャーの施設に行くのを許さなかったからか？」

「ヴァーモント」ヘザーは訂正して続ける。「まあ、そういうことね」

「許してたら、よくなってたかもしれない」

「それはどうかしら」

「おかしな考えをおこさないでくれよ」とピーター・ジュニアは言う。

ヘザーは笑って答える。「おかしな考えって？」

「大学を中退して、家に戻って、父さんのそばにいるとか」とピーター・ジュニアは言う。

「父さんなら大丈夫だよ」

「──と海兵隊に逃げた息子は言う」とヘザーはからかう。「そっちこそ妙なこと考えないでね」

「ああ、それに辞めたくても海兵隊が許してくれない」

「何が言いたいかわかってるでしょ？」

なんのことか彼にもわかっている──海兵隊を除隊し、ファミリーの事業に加わる。自分が後継者だと知らしめ、いつか父の跡を継ぐ。それだけはしたくない。そうとも、父さんもそれだけはさせたくないと思ってる。「心配しないでくれ。そんなつもりはないから」

ヘザーはなおも言う。「要するに、こんなことは終わらせなくちゃいけないってことよ」

そう、いつかは。

8

レジー・モネタはブレント・ハリスのデスクにカセットプレイヤーを置いて言う。「ダニー・ライアンがサンディエゴにいるかもしれないという有力な情報を入手したわ。わたしの優秀な部下がまえにマーフィ・ファミリーの拠点を盗聴したときの録音を調べ直して、やっと見つけたのよ」

モネタは再生ボタンを押す。音声が聞こえる。〝モレッティが略奪とおれたちを結びつけたからって、それがなんだっていうんだ？　やつらはどう出てくる？　おれたちを殺す？　そんなのは今始まったことじゃない〟

「今のはリアム・マーフィ」とモネタは言う。「で、次がライアン――」

〝ヘロインを取り返そうとするだろう〟

〝だから、今すぐ売ろうって言ってるんじゃないか。カリフォルニアに行きたくないのか？〟

〝なんの話だ？〟

「これはジョン・マーフィ」とモネタは言う。「このあとライアンがなんて言うかよく聞いて」

〝ずっと話そうと思ってたんだが、なかなかその機会がなくてね。でも、そのとおりだ。この金で西海岸に移ろうかと思ってる。そう、サンディエゴあたりに〟

モネタはテープの再生を停止する。

これが有力な情報だと？　ハリスは内心呆れる。この〝そう、サンディエゴあたりに〟というのが？　モネタは今やどんなに細い藁《わら》にでもすがりたいらしい。ハリスにはそんなものは必要ない。アバルカの組織はサンディエゴのギャングを支配下に取り込もうとしており、ティファナから国境を越えてはいってくる麻薬がらみの暴力沙汰ですでに手一杯だ。モネタがダニー・ライアンにどれだけ入れ込もうと、おれには関係ない。

実際の話、モネタの部下たちも同じ気持ちだろう。ハリスにもそれが見て取れる。ライアンを捕まえてジャーディン殺害についての証言を引き出したい者はＦＢＩにはいない。だからこそモネタはおれのところに来たのだ。ハリスはそれもわかっている。

すばらしい。

「ライアンがアバルカの組織とつながっているのはわかってるんだから」とモネタは言う。「その線からライアンについて何か情報は得られないかしら？」

「ライアンがアバルカとつながっているとは知らなかったな」とハリスは答える。「われわれにわかっているのは、クリス・パルンボがアバルカと取引きしてるってことだけだ。おれとしてはそっちを捕まえたい」

モネタが提案する。「散歩につき合ってくれる?」

「喜んで」とハリスは応じる。女性から誘われたら、ノーとは言えない。それに、組織犯罪捜査の管理職の彼女がオフィスではできないと思っている話の内容にも興味がある。そういうわけで、ふたりは散歩する。ブロードウェーを歩き、港に出て、北に向かう。小さなボートが何艘《そう》か上げ潮に揺られている。

「フィリップ・ジャーディンとわたしの仲についての噂は耳にはいってると思うけど」とモネタは切り出す。

ハリスは気まずそうに肩をすくめる。今日はどこまでも呪わしい日になりそうだ。

「噂は事実よ」とモネタは認めて言う。

「そうか」どうでもいい、とハリスは思う。おれにはどうでもいい、そういう話はとことんどうでもいい。

モネタは続ける。「フィルが汚れてるってことは、当然わたしも汚れてると思ってるでしょうね」

「おれは何も思っちゃいない」

「確かにフィルは完全無欠な人じゃなかった」とモネタはさらに続ける。「彼の心には悪魔が棲《す》みついていた。でも、ほんとうに汚職に手を染めていたのかどうか？　正直に言うと、わたしにはわからない。だけど、わたしは潔白よ」

「おれに弁解する必要は――」

「誤解しないでもらいたいだけ」とモネタは言う。

誤解などしていない、とハリスは思う。彼女が何を言わんとしているかは明白だ。彼女は彼の上司ではないが、政府内にそれなりに影響力を持っている。彼女が一言、特別捜査班が協力的ではないと抗議すれば、彼のキャリアはそこで終わるも等しい。

だからしかたなく形だけでも捜査するふりをしている。木を揺らしてみて、ライアンが落ちてきたら、それはそれで勿怪《もっけ》の幸いだ。

モネタはさらに話を続ける。その話を聞いて、ハリスはようやく合点がいく。どうしてホテルの暖かいバーに直行せずに、寒く湿った天気の中を散歩しているのか。わざわざワシントンからやってきて、彼に直接話をしているのはどうしてなのか。その理由がようやくわかる。

「ダニー・ライアンはものすごく危険な相手よ」とモネタは言う。「彼がちょっとでも抵抗するそぶりを見せたら、自分と仲間の安全を優先して。その点、わたしたちの認識は一致してる？」

ああ、一致している。

モネタはライアンを持ち帰れと言っている。ケンタッキー・フライドチキンをテイクアウトするみたいに。

そう、袋か箱に詰めて。

なるほど、とハリスは思う。それならジャーディンに関して不都合な証言をされる心配はない。


追われる身の動物は危険を察知できるようになる。

何かがおかしいと気づく能力が自然と身につく。

音がする、もしくはしないことに気づく。視界の隅に今までそこになかったものがとらえられる。相手の表情や視線やことばや問いかけに、何かが反応することもある。

その男が店にはいってきたまさにそのとき、ダニーはそうした危険を察知する。

常連客ではない。負け戦《いくさ》から解放された孤独な退役軍人ではない。服装からそうではないことがかろうじてわかる――花柄のプリントシャツはやや新しすぎ、ローファーには艶《つや》がある。白い肌が赤く日焼けしていて、つい最近カリフォルニアに来たばかりのようだ。

カウンターの中にいるダニーを見て、男の眼がほんの少しだけ大きく見開かれる。

ダニーはもうひとりのバーテンダーのミッチに休憩してくると耳打ちし、階下《した》に降りて、倉庫の搬入口から店の外に出る。

「ダニー・ライアンを見たんだな」とヴィニーは確かめる。

〈アメリカン・ヴェンディング〉の事務所。机をはさんで、彼とピーターの向かい側に落ち目のギャンブラーといった風情《ふぜい》の男が坐っている。びくびくしながら。

「まちがいない」とその男、ベンジー・グロッソは言う。「確かにあいつだった」

「おまえはサンディエゴで何をしてた?」とピーターが尋ねる。

「ヴァカンス」

「ヴァカンスだと?」とヴィニーは訊き返す。「おれたちに払う金はなくても、ヴァカンスを愉しむ金はあるのか?」

ベンジーは決まり悪そうな顔をする。

「で、アイリッシュ・バーに行った?」とヴィニーが問い質《ただ》す。「なんだってそんな場所に行ったんだ?」

「酒を飲みに」

「嘘じゃないだろうな、ベンジー」とピーターは言う。「もしつくり話で騙そうとしてるなら……」

ベンジーは法廷で宣誓するみたいに片手を上げて言う。「嘘じゃない」

「ライアンのことはまえから知ってたのか？」とヴィニーは尋ねる。

「知ってるどころじゃない」

「友達だったとか？」

「まさか」とベンジーは言う。「そんなわけないだろうが。よく見かけた。それだけだ。わかるだろ？」

「わかった、もう行っていい」とヴィニーは言う。「また連絡する」

ベンジーは立ち上がる。「もしやつだったら、褒美はもらえるかな？　おれの借金とかは——？」

「ほんとうにやつだったら」とヴィニーは言う。「借金を帳消しにしてやる。さっさと行け。あとはもう引っ込んでろ」

ベンジーがいなくなると、ピーターがヴィニーに訊く。「どう思う？」

おれはあんたの女房とやってる。上からも下からも横からも外からも内からも。ヴィニーはそんなことを考えている。「わからない。借金で首がまわらないへたれの言うことだからな。だぼらかもしれん」

「だけど、もしほんとうだったら」とピーターは言う。「ダニーを見つけるチャンスだ」

「パスコはなんて言うかな？」

「あの爺さんはもう引退した」とピーターは言う。「どのみち、知らなければ何も……」

「さきに話を通しておくほうがいいんじゃないか？」とヴィニーは言う。

いや、駄目だ、とピーターは思う。パスコにお伺いを立てたら、絶対に許してくれない。そうなれば、おれは破滅だ。パスコの言いなりになってダニーを見逃せば、金は取り戻せない。かといって、ダニーの行方を追えば、パスコに背《そむ》くことになる。それは自分の首を絞めるのと変わらない。

ヴィニーはそういうことをあてにしているようだが。


砂場ではイアンがおもちゃのトラックで遊んでいる。

ダニーは公園のベンチに坐り、息子を見守りながらジミー・マックと話をしている。

「気づかれたのはまちがいないのか？」とジミーは尋ねる。

「いや」とダニーは答える。「そんな気がしただけだ」

「そのあとその男は店に来てないんだな？」

「来てない」

「だったら気のせいだろう」とジミーは言う。「きっとなんでもない」

「どうかな」

ふたりとも黙ったまま、夢中で遊んでいるイアンをじっと見つめる。ダニーが言う。

「おまえも息子たちが恋しいだろうな」

「それを訊くか？」とジミーは質問で答える。

「おまえには家族をこっちに呼び寄せるといいって言うつもりだった」とダニーは言う。

「でも、こうなったら……」

「わかってる」

「もう少し様子を見よう」

念には念を入れて安全地帯にとどまるほうがいい。

まるで安全な場所があるみたいな物言いだが。

ダニーはこれまで世の中の表も裏も上も下も見てきた。が、安全な場所など一度として見たことがない。

息子をいつまでもこんな危険と隣り合わせの状況に置いておくわけにはいかない。それに、このままでは息子はまともな人生が送れなくなる。落ち着いて暮らせる家が要る。が、彼にはそれを与えることができない。

ダニーはそれまでの彼にはおよそ考えられない行動に出る。

かつて母親に捨てられた息子が、自分を捨てた母親のところにわが子を連れていく。なんたる皮肉。皮肉とはどういうものか、高校の英語の授業で修道女たちは彼に教えようとした。

今ならダニーにもその意味がよくわかる。

ラスヴェガスは幻だ。

ここではあらゆるものがつくりものだ。ピラミッドも、宮殿も、海賊船も、何もかも。カジノホテル〈サーカス・サーカス〉もしかり。一語では言い尽くせないと言わんばかりの名。まったく、ここは市《まち》じゅうがサーカスだ。ダニーはそう思う。

ラスヴェガス大通り《ストリップ》を通ってマデリーンの家に行く。これが〝家《プレイス》〟か？　ダニーは車を停めて圧倒される。これは〝宮殿《パレス》〟だ。

マデリーンは正真正銘の本物だ。大きなドアのまえで待っている。ゆったりとした白いワンピースを着た立ち姿はまるで女神だ。赤毛の髪は光り輝き、日焼けした肌も輝いている。笑うと真っ白な歯がのぞく。

マデリーンは車に近づき、助手席のドアを開けてイアンを抱き上げる。「可愛い坊や、わたしの大事な孫息子」

イアンはひどく怯え、泣きだす。

「泣かないで、イアン、お祖母《ばあ》ちゃんよ」とマデリーンは言う。「お祖母ちゃんはあなたが大好きなの」

ダニーも車から降りる。「おれが連れていく」

マデリーンはイアンを降ろし、ダニーは息子の手を取る。「おまえのお祖母ちゃんだ。

挨拶は？」

「ハロー」とイアンは泣きやんで言う。

「ハロー、可愛い坊や」

マデリーンの眼が潤む。おれの親はふたりして、いつからそんなに涙もろくなったのか。

ダニーは不思議に思う。いずれにしろ、つい最近のことだ。それはまちがいない。

口の中に泥の苦みを覚えながらダニーは母親に言う。「助けてほしい」

傷ついた者同士はなぜ惹かれ合うのか。その理由は誰にもわからない。

それでも彼らは惹かれ合う。

痛みが痛みを引き寄せ、互いの傷が磁石のように引きつけ合う。互いにわかり合っているという共通の認識が安息の地をもたらす。そういう相手といると、どうして落ち込んでいるのか説明しなくてすむ。「元気を出して」と言われずにすむ。幸せなふりをしなくてすむ。

そんなことをしなくても、相手はわかってくれる。

キャシー・マーフィにもその理屈はある程度わかる。とはいえ、どうしてピーターと関係を持ったのか、どうして何度も会っているのかと訊かれれば答に窮《きゅう》する。

ピーターは彼女の家族にとって最大の敵だ。家族を崩壊させた張本人であり、本来なら憎むべき相手だ。

だからこそよけい惹かれるのかもしれない。キャシーは、ピーターが逢瀬のために借りた小さなアパートメントに向かって歩きながらそう思う。まちがったことをしている、家族を裏切っていると実感することで、自分に対する最低の評価を再確認しているのではないか。それが自分のしたいことなのではないか。

クスリでハイになれるから。

ずっとハイでいられるから。

自分は取るに足らないつまらない存在だと認めてしまえば、そういう人間として自分を扱う言いわけになる。

ただ、理由はそれだけではない。

ピーターには繊細で悲しげな何かがある。最近になって、娘を自殺で失ったことがきっかけで彼につきまとうようになった何かがある。キャシーも兄と弟と妹を失った。だから喪失の悲しみは知っている。けれど、わが子を亡くすというのはどんな気持ちなのだろう？　娘を自殺で失うというのは？

その痛みは想像もつかない。

セックスをしたあとで抱き合っていると、彼の体から悲しみが伝わってくる。それが肌を通して挽歌《ばんか》のようにひしひしと感じられる。だから彼女は彼をきつく抱きしめる。すると、彼の背中はぴんと張った針金みたいに強《こわ》ばり、やがて力が抜けていく。

確かに会えばセックスをする。キャシーはそれを〝愛し合う〟行為とは呼ばないが。ふたりの関係においてそれは重要な要素ではない。むしろ話をしていることのほうが多い。インスタントコーヒーを飲み、缶詰や箱入りの出来合いの食べもので軽い食事をしながら話をする。集会で聞いたこと――ふたりともほかの参加者の話を聞くだけで、自分からは話をしない――について話し合う。どんな意味があるのか、自分の人生にもあてはまるか、治療のための十二の段階について、集会に出るのがどれだけ好きか、逆にどれだけ嫌いか。そういうことを話す。

キャシーはクスリをやっていない日もあれば、ハイになっている日もあるが、ピーターはそんな彼女を責めることも、なじることも、侮辱することもしない。傷ついた者同士だからこそ、しくじることにも負けることにも理解がある。キャシーにクスリを買う金が要るときには、ピーターが用立てることもある。

今夜、キャシーはハイになってはいない。

傷つき、欲望に抗《あらが》いながら、必死で耐えている。

キッチンの椅子の背にピーターのジャケットが掛かっている。シャツ一枚でコンロのまえに立ち、出来合いのフェットチーネアルフレードを温めている。

「調子はどうだ？」とピーターは訊く。

「なんとかやってる」とキャシーは答える。「聖ポール教会の七時の集会に参加した」

「出てよかったか？」

「クスリはやってない」キャシーはキッチンのテーブルについて坐る。「もう三日になる」

「そいつはすごい」

キャシーは肩をすくめる。どのくらい続くか、いずれわかる。

食事をすませ、コーヒーを飲みながら話をしてから寝室に行く。キャシーは必ず明かりを消す。明るいところで服を脱いで、ヤク中で痩せこけた体を見られるのが恥ずかしいのだ。それに、腕には注射の痕もたくさんある。彼女は絶頂に達することはない。それも麻薬がもたらす代償のひとつだ。針を刺した瞬間の快楽に勝るものはない。それでも、彼に抱かれ、自分の中にはいっている彼を感じるのは気持ちがいい。生きていると実感できる。中毒だけの世界、自分を痛めつけ、欲求を覚えるだけの世界とは別の外の世界とつながっていると実感できる。

セックスのあと、眠っているピーターの隣りで思い出に溺れそうになることがある。引き波に脚をさらわれ、過去という大きな波に呑み込まれて、大海に流される。パスコ・フェリが彼女の部屋に忍び込んできたのは十四歳のときだった。誰にも言うな、どうせ誰も信じやしないと脅された。だから彼女は沈黙を貫いた。二度とほかの男を受け入れないと心に決め、その誓いを守り通した。みな彼女のことを娼婦同然に思っていたが、実際は誰にも指一本触れさせなかった。何年もクスリをやめていたのに、また打ってしまったあの日までは。ジャンキーのたまり場でハイになり、体がだるくなって汚れたマットレスに横になっていたら、ひとりの男が彼女を押さえつけ、レイプした。クスリのせいで意識がぶっ飛んでいたので、悪夢だったのか現実に起きたことなのかはっきりとは覚えていないことながら。そんなキャシーにとってピーターは三人目の男だ。そして、ただひとり彼女が自分の意思で選んだ男だ。悲しい浜辺に打ち上げられ、ひとりの傷ついた人間がもうひとり傷ついた人間を見つけた。そういうことなのだろう。

9

タイヤがパンクし、クリスは立ち往生する。

予言したとおり、コカインを売りさばいて買い値の倍の金を手に入れるのは造作もなかった。ミネソタ州のふたご都市《ツインシティーズ》――ミシシッピ川の両岸に位置するミネアポリスとセントポール――もネブラスカ州オマハも彼が踏んだとおり、まだまだ市場開拓の余地があった。そもそもクリス・パルンボには商才がないなんて誰が言った？

そういうわけで、彼はルイドソに引き返すべく二車線のアスファルト道路を走っていた。以前読んだ紀行『ブルー・ハイウェイ――内なるアメリカへの旅』を思い出し、本物のアメリカが見られることを期待しながら。ハイウェー三四号線を走り、ネブラスカ州マルコムの東まで来ると、これぞアメリカという景色に出くわした。そのとき長さ十センチほどの大きな釘が右側の後輪に刺さったのだ。

車から出てスペアタイヤを探していると、フォルクスワーゲンの黄色いビートル・バグが横に停まり、運転席から女が降りてくる。

背が高く、豊満な体つきをした四十がらみの女だ。帯に鷹の羽根飾りのついたカウボーイハットをかぶり、その下からブロンドの髪があちこちに飛び出している。帽子のほかは全身デニム――デニムのジャケットとデニムのシャツとジーンズ――に身を包み、カウボーイブーツを履いている。「大丈夫?」

手を借りるしかなさそうだ、とクリスは思う。車にはスペアタイヤは積まれていない。「ひょっとして、二〇五・七〇R一五のタイヤを持ってたりしないかな?」

女は笑って言う。「買える場所なら知ってる。乗って。村まで送るわ」

クリスは彼女の車に乗って名乗る。「おれはジョー」

「わたしはローラ。ここには何しにきたの?」

「アメリカを探しに」とクリスは答える。

「見つかったら是非教えて」

ローラはマルコムに一軒しかない修理工場にクリスを連れていく。クリスが見たところ、そもそも数本の道路と一軒の食堂と給水塔くらいしかなさそうな村だ。修理工場の店主によると、タイヤの在庫がなく、リンカーンから取り寄せるのに一日かそこらかかるらしい。ただ、クリスの車を牽引してきたら、タイヤが届くまで保管しておいてくれるという。

「モーテルに泊まるしかないみたいだな」とクリスは言う。

ローラはまた笑って言う。「マルコムにはそんなものないわ」

「リンカーンまで乗せてもらえないか？」とクリスは頼む。「もちろん料金は払う」

「わたしの家までなら乗せてってあげる」とローラは答える。

「朝食付き民宿《ベッド・アンド・ブレックファスト》でもやってるのか？」

「そうね、ベッドなら一台ある」とローラは言う。「それに、朝食もつくってあげられる」

車がパンクした場所まで戻り、クリスは荷物を――現金が詰まったスポーツバッグも忘れず、もちろん――取り出す。それからローラの車は田舎を走り（ほかに何がある？　とクリスは思う）低い丘をいくつか抜け、狭くて小さな谷をくだって彼女の家に着く。二階建ての白い農家で、傾斜が急な屋根と広い玄関ポーチがある。

家の隣りに納屋があり、庭と畑のあいだに木々が立ち並んでいる。畑で栽培されている作物はなんなのか、クリスにはわからない。

「八十エーカーある」とローラは言う。「伯母から受け継いだの」

「あんたは農場主なのか？」

「畑は近所に住んでるディッキーに貸してる。マイロ（キビに似たモロコシ類の穀物）を栽培してる」とローラは説明する。「わたしはヨガのインストラクター。それにヒーラーでもある」

近隣には住民は見あたらない。「ここにはヨガを習いたい人が大勢いるのか？」

「多くはいない」

「ヒーリングのほうは？」

「誰にでも癒やし《ヒーリング》は必要よ、ジョー」

彼女はそれを証明してみせる。クリスを階上《うえ》の寝室に連れていき、柔らかいベッドに誘い、彼を癒やす。ローラの知らないセックスのしかたがあるとすれば、それはまだ発明されていないにちがいない。クリスはそんなことを思う。アメリカを見つけられたかどうかはわからない。が、知らない世界にローラが彼を連れていってくれたことはまちがいない。

それに、朝食もつくってくれる。

ベーコンエッグを。本人はヨーグルトとフルーツを食べる。ヴェジタリアンなのだ。だったら、どうしてベーコンがあるのか。クリスはその理由は尋ねない。

午後になり、タイヤが届いたと知らせがある。

ローラに修理工場まで送ってもらい、車を受け取る。が、ハイウェーに出てニューメキシコに向かうかわりに、ローラのうしろについて彼女の白い家と大きなベッドのもとに戻る。

そのまま居着く。

その夜、ローラはクリスに自分は〝ウィッカ〟なのだと告げる。

「なんだ、そりゃ?」とクリスは尋ねる。

魔女のことよ、と彼女は答える。

ハリスはようやく手がかりをつかむ。

不法にコカインを売買した罪でＦＢＩに逮捕されたグアテマラ人には、幸いにも地元の老人ホームで病床用おまるの掃除をしている義理の姉がいた。その義姉が担当する入居者の中にマーティ・ライアンという名の死にかけた老人がいることがわかったのだ。義姉はその老人に好意を持っており、夫にその老人の話をする。夫が弟にその話をする。弟はハリスが尋問中に口にしたライアンという名前に聞き覚えがあり、房内で飛び跳ね、わめく。

「おれはあんたの知らないことを知ってる」国選弁護人はいい加減うんざりして、電話をかける。

ハリスは資料の写真を出して、グアテマラ人の義理の姉に見せる。マーティは写真より歳を取り、かなり衰弱しているが、彼女はこの人にまちがいないと断言する。

義理の姉は別の仕事を得る。夫の弟はサンタクロースがプレゼントしてくれた司法取引きに合意する。ブレント・ハリスは年老いたマーティ・ライアンを施設に訪ねる。

「そいつはもういなくなってた」とサンディエゴのベネットは言う。

ピーターは現地のイタリア系ファミリーを伝手《つて》にダニー・ライアンを捜してもらっていた。その役をあてがわれたのがベネットだった。この手のことに長《た》けた腕のいい男ということだった。

「どういう意味だ、いなくなったというのは？」とピーターは尋ねる。通話をスピーカーフォンにして、ヴィニーとポーリーにもベネットの声が聞こえるようにする。

「どういう意味とはどういう意味だ？」とベネットは言い返す。「そいつが働いていたバーに行ったが、そいつのシフト時間だったのに店にいなかった。もう何週間も店には来てないそうだ。いなくなってた。あんたの獲物はもう逃げちまってた」

「くそ」とピーターは電話を切り、ヴィニーを見て言う。「誰かがダニーに密告しやがったんだ」

「どうしておれを見る？」とヴィニーは訊く。

「見てない」とピーターは言う。

「いや、見てる」とヴィニーは言い返す。「今、このおれを真っ正面から見てる」

「そりゃおまえと話をしてるからだろうが」とピーターは言う。「くそったれ」

ピーターはこのところ、どんどんおかしくなっている。娘が死んでからというもの、ちょっとしたことですぐキレる。手下はみんな思っている――おれたちのボスは今や崖っぷちに向かって歩いているようなものだ。ちょっと一押しするだけで、真っ逆さまに崖から落ちる。

ピーターにはみんなもう嫌気が差している。

最初は彼のせいで金を失った。

そのあと、ピーターは禁酒会にかよいはじめた。人々が心の内をさらけ出すような場所に。裁判所の命令に従って参加しているだけだ、もちろん。それはわかっているが、ボスが負け犬と席を並べて教会の地下室に坐り、クッキーをつまんでいるというのはどうにもいただけない。

さらにもうひとつ、どう考えても受け入れがたい事実がある。

ピーターはキャシー・マーフィと逢瀬を重ねている。

アイルランド系の首領《ドン》、マーフィ家の娘と。

トニー・ロマーノを爆弾で木っ端微塵《こっぱみじん》にした男の妹であり、サル・アントヌッチを殺した男の姉である女と。

ダニー・ライアンの仲間と。

いただけないどころの話じゃない。

ピーターはいったい何を考えているのか？

さらに、金を取り戻せるわずかなチャンスも今ここでダニー・ライアンとともに消え失せた。

ハリスはマーティ・ライアンの部屋にはいって、ドアを閉める。

老人は言う。「ダニー？」

ハリスはマーティの顔をのぞき込む。老人の眼はうつろで、何も見えていないようだ。痩せ細り、萎《しな》びている。腕には何本も針が刺さり、それぞれから伸びる管がステンレス製のスタンドに掛けられた袋につながっている。袋のひとつにはきっと麻薬がはいっているにちがいない。マーティは意識が朦朧《もうろう》としており、呼吸は荒く耳障りな音をたてている。ひどいにおいだ、とハリスは思う。死にかけた老人はひどい悪臭を放っている。

「ダニーか?」とマーティはもう一度訊き、枕から頭を上げる。その動作だけでも一苦労のようだ。

「ダニーに頼まれて来ました、ミスター・ライアン」

「あいつは来るのか?」とマーティは訊く。

「連絡はありましたか、ミスター・ライアン? 息子さんはここに来ると言っていましたか?」

「覚えてない」とマーティは答える。

「息子さんと会うことになっていたんですが」とハリスは言う。「途中で拾って、一緒にここに来る予定だった。だけど、どこにいるかわからないんです」

「もう疲れた」

「居場所がわかれば――」

マーティはまた頭を枕に沈める。顔を上げていただけで疲れきってしまったのだろう。

すぐに瞼《まぶた》が閉じる。

ハリスは受付に行き、看護師に尋ねる。「ミスター・ライアンを訪ねてくる人はほかにいるかな？」

「普段は毎日来る人がいますが、この一、二週間は来ていません」

ハリスはダニーの写真を見せて訊く。「この人か？」

「いいえ」と看護師は答える。「もっと年配の男性です」

看護師の説明を聞くかぎり、どうやらネッド・イーガンのようだ。

「写真の人はたいてい木曜日に来ます」と看護師はつけ加える。「ただ、その人も先週も今週も来ていません」

くそ。ライアンと仲間たちは危険を察知して逃げたのか？　父親をここに残してとんずらしたのか？

「ミスター・ライアンに何かあったときの緊急連絡先を教えてもらえないか？」

「それは機密事項です」

ハリスはバッジを見せる。

看護師はデイヴィッド・デネヒーの電話番号をハリスに伝える。

ロードアイランドの番号だ。

ハリスは看護師に名刺を渡して言う。「もし誰か訪ねてきたら、すぐに連絡してくれ」

デネヒーというのは刑事弁護士だとわかる。ハリスはその弁護士に電話して、依頼人を差し出すように忠告しようかと考えるが、そこで思い直す。そんなことをしても、ＦＢＩの追っ手が迫っていることを相手に知らせるだけだ。自分からライアンを取り逃がすお膳《ぜん》立《だ》てをするようなものだ。

ハリスは老人ホームを見張らせ、手がかりをつかんだことをレジー・モネタに報告し、ダニーが姿を現わすのを待つことにする。

ワシントンから彼に電話がはいる。

看護師はミスター・ライアンの息子から現金五百ドルを渡されて頼まれていたことをする。

緊急連絡先の番号に電話する。

ダニーはラスヴェガスでデネヒーから電話を受ける。

「ＦＢＩがマーティの居場所を突き止めた」

「親父に何かしたのか？」

「ダニー、お父さんに会いにいくのはまずい」

「おれの父親なんだぞ、デイヴ」

「遠く離れた場所にいなくちゃいけない」とデネヒーは言う。「当面はラスヴェガスにとどまって、トラを使ったマジックでも見ているほうがいい」

ハリスは車をワシントンのキーブリッジに乗り入れる。

渋滞している。ここはいつもそうだ。ただ、そのおかげでポトマック川の景色が愉しめる。ダニー・ライアン捜索の突破口が開けそうな今は何をしていても愉しい。

橋を渡ってジョージタウンにはいり、急勾配の丘をのぼって、町の名前を冠した大学に向かう。石造りの古い建物と、晩春の青々とした中庭に帰ってくることができたこともハリスは嬉しく思う。大学生活が懐かしく感じられる。ハリスはこの大学で博士号を取得した。これから訪ねる当時の指導教官は、CIAに勤務したあと、寄付講座の教授として大学に戻っている。

来客用の駐車場で十五分かけてようやく空きスペースを見つけ、丘をのぼり、中央にある中庭の正面に見える教室棟をめざす。この場所を歩いていると、決まってこの町で撮影された映画『エクソシスト』のテーマのチューブラーベルの音が聞こえてくる。

懐かしい教室棟にはいり、満席の講義室のうしろに立って、呼びものの講義をするペナーを見る。室内はくじ引きで講義の参加権を獲得した学部生でいっぱいだ。CIAの元長官から——任期こそ短かったが、波乱の多い時期に諜報機関を率いた人物から——直々《じきじき》に国際関係論を学べる機会は毎日どころか、毎学期あるわけではない。

それに、そもそもペナーはスターだ。ハリスは敬意を込めてそう思う。彼のかつての指導教官はメモも見ず、ことばにつかえることもなく、よどみなく二十分話しつづける。きわめて優秀な彼の長官退任は国家にとっては損失だが、ジョージタウン大学にとってはこれ以上ない恩恵だ。ハリスの忠誠心は愛する祖国と愛する母校のはざまで揺れ動く。

ペナーは後方に立つハリスに気づき、ほんのわずかうなずいてみせる。ハリスは笑みを返す。彼に麻薬取締局《DEA》に行くように勧めたのがペナーだった。麻薬取締局に身を置き、ＣＩＡとの非公認の仲介役になるようハリスを説得したのもペナーだった。「サイドラインの外で見学していたいか？」とペナーは言った。「それとも試合に出たいか？　過ぎたことをあとからとやかく言うだけでいいのか、それともフィールドに立ちたいか？」

ハリスはフィールドに立つことを選んだ。今も現役で試合に出場している。

講義が終わり、憧れの教授を取り囲む学部生たちがいなくなると、ペナーは講義室の後方までやってきて、ハリスと握手を交わす。

「会えて嬉しいよ」とペナーは言う。

ペナーはとても若々しく見える。教室棟を出て中庭を歩きながら、ハリスはそう思う。いや、事実、若いのだ。ペナーは当時、ＣＩＡの長官としては史上最年少で、局内に新しい風を吹かせ、旧体質の組織から蜘蛛《くも》の巣も埃も吹き飛ばすことを期待されていた。実際、そのかなりの部分は実現した。ただ、残念で不幸だったのは、その改革が遅きに失したことだ。

教授室に戻ると、ペナーはスウェットスーツに着替え、テニスシューズを履く。そして、丘をくだると小径《こみち》に出て、ジョギングを始める。ペナーは一日十キロのジョギングを欠かさない。ハリスも毎日走ろうと心がけてはいるものの、多忙なスケジュールにかまけていつも実践できずにいる。だから今もついていくのが精一杯だ。ペナーはそんなハリスの様子に気づき、ハリスがついていけるスピードに落とす。

ペナーはキーブリッジまで来ると立ち止まり、橋の欄干《らんかん》に足をかけて靴ひもを結び直す。

「ダニー・ライアンの居場所を突き止められそうだと聞いている」

「FBIのレジー・モネタにせっつかれていまして」とハリスは答える。「どうやら報復したいようです」

「それで、最新の捜査情報を彼女に随時報告してるんだな」とペナーは言う。

「そうです」

「ライアンはサンディエゴにはいない」とペナーは言う。「ラスヴェガスの母親の家にいる」

「どうして知ってるんです？」

ペナーは何も答えない。ハリスは訊くほうが馬鹿だったと後悔する。

ややあって、ペナーが言う。「モネタは暗にこう言ったはずだ。逮捕に至る過程でライアンを殺してほしいと」

「そこまではっきりとは言いませんでしたが」

「ミスター・ライアンにはもっといい使い道がある」とペナーは言う。眼下のワシントン記念塔を見下ろしながら、ため息をついて続ける。「アメリカ国民はすべてを求める。エネルギーも安全も合法性も。冬になると暖かさを求める。テロリストの攻撃にさらされない安全も求める。丘の上にある汚れのない市《まち》という自画像を守りつつ、そういうものを求める。できあがったオムレツを欲しがるくせに、卵が割られることは知ろうともしない」ペナーは欄干から足をおろし、体を曲げてストレッチしながら続ける。「それでもやはり卵は割らなければならない」

そう言うと、ペナーはまた走りだす。

ハリスもそのあとに続く。

ヘザー・モレッティは二十五セント硬貨を切らしている。

大学の寮で洗濯をしようとして、洗濯と乾燥の両方に必要なだけの硬貨を持ち合わせていないことに気づき、悪態をつく。まったく、ついてない。両親が住む家までは車で十五分と離れていない。洗濯代が浮くだけでなく、顔を見せにきたという面目も立つ。冷蔵庫も物色できるかもしれない。

そういうわけで、ヘザーは車で実家に帰る。私道に車が停まっている。ヴィニー・カルフォのリンカーン。珍しいことではない。父の車がないことと、ヴィニーが家に来るのはいつも父に会うためだということを除くと。

ヘザーは洗濯ものを入れたバッグをつかみ、トヨタの小型車から降りる。家にはいると物音が聞こえる。寮生活を送っている者には聞きまちがえようのない音が。

ヘザーは踵《きびす》を返して家を出る。

あの母親はヴィニー・カルフォとヤっている。


「あの人が憎い」とシーリアは言う。

ヴィニーは黙って聞いている。

「ジーナを救えたのに、あの人はそうしなかった」

ヴィニーは立ち上がり、床からブリーフを拾い上げる。彼女の愚痴《ぐち》にはほとほとうんざりしている。いつも同じレコード――シーリアのベストヒット――を延々と聞かされ、苛々《いらいら》する。それでも、彼は彼女に夢中だし、ピーターのベッドで彼の妻とことに及ぶ快感は何物にも代えがたい。

　ヴィニーはシャツを拾い上げて着る。

　シーリアは非難の矛先《ほこさき》を変える。「おまけに、キャシー・マーフィと寝てるですって？　あのヤク中のアイルランドの売女《ばいた》と？　美人でもないし、ふしだらな恰好《かっこう》をしてるし――」

「シーリア、そこまでだ」

「ええ？」

　ヴィニーはズボンを穿《は》いて言う。「話さなきゃならないことがある」

　シーリアはベッドで上体を起こす。「何かしら？」

「ピーターに不満を抱いている人間が大勢いる」とヴィニーは言う。「彼らは変革を求めてる」

「で？」

「そいつらはおれにボスになってほしいと思ってる」

「で？」

「と言っても、投票で決めるわけじゃない。言いたいことはわかるな？」とヴィニーは続ける。「ピーターが段ボール箱に私物を詰めて机を明け渡すわけでもない。引退記念の金時計も送別パーティもない」

シーリアは黙ったままでいる。

ヴィニーは椅子に腰かけ、靴を履く。部屋の反対側にいるシーリアを見て、さらに続ける。「きみがやめてくれと言うなら、やめる。なんと言っても、彼はきみの夫だし、きみの子供たちの父親だ。きみが一言、やめてくれと言えば、おれはやめる。反乱分子を抑え込む方法を考える」

シーリアは何も言わない。

ハリスはラスヴェガス郊外にあるマデリーン・マッケイ邸に着くと、砂利を敷きつめた車まわしに車を停める。

すぐそばに立派な噴水池があり、その真ん中にギリシャ神話の女神像が立っている。背の高い生け垣はきれいに刈り込まれ、その向こうにテニスコートとパットの練習用らしいグリーンが見える。そのさらに奥に白いフェンスで囲まれた牧草地があり、馬が何頭か放されている。

ハリスは車を降りると、玄関まで歩いて呼び鈴を鳴らす。

一分後、執事がドアを開ける。

「ブレント・ハリスだ」

「ミズ・マッケイがお待ちです」と執事は言い、ハリスを家に招き入れる。「奥さまはすぐにいらっしゃいます」

マデリーンは実にうまくやった。ハリスはそう思う。

彼女の経歴については調査資料を読んで知っている。バーストウのトレーラーハウスで暮らす貧乏な家に生まれ、一五号線を通ってラスヴェガスに出ると、その長い脚を生かしてショーガールになった。下着業界の王、マニー・マニスカルコと結婚して離婚し、浮気相手とのあいだに子供をつくり、その子を捨てた。その後、高級娼婦まがいの手段で成り上がり、成功した。ハリウッドの俳優からワシントンD.C.の政治家、さらにニューヨークのウォール街の実業家へと相手のランクを上げ、その過程で金と影響力を手に入れていった。

彼女のかつての恋人には銀行の頭取や証券会社の役員や大臣などがいて、今でも大半は友人やビジネスパートナーとして〝関係〟を保っている。連邦裁判所のゲイの判事が口でしている様子や、検察官がアナルセックスしている場面や、司法省の役人が未成年の少女とヤっているところを撮影した動画を持っており、大臣がインサイダー取引きに関わった証拠も握っている。

彼女には力がある。

マニーの死後、マデリーンはこの邸宅と広大な農場を相続した。マニーはずっと彼女を愛していたのだ。別れてからもふたりはよき友だった。

マデリーンは部屋にはいってくると、ハリスにまばゆいばかりの笑顔を向ける。今でもラスヴェガスのショーガールだった頃と変わらない彫像のような美しさを保っている。ハリスを居間に案内し、おそらく彼の年収の半分はくだらない高価なソファに坐るよう身ぶりで示す。

メイドがアイスティーのはいったピッチャーとグラスを運んでくると、マデリーンはハリスに尋ねる。「もっと強いもののほうがいいかしら？」

「いや、それで結構です。ありがとう」とハリスは言う。「エヴァン・ペナーがくれぐれもよろしくと言っていました」

「それはどうも」とマデリーンは応じる。「だけど、今日いらしたのはエヴァンの丁寧な挨拶を伝えるためじゃなくて、もっと現実的な用事のためだといいんだけど」

「息子さんとお話ししなければならない」とハリスは言う。

「ダニーとわたしの関係はちょっとむずかしいの」とマデリーンは言う。「わたしたち親子のエディプスコンプレックスの物語に興味はないでしょうけど、一言で言えば、わたしがあの子を助けたいと思って何かすると、あの子は反射的にそれを拒絶する。だから、わたしのことはあまりあてにしないほうがいいと思う」

「息子さんの居場所を特定できたのは、彼の家族をずっと見張ってたからです」とハリスは言う。「ただ、エヴァンは今回の件にはリスクがともなうことをあなたにも承知しておいてほしいと言っています」

「事情はわかってる」とマデリーンは言う。「FBIが法のもとに息子を亡き者にしようとしていることも、マフィアが息子を見つけ出して殺そうとしていることも。でも、百パーセント安全ではないとしても、ダニーの船が停泊できる波止場はもうあなたのところしかないのよ」

椅子の下に何か落ちているのにハリスは気づく。子供のおもちゃ――〈きかんしゃトーマス〉か何かの小さな機関車のおもちゃ――だ。「今のは息子さんに会わせてもらえるということでしょうか？」

マデリーンは立ち上がる。

ダニーはパラソルの影になった白い錬鉄《れんてつ》製の椅子に坐っている。ブレント・ハリス捜査官はテーブルをはさんで、彼の向かい側に坐っている。

外は暑い。

ダニーはハリスの背後のプールに飛び込みたい衝動に駆られる。

「きみは絶滅危惧種のリストに載っているも同然だ」とハリスは言う。「モレッティ・ファミリーはきみの死を望んでる。FBIの力ある一派もジャーディン捜査官殺害の件で、きみの腕に薬物注射の針を刺して死刑にしようとしている。ジャーディンがモレッティ・

ファミリーと通じていたことはわかっている。ＦＢＩのモネタがジャーディンとベッドをともにしていたかどうかはわからない。文字どおり以上の意味では、ということだが」

「あんたはどうなんだ？」とダニーは訊く。

「フィリップ・ジャーディンなんかどうでもいい」とハリスは答える。「モレッティ兄弟にいたってはもっとどうでもいいが、連中とのいざこざについては手助けはできない。それはきみの問題だ。だけど、ＦＢＩに関することでは助けてあげられる」

「どうやって？」とダニーは尋ねる。

ハリスの説明はこうだ。

ダニーたちが略奪したヘロインは、ピーターがドミンゴ・アバルカ——通称ポパイ——が率いる組織〈バハ・カルテル〉から仕入れたものだった。ポパイの配下の者たちはアメリカ国内で売り上げの現金を回収すると、サンディエゴの東にある砂漠の隠し場所に一時保管したのち、定期的にトラックに積んで、国境を越えメキシコに運んでいる。

「だから、その隠し場所には莫大な量の現金がある」とハリスは言う。「数えきれなくて、重さで金額を計るほどの量のキャッシュだ」

「そのことがおれになんの関係がある？」とダニーは尋ねる。

「われわれはその隠し場所のひとつを突き止めた」

「だったら、踏み込めばいい」

かどうか」

「人生は込み入ったものだ」とダニーは応じる。「話してみてくれ、あんたの話に乗れる

「仮に令状が取れたとしても」とハリスは続ける。「一網打尽とはならない。隠れ家をアバルカに結びつける証拠がない。やつは国境の向こう側にいて、国に安全を保証されている」

「だとしても、金を奪えば痛手にはなる」

「金にはもっといい使い道がある」とハリスは言う。

そら来た、とダニーは思う。ここにも汚れた捜査官がいる。「あんたの退職金口座の残高を増やすとか？」

「おれはフィリップ・ジャーディンとはちがう」とハリスは言い返す。「ある政府の関係機関が、アバルカみたいな麻薬密売人の支援を受けたテロリストを追跡するための国外活動をしている。ところが、連邦議会はその予算を削減した。国外での捜査活動を持続させ、協力者を窮地に追い込まないためにも金が要る。きみはそれ以上詳しいことを知る必要はない」

そのあとハリスは〝互助関係〟について話しだす。〝互いの利益のために協力し合う〟アイヴィリーグの精神だ。こちらは相手のためになることをする。相手もこちらのために

なることをする。

「きみは金の隠し場所を襲撃して、奪った金の半分を手に入れる」とハリスは続ける。「おれたちはFBIに手をまわして、きみが逮捕されないようにする。潔白で裕福な身になれる。数千万ドル規模の話だ。プロヴィデンスでの略奪の一件がちっぽけに思えるくらいの額だ」

「麻薬にはもう手を出さない」とダニーは言う。

「そこが今回の件のいいところだ」とハリスは請け合う。「麻薬には手を触れない。奪うのは現金だけだ。ついでに麻薬の運び屋にも痛手を負わせられる。きみは国のために奉仕できる」

ダニーは言う。「おれは堅気《かたぎ》になりたいんだ」

「最後に一仕事するだけで、新しい人生が手にはいる」

「それと同じことを最後におれに言ったのは誰だと思う？」とダニーは言う。「リアム・マーフィだ。悪いが、おれは手伝えない」

「きみひとりの問題じゃない」とハリスはさらに言う。「モネタはきみの友達のジミーも刑務所にぶち込むつもりだ。ショーン・サウスも、ケヴィン・クームズも、バーニー・ヒューズも、ネッド・イーガンも。全員捕まる。親父さんも刑務所送りになって、そこで死ぬことになる。連邦刑務所、最重警備刑務所《スーパーマックス》、超重警備のペリカンベイ。FBIはできるだけひどい場所に送ろうとするだろう」

「おれがノーと言ったら」とダニーは言う。「あんたはその手助けをする側にまわる」

「そういうことだ」

ダニーは一瞬考えをめぐらせてから言う。「捕まらないほうに賭ける」

「そんなことはできやしない」とハリスは言う。「きみのことは詳しく調べた。イエス・キリストを気取って〝打てるものならおれに釘を打て〟とは言えても、友達や家族まで十字架に磔《はりつけ》にされるのには耐えられない」

彼の言うことは正しい、とダニーは思う。

「もしやるなら」とダニーは言う。「おれだけでなく、仲間と家族の安全も保証してもらいたい」

「約束する」

「あんたのことばは信用できるのか？」とダニーは尋ねる。「政府のその〝関係機関〟とやらはＦＢＩに盾《たて》つけるほどの機関なのか？」

「今回の件にはかなり上の人間が関わってる」とハリスは言う。「政権のトップにいる連中だ、ダニー。きみに選択の余地はない。きみだってずっと今のままでいられるとは思ってないはずだ。もはや勝ち目はない。おれがきみを見つけられたということは……」

最後まで言う必要はない。

ダニーもそれが事実だとわかっている。これ以上、仲間たちを閉じ込めてはおけない。いずれ飛び出して、好き勝手に振る舞うようになる。アルター・ボーイズなどは特に。そうなれば全員が破滅することになる。

それだけではない。実を言えば、ダニーはこの申し出にそそられている。イアンに相当な資産を残せる……イアンの孫にも残せるほどの財産を……そう思うと……

それに、残りの人生を刑務所で過ごすのはご免だという単純な思いもある。ほかの仲間たちを巻き添えにしたくないという思いも。

ハリスは救いの手を差し伸べている。

これが最後のチャンスなのかもしれない。

自分を見ろ。おれは無実の被害者づらして〝哀れなダニー・ライアン〟を演じているだけだ。〝確かに悪いことをしたが、それは誰かに強いられてしかたなくやったことだ〟と自分で自分に言いわけしているにすぎない。いい加減、大人になれ。おれは凶暴な犯罪者で、強盗で、人殺しだ。

自分でそうなる道を選んだんだ。

だったら、今度も自分で決断するんだ。

10

ネヴァダ州はどこまで行っても砂漠だらけだ。ダニーは身をもってそれを知る。アバルカの現金隠し場所を襲撃するための訓練ができる空地などいくらでもある。

ダニーたちはラスヴェガスからそれほど遠くない峡谷にいる。そこにはハリスがつくらせたアバルカ一味の隠し場所の実物大の模型がある。ダニーの頭には、地図も設計図も上空から撮影した監視写真も徹底的に叩き込まれている。隠し場所の敷地内には化粧漆喰《しっくい》の壁と波形のトタン屋根でできた平屋の低い建物が並ぶ。敷地を囲むフェンスの先端には有刺鉄線が巻かれ、モクマオウの生け垣で隠してある。

砂漠を東西に横断するアスファルトの二車線道路から南に三十キロほど離れた場所に未舗装路がある。それが隠し場所に通じる唯一の道だ。

気に入らない、とダニーは思う。

もっと選択の余地が要る。

トラックの略奪はこれまで何度もやった。たいていは運転手に見返りを渡して味方に引き込み、プロヴィデンス周辺の小さな現金隠し場所やカードゲームの賭博場を襲撃した。が、今回のような大きな仕事《ヤマ》は初めてだ。

今度のヤマはほとんど軍事作戦に等しい。

その分獲物も大きい。数千ドルではなく、数百万ドル。今回は標的の内部に協力者がいないから、その手の経費もかからない。しかし、敵もそれほどの大金を容易にあきらめはしないだろう。死にもの狂いで抵抗してくるだろう。

急襲しかない、とダニーは思う。だから、出入口になる道が一本しかないのが問題なのだ。

一方、ハリスはそれに異を唱える。「路上に見張りはいないはずだ。やつらは人目につくような、わかりやすい防衛策は採らない。有刺鉄線を生け垣で隠しているのもそのためだ」

ただ、それよりもっと心配なことがある、とハリスは言う。アバルカの組織の最大の自己防衛手段は、相手に恐怖心を植えつけることだ。麻薬取引きに携わる者は誰ひとり略奪しようなどという気は起こさない。彼らにはメキシコに親族がおり、裏切ったらひどい報復にあうのが眼に見えているからだ。

「アバルカは家族《ファミリー》を皆殺しにする」とハリスは言う。

すばらしい、とダニーは思う。なんとも気が休まる情報だ。彼はジミーに尋ねる。「どう思う？」

「四輪駆動車を使おう」とジミーは言う。「ヘッドライトをつけずに進めば、とりあえず近くまでは行ける」

が、敷地内には侵入できない。ダニーは内心そう思う。入口には門があり、警備係がいる。門を突破して内部に侵入しなければならない。

門から現金が保管されている建物までは五十メートル。平坦で、身を隠すものが何もない砂漠を援軍なしで五十メートル進まなければならない。夜で暗いとはいえ、建物側から撃たれたらひとたまりもない。それもそもそも門を突破できればの話だ。

いや、駄目だ。それではうまくいくはずがない。

敵が向こうから門を開け、中にはいれるように仕組む以外ない。

アルター・ボーイズをラスヴェガスに呼び寄せるのは、十歳の子供にプラチナカードを持たせてディズニーランドに放り出すのと変わらない。

ダニーはふたりを郊外のモーテルにとどめ置き、大通り《ストリップ》には絶対に近づかないようにと釘を刺す。大きなカジノに行けば、まちがいなくFBIの捜査官や警察やギャングに遭遇する。が、警告したところで、ケヴィンとショーンを止めることはできない。ラスヴェガスにいれば、たとえ自分で見つけなくても、エロ事誘導犬が遊び相手や売春婦を見つけてくれる。

だから、ダニーは放っておく。ふたりの好きにさせる。いつまでも続かないとわかっているから。

三日後、ふたりはダニーのところにやってくる。クスリで朦朧とし、ぼろぼろになり、一文無しになって。

「パーティは終わりだ」とダニーは言う。「酔っぱらって、クスリでハイになって、二日酔いのまま仕事をしたら命取りになる。ここには仕事をしにきてるんだ」

ダニーは彼らを厳しく働かせる。

最初は明け方のまだ寒い時間に隠し場所の模型で訓練する。そのあと計画を実行する時間と同じ夜の訓練に移る。ダニーが立てた計画では、タイミングを正確に合わせることがなにより重要だ。ひとりひとりがそれぞれの役割を理解し、確実に実行しなければならない。さもなければ、全員が命を落とすことになる。アルター・ボーイズの名誉のために言っておくと、彼らは真剣に訓練に取り組む。彼らにもこれが一生を左右する大きなヤマだということがわかっている。しくじれば一生が台無しになることが。あるいは命を落とすことが。

ジミー・マックはいつもどおりプロの仕事に徹する。ダニーは今回の略奪にはネッドを参加させないことにする。マーティの世話をしてくれる人が要る。それだけでなく、今度のヤマではなによりもスピードが大切になるが、ネッドは少し歳を取った。新しい武器にも慣れなければならないが、ネッドは昔ながらの三八口径の銃に固執している。

ハリスが用意した武器の使い方を覚えることに訓練の時間の大半が割かれる。ＦＢＩが用意した銃はＡＲ－15ライフルとＭＡＣ－10サブマシンガン、それにＭ２０３擲弾発射機《グレネードランチャー》で、どれも麻薬密輸組織から押収したものだ。ダニーはＭＡＣ－10を携えて略奪に臨んだことはあるものの、実際に撃ったことはない。グレネードランチャーに至っては、彼も仲間たちも使ったことはおろか、触れたこともない。

閃光手榴弾《フラッシュバン》もしかり。

ハリスがダニーたちに使い方を教える。

この男はほんとうは何者なのか、どんな経歴の持ち主なのかとダニーは訝《いぶか》る。ハリス本人にも問い質す。

「あんた、ほんとうにＤＥＡの捜査官なのか？」ある夜、アルター・ボーイズがＭ２０３の使い方を練習しているのを見ながら、ダニーはハリスにそう直接尋ねる。

「もちろんそうだ」とハリスは答える。

「ほかのアルファベットで呼ばれる組織の人間なんじゃないのか？」とダニーは言う。

「政府機関のスープ缶の中ではアルファベットがごちゃごちゃに交ざることもある」とハリスは言い、ダニーから離れてアルター・ボーイズを指導する。

訓練は二週間に及ぶ。毎晩、夜が明けるまでおこない、それから部屋に帰って日中はほとんど寝て過ごす。

ダニーは母親の家に行き、少し休息し、イアンと一緒に過ごす。

イアンはお祖母《ばあ》ちゃんの家が大いに気に入っている。

当然だ、とダニーは思う。お祖母ちゃんはプールで遊ばせてくれて、ポニーの背中に乗せてくれて、おいしいごはんをつくってくれて、アイスクリームとクッキーを食べさせてくれる。本を読んでくれて、一緒にビデオを見てくれて、手をつないで散歩もしてくれる。

ダニーはそんなふたりと一緒に多くの時間を過ごす。

彼と母親との和解はドラマティックなものにはならない。

ふたりが感きわまり、互いに赦《ゆる》し合い、愛してると言い合い、しっかり抱き合うといったシーンにはならない。

ダニーはそんなことはしない。母親もしない。

それでも心のわだかまりは徐々に薄れていく。ふたりともそれに気づいているが、口には出さない。ただ、その状況を受け入れる。ダニーは母親がイアンによくしてくれていることに感謝している。母親のほうもダニーがそうさせてくれることをありがたく思っている。そこから始まって、ふたりは礼儀正しくことばを交わすようになり、それがやがて会話になり、同じ家に暮らす者だけに通じる他愛ないジョークを言い合うようにもなる。

　マデリーンはそれ以上無理強《じ》いするほど愚かではない。ドラマティックな和解の瞬間を求めたりはしない。彼女に対するダニーの態度は軟化しつつある。それだけで充分だ。それどころか、こうして息子と孫と一緒にいられるだけで、天にも昇る気持ちだ。彼女としてはこの関係を終わらせたくない。

　ある日、イアンが昼寝しているときに、プールのそばに坐ってダニーは尋ねる。「今度のことはあんたが手をまわしたんだろ?」

「なんのこと?」

「あんたがワシントンにいる古い友達に頼んで根まわしした」

「迷惑だった?」

「本来なら」とダニーは言う。「いや、以前なら、よけいなことをするなって言ってたと思う。だったら今は？　どういうわけか、腹が立たない」

「そう言ってくれて嬉しいわ」とマデリーンは言う。「だけど、心配でもある。ほんとうにやりたいと思ってる？　彼らのために何をしようとしているにしろ」

「おれだけの問題じゃない」とダニーは言う。「仲間たちのこともある。やらなきゃならない」

「わたしにも何かできることはある?」

「もうしてもらってる」とダニーは答える。「イアンの面倒をみてくれてる。そうそう、こんなことを訊く必要はないと思うが、もしおれの身に何かあってもイアンを見捨てないでもらえるか？」

「あたりまえでしょ」とマデリーンは言う。「何もかも全部あなたに遺すつもりよ。それがあなたの役に立つなら」

「そんな必要はないよ」

「わかってる」息子にはプライドがある。母親の財産に頼って暮らすのはごめんだと思っている。それはマデリーンにもわかる。今でさえ彼女の好意に甘えていることを気にしている。だから、彼女もそれ以上は何も言わない。

これが彼らなりの和解の形だ。

それだけで充分。


レジー・モネタは機嫌が悪い。

上流から汚物が流れてくる。その汚物は、議事堂のあるペンシルヴェニア大通りからFBI長官を経由して、彼女のもとに流れ着く。〝ライアンから手を引け〟というメッセージとともに、天まで届きそうな悪臭を漂わせながら。

その汚物は法執行機関対諜報機関によくある縄張り争いを焚《た》きつけ、険悪な状況を生む。

モネタはことばを慎《つつし》もうともしない。「ハリスのクソ野郎。ペナーのクソ野郎。もし大統領がこの件に関わってるなら、そいつもクソ野郎よ」

この女はほんとうに頭がいかれているのではないか。長官はそんな眼つきで彼女を見る。

「個人的に連絡をもらった。きわめて簡潔かつ明瞭なメッセージだ。最後に――〝最後〟ということばに力がこもる――もう一度だけ言う。ライアンは飛行禁止区域にいる。きみはそこには侵入できない。この特別な進入禁止区域《エリア・フィフティーワン》に資産を預けていたとしても、引き出せたのは一昨日までだ。わかるな？」

ええ、わかりますとも。しかし、これはわかるわからないの問題ではない。ダニー・ライアンは公的権力のお墨付きを得て、透明人間になれるコートを手に入れた。それが納得できるかどうか。そういう問題だ。

おそらく淫売《いんばい》の母親が手をまわしたのだろう。

が、政府がライアンを野放しにしても、彼を捕まえたい人間はほかにもいる。モネタはそれを知っている。

ピーターがオフィスを出ようとしたところで電話が鳴る。「もしもし？」

女の声が言う。「あなたが追っている人物が現われる場所は……」

声の主はとある老人ホームの住所を告げ、電話を切る。

ピーターはサンディエゴのベネットに電話する。「やつを捕まえろ。ただし、殺すな。ブツのありかを訊き出さなきゃならない。もう金に換えてるなら、その金のありかだ」なんとしても吐かせる。そのまえにたっぷりと痛めつけて。殺すのはそのあとだ。

ダニーは夜空を見上げる。

未舗装路の側溝に身を伏せ、現金を積んだ車を待つ。手を伸ばせば夜空の星に手が届きそうだ。

砂漠の夜はおだやかだ。風もなく、静寂に包まれている。

しかし、今夜はエンジンの音が聞こえる。

砂漠では音は遠くまで響くので、まだそれほど近くではないはずだ。

ヘッドライトが近づいてくる。

タイヤが石と砂利を踏む音がする。

こっちは準備万端だ。ダニーは自分にそう言い聞かせる。

予行演習を百回は繰り返した。とはいえ何が起きるかわからない。

何が起きてもおかしくない。

アルター・ボーイズにはあらかじめ釘を刺してある。「殺すのは最後の手段だ。殺しありきじゃない」

「わかった、ボス」

ほんとうにわかっているといいが。計画どおりにことが運べば、誰も死なずにすむ。すでに多くの命が失われている。もうたくさんだ。

現金を積んだ車が見えてくる。

ハリスから聞いていたとおり、フォルクスワーゲンのウェストファリアだ。砂漠でキャンプを愉しむ人々が好んで乗るヴァン。ルーフの上のラックには折りたたまれたテントと寝袋と水のはいったポリタンクが積まれている。

ヴァンはダニーの脇を通り過ぎる。

ダニーは黒いスキーマスクをかぶって顔を隠す。仲間たちも同じようにマスクをつけている。

やがてヴァンはスパイクを踏む。そのあと少し進んだところで、左側の前輪が破裂する。

運転手がドアを開け、タイヤをのぞき込む。

それからヴァンの外に出る。

ケヴィンが側溝から飛び出し、運転手に襲いかかる。頭に銃を突きつける。ショーンはすばやく助手席側にまわり、台尻を肩に当てたAR‐15ライフルをいつでもぶっ放せる体勢を取る。

ダニーは体のまえでMAC－10を構えてヴァンの後部にまわり込み、ゆっくり車体の横に近づいて、スライド式のドアを開ける。

相手が撃ってくるとすれば今だ。

が、後部座席の男はもう両手を上げている。ダニーはMAC－10で車から出るよう示す。

「外に出ろ」

男は言われたとおり外に出て、手を上げたまま地面に膝をつく。

ダニーたちは手ぎわよく動く。ものの数分で、助手席の男と後部座席の男を縛り上げ、猿ぐつわをして、道路の端まで引きずっていく。

ジミーがウェストファリアに似せて改造した古いフォルクスワーゲンのヴァンで近くにやってくる。ジミーとショーンは荷室に乗り込み、ケヴィンは運転手を運転席に押し込む。

ダニーは運転席のうしろに隠れて屈み、シートの裏から銃身を押しあてる。「よけいなことを一言でも言ったら、背中を吹き飛ばす」

「わかった」

ショーンはウェストファリアから現金のはいったバッグを回収し、ジミーと一緒にもう一方のヴァンの荷室に乗り込む。

ダニーが合図する。「車を出せ」

目的の隠れ家まで五百メートルほどのところまで来る。

助手席のケヴィンが言う。「もうすぐ門に着く」

「子供はいるか?」とダニーは運転手に尋ねる。

「娘がいる。二歳と四歳の」

「父親のいない子にするな」とダニーは言う。「賢く行動すれば、生きて帰れる」

門のそばまで来ると、ケヴィンはスウェットシャツのフードを目深《まぶか》にかぶる。

警備係が近づいてくる。

運転手が窓を開ける。

ダニーは銃身をさらに強くシートに押しあてる。警備係と運転手がスペイン語でなにやら話すのが聞こえる。なんと言っているかはわからない。運転手は素直にこちらに協力しているのかもしれないし、警備係に侵入者だと警告しているのかもしれない。

もし後者なら、おれたちは終わりだ。

門が勢いよく開き、ヴァンは前進する。

「賢明な判断だ」とケヴィンが言う。

車が敷地内にはいると門が閉まる。

「今だ」とダニーは言う。

ケヴィンは窓を開けると、窓枠にグレネードランチャーをのせて構え、ガレージに照準を合わせる。

引き金を引く。

大きな爆発音が轟《とどろ》き、赤々とした火の玉が炎となって燃え上がる。炎はガソリンタンクに飛び火し、さらにいくつも爆発が起こる。

ダニーは必死で顔を起こしている。男が三人、家から飛び出し、ガレージに向かって走る。

「行くぞ！」とダニーは叫ぶ。

ドアを開け、ヴァンから飛び出す。仲間たちも彼のあとに続く。

運転手は慌てて外に出て走り去る。

スポットライトが点灯し、地面が明かりに照らされる。

ダニーは宙に向けて一発発射して、叫ぶ。「伏せろ！　地面に伏せて両手を広げろ！」

ふたりは言われたとおりにする。

が、三人目が銃に手を伸ばす。

ショーンがすかさず男を撃つ。

くそ、とダニーは思う。それだけは避けたかった。このヤマでは誰も殺したくなかった。

ケヴィンはグレネードランチャーを家のほうに向け、玄関に照準を合わせる。

擲弾《グレネード》はドアに命中し、玄関にぽっかり穴があく。

ケヴィンは擲弾を充塡《じゅうてん》し、屋内に向けて撃つ。

ダニーが先頭に立って家の中にはいる。

男がひとり、床に坐った姿勢のまま意識を失っている。脳震盪《のうしんとう》を起こしたにちがいない。

男の膝にグロックがのっている。ダニーはその銃を蹴り飛ばす。

すぐうしろからついてきたジミーが男を床に寝かせ、うしろ手に縛る。

ショーンは庭で残りのふたりを縛る。

別の男がトイレから出てくる。

ダニーのMAC－10が自分の顔に向けられているのを見て、両手を上げ、笑みを浮かべる。

「とんだ下手《へた》を打ったな、おまえ。おれたちが誰とつながってるかわかってるのか？　ドミンゴ・アバルカだ。ポパイだ。たとえ金を手に入れられても、そうそう愉快には生きてはいけないだろうな」

「そこに伏せろ」

男は顔から床に伏せ、ジミーに手を縛られながらもなおも言う。「おまえもおまえの家族《ファミリー》もみんな死ぬ《ムエルテ》。時間をかけてゆっくりとな」

「黙ってろ」

外から銃撃の音が聞こえる。

きっとショーンと門のところにいた警備係だ。

「これはまずい」と男は言う。「ものすごくまずい」

「行こう」とダニーは言う。

ダニーたちは家じゅうを隈《くま》なく捜す。とことんおかしな話だが、そこらじゅうに現金がある。ラップで丁寧に包んで積んである。床に直《じか》に置いてあるものもあれば、木材に見せかけた安っぽい羽目板の裏や天井パネルの上にもある。彼らは手あたり次第にビニール袋に現金を詰めては次の場所に移る。

外の銃撃戦の音がやむ。

ショーンの大声が聞こえる。「クリア！」

ケヴィンが寝室にはいり、中からダニーを呼ぶ。「なんだ、こりゃ！　ボス！　来てくれ！」

室内にはいると、ベッドに男が坐っている。

ダニーは眼をしばたたく。

眼に映っているものが信じられない。

そこにはフランキー・ヴェッキオがいる。

一緒に風呂にはいるのがふたりの習慣になる。

熱い湯が傷ついたピーターの背中を癒やす。キャシーは彼のうしろに坐り、彼の首に蒸したタオルをあてる。ピーターはくつろぎ、一緒に逃げよう、知っている人が誰もいない場所に行こう、と夢を語る。

もうすぐ金を取り戻せそうなんだ。

その金があれば新しい人生を始められる。

今はサンディエゴから任務完了の知らせが届くのを待っているところだ。

キャシーは黙って聞きつつも、ピーターの語る夢は無意味な夢であることを知っている。ピーターがロードアイランドを離れることはない。子供たちを置いていくはずがない。妻のシーリアを置いていくことすらできないのではないだろうか。どれほど妻の悪口を言い、あいつのせいでおれは不幸だとどれほど嘆こうと。

現実主義者のキャシーには、ふたりとも生きてここを出られないことがわかっている。互いへの依存から抜け出せないことも。が、そうは言わない。言っても信じてもらえないだろうし、彼から夢を奪うのは無慈悲な仕打ちだ。

だから、キャシーは黙って聞いている。何も言わずに彼の首をこする。

いきなりバスルームのドアが開く。

光が射し込む。

戸口に男が立っている。

ピーターはその男を見て言う。「ヴィニー、何をしてる、おまえはフロリダにいるはずじゃ――」

ヴィニーはもう銃を手にしている。

くぐもった銃声がする。二発。

弾丸《たま》はピーターの額を直撃する。

キャシーは叫ぶ。が、声にならない。殺されると悟り、息がつまる。

おかしなことに、彼女は最期の瞬間にこんなことを思う。よかった、ちょうどきれいになった体で死ねる。

ヴィニーが言う。「悪いな」

そして、さらに二発撃つ。


「ダニー、助かった、あんたか」とフランキーは言う。

「こんなところで何をしてる？」

フランキーはいきなり泣きだす。泣きじゃくりながら、クリスと一緒にメキシコのアバルカの組織とコカインの取引きをしたこと、クリスが自分を人質にして置き去りにしたことを話す。「ちくしょう、ダニー、信じてもらえないだろうけど、ここじゃとんでもないことが起きてる。連中は獣《けだもの》だ。おれはこの眼で見たんだ。あいつらは人を釜茹《かまゆ》でにするんだ。桶《おけ》に入れて溶かして、それを見て笑うんだ。クリスが戻ってこなけりゃ、次はおまえの番だってずっと言いつづけてやがる。あいつはおれを置き去りにしたんだ、ダニー。あのちくしょう、おれを置き去りにしやがったんだ」

ケヴィンがダニーのほうを向いて訊く。「おれがやる？」

全員殺すべきだ。ダニーはそう思う。

メキシコ人も、イタリア人もひとり残らず。

しかし、それができないのがダニー・ライアンという男だ。

昔からそれが彼の弱点だった――彼は慈悲深い人間で、今でもまだ神を信じている。天国やら地獄やらそういうおめでたいたわごとのすべてを。確かに、過去には何人か殺したことがある。が、いずれも殺《や》らなければこっちが殺られるような状況だった。今はちがう。相手はすべて結束バンドで縛られて床や地面に転がっている。そんな相手の顔に、ダニーの仲間《ファミリー》たちは背後から弾丸《たま》をぶち込みたがっている。

彼らの言う〝処刑スタイル〟で。

だからダニーは躊躇《ちゅうちょ》する。「逆の立場だったら、やつらはそうする」とケヴィンは言う。「助けてくれ、ダニー、頼む」とヴェッキオは懇願する。「一緒に連れていってくれ。お願いだ。連中はきっとおれもおまえたちのグルだと考える。そうなったらおれはもう死んだも同然だ」

「知ったことかよ」とケヴィンは言う。

ジミーがそばに来て、ダニーの肘を引っぱって言う。「殺らなきゃ《や》駄目だ、ダニー。あいつはおれたちが何者か知ってる」

「一緒に連れていけば、告げ口はできない」

「冗談だろ？」とジミーは驚いて言う。「あいつはおれたちをはめたやつだぞ！」

「おれたちをはめたのはクリスだ」とダニーは答える。「フランキーはただの使い走りだ」

「だからなんだって言うんだ？」とジミーは詰め寄る。「こいつを殺せ。おまえにその勇気がないなら、おれが殺ってやる」

「こいつをヴァンに乗せろ」とダニーは言う。

「こいつはためらうことなくおまえを殺す」とジミーは言う。「もし逆の立場なら」

「おれはこいつとはちがう」

「ダニー――」

「聞こえなかったのか？」

ジミーはダニーを睨みつけて言う。「ああ、聞こえたよ」

ケヴィンは首を振りながら、フランキーを引っぱって立たせ、連れていく。

「金は全部積んだな？」とダニーは訊く。

「ああ、たぶん」とジミーは答える。

今は数えている暇はない。それでも、二はありそうだとダニーは見積もる。いや、三か、ひょっとしたら四かも。

単位は千万ドルだ。

紙幣は追跡不能。誰かが警察に届け出る心配もない。

一生分の戦利品。

文字どおり一生分だ。これが最後の仕事になる。

「じゃあ、行こう」とダニーは言う。

居間を通り過ぎると、床に転がった男が言う。「どうせアバルカにさっさと殺してくれって頼むことになるぜ。子供たちが泣きわめく姿を見せつけられてな」

ダニーは何も答えない。

庭に出て、現金をヴァンに積み込み、静かな砂漠の夜へと車を走らせる。

ジミーはヴァンが盗難車のように運転する。

事実、盗んだ車なのだが。

長い未舗装路に出て、襲撃したヴァンと縛ってその場に放置した男たちの横を通り過ぎる。アスファルトの二車線道路にはいり、砂漠を抜け、低い山をいくつか越え、曲がりくねった道を走り、サンディエゴに向かう平坦な道に乗り入れる。

町のはずれまで来ると、ダニーはジミーに車を停めるように言う。車が停まると、フランキーに降りろと言う。

「どこに行けばいい?」とフランキーは訊く。

「おれの知ったことか」とダニーは答える。

「アバルカの手下のところに行って、おれたちのことをチクるに決まってる」とケヴィンが言う。

「アバルカが怖くて、そんなことできやしない」とダニーは答える。

「ありがとう、ダニー」とフランキーは言う。「この恩は忘れない。誓うよ」

「いや、さっさと忘れろ」とダニーは言い放つ。

フランキーは歩き去る。

「まちがってる」市内にはいり、ジミーが言う。「あいつは殺すべきだった」

ダニーは二万ドルずつ数えて、アルター・ボーイズにそれぞれ渡す。

「サンディエゴに着いたら別れて逃げる。隠れていられる場所を見つける。散り散りになって、身を隠す。人目につかないように気をつけろ」

つまり、破目をはずしたお愉しみはなしということだ。パーティも喧嘩も浪費もなし。なにより仕事はしない。

ケヴィンは首を振る。これもまちがいだ、と言いたげに。

「何か問題でもあるのか?」とダニーは訊く。

「いや、問題なんてないよ」とケヴィンは答え、金をポケットにねじ込む。

「数ヵ月の辛抱だ」とダニーは言う。「四、五ヵ月。長くても半年。その頃には金はきれいになって戻ってくる。そうすれば新しい人生を始められる。過去を土に埋めて葬り去れる」

「どういう意味だ、ダニー?」とショーンが尋ねる。

「確約を得てるということだ」とダニーは説明する。「ニューイングランドでのあれこれは凍らせて沈められ、溶け出てきたりしないことになってる」

「取引きしたのか?」とケヴィンが訊く。「くそ、ダニー、かわりに何を差し出したんだ?」

「何も」とダニーは答える。だんだん腹が立ってくる。「おれたちは彼らのために仕事をした。それが取引きの条件だ。無罪放免になったからって、礼には及ばないよ、ケヴィン。だけど、おまえはこれからはいっぱしの市民だ。分けまえをもらったら、バーでもクラブでも洗車場でも好きな店を買えばいい。おれには関係ない。ただし、悪事には手を出すな。おれの家に泥を持ち込むな。わかったか《カピーシュ》?」

「ああ、わかった」

ああ、それでいい。が、ほんとうにわかっているのか? ダニーは訝《いぶか》しむ。新しい人生をつかむチャンスがどれほど貴重で、ありがたいことなのか、こいつはほんとうに理解してるのか?

　もっとも、現実には新しい人生などないとも言えるが。ダニーはそう思う。心機一転、新たなスタートを切ることはできるかもしれない。が、過去は常についてまわる。敵を殺したことも、仲間たちの死も、戦争に負けたことも、罪も、愛も、思い出も――いいことも悪いことも全部――ずっとつきまとう。

　ダニーは長いあいだ戦い、敗北し、逃げた。生き残った者たちを連れて。妻は亡くしたが、幼い息子を抱えている。年老いた父親もいる。どちらの面倒もみなければならない。

が、この金があれば、手を汚さずにそれが叶う。

仲間《ファミリー》たちも同じだ。

分けまえをまともなことに使って自立できる。

　ダニーは彼らに借りがある。最後の仕事の戦利品を海に捨ててしまったのだから。


　プロヴィデンス警察殺人課の刑事、オニールとヴィオラは匿名のタレ込みを受けてそのアパートメントに向かう。

「なんてこった」とヴィオラが言う。「ピーターじゃないか！」

「こっちの女は？」

　オニールはキャシーの死体をよく見る。「誰だと思う？　なんとジョン・マーフィの娘だ」

ヴィオラは首を振って言う。「まさかとは思っていたが。噂には聞いてた。だけど……おれたちがすべきことはわかってるよな」

オニールにもわかっている。

ピーター・モレッティは何年ものあいだ毎月、相応の封筒を届けてくれていた。クリスマスには普段より分厚い封筒が届いた。ふたりにはピーターに対しても遺された妻に対しても礼を尽くす義理がある。だから、キャシーの死体を毛布でくるんで車に乗せると、サウスプロヴィデンスのジャンキーのたまり場の近くに捨てる。

そのあと署にはピーター・モレッティが殺されたと報告する。


ベネットは老人ホームの近くに停めた車内でじっと待っている。

プロヴィデンスのモレッティの話では、ライアンは遅かれ早かれここに現われるという。ベネットとしてはなるべく早く来てほしい。もう何日も仲間ふたりと張り込みを続けていて、いい加減飽き飽きしている。

確かにモレッティの金払いはいい、とベネットは思う。とはいえ、張り込みをしたいなら――警察官になってたぜ、まったく。

「何がおかしい？」と仲間のひとりが訊く。

「ちょっと思ったことが可笑しかった」とベネットは答える。

「標的はほんとうに来るのか？」

ベネットは肩をすくめる。

ライアンはきっと来る。ベネットには確信がある。やつの父親はこの施設に入居している。会いにこない息子がどこにいる？


早朝、呼び鈴が鳴り、シーリアは玄関を開ける。

プロヴィデンス警察の刑事、オニールとヴィオラ――クリスマス・パーティで何度か会っており、シーリアもふたりのことは知っている――がドアの外に立っている。

ヴィオラが言う。「ミセス・モレッティ、残念なお知らせです。ご主人のピーターが亡くなりました。殺されたんです」

あとになって、ふたりはこう報告する。彼女はその知らせを冷静に受け止めたと。

実際には彼女は笑みを浮かべている。


娘のヘザー・モレッティは寮の部屋で連絡を受ける。受話器を落とし、ひたすら叫びつづける。

麻薬取締局捜査官ハリスはキャンプ・ペンドルトンの北にある海岸沿いの駐車場にいる。

午前三時の駐車場にはほかには誰もいない。

車内で待っていると、ダニーとジミーの車がやってくる。

「首尾はどうだった？」

「おれたちがここにいるのが答だ」

ハリスはダニーたちのヴァンに乗り移り、金を数える。

現金で四千三百万ドル。

「思っていた以上にあるな」とハリスは言う。

「約束は覚えてるよな」とダニーは言う。「おれはアバルカに追われる心配をしなきゃならない。ＦＢＩのことまで心配したくない」

「約束は守る」とハリスは言う。「ただ、めだつ行動だけはひかえてくれ」

「それは心配無用だ」

両者は現金を分け、ハリスは走り去る。

「あの男は信用できるのか？」とジミーは訊く。

「おれたちに信用できる相手なんかいるか？」

ふたりはサンディエゴの郊外にあるランチョ・ベルナルド地区に向かう。〈レジデンス・イン〉でバーニー・ヒューズが待っている。ふたりは彼の部屋にはいる。バーニーは紅茶を飲んでいる。「心配してたよ」

「すべてうまくいった」とダニーは言う。「二千百五十万ドル」

バーニーは小さく口笛を吹く。「この金を全部きれいにするにはそれなりに時間がかかる。いくつも銀行をまわって、少額の投資をたくさんして、カジノで換金して……」

「あんたは自分の仕事をすればいい」とダニーは言う。「ネッドがここに来て部屋を取り、現金とあんたの身を守る」

ダニーは自分の取り分として五万ドル取り、ジミーにも同じだけ渡す。「家族を呼び寄せるのはまだしばらく待て。金を送るのはかまわないが……」

「話は聞こえてた」

部屋の電話が鳴る。バーニーが出て、ダニーにかわる。

「よかった、連絡がついて」と電話の向こうでデネヒーが言う。「どう言えばいいかわからないが、施設から連絡があった。親父さんが危篤だそうだ。もってもあと数時間だろうということだ」

どんな気持ちになればいいのか。ダニーは自分でもよくわからないまま、ジミーが盗んだカムリでサンディエゴに向かう。

マーティは決していい父親ではなかった。

息子をないがしろにする、暴力的な飲んだくれだった。

それに、父の生活の質《QOL》はもはやゼロに近い。そのことを考えると、召されるのはむしろ救いなのではないか。

だとしても……

やはり父親にはちがいない。

ダニーは施設へと車を走らせる。


ベネットはうとうとしている。そのとき――

「おい、誰か来るぞ」

カムリが縁石に沿って停車し、中から男が降りてくる。

「標的の男か？」

「あいつだ」

やっと現われた。ベネットはほっとする。


車がまえから近づいてくる。SUVが少しゆっくりすぎる速度でダニーのほうに向かってくる。このあと何が起きるか。ダニーにはわかる。男が車から飛び出し、彼の背後にまわって銃を突きつけ、SUVに押し込む。

そうなったら終わりだ。車に乗ってしまったら、あとは彼らの思うままだ。この世界で生きていくにあたってまず学ぶべきこと。絶対に敵の車に乗ってはいけない。路上で応戦し、駐車場で死ぬのはいい。けれど、敵の車にだけは乗ってはいけない。

こっちが有利な点はふたつ。ダニーは歩きながら考える。急ぎ足にならないように、努めて同じペースで歩きつづける。ひとつ、やつらはただおれを撃ち殺せばいいわけではなく、生け捕りにしなきゃならない。ふたつ、向こうはおれが気づいていることにまだ気づいていない。

それだけでは充分とは言えない。それでも、とにかくそれだけはわかる。

まだ早朝で、通りにはほかに誰もいない。それはやつらの利点だ。誰にも気づかれることなく、おれを車に引き込み、この場から立ち去る。そのあとは地下室か倉庫に連れていかれ、ガスバーナーで焼かれるか、肉の塊《かたまり》みたいに吊るされるか、あるいはその両方か。

ダニーはシャツの下からグロックを引き抜き、車に向かって歩きつづけ、両側のヘッドライトのちょうど真ん中を狙って、二発撃つ。敵に自分の仕事以外のことを考えさせる。

まだ動いている車の助手席から男が飛び出してくる。

そこで、ダニーを生け捕りにしろと命令されているのを思い出したのだろう、ほんの一瞬躊躇する。

ここでためらってはいけない。命取りになる。

ダニーは男に近寄り、顔に二発ぶち込む。

男の手から銃が落ち、歩道に転がる。

ＳＵＶは街灯の柱に突っ込む。運転手はハンドルにもたれてぐったりする。が、もうひとりの殺し屋が車から出てくる。開いたドアの窓枠にグロックを置いて構え、ダニーを狙う。が、その瞬間、男の額が破裂する。血しぶきをあげて。

ネッド・イーガンがＳＵＶに近づき、後部座席のドアを開け、三八口径の銃を車内に向ける。閃光が見える。

ダニーは自分の車に戻って走り去る。

第二部

生者のいない景色

カリフォルニア州
1989年11月

「……しかしもういい、怖れるな。
ここに描《か》かれるわれわれの、ほまれは相当われわれに、
救いをもたらすことであろう」。
アエネーアースはかく言って、実質ならぬ画とはいえ、
それに心をなぐさめる。

――ウェルギリウス『アエネーイス』
第一巻（岩波書店、泉井久之助訳）

11

太平洋は夕陽の海岸だ。

この海から陽は昇らない。それでもダニー・ライアンは夜明けまえに起き出し、雲の形によって変化する空と海を眺める。次第に海がその姿を現わし、水平線が見えてくる様子を眺める。

一日のうちで一番好きな時間帯だからだ。

ダニーの早起きはほぼ儀式と化している。毎朝ベッドから出ると、電気ポットのスウィッチを入れ、湯を沸かすあいだに歯を磨く。歯を磨きおえると、また狭いキッチンに戻り、インスタントコーヒーをいれ、一口飲み、ジーンズを穿《は》き、フード付きのスウェットシャツを着る。銃をスウェットシャツのポケットに入れ、トレーラーハウスを出ると、パシフィック・コースト・ハイウェーを横断してカピストラーノ・ビーチに行き、夜が明けていく光景を立ったまま眺める。

冬の朝は冷えるが、足もとはサンダル履きのままだ。おいそれとは冬に負けを認めたくない。ダニーが好きな季節は夏で、昔からそうだった。太陽を愛し、暖かな気候を愛し、寒いニューイングランドからカリフォルニアに移住した今もなお、雪と身を切るような風への怖れを振り払うことができない。

陽が沈む暖かい西海岸にダニーは憧れを抱いていた。夜明けの空さえ薄紅色と淡い赤紫色のパステルカラーに染められている。人気《ひとけ》のない海辺に佇《たたず》んでいると、やがて空の色はカリフォルニアの冬らしい鮮やかな青へと変わり、水平線が紙に引いた一本の線のようになる。

左手に持つ銃が冷たい。銃の感触がダニーは好きではない。そもそも持ち歩きたくもない。持ち歩かずにすめばそれに越したことはない。しかし、世間にはまだ過去にこだわっている連中がいる。ダニー・ライアンが死ぬところを見たがっている連中が今もまだ。

トレーラーハウスに引き返す。〝動く家《モバイル・ホーム》〟に。

言い得て妙だ。ダニーはそう思う。

モバイル・ホーム。

こんな逃亡生活は終わりにしなければ。

こんなのは生活でもなんでもない。

とはいえ、ロードアイランドを発《た》って以来ずっとこれが現実だった。移動を続け、見つからないよう身をひそめる。この〝家〟に住んで、かれこれ数ヵ月になる。そこそこ安定した暮らしで、日課も儀式化してすっかり定着している。

小さな鋳鉄《ちゅうてつ》製のフライパンにベーコンを二枚入れ、コンロにかける。ベーコンを焼いているあいだ、皿にペーパータオルを敷き、水切りかごからフォークとフライ返しを取り出す。ベーコンがこんがり焼き上がると、皿に敷いたペーパータオルにベーコンをのせ、フライパンに卵をふたつ割って入れる。

ダニーは両面を固く焼くのが好きで、半熟の黄身には我慢がならない。テリはそれを心得ていて、ふちに焦げ目がつくほどしっかりと焼いてはいつも〝ゴムみたい〟と評していた。卵を焼くあいだ、食パンを二枚トースターに入れ、様子を見る。ベーコンエッグとちがい、トーストは軽く焼き目がつく程度が好みだ。

焼き加減の好みがうるさくて、ほんと面倒くさいんだから、とテリにはよく文句を言われたものだ。

そうだよな、とダニーも思う。おれは面倒くさいやつだ。

テリがいなくなって、心にぽっかり穴があいたままだ。

焼きすぎないうちにトーストを取り出し、卵を引っくり返してフライ返しで黄身を押しつぶす。そうしておいてから、銃をテーブルに置き、スウェットシャツを脱ぐ。陽射しが窓から射し込み、〝キッチンエリア〟を暖めている。

窓の外に眼をやる。ミセス・モースバッハがヨークシャーテリアを散歩させているのが見え、手を振る。彼女は毎朝外に出ている。片手にリード、もう一方の手に糞《ふん》を始末するビニール袋を持って。

ミセス・モースバッハも手を振り返す。

隣人たちに親切にするのはいいが、親しくなってはいけない。友達づき合いをすれば、自分のことを知られすぎてしまう。だからと言って、よそよそしくしていると、変わり者だと思われてしまう。トレーラーパークの謎の男と思われてしまう。そのどちらも好ましくない。

隠しごとをしていると人に思われるのはまずい。

ベーコンのために敷いておいたペーパータオルを取り除き、シンクの下のゴミ箱に捨てる。卵をフライパンから皿に移し、席に着く。朝食を掻き込み——早食いだとテリにいつも言われた——食事が終わると、腰を上げ、すぐに皿を洗う。狭い空間で暮らすために守っている手順だ。なんでも使ったら、洗って片づける。フライパンは少し冷ましてから、湿らせた布巾《ふきん》で表面をぐるりと拭き、コンロに戻す。油を少々フライパンに垂らし、低温で熱する。ミセス・モースバッハから伝授された鉄製フライパンの手入れ法。

トレーラーハウスは家具付きで、備品もすべてそろっていた——即入居可——だから出ていくときには、借りたときと同じ状態で返却したい。

できればそう遠からず。

イアンが恋しくてたまらない。ダニーはラスヴェガスに戻って息子と再会し、生活を立て直したいと思っている。

しかし、ポパイ・アバルカは自分の金を盗んだ盗人《ぬすっと》を捜している。ポパイの息がかかった殺し屋たちがサンディエゴからティファナにいたる全域を襲撃してまわり、死体の山をあとに残している。だからダニー・ライアンが生存していることを連中が知らないとしても、行方を突き止める手段がないとしても、ほとぼりが冷めるまで、家族に近づくわけにいかない。

老人ホームの外でダニーを射殺しようとしたのはアバルカではなく、ピーター・モレッティだった。ピーターは死んだが、それでもプロヴィデンスの人間の中には今でもダニー・ライアンの命を狙う者がいるかもしれない。

そういうわけで、ダニーはトレーラーパークを見つけ、身を隠したのだ。

せめてラスヴェガスにイアンに会いに行きたかったが、ハリスに禁じられた。電話についても同じく制限がかけられた――〝ごく手短に〟すませなければならず、電話をかけるにしても、トレーラーパークから離れた場所の公衆電話からかけなければならない。

「パパ?」と呼びかけてくる息子の声を聞くと、胸が張り裂けそうになる。

が、時が経つにつれ、父親との会話にイアンの興味が薄れていくのがダニーにはわかった。幼い子供は忘れっぽいものだ。次第に父親である自分のことを忘れ、〝お祖母《ばあ》ちゃん〟が世界の中心になっている。

　だからといって、息子を責めることはできない、もちろん。

　幼少期の実体験から、見捨てられるというのはどういう気持ちか、ダニーにはわかる。息子にマデリーンがいてくれてよかったとしか思えない——その皮肉の苦みを味わいながらも。

　ハリスはダニーを父親にさせてもくれなければ、息子の役割を果たすことも許してくれなかった。

「おれは親父を埋葬することもできないのか？」とダニーは尋ねた。

「対処した」とハリスは言った。「親父さんは退役軍人だったんだろ？　ローズクランズに埋葬した。いい墓地だ」

「墓参りに行きたい」とダニーは言った。よくわからないが、花を手向《たむ》けるとか、墓石にウイスキーをかけるとか、そんなことをしたかった。

「人が見張ってるかもしれない」とハリスは言った。

「人って？」

「イタリア系の古いお友達とか？」とハリスは言った。

「ピーター・モレッティは死んだ」

「ヴィニー・カルフォはまだ死んでない」

新しいボスか、とダニーは思った。ポーリーにお鉢がまわるものと世間は思ったかもしれないが、ピーターの不始末は弟にも影響した。結局のところ、ピーターを倒したのはヴィニーで、ヴィニーが王座についた。

ダニーは危険を承知でパスコ・フェリに電話して、その情報を得た。ニューイングランドの元ボス、パスコは言った。

「要するに、ピーター・モレッティのことはもう気にする必要はないってことだ。だろ?」

「おれはその件とは無関係だ」

「わかってる」

やっぱりな、とダニーは胸につぶやいた。直接命じなかったとしても、パスコはピーター殺害のゴーサインを出した。いいニュースだ。「向こうは誰が引き継ぐんだ?」

「もうおれが口出しすることじゃないが」とパスコは言った。「おれが博打打ちなら、ヴィニー・カルフォに賭けるんじゃないかな。あいつを覚えてるか?」

多少は、とダニーは思った。何年もまえ、刑務所にはいるまえ、カルフォはイーストプロヴィデンスとフォールリヴァーの出身者から成る小さな集団を仕切っていた。

「クリスの後釜としてピーターの相談役の座についただけじゃなく」とパスコは言った。

「あいつはピーターの女房と寝てた」

昔からパスコはこうだ、とダニーは思った。そこらの婆さんみたいに、噂話のひとつは披露しないと気がすまない。「カルフォがピーターを殺したのか？」

「誰が殺したのかは知らない」とパスコは言った。「どうしておれが知ってる？」

つまり、カルフォがピーターを殺したことをあんたはまちがいなく知ってるってことだ。

ダニーはそう心につぶやいた。

「おまえ、今どこにいる？」とパスコが訊いてきた。

ダニーは答えなかった。

「傷つくねえ。信用されないとはねえ」とパスコは言った。「信用してないなら、どうして電話してきた？　なんだっておれたちはこうしてしゃべってる？」

「まだ友好な関係かどうか確かめたかっただけだ」

「おれの中ではそうだ」

「カルフォはどうなんだろう？」とダニーは尋ねた。

長い間《ま》ができた。パスコは考えてから口を開いた。「なくした金を取り戻せたら、ヴィニーは眠ってる犬を起こすような真似はしないだろう。それは可能か、ダニー？」

「それはどれくらいの額の話だ？」

「二十といったところかな」

すばらしい、とダニーは思う。いつものお決まりのぺてん。ヴィニーに二十万ドルを都合すれば、ヴィニーはプロヴィデンスの連中を裏切り、こちらと和解する。でもって、パスコは仲介手数料を手にする。「一、二ヵ月は必要だ」

「いいだろう」

「過去はきっちり清算したい」とダニーは言った。「ポーリーやほかのやつらに追いかけられるのにはうんざりだ」

「ポーリーにもわかるだろう」とパスコは言う。「誰もみんな了解するだろう」

そういうことかとダニーは思う。要するに、誰もみんなピーター殺害を了解していたということだ。パスコも、ニューイングランドのマフィアの大多数も承認したことが。ボストンも承認したのはまちがいない。おそらくニューヨークも。ボスを殺すには多数の同意が必要になる。

「おれだけでなく、うちの者たちも全員含めてもらいたい」とダニーは言った。

「もう終わりにしたいと誰もが思ってる」とパスコは言った。「商売に悪影響を及ぼすからな」

「わかった」

「あの娘《こ》のことは残念だったな、キャシーのことだ」とパスコは言った。「可愛そうな娘だった。常にアルコールと麻薬の問題を抱えてた。おれはいつも言ってたのにな。麻薬は悪魔だって」

「また連絡する」とダニーは言った。

二十万ドルで平和が手にはいるなら安い買いものだ。

規則正しい生活を送りながら、ダニーは待った。

バーニーが資金洗浄するのを待ち、ハリスが問題ないと判断するのを待った。

海辺を歩き、海岸沿いを北へ車で走り、デイナ・ポイント・ハーバーを散策してヨットを眺め、エンシニータスやラグナ・ビーチ、コロナ・デル・マーをぶらついた。昼寝をし、テレビを見、食料品の買い出しにいき、食事をつくり、普通の生活についてまわる雑事をすべてこなした。ときには外で昼食を食べたり、映画に出かけたりもした。

いろいろなことを考えた——これからどうなるのか、何をするか、どこで暮らすか、どうやってイアンのための生活を築いていくか。

ここカリフォルニアに住みたいということだけはわかっていた。そのほかのことについてはまだ確たる答を出せずにいた。

そして今はいつもの朝となんら変わりなく、テーブルについて卵を食べている。

なんの変哲もないいつもの朝となんら変わることなく。

電話が鳴る。

ダニーはラグナ・ビーチのスーパーマーケットの外の駐車場でハリスと会う。

駐車場に車を乗り入れると、ハリスの黒いメルセデスがすでに停まっている。運転席側が隣り合わせになるように車を停める。

ハリスは笑みを浮かべている。

「なんだ？」とダニーは尋ねる。

「今日は実にいい日だ」とハリスは言う。「神は天にあり、すべて世はこともなし」

「なんの話をしてる？」

「世界はよりよい場所になった」とハリスは言う。「ポパイ・アバルカがこの世を去った」

ハリスによれば、ポパイはバハ・カリフォルニア州ロサリトで連邦警察《フェデラレス》に待ち伏せされたらしい。ポパイの兵隊《シカリオ》が五人殺され、ポパイ本人も雨霰《あめあられ》と銃弾を浴びた。残っていたほうの眼にも弾丸《たま》が一発命中したという噂が流れている。

全国各地の麻薬取締局《DEA》の事務所でシャンパンのコルクが天井に当たっている。

「この話のおかしなところを聞きたいか？」とハリスは尋ねる。「手下たちが死体安置所に押し入って、ポパイの亡骸《なきがら》を持ち去った。サンタ・ムエルテ信仰の真似事だかなんだか知らないが、山中に運び込んだということだ。とにかく、ダニー・ライアン、おまえさんは自由の身だ。これからは自分の人生を生きろ」

自分の人生を生きろ、か。ダニーは胸の中で繰り返す。

わかった、そうしよう。

タコスの屋台でジミーと会う。場所は鉄道の駅に近い、サン・クレメンテ州立海水浴場。カリフォルニアらしい日和だ——青い空、青い海。

ふたりは外の席にする。

ジミーは屋台の黒板のメニューを見て、チーズバーガーにすると言う。

「このあたりはメキシコ系の土地柄だ」とダニーは言う。「ハンバーガーは食えたもんじゃない」

「まあな。でも、おれはハンバーガーが食いたいんだ」とジミーは言う。「〈ホワイト・キャッスル〉とデルの店に行けるなら、左の金玉をくれてやってもいい」

〈デルズ・レモネード〉か、とダニーは思い出す。ロードアイランドで冷たい飲みものを売っていたキッチンカー。ジミーは郷愁に駆られている。ダニーにもそれはわかる。帰れる状況になれば、ジミーは飛んで帰るだろう。

ダニーはフィッシュタコスをふたつ注文する。ジミーはチーズバーガーとフライドポテト。料理が出てくると、ビネガーはないかとジミーが訊く。カウンターの奥に立つ男はぽかんとしてジミーを見る。ビネガーを出してくれともう一度頼み、さらにもう一度繰り返したあとジミーはあきらめ、ケチャップの小袋ふたつで妥協する。

「ビネガーなしのポテトか」とジミーは外に設置されたピクニックテーブルのダニーの向かい側に坐って言う。「ポテト通《つう》じゃないね」

ほかに客はいない。ジミーが続けて言う。「で？」

「全部終わった」とダニーは言う。ポパイが死んだこと、ヴィニー・カルフォと和平協定の話が出ていることをジミーに説明する。「ヴィニーのほうはバーニーに二十万ドル届けさせれば、それで片がつく」

ついに資金は洗浄され、〝汚れひとつない金になった〟とバーニーが宣言したからだ。

「やれやれ」ジミーはチーズバーガーにかぶりつく。ややあって続ける。「バーニーはまだ〈レジデンス・イン〉にいる。無料の朝食がいいんだと」

「あいつはけちなんだよ」

「金庫番はそうでなくちゃな」

「ああ」ダニーはタコスを一口食べてから、サルサをかける。「レーダーを解除しろ。うちのやつらに分けまえを払うから連れてきてくれ」

ダニーは心配していた。ネッドからも、ショーンからも、ケヴィンからもまったく音沙汰がなかったからだ。ネッド・イーガンは別格だが――たとえ最重警備の刑務所の独房に入れられても、中から口笛が聞こえてくるような男だ。ショーンはどうか？　信用はできる。が、どこまでできるかはわからない。ケヴィンはとことんタフな男だ。それでも酒がはいると？　何をしでかすかわからない。

「おまえの言うとおりだ」とジミーは言う。「ここのチーズバーガーは食えたもんじゃない」

「地元の食いものを選ばなきゃ」

「魚というのはタコスになんか入れるもんじゃない、ちがうか?」とジミーは言う。「衣をつけて油で揚げるもんだ。つけ合わせはチップスで、ビネガーを添える」

「フィッシュ&チップスと言えば〈デイヴズ・ドック〉だな」とダニーは言う。

ジミーはにんまりとする。「そうだ、あそこだ」

「あの頃はよかった」

「最高だった」

「でも、もう過ぎたことだ」とダニーは言う。「あの頃には戻れない」

そう言ってしまってから、口にしたことを後悔する。ジミーの顔が今にも泣きだしそうになったのだ。この場でほんとうに泣き崩れそうな顔に。

だからダニーは話題を変える。「なあ、おまえは大変な金持ちになった。おまけに、令状が出ている指名手配犯でもなければ、起訴もされてない。家族を呼び寄せて、家でも買えばいい。家族もここが気に入るさ。ビーチがあって、ディズニーランドがあって……おれたちはうまくやったんだ、ジミー。ドッグタウンから抜け出したんだ。ここには新しい生活がある」

ダニーはトレーラーハウスに戻ると、すぐに荷造りをする。

窓から外を見て、ミセス・モースバッハに手を振る。
夫人もいつものように手を振り返す。
逃亡生活はもう終わりだ。

12

バーニー・ヒューズはひざまずき、ろうそくに火をともす。心が慰められるものだ、こういう昔ながらの儀式は。亡き妻の魂に祈りを捧げながらバーニーはもう十七年になるが、女房を恋しく思わない日は一日たりとない。ブリジット・ドネリーがウェイボセット通りを歩いている姿を見かけるまでは、バーニーはフランシスコ修道会で聖職に就こうと思っていた。が、彼女を見かけるなり、聖職の道はあきらめた。ブリジットに求愛し、結婚した。新婚旅行はロードアイランド州のブロック島にした。ふたりで迎えた初めての夜の甘いときめきは今でも思い出せる。ふたりでどこまでも甘美な時間を過ごした昼と夜。ブリジットが眼に涙を浮かべてバーニーのもとにやってきて、子供ができないと医者に言われたと泣きじゃくりながら打ち明けたとき、バーニーは妻を抱きしめて囁《ささや》いた。「いいんだよ。おまえがいてくれるだけで、それだけでいいんだ」

それは嘘ではなかった。ついでにもうひとつ本音を言えば、あのくそゴムが大嫌いだった。当然ながら神父はバーニーに、こうなったらブリジットとは兄と妹として生きていくべきだと言ったが、女を愛することがどういうことか、神父に何がわかる？　ブリジットの眼にどんな表情が浮かぶのか、その素肌はどんな触り心地なのか、腕に抱いたときにどんなふうに喜ぶのか。神父に何がわかる？

ブリジット亡きあと、一ヵ月おきに売春宿に行き、ヤることはヤった。ことがすむと、神父に告解し、懺悔《ざんげ》した。そしてろうそくに火をともし、ブリジットに赦《ゆる》しを請うた。男には欲望があり、肉体とは弱いものだ。行為自体にはなんの意味もない。

今のおれは老いぼれだ、とバーニーは思う。あとどれくらいこの体に欲望を宿していられるのか。風前の灯火《ともしび》だ、まちがいなく。

今はマーティ・ライアンの魂のために祈りを捧げている。

ふたつの魂をろうそく一本ですませているわけだが、バーニーは昔から倹約家だった。金がどこからはいってきて、どこへ出ていくのか、一ペニーにいたるまで細かく把握している。小銭を大切にすれば、自《おの》ずと大金が貯まる。

マーティにはそれが理解できなかった。

おまえはいつも金に無頓着だったよな、マーティ、とバーニーは心の中でつぶやく。それがおまえの魅力でもあったわけだが、一文無しでこの世を去っちまったな、わが懐かしの友よ。まさかのときの金もなく、残ったのはボロ家だけで、飲み代には事欠かなかったようだが、そのせいで寿命を縮めた。哀れなわが友よ。

しかしだ、おまえをめちゃくちゃにしたのはあの女だ。

世界最古の物語と同じだ。悪魔とおしゃべりをしたイヴがリンゴを持ってやってきて、味見をしてみないかとそそのかしたあの物語と。

とはいえ、とんでもないことだが、あの女のおっぱいときたら、あの脚ときたら……

恥を知れ、バーニー・ヒューズ、と彼は自分に言い聞かせる。〝教会〟の祭壇で何を言ってる。

情けない。

バーニーはこの世を去ったマーティの魂に改めて祈りを捧げ、天国に迎え入れてやってほしいと神に願いを捧げる。高望みかもしれないが。バーニーは祈ったそばからそう思う。煉獄《れんごく》行きがより現実的な終着点で、悲しいことだが、地獄に堕《お》ちる可能性も大いにある。

しかし、もしかしたらマーティは最期に秘跡を受け、うまく赦しを得たかもしれない。主よ、マーティを天国へ連れていってやってください、あいつはあんたが創造した世界で生きるためにやらなきゃならないことをやっただけです。悪気はなかったんです、わかってやってください。

バーニーはひざまずいていた姿勢から体を起こして立ち上がる。膝が軋《きし》み、痛みが走る。教会には毎日かよっているが、ミサには出席しない理由のひとつに膝の痛みがある。ミサでは坐ったり、ひざまずいたり、立ち上がったりしなければならないからだ。プロテスタントがわれわれより一枚上をいっているのはそれだ。やつらの礼拝は体操教室じみてはいない。バーニーがした最初の――そして最後でもある――喧嘩は、エディ通りのプロテスタントのろくでなしに〝ひざまずき野郎〟呼ばわりをされ、「だったら、おまえの〝姉さん《シスター》〟はどこでひざまずいてるか教えてやろうか」と言い返したときだった。そのあと唇が腫れ上がり、眼のまわりに痣《あざ》ができた。将来は拳を振りまわす能力ではなく、算術の能力で身を立てようと決意したのがそのときだ。

算術は、とバーニーは通路を戻りながら思う。決して嘘をつかない。数字は数字だ。それ以上でもそれ以下でもない。惚れ惚れするほど正確だ。混沌《こんとん》とした醜いこの世の中で、数字だけが調和と美を保っている。

教会の外に出て、明るい陽光に眼をしばたたく。老体に陽射しを浴びるのは心地よい。なぜこの町が退職者向けのコミュニティとして発足したのか納得がいく。なぜ年寄りが大勢ここに住んでいるのか。ここは風光明媚《めいび》なおだやかな土地だ――歩道の脇には花壇が並んでいる。歩いていける範囲に清潔な大規模スーパーマーケットがある。レストラン、映画館、書店……売春宿はまだ見あたらないが、サンディエゴのダウンタウンにはあるはずだ。バスでわずか二十分のサンディエゴには。

今は昼食をとる店を探している。教会まで歩いてくるときには、〈レジデンス・イン〉

で無料の朝食にありついていた――パンケーキ、スクランブルエッグ、ソーセージ、紅茶を食堂で、大型テレビに流れるニュースを見ながら飲んで食べた。

週四日はモーテルで夕食にありつける。ハッピーアワーに無料で提供される〝軽食〟――ツナのキャセロール、ミニ・ホットドッグ、小盛りのビーフシチュー――で老人の食欲は充分に満たされる。それに毎週水曜日には、バーベキューナイトで、モーテルの従業員がプールサイドでハンバーガーやホットドッグをつくってくれる。

しかし、昼食は自分でなんとかしなければならない。選択肢は〈TGIフライデーズ〉〈アップルビーズ〉〈カリフォルニア・ピザ・キッチン〉〈ニューヨーク・ベーグル〉〈チャイナ・ファン〉で、そこから選ばなければならない。ドッグタウンのウォンの店が閉店してからというもの、中華料理を心から愉しめなくなった。昔は、金曜の夜によくブリジットとウォンの店にチャプスイを食べにいった。それが習慣になっていた。あの活気あるこぢんまりとした店でブリジットと席に着いて、厨房《ちゅうぼう》でウォンが女房とわめき合っている声をよく聞いたものだ。ウォンはいつも身内価格で提供してくれた。中国系移民《チンク》いじめをする地元のちんぴらからマーフィ一家が守ってやっていたからだ。

今日は〈アップルビーズ〉に決める。五ドル九十五セントの特別ランチがある。トマトスープにハーフサイズのサンドウィッチのほか、サラダはローストビーフかチキンかターキーかツナを選べる。バーニーはチキンサラダを選び、飲みものはアーノルド・パーマーなるドリンクを選ぶ。これまで聞いたこともなかったが、アイスティーとレモネードを半分ずつ混ぜ合わせた代物だ。

隠居生活を送るには悪くない場所だ。バーニーは改めてそう思う。昼食を食べおえ、部屋に戻って昼寝をする。メイドがまだ部屋にいて、キッチンの掃除をちょうど終わらせたところだ。

メイドはいい脚をしている。

ネッド・イーガンはロスアンジェルスに移動した。

大都会にいたかった。

ニッケルの再開発地区で急成長を遂げているコンドミニアム群の谷間に、廃《すた》れつつある簡易宿泊所を見つけた。部屋は独房並みの狭さで、ネッドはそこが気に入っている。ロードアイランド州クランストンの成人矯正施設で八年過ごしたせいか、天井が低く、狭い空間のほうが落ち着くのだ。それに、ダウンタウンが好きだということもある。車なしでどこへでも行けるからだ。宿泊所から半ブロックのところに小さな酒場があり、本物の朝食を今でも出している——目玉焼き、ベーコン、ポテト、おかわり自由のコーヒー。ランチも悪くない店だ——スープとサンドウィッチがある。

ネッドは外出して卓上電気コンロを買い、規則を破ってこっそり部屋に持ち込んだ。そういうわけで夜はラジオを聞きながら――レッドソックスの野球中継ははいらないが――缶詰のビーフシチューやキャンベルのチキンヌードルスープを卓上コンロで温めて、缶から直接食べる。あとはパンがあれば立派な夕食だ。寝床にはいるまえにコンロはベッドの下に片づける。ベッドの下まではメイドも掃除しないことを知っている。ある夜のこと、廊下の先の部屋に泊まっている客がシチューのにおいを嗅ぎつけ、ドアをノックし、シチューを分けてくれなければ管理人に言いつけるぞ、と脅してきた。

「コンロのことは管理人と話がついてる」とネッドは言った。「ごちゃごちゃぬかしたら殴り殺すぞ」

近くの部屋の男はその話を信じた。賢明なことに。なぜなら冗談ではなかったからだ。もしかしたら、その男はポパイ顔負けのネッドの二の腕にすぐに気づいたのかもしれない。折れて平らになった指関節や樽を思わせる厚い胸板にも。ネッドはある男を殴り殺したことがあるが、成人矯正施設に収容されたのは殺人未遂罪だ。パブでどこかのヌケ作が制服姿のウェイトレスにお触りをして、謝ろうともしなかったのだ。ネッドは自分の両手の骨が折れるまでそのヌケ作を殴りに殴り、ダニーたちが数人がかりで止めにはいっても殴りつづけた。同じ状況になればまた同じことをする、と四年後に仮釈放委員会で話し、仮釈放のチャンスをふいにした。いずれにしても、ネッド自身は仮釈放を望んでいなかった。

「出所したら」と彼は言った。「悪いやつらとつき合うつもりだ。満期で出れば、そういうのは駄目だと誰にも言わせない」

ネッド・イーガンは毎朝新聞を買い、朝食を食べながら読む。

刑務所で長い期間を過ごした者がたいていそうであるように、日課がネッドの生活を支配している。だから部屋を出るまえに、左ポケットに二十五セント硬貨が二枚はいっているか必ず確認して、路上の自動販売機で新聞を買う。今朝は朝食の席につくと、スポーツ欄をチェックし、ドジャースのくだらない記事は全部すっ飛ばして、レッドソックスの記事を読む。

そのあと、三行広告をチェックし、太い指で段をたどっていく。ここ数週間、来る日も来る日も調べては空振りに終わっていたが、今朝、探しものが見つかる。一九八九年式の鮮やかな黄色のトランザムの広告。

ジミーからの合図だ。

ネッドは朝食をすませると、電話をかけにいく。

13

マデリーンは自分によく似た女性を選んだ。

そっくりさんとは言わないまでも。ダニーは、その若い女性がショットガンを振り上げ、宙を飛ぶ円盤が弧を描くのと同じようななめらかな動きで狙いを定めるさまを見ながらそう思う。細部までそっくりではない。が、彫像のような体つきも、長い脚も、赤い髪も同じだ。

もちろん、歳はずっと若い。おそらく二十代後半といったところだろう。が、それ以外の点では事実上、マデリーンの生き写しだ。

マデリーンと同じ冷淡な態度で、女（たしかシャロンという名だ）は引き金を引き、円盤を見事に粉砕する。銃をおろして振り向き、ダニーに微笑みかける。

「ほんとに試さなくていいの？」

「ああ」

「銃は好きじゃない？」

いけど」

彼女は眼を輝かせ、さらに笑みを深める。「ほんとうに？　緊張するタイプには見えな

「緊張するんでね」

そのことばを糸口に〝だったらどんなタイプに見える？〟とでも自分のほうから訊き返せばいいのだろう。ダニーはそう思いはするものの、ゲームをする気にはなれない。それはマデリーンがルールを決めたからかもしれないが。だからダニーは言う。「きみを見ていたい」

そう言われて気をよくしたらしい。シャロンは銃を構えて叫ぶ。「ゴー！」無防備な標的がまた空を飛ぶ。

マデリーンは好きにすればいい、とダニーは思う。射撃練習場を所有したいなら所有すればいい。厩舎《きゆうしや》も、馬も、プールも、映写室も、ジムも……

ラスヴェガスと比べると、ロスアンジェルスがアーミッシュの村に思えてくる。

こっちに来てひと月、ダニーは予定より二十九日ほど長く滞在しており、惰性に流されはじめていた。さらに言えば、イアンを祖母から引き離すのは思っていたよりむずかしかった。

どちらにとっても。

イアンはすっかり祖母になついていた。そしてマデリーンはといえば……

なんと言っても、たったひとりの孫だ。

そういうわけで、ダニーはダウンタウンからすぐのところにあるマデリーンの屋敷に長《なが》逗留《とうりゅう》し、暑さと贅沢な暮らしに気力を奪われ、次にどうするか自分でもわからないという現実をまえに、ただ無為に過ごしていた。カリフォルニアに戻りたい。それはわかっているのだが、具体的にどこへ戻り、何をすればいいのか、皆目見当もつかない。

働く必要はない。今や何百万ドルもの資産があり、その資産を賢く投資にまわしているので、金は勝手に増えている。とはいえ、なんらかの労働をともなわない生活などというものは、ダニーの理解を超えている。だからやることを見つけなければならない。

それがなんなのかわからない。なので、冷たいビールを片手にプールサイドの長椅子に寝そべるようになった。あるいは、映写室でイアンとアニメーション映画を見たり、早朝の比較的涼しい時間帯に母親と散歩に出たりするようにもなった。

マデリーンが女性の問題について話題にしはじめたのは、そうした散歩の途中でだった。

ダニーには女性が必要だ、ということだ。

イアンにも。

「イアンには母親が必要」とマデリーンは言った。

「あんたがいる」

「母親役は喜んでやってるわ」と彼女は言った。「でも、わたしは祖母よ。そこにはちがいがある。それに、あなただってあるでしょう……欲求が」

「おれがあんたとそういう話をすると思ってるなら大まち――」

「誰かいたの、テリのあとに？」

「勘弁してくれ」

「どうして？　いたって自然なことでしょうが」とマデリーンは言った。

そのあと、マデリーンは若い女性を呼び寄せるようになった。自分のもとを訪ねてくるという名目だが、いつも口実を見つけては退席し、ダニーとふたりきりにする。彼にしてみてもその時々の女性にしてみても、見え透いたやり方で。

どの女性も一様にきれいで、頭がよくて、話をしてみれば面白くて、交際はできそうな相手だったが、ダニーはどうにも引き金を引く気になれなかった、喩《たと》えて言えば。

ないわけではなかった。その欲求はないではなかった、もちろん。が、それ以上に、人の人生に口を出そうとする母親に屈してなるものかという気持ちのほうが強かった。それが恨みに端《たん》を発した感情であることはダニーにもわかっている――あのときおれの母親になりたくなかったのなら、今さらなろうとするな。そういうことだ。

それに近親相姦のような不快感もある。

「承知の上なんだろ？」ある日の散歩でダニーは言った。「押しつけてくるあの女たちは、そろいもそろって若年版《じゃくねん》の自分だって」

「なんの話をしているの？」

「しらばっくれないでくれ」とダニーは言った。「女たちはみんなあんたに似てる」

「それは別に悪いことではないでしょ？」

「あんたは自分のことしか考えてないんだよ、マデリーン」

ダニーはどうしても母親を母さんやおふくろと呼ぶ気になれず、マデリーンと呼んでいる。

マデリーンはそれをよしとし、どういう呼び方をされてもありがたく思っている。ダニーが彼女に口も利こうとしなかったのはそれほど昔のことではない。

ふたりの関係は常にこじれていた。対立し、過去の重荷と不安定な未来を背負っていた。それでも血のつながりは血のつながりだ。イアンへの愛情で結びついているのも確かだ。言うまでもない。が、今はそれだけではなかった。マデリーンは頭が切れ、面白味のある人物で、思いやりがあり、面倒見もいい。それはダニーも認めないわけにはいかない。現実的で皮肉な人生観という共通点があるところも。

シャロンがショットガンの銃身を折り、向かい側に坐るのを見ながら、やれやれだ。シャロンが女たちを差し向けるのはいい加減やめてくれないだろうか。ダニーは考える。

シャロンはクーラーボックスから冷えた瓶ビールを取り出し、乾杯するようにダニーに掲げてみせて言う。「もしかしてなんだけど、これってマデリーンがお膳立てしたブラインドデート？」

「ハンマーを振りかぶって振りおろすほどさりげなく」

「わたしは別にかまわないけど。あなたは？」

「ああ」とダニーは言う。「ただ、今は誰ともつき合うつもりはないんだ、シャロン」

「わたしもよ」と彼女は言う。「ヤれたらいいなって思っただけ」

なるほど、とダニーは思う。


ケヴィン・クームズは酔っぱらっている。

朝食のビールにジャック・ダニエルを少々注ぎ、自分の酔い加減を一瞬考えてからぐいっと呷《あお》る。

酒が体の中を降りていく。焼けつくような感覚が胃に集まったあと、胸に広がる。が、まだ物足りない、もっと気持ちよくなれるはずなのに。そこで、缶ビールの飲み口にさらにウィスキーを注ぎ入れる。ぶちから少しこぼしてしまう。手が震えているからだ。

もう一口飲めば手の震えは治まるはずだ。それでビールを最後まで愉しめる。数分後、キッチンで食べものを探していると、紙の箱にチョコレートがけのドーナツがひとつ残っているのが見つかる。〈エンテンマンズ〉。おお、ありがたい、と胸につぶやき、ケヴィンはドーナツをくわえたまま部屋を横切り、カーテンを開け、まばゆい陽の光に眼をしばたたく。

ガラスの引き戸を開けて外に出ると、小さなバルコニーに置いてある白いプラスティックの椅子に坐る。そこからは宿泊施設の中庭が見渡せる。プール、屋外用テーブル、〝スポーツ用コート〟。

ケヴィンが泊まっているのは、ヴァレー地区の長期滞在型ホテルのひとつで、バーバンクの端に位置し、ハイウェー一〇一号線から少し離れたところに建っている。客層は長期出張中のビジネスマン、引っ越してきて新居を探しているか、不動産の売買契約が完了するのを待っている家族、それに離婚したばかりの子連れの女たち。

ケヴィンに言わせれば、週末ともなれば、悲しくてやりきれない場所になる。離婚した夫たちが権利を行使して遠くから面会に来て、子供たちと普通の家庭生活を送ろうと虚《むな》しい努力をする。その結果、子供たちはたいてい朝から晩までプールにいる。子供を相手にほかに何をすればいいか、パパは知らないからだ。パパといるより家で友達と遊ぶほうがいいと子供たちが思っていることも。〈ユニバーサル・スタジオ〉に子供を連れていくとしても、それが通用するのにも限度がある。なので、離婚した父親は同じく離婚した母親とプールサイドに坐り、否応なく新たな不毛の関係を築き、やがてその関係はまた新たな〝混合家族〟をつくることになり、また新たな離婚が生じ、かくして長期滞在型ホテルはますます繁盛する。

これとは別の部類の人々も――実に不思議なことに――このホテルに住んでいる。芸能界入りをめざしている子供たちとその母親たちだ。

妙に元気があり余った、注意力散漫なヒロイン気取りのちびっ子がブロードウェーミュージカルの曲を歌いながら廊下を走りまわり、すぐに性的虐待にあいそうな派手な服を着せられ、プールサイドのピクニックテーブルでポン引き／エージェントと会う。エージェントは――〝業務代行および能力開発〟の費用を前払いで親に請求し――撮影所に近いという理由でその手の親子をこのホテルに滞在させる。そうしておけば、一個所に立ち寄るだけで、複数のクライアントから法外な金を集められる。丸腰の省エネ強盗。そのやり口をケヴィンはそう呼んでいる。やれやれ、と思う。おれはまっとうに悪事を働いている、ちがうか？

哀れなくそガキども、とケヴィンは思う。スターになれると信じて、興味があるふりをしているだけのやつらにも愛想を振りまき、オーディションだ、演技のレッスンだ――仕事にあぶれ、子供を食いものにする役者が稽古をつける――と際限なく連れまわされる。スターを夢見るだけなら少なくとも昔はただだった。今は金がかかる。エージェント契約、写真撮影、演技レッスン、ダンスレッスン――そもそも、今どきの映画に踊るシーンなんてあるか？――スピーチ・セラピー、ヴォイストレーニング、ヘアメイク相談……ケヴィンは母親たちがプールサイドで羽根を伸ばしているとき――たいてい夜――の会話を小耳にはさむ。子供たちが子供に戻って、プールで目隠し鬼ごっこ《マルコポーロ》なんかをして遊ぶことが許されているときに。母親たちは何に金をかけているか互いに洗いざらい打ち明け合う。そのあとは今月の新たな趣向に出遅れた母親が部屋に駆け戻り、マスターカードの上限金額を引き上げて、〝ライフコーチ〟やら〝スマイル専門家〟やらに金を払う。わが子がライヴァルを出し抜けるかもしれないと思って、馬鹿げたことに金をかける。コマーシャルに出演するか、ケーブルテレビのホームコメディで一行台詞《せりふ》がもらえるかもしれないと思って。あと一ヵ月だけ夢を追いかけようと金を払う。それを〝将来への投資〟と母親たちは呼ぶ。くだらない出費のために、自宅に残ってあくせくと働いている夫に電話をかけるときにそう言うのだ。

まあ、精神科にかかるための将来への投資といったところか。実のところ、精神科医がロビーで列をつくっていないことにケヴィンは驚いている。ノイローゼ患者予備軍で大儲けしようと番号札を配ったりしていないことに。ありがたいことに、ケヴィン自身はわりあい標準的な酒びたりのアイルランド系カトリックの家庭で育った。土曜の夜には家の中で騒ぎが起こり、日曜日は教会に行ったあと、肉の蒸し煮《ポットロースト》がニンジン、タマネギ、ポテト、良心の呵責《かしゃく》、後悔、恥辱といったつけ合わせとともに食卓に並ぶ家庭で。

いずれにしろ、住む場所をなくした家族やら、わが子に会いにくる離婚した父親やら、ステージママやら、子供らしくない子供やらが集まる宿泊施設は、この世で一、二を争うほど気が滅入る場所だ。空調設備が完備され、プールと細菌の温床である温水浴槽《ホットタブ》まで併設された難民キャンプと言っていい。そこではコンティネンタル・ブレックファスト——固くなったマフィンに、インチキのオレンジジュースに、薄いコーヒーに、トースターで温めて、ビニール袋入りの〝固形シロップ〟を塗って食べる冷凍ワッフル——がホールで無料で提供される。

そんなところがゴールデンゲートブリッジを凌《しの》ぐ自殺の名所になっていないのは、何かの証《あか》しだとケヴィンは思うが、実のところ、それがなんの証しなのかはわからない。もしかしたら、生き残ろうとする人間の意志はけっこう強固なものだということの証しか。それとも、世の中にはほかにもやることがあるなどというのは幻想にすぎないことの証しだろうか。家族ごっこや嘘くさい食べもの、見せかけの愛や糠《ぬか》喜びよりましなことなど何もないということの。

で、おれもそのひとりというわけか、とケヴィンは思う。

難民ということで言えば。

ドッグタウンを追われたチンピラのひとりなんだから。

まあ、三百万ドルもの金のあるチンピラだが。

ただ、ダニー・ライアンはそれを使わせてくれない。

少なくとも派手には。

アバルカの金――ケヴィン曰《いわ》く〝ポパイのホウレンソウ〟――を手に入れたはいいが、金はほぼそっくりポケットにしまっておけ、だ。それがダニーのお達しだ。ポケットというか、あのアイルランドの老いぼれが開設した銀行口座に。そこにほぼ全額を入れておけ。「おまえたちはスポーツカーを買いにいったり、コカインを買いにいったりする」とダニーは言った。「そういうのは人目を惹く。めだつのだけは絶対やめろ。ほとぼりが冷めるのを待つんだ」

「どれぐらい？」とケヴィンは尋ねた。

「もういいとおれが言うまでだ」とダニーは言った。

今のところ、もういいとはまだ言われていない。

缶ビールは空《から》だ。

ケヴィンは腰を上げ、新しいビールをキッチンに取りに戻ろうとしてガラス戸にぶちあたる。痛みで眼がまわり、膝が抜け、気絶するのかと一瞬思う。額に手をあてると、湿っている。手を見ると、血がついている。ガラス戸も血で汚れている。

客室係をビビらせちまう。

そんなことを思いながらガラスの引き戸を開け――今度は確実に――バスルームにはいり、鏡で怪我の具合を見る。縫うほどの怪我ではないことを心底願う。救急救命室に行くわけにいかないからだ。しかし、切り傷はそれほどひどくはなさそうだ。大きめのたんこぶはできるだろうが。それに痛みはだんだん引いている。痛いというよりまぬけな気がしてくる——図らずもカミカゼよろしく突撃するとは、鳥のような行動だ。もっとも、鳥だってたいていは何もない空間とガラス戸のちがいはわかる。それに、たいていの鳥は酔っぱらっていないだろうが。だからずるいことに鳥のほうが有利だ。トイレットペーパーを引き出し、小さく丸めて切り傷に押しあて、ビールを取りにキッチンに戻る。

電話が鳴る。

可能性はふたつにひとつ——どれくらい滞在するつもりか問い合わせるフロントからの電話か、ショーンからの電話か。

ショーンだった。ケヴィンがどこにいるのか知っている唯一の人物。

「起きてたか?」とショーンは尋ねる。

ばか丸出しの質問だ、とケヴィンは思う。どう考えたって起きてたから、クソ電話に出たんだろうが。

「ああ」

「飲みすぎたような声だな。二日酔いか?」

飲酒に小言を言うショーン母さん。酒を飲むことにまつわる小言を聞きたけりゃ、女をつくるさ、とケヴィンは思う。少なくとも小言の合間にセックスがついてくるメリットがある。実際、女っぽいステージママに眼をつけている。ストレスがたまっているようだから、気晴らしに一発ヤらせてくれるかもしれない。

「頭をぶつけた」とケヴィンは言う。

「どこに？」

「ドアに」

「ドアにか？」とショーンは訊く。「なんだってドアに頭をぶつけるんだよ？」

「さあな。とにかくぶつけたからぶつけたんだ」とケヴィンは言う。ショーンはやけに浮かれた声を出している。最高のジョークを聞いて笑わずにはいられないとばかりにはしゃいだ声を出している。

「たまげる《デュード》ね」とショーンは言う。

デュード？　赤毛のアイルランド人がそんなことばを使うか？（〝デュード〟はもともとはサーファーのスラング）「デュード？」

「デュード」とショーンは繰り返す。「それよりおまえにはこんな話、絶対信じられないだろうな」

おれはロスアンジェルスにいるんだぞ、とケヴィンは思う。

どんな話だって信じるぜ。

映画。

なんと映画にしようとしているとは。

ケヴィンは〈デニーズ〉のブース席でショーンと向かい合って坐っている。ホテルから徒歩圏内にある店だ。なぜそこにいるかと言えば、どこかに車を走らせて飲酒運転で捕まる危険を冒すほどさすがにケヴィンも馬鹿ではないからだ。ショーンはそのブース席に坐り、目一杯顔をにやけさせている。そばかすが顔からこぼれ落ちるのではないかと思うほど。

「マジで？」とケヴィンは尋ねる。

「マジで」

「映画か」

「映画だ」とショーンは繰り返す。

「ふざけんなってんだ」とケヴィンは言う。

「だろ、マジで」

「どれだけわけのわからない話だよ？」

「ウルトラわけのわからない話だ」とショーンも同意する。

ケヴィンはメニューを見る。料理や飲みものの光沢のある写真が並んでいる。とにもかくにも食べものの写真だけは見たくない気分なので、メニューを置く。

「なんか食べろよ」とショーンは言う。

「ええ？　なんでだ？」

「食わなきゃ駄目だ。人は腹に何か入れなきゃ」

「なんていう映画だ？」とケヴィンは尋ねる。

「『プロヴィデンス』か？」

「まあ、そんなとこだろうな」

「ふうん」

ケヴィンはショーンの肩越しにその先を見る。一発ヤりたい候補のステージママがノイローゼ気味の娘とブース席にいる。ハリウッド・ドリームか、とケヴィンは思う。幼いアシュリーだかなんだかのためにここまで出てきて、結局は〈デニーズ〉で昼食を食べているだけだ。ケヴィンはステージママに微笑みかける。ステージママはケヴィンを見るが、笑みを返してはこない。あるいは、笑みは笑みでも曖昧《あいまい》な笑みを浮かべただけだ。だからといって文句は言えない、とケヴィンは思う。おれはいかにも酔いどれのろくでなしに見えるだろうから。あとでひげを剃《そ》ればいいかもしれない。咽喉《のど》に切り傷をつくって出血しないように気をつけて。

ケヴィンは訊く。「おれの役は誰がやる？」

「誰もやらないんじゃないかな」とショーンは言う。「主に上の世代の話らしい。ほら、パット・マーフィたちの」

「なるほど、じゃあ、パットは誰がやるんだ？」

「サム・ウェイクフィールド」

「大スターじゃないか」

「ああ、大物だ」

　ステージママがメニュー越しにケヴィンをちらっと見やる。くそっ。おれの知ってるやつらのことを映画にする話が進んでいるだと？　でもって、あの女はあるかなきかのチャンスのにおいを早くも嗅ぎつけた。そう、身を隠して、〈デニーズ〉なんかでランチをしている映画プロデューサーもいるかもしれないとでも思ったか。ケヴィンはまた女に愛想笑いを浮かべ、ショーンに視線を戻して訊く。「ウェイクフィールドはオーストラリア人だかなんだかじゃなかったか？」

「だから方言のレッスンを受けてる」とショーンは言う。

「どうしてそういうことを知ってるんだ？」とケヴィンは尋ねる。

　新しいガールフレンドのアナを通じて、とショーンは言う。よくある話だ――ショーンは列車に乗ってロスアンジェルスに向かっていた。車内はけっこう混んでいた。で、このラテン系の若い娘がショーンの隣りに坐った。

　黒髪、蜂蜜色の肌、ふっくらした唇……

「フェラ向きの唇か」ショーンの説明を聞いて、ケヴィンはそう言った。

「ああ、そういう話をしたいのなら」とショーンは言った。

「そういう話をしたくないやつなんているか？」

アナは小柄だが、いいおっぱいをしているし、そそるような黒い眼の持ち主で、いずれにしろ、アナとショーンは列車に揺られながら会話を始めた。クジラについて。何を言えばいいのか、ショーンは何も思いつかなかったので、列車の窓からクジラが見えることもあるそうだね、と口火を切ったのだ。

「その時期なら」とアナは言った。

「今はその時期なのか？」とショーンは尋ねた。

「そうでもないわ」とアナは言った。クジラがバハ・カリフォルニアから北へ移動を始めるのはたいてい四月だと。

「列車からクジラを見たことはある？」

「ええ、あるわよ」

ショーンは食堂車に行くと言って腰を上げ、何か買ってこようかとアナに尋ねた。最初、アナは遠慮した。

「何も要らないのか？」とショーンは訊いた。「グラスワインとか、ビールとか、ソーダとか？」

「じゃあ、コーラにしようかな？」

「サンドウィッチはどうだ?」とショーンはさらに言った。「さきは長いぞ」

「そうね、だったら、サンドウィッチも食べるわ」

ショーンはコーラとターキーサンドウィッチを買ってきた。チップスと大きなクッキーも。

「肥《ふと》っちゃいそう」とアナは言った。

「きみは肥りそうにないよ」

ふたりはロスアンジェルスまでずっと話をした。アナは美容師で、映画関係の仕事をしているのだということだった。

「なかなか面白い仕事だろうな」とショーンは言った。

「まあね」とアナは言った。「サロンで働くよりいいわ。お金もいいし」

「なんていうか、ほら、有名人の髪もやるのか?」とショーンは尋ねた。「映画スターとか、そういう人の髪も?」

「ええ、ダイアン・カーソンの仕事はよくはいる」

「マジで?!」ショーンは舌を巻いた。ダイアン・カーソンと言えば、スター中のスターじゃないか。ブロンドでデカパイ、美脚、青い眼。現代版マリリン・モンローといったところだ。「ちょっと聞かせてくれないか、彼女ってどんな感じだ?」

「いい人よ」

「ほんとに？」

「ええ、とても親切で、常識もある」

「ダイアン・カーソンか」とショーンは言った。「たまらないね」

「知ってる」とアナは言った。「男の人はみんな夢中になる。ほら、ダイアンが部屋にはいってくるでしょ、そのとたんわたしたちはその他大勢の透明人間になっちゃう」

「きみはちがうけどな」とショーンは言った。

ショーンも馬鹿ではない。妄想するのが関の山で、逆立ちしてもダイアン・カーソンとはヤれない。しかし、相手がアナとなると、ひょっとすればひょっとするかもしれない。

「やさしいのね」とアナは言った。

「もっとやさしくもなれるけど」

列車を降りるときにアナは電話番号をくれた。ショーンはカルヴァーシティの小さなモーテルに身を落ちつけたあと、がつがつしていると思われないように一日二日待って、アナに電話をかけた。そのあとつき合ってかれこれ二ヵ月になる。もっとも、五回のデートを重ねてやっと、目玉の賞品のそばに近づくことが許されたのだが。

「真面目なカトリック教徒の女の子だから」アナは熱を帯びた愛撫の最中にそう言って、パンティに伸ばしたショーンの手を押しのけた。

「カトリックの女の子のことならよく知ってるさ」とショーンは言った。なかなか始めさせてくれないが、ひとたび火がつけば、今度は逆に止められなくなる。実際、その後三回のデートを経てついに体を許すと、アナは何もかも許した。

そんなアナとのつい昨夜のこと、新しい映画の仕事を〝ゲットして〟わくわくしていると、彼女はショーンに打ち明けたのだ。それがダイアンも出演する大々的な長篇映画で

――

「すごいな」とショーンは言った。「で、どんな映画なんだ?」

『プロヴィデンス』というタイトルの映画で、ロードアイランド州プロヴィデンスのギャングの話だという。ニューイングランドの覇権をめぐって対立するアイルランド系とイタリア系のマフィアの物語。どうやら昔は友好関係を保っていたのに、仲たがいをして、殺し合いを始めるんだって。

「それで」とアナはさきを続けた。「実際の出来事をもとにした映画なんだって」

「マジで?」とショーンは言った。

ケヴィンは今、向かいに坐っているショーンに眼を向けて言う。「そういうことならおれたちも何かしないと」

「何かする?」

「一枚嚙ませてもらうってことだ」とケヴィンは言う。「映画になるのはおれたちの人生なんだぞ。映画をつくる連中はおれたちになにがしの借りがあるんじゃないか?」

「さあ、どうかな」

「どうかなだと？」

ウェイトレスが注文を取りにきたので、いったん話を中断する。ショーンはクラブサンドウィッチとアイスティーを注文する。ケヴィンの注文はスクランブルエッグとコーヒーの組み合わせで、クリームと砂糖入りで、砂糖は余分に持ってきてくれと頼む。ケヴィンは眼を上げて、ステージママがシェフズ・サラダを食べているのを眺め、口の動かし方から床上手だろうとあたりをつける。手も気に入る。フォークをつかむ指が長い。あの指でちんぽをつかまれた日にゃあ……

「で、そもそも連中はあれやこれやの騒ぎをどこから聞きつけたんだ？」

「あれやこれやの騒ぎって？」

「おれたちのあれやこれやさ」とケヴィンは言う。「実際に起きたヤバいことを」

ショーンはまた顔をにやつかせる。「ボビー・バングズを覚えてるか？」

「ボビー……？」

「バングズ」とショーンは言う。「ほら、なよなよ野郎のバングズだよ。おかまかと思ってたけど、ちがったってやつだ。覚えてないか？」

「ああ、わかった、あいつか」とケヴィンは言う。「で、そいつがどうした？」

「映画のプロットを書いた」

「あいつが？」とケヴィンは言う。ボビー・〝バングズ〟・モランは〈グロッカ・モーラ〉のまぬけなバーテンダーで、テーブルを囲む力自慢の男たちから、どうにかこうにかぎりぎり受け入れられていたような男だった。そのまぬけがいっぱしの大物気取りで、プロットを書いた？「ボビーは抗争に関わってたわけじゃない。だいたいそばでちょろちょろしてただけだろうが」

「ああ、だけどな、そのプロットを読んだら、あいつが渦中も渦中にいたと思うだろうな」

「あのタコ」とケヴィンは言う。ボビーというのは銃撃戦になったら、真っ先にチビるようなやつだ。

「だけど、あいつがひと儲けしたからって責められない」

ああ、確かに責められはしない、とケヴィンも思う。でも、これであいつにはおれたちに借りができたんじゃないのか？　ちょっとは分けまえを寄こしてもいいんじゃないのか？　コーンにのせたアイスクリームのひと舐め分ぐらいは。いずれにしろ、ボビーは抗争とは無関係で、ただバーにいて、ほかの連中の話を小耳にはさんでいただけなのに、そのネタで稼いで、映画スターに会ったり、女優と寝たりなんかする立場になってるってことか。こっちは、部屋をはいろうとしてガラスにぶちあたったり、ぶさいくな娘がタップダンスのクラスに出ているあいだに、どこかの色気むんむんの母親と一発ヤれないかなんて期待するくらいしか愉しみがないのに？

母親といえば、例のステージママがこちらに近づいてくる。伝票を手にして、芸能界入り志望のずんぐりアシュリーを背後にひかえさせて。「ごめんなさい」とステージママは言う。「お邪魔をするつもりはないんだけど、あなた方のお話が聞こえてきたものだから、つい。映画の話をしてたでしょ？」

「ああ」とケヴィンは言う。

ステージママはハイライトを入れた茶色の髪を肩まで伸ばしている。引きしまった体つきに整った顔だち。茶色の眼は〝疲労色〟に染まっている。「おふたりはプロデューサー？」

「顧問だ」とケヴィンは言う。「どちらかと言うと」

「サム・ウェイクフィールドの映画なんですって？　大したものね」と彼女は言って、手を差し出し、ケヴィンに握手を求める。「キム・キャニグリアーロよ。こっちは娘のアンバー」

〝アンブー〟に聞こえる。ニュージャージーかロングアイランドか、どちらの訛《なま》りかケヴィンには聞き分けられない。ついでながら、キムの化粧はまちがいなく東海岸風だ。カリフォルニアの女たちよりマスカラが若干濃い。

「どうも」

「〈オークウッド〉あたりでお見かけした気がするんだけど？」とキムが訊いてくる。

「ああ、そこに住んでる」とケヴィンは言う。「一時的に。撮影所に近いから」

「なるほど。製作はワーナー？」

「そうだ」とケヴィンは言う。なんだか知らないが。〈ワーナー・ブラザース・スタジオ〉が通りの先にあることにはなんとなく気づいていた。ロゴマークのはいったウォータワーも見かけた。あのロゴマークを見て思いつくのは、なんと言ってもバッグス・バニーだ。あれは実に面白いアニメだった。バッグスにポーキーにヨセミテ・サム。そんなキャラクターのひとり、エルマー・ファッドがお茶の間の視聴者をじっと見つめて「おひずかに、おひずかに」と言うと、ケヴィンはいつも腹を抱えて笑ったものだ。ドミニク・ヴェラを始末した夜、溜め池の脇に車を停めて、請け負った仕事をする頃合いを見計らっているとき、ショーンに囁いたのもその台詞《せりふ》だった。それで緊張の糸が切れ、ふたりしてげらげら笑いながらドミニクに弾丸《たま》をぶち込んだのだった。何発も。

おひずかに、おひずかに。

「じゃあ、そのうちまた」とケヴィンは言う。キムはまるでジョークでも聞いたかのように笑い声をあげ、何がなんでも言いたいことだけは言う。「ええ、そのうち。でも、十二歳の可愛い女の子の役があれば……」

「おたくの居場所なら知ってる」とケヴィンは言う。

「ええ、そうよね」とキムは言う。そう言って、好きにしてくれていいのよ、と色目を使ってくる。ハリウッドのドアをこじ開けるチャンスのためなら全然平気、とケヴィンに知らせてくる。「じゃあ、お仕事がんばって」

ケヴィンはキムがレストランを立ち去るさまを観察し、尻と脚の裏側を値踏みする。きゅっと引きしまっている。子持ちのキムは体型を保っている。バルコニーから見ていたときよりそそられる体をした熟女だ。

「連絡先はわかるか？」とケヴィンは言う。

「誰の？」

「〝誰の〟だ？」とケヴィンは訊き返す。「ボビー・バングズに決まってるだろうが」

「ああ、たぶんわかるよ」

「調べといてくれ」

ちょいとボビーを訪ねてみないと。

ボビーも業界のいわゆる〝ランチ〟をとったりしてるんじゃないか？

ダニーとシャロンはディナーに繰り出し、食事のあと、ダウンタウンにあるシャロンのアパートメントに行く。なかなかいい住まいだ。当然だろう、シャロンは大きなカジノの管理職で、ダニーにブランデーを手渡すと、こんなことを言う。「お母さんから聞いたけど、あなた、何年もセックスしてないんだって？」

「彼女、そんな話をきみにしたのか？」ダニーはおぞましさを覚える。

「まえにあなたが言っていたように、ハンマーを振りおろすようにさりげなくね」とシャロンは言う。「でも、心配しないで」

「自転車に乗るようなものだから？」

「それってわたしを自転車に喩えてるってこと？」とシャロンは言い返す。「だとしたら、こっちは十段変速の自転車ね。言っておくと」

ああ、最低でも。

ダニーは何人もの女性と関係を持ってきたわけではない。テリのまえにつき合った女はふたりで、結婚後は浮気ひとつしない誠実そのものの夫だった。そういうわけでおっかなびっくり始めたが、やがて生物学的本能に身を委《ゆだ》ねると、万事うまくいく。

「これが欲しかったのよね」とシャロンは言う。

「きみのほうがね」

シャロンは笑う。「眠いの？」

「いや」

シャロンはテレビをつける。チャンネルを次々に替えて、やがてある女優を特集している『エンターテインメント・トゥナイト』のような芸能情報番組に落ち着く。

ダイアン・カーソンが〝更生施設から退院した〟と快活な話しぶりの女性ナレーターが述べ、画面には笑顔のダイアンが大勢のカメラマンに囲まれて、ゆっくりと歩いているところの静止画像が映し出されている。続いて画面が切り替わり、リムジンの後部座席に乗り込むところが流れる。

「チャンネルを替えてくれ」とダニーは言う。

「駄目よ、わたし、彼女の大ファンなの」シャロンはそう言って音量を上げる。

〝……国民的なセックスシンボルの波乱に満ちた物語に新たな章が書き加えられる模様です〟とナレーターはカメラに向かって語りはじめる。〝ドラマティックで伝説的とも言える彼女の物語はカンザスの小さな町で始まりました〟。

幼少の頃のダイアン・カーソンの画像が映し出される。カウガールの衣装を着て、ケーキに差したろうそくの火を吹き消している。画質の粗いビデオの映像が流れ、小学校の学芸会で歌っている姿に続き、バトンを振る姿が流れる。十代の頃の画像もさらに紹介される——地元の美人コンテストに出場している姿、おそらくカウンティフェアで開催されたのだろう。その次は高校の卒業式の写真にちがいない。

〝この十年間、火星で暮らしていたのでないかぎり、若きダイアン・グロスコフが高校時代のボーイフレンド、裕福な医者の息子であるスコット・ハロルドソンと結婚したことを知らない人はいないでしょう。名家の御曹司との結婚は、ダイアンにとって生まれ育った田舎の極貧生活から抜け出す逃げ道だったのでしょう〟。

『怒りの葡萄《ぶどう》』に出てきそうな、薄っぺらな板で建てたぼろ家の写真が映し出される。それに続き、前庭の芝生がきれいに刈りそろえられた、郊外のバンガロー風の家屋の写真が映される。

〝しかし、新婚夫婦の幸せな暮らしは二年しか続きませんでした……〟。ことの深刻さを演出し、ナレーターは一オクターブ声を下げる。

〝……その後、悲劇に見舞われました〟。

ナレーションの音声が消え、若い男の静止画像が映し出される。卒業式の写真だ。そして、同じ青年のまた別の卒業式の写真に切り替わる。次に小さな町の裁判所の画像になり、続いてオレンジ色の囚人服を着たその青年が手錠と足枷を掛けられ、待機中のヴァンで移送される映像になる。

ナレーションが再開する。〝ダイアンの兄ジャロッドは薬物の影響で激高し、スコットに刃物で襲いかかり、めった刺しにしました。帰宅したダイアンはこの光景に震え上がり、九一一番に通報しましたが、救急車が到着したときには、彼女の夫は出血多量で死亡していました。ジャロッドは罪を認め、仮釈放なしの終身刑を宣告されました〟。

刑務所の外側の資料映像。

なんとね、とダニーは思う。あの女優が酒や薬に頼るのもむべなるかなだ。眼のまえで兄貴に亭主を殺されるとは。

〝悲しみに暮れ、打ちのめされたダイアンはロスアンジェルスに移り住み、女優になるという子供の頃からの夢の実現をめざしました〟。

雑誌の見開きページに掲載されたダイアンのヌード写真の裸体にはぼかしがはいっている。もっとも、顔はぼかしなしで、親しみを感じさせる〝隣りの女の子〟といった表情でカメラに微笑みかけ、あどけなさと色気が混じり合った最強の魅力を醸している。

〝しかし、ハリウッドではダイアン・ハロルドソンの名前は受けが悪かったので、改名をして……〟

あとはみなさんご存じでしょうとばかりに、芝居がかった間《ま》が空けられる。

〝……ダイアン・カーソンになりました〟。

「で、どのあたりがいいんだ、大ファンとしては？」とダニーは尋ねる。

「何言ってるの？」とシャロンは訊き返す。「彼女を見て。嘘は駄目よ――ヤれるならあなたもヤるでしょ？　そう、わたしだってヤるわ」

シャロンはダイアン・カーソンが出演した映画をずらずらと挙げていくが、ダニーはひとつも見ていない。ここ何年も映画など見ていないからだ。しばらくのち、ダニーのとろんとした眼に気づいて、シャロンが言う。「気づかいは要らないから、ダニー、朝まで一緒に過ごさなくていいから。正直に言って、わたしもひとりで寝るほうがいいし」

「明日電話する」

「ほんとうに？」とシャロンは訊き返す。「きちんとつき合うつもりはお互いないのかと思ってたけど」

「ああ、ないけど――」

「でも、電話くらいしないといけないと思った？」とシャロンは言う。「ねえ、聞いて、ダニー、さっきはすごくよかったし、一週間か二週間して、また自転車に乗りたくなったら電話して。でも、そうじゃないなら……」

ダニーが服を着て、立ち去ろうとすると、シャロンは言う。「あの……マデリーンはあなたを心から愛している」

「そうか？」

「そうよ、決まってるでしょ？　あなたの世界を気にかけている」とシャロンは言う。「あなたは何者にもなれるって彼女は言ってる。その気になれば、あなたには帝国が築けるって言ってる」

ダニーはイアンの寝室にはいる。

息子はすやすやと寝ている。

マデリーンの家に行くと、最初はイアンに嫌がられた。あるいは、怒りをぶつけられた。

あるいはその両方だった。つまるところ、他人に対するような態度を取られた。しかし、ダニーとしても息子を責めることはできなかった。だから我慢し、やさしく接し、無理強《じ》いはしなかった。すると、すぐにイアンはまたダニーに眼を向けるようになり、膝に坐り、本を読んでくれとダニーにせがむようになった——ただし、寝るまえの読み聞かせではない。それはまだマデリーンにしか許されていない。

とはいえ、何週間かかけて少しずつダニーを受け入れるようになり、パパと呼びはじめた。遊んでほしいとダニーに頼み、自分のおもちゃを見せたがるようになった。

ダニーはそこでようやく赦《ゆる》された気持ちになった。

親が親としての務めを果たさない、ライアン家に流れる悪循環はここで断ち切る。ダニーはそう心に決めていた。そうすれば、イアンには本物の父親ができる。たとえ母親はいなくても。

ダニーはイアンの頰にキスをして、首元までシーツを引き上げる。

ボビー・バングズはランチの場所に〈ベヴァリー・ヒルトン〉を選ぶ。

理由その一、ケヴィン・クームズとショーン・サウスと会うとなれば、公共の場で会うのが常に得策だ。理由その二、プールサイドのテーブル席を確保すれば、ケヴィンとショーンは女の肉体に気を取られるだろう。理由その三、あわよくば格式あるホテルの雰囲気は彼らを委縮させるかもしれない。

結局のところ、ここはボビーの縄張りで、あのまぬけな二人組が状況を把握できるわけがないのだから。物事の仕組みも、業界の〝ランチ〟がどういうものなのかも。

悪くない計画だが、概念的なレヴェルで欠陥がある。

理由その一、いざとなれば、アルター・ボーイズというのは、デパートのメイシーズ感謝祭パレードの最中でさえサンタクロースを殺しかねない輩《やから》だからだ。理由その二、このふたりは女に眼がないが、それより関心があるのはなんと言っても金だからだ。理由その三、このふたりはこの世で何にも、誰にも、委縮などしない。たぶんダニー・ライアン以外何者にも何物にも。

いずれにしろ、ボビーは襟元を開けた白いシャツ、三百ドルは超えるストーンウォッシュ加工のジーンズ、裸足にローファー、カート・コバーン風サングラスといういでたちでテーブルにつく。黒髪をジェルでうしろに撫でつけ、余分な角質を取り除いた肌は化粧品でしっとりとさせている。

ケヴィンはひどいなりで現われる。着たまま寝ていたとしか思えない、汚れて、しわが寄り、汗染みの浮いたデニムのシャツ、ブラックジーンズ、ワークブーツ。顔の側面まで覆って、充血した眼を隠すラップアラウンド型のサングラス。長く伸ばしたむさくるしい髪に、三日は剃っていない無精ひげ。ほかのテーブルの客たちはケヴィンを蔑《さげす》む気持ちをとりあえず留保するが、それもこいつはあえて自堕落なふうを装っている有名俳優などでは断じてないと判断するまでのことだ。一方、ショーンには少なくとも努力の跡が見られる。白地に緑の縞模様のシャツが、アイロンをかけたカーキのズボンの中にしっかりとたくし込まれ、まともな靴を履いている。

　プールサイドの食事エリアは塩素と日焼け止めローションのにおいがする。〈ベヴァリー・ヒルトン〉は昔ながらのハリウッドで、二十年は流行に遅れているが、そんなことはボビーは知る由《よし》もない。ここに出没しているのは、たいてい賞味期限切れが暴走列車並みの勢いで迫っているテレビ界のかつてのスターや、祖父役かよぼよぼの老いぼれ叔父役にあずかれないかと期待する年老いた映画俳優、しわ取り手術の傷痕が顔の色つやより生々しい齢《よわい》を重ねた大女優だ。

　この場所自体、色褪せた映画スターという雰囲気を醸している。ホテルのグロリア・スワンソン版。かつては美しさを誇ったものの、くたびれて時代遅れになり、大々的なイメージチェンジが必要だが、それも実現しそうにない。クローズアップで撮ってちょうだい、デミル監督、とはどうがんばっても言えない（スワンソン主演のビリー・ワイルダー監督作『サンセット大通り』に出てくる名台詞のもじり）。

　もっとも、そんなこともボビーは知る由もない。昔の友人ふたりを引き連れ、大きな緑色のパラソルの下のテーブルにつき、あたりを見まわし、自分が見られているかどうか確認し、アーノルド・パーマーを注文する。

「なんだ、そりゃ？」とケヴィンが尋ねる。まあまあ素面《しらふ》なので機嫌斜めだ。

「レモネード入りアイスティー」とボビーは答える。

「おれもそれにしてみよう」とショーン。努めてボビーに合わせようとしている。

「ビールをくれ」とケヴィンは言う。

「地ビールがいろいろとございますが」とウェイターは言う。

「サム・アダムスはあるか？」

「ございます」

「じゃ、サミーで」とケヴィンは言って、テーブル越しにボビーを睨《ね》めつける。

ウェイターが飲みものとランチメニューを持って戻ってくる。ボビーは鴨胸肉のクズイモ《ヒカ》入り生春巻き、海鮮醤《ホイシンソース》添えを注文する。ショーンはチーズバーガーを頼む。ケヴィンはニューヨーク・ストリップ・ステーキをレアで注文する。ボビーから返してもらう貸《マ》しの一部だと決めて。だからすぐに本題にはいる。「〝プロット〟のことだが、ボビー……」

角質を取り除いて保湿させたボビーの額に玉の汗が噴き出す。太陽のせいだと心の中で自分に言い聞かせるが、そんなわけがないことはもちろんわかっている。彼は答える。

「大部分は記憶を頼りに書いた」

「記憶か」とケヴィンは言う。「おれたちが知ってるかもしれないやつらを覚えてたってわけか？」

「気をつけていたから」

「気をつけていたから」とケヴィンはおうむ返しに言う。「おれは出てくるのか？　ショーンは？」

「出てくるよ、ちょい役だけど」とボビーは言う。口にしたとたん、失言だったかもしれないと気づき、すぐさまつけ加える。「ほら、大半はあんた方が重要な役まわりをするようになるまえの時代のことだから」

ケヴィンはボビーをまた睨めつける。

ボビーは言う。「ほとんどがパット、リアム、ダニーといった面々の話だ」

「ダニー？」とショーンが尋ねる。「この映画にはダニーが出てくるのか？」

「おれも映画に大して関わってるわけじゃないんだよ」とボビーは言う。

「ずばり訊いてやろう」とケヴィンが言う。「なあ、ボビー、この話でいくら稼いだ？」

「いや、それは話してはいけないことに――」

「ボビー、ボビー、ボビー」ケヴィンは首を振る。「おまえはアイルランド系マフィアの専門家なんだろ？　ほかのやつならいざ知らず、こういうことをしたらどうなるか、わかってないとは言わせないぜ」

「〝ひとりはみんなのために、みんなはひとりのために〟」とショーンが言う。「おまえ、そう書いたよな……」

ショーンはアナからプロットのコピーを手に入れている。

なかなか読ませる出来だった。そらで言える一節さえあった。「〝おれたちは兄弟分だった、同じ腹から生まれたオオカミの子のようだった。ともに笑い、ともに食べ、ともに生き、ともに血を流し、ともに死んだ〟。名文句だぜ、ボビー。感動したよ」

「ただし」とケヴィンが言う。「おまえが血を流したっていうのは少々無理があるんじゃないか?」

「おまえが血を流した覚えなんぞおれにはないがな、ボビー」とショーンが言う。

「でも、まだ間に合う」とケヴィンが言って、テーブル越しに身を乗り出し、人差し指をボビーに突きつけ、その指で引き金を引く仕種《しぐさ》をする。

ウェイターが料理を運んでくる。ボビーは震える手で生春巻きをホイシンソースにひたす。ほかの客たちが見ているまえで、ケヴィンはステーキにフォークを突き刺して丸ごと持ち上げ、かぶりつき、肉の塊を食いちぎる。

そして、肉汁を口の両端から垂らし、にたりとボビーに笑いかけて言う。「オオカミってのはこんなふうに食うだろ、だろ?」

ダニーが朝食を外に運ぶと、マデリーンがすでにプールサイドにいる。

わけ知り顔の苦笑いを浮かべて彼女は言う。「デートはどうだった?」

「ああ、よかったよ」

「また会うつもり？」

「たぶん」

「それってノーということね」とマデリーンは言う。「でも、少なくとも溜まっていたものはすっきり出せた」

「やめてくれ」ダニーはベーコンエッグを少し食べてから言う。「あんたからのメッセージを彼女から聞いたよ」

「メッセージ？」

〝なんのこと？〟と言わんばかりの口調だ。

「なぜそんなふうにしなくちゃいけないんだ？」とダニーは尋ねる。「なぜ何もかも裏で糸を引く必要がある？　なぜ普通にしていられない？　おれに言いたいことがあるなら、直接言えばいい。クソ使節団は要らない」

マデリーンはグレープフルーツジュースのグラスをテーブルに置く。「わかった。ひとつには、これで謝罪を締めくくる意味があった。わたしはあなたを捨てたことを申しわけなく思っている。その埋め合わせにできるかぎりのことをした。わたしを赦すも赦さないもあなたの自由よ。でも、わたしからの謝罪はこれでおしまい」

「〝ひとつには〟それだとして、もうひとつは？」

「あなたは生きてるだけで幸運と思うべきね」とマデリーンは言う。「一生刑務所にはいらなくてすんだのも幸運以外の何物でもない」

「そのとおりだ」

「二度目のチャンスはめったに来ない。だから、二度目のチャンスをあなたがふいにするのは見たくない」

「ああ」

「わたしならあなたの助けになれる。投資を始めさせてあげられるし、株式売買や不動産売買を始める援助もできる……お金が必要なら――」

「金ならある」とダニーは言う。「おれもいろいろ考えていた。何かやりたいと思ってる。何かまともな仕事だ。イアンに何か残してやりたい。ただ、それがなんなのか、まだわからない」

「それがうちの椅子に日がな一日坐っていることじゃないのは確かね」

「確かに」とダニーは認めて言う。「おれたちがここにいるのが邪魔なら――」

「邪魔なんかじゃないわ！」とマデリーンは慌てて言う。「もちろんここにいてほしい。好きなだけいてくれていい。あなたがラスヴェガスでやることを見つけてくれたらもっと嬉しい」

「どっちかというと、カリフォルニアを考えていた」

「まあ、飛行機に乗ればすぐだしね」

ふたりはそれぞれプールに眼を向ける。ややあってダニーが尋ねる。「帝国を築くというのはなんなんだ？」

「あなたならできるでしょう」とマデリーンは言う。「あなたにはるかに及ばない男たちも築いてきたんだから」

「おれはドッグタウン出のならず者だ」

「帝国を築くのは金持ちのぼんぼんだと思ってる？　よく聞いて、ここはドッグタウンのような町に生まれ育った男たちが築き上げた市《まち》よ」

マデリーンは自分のことも言っているのだろう。ここに来る途中、バーストウを通り過ぎた。そのとき、ダニーはバーストウのトレーラーパークで育ったマデリーンを想像した。

「言いたいことはわかる」

「そう？」

「ああ。それから、いいかな、母さん？　女は自分で見つけられる、わかったかい？」

「わかった」

マデリーンは腰を上げ、ダニーを残し、〝母さん〟という彼のことばを胸に抱きしめ、プールサイドを立ち去る。

アルター・ボーイズはボビーをATM代わりにする。

ボビーの口座の取引明細書を見れば、肌の角質をせっせと取り除くペースで、〝引出し、引出し、引出し〟の文字が礼拝の連禱《れんとう》よろしくずらずらと並ぶ。〝主要撮影初日〟に六十万ドルが振り込まれている。アルター・ボーイズはその報酬にストローを突き差し、とことん吸い上げようとしている。

よお、ブラザー・ボビー、ちょいと金を貸してくれや。よお、ブラザー・ボビー、スーツを新調しなきゃならなくてな。よお、ブラザー・ボビー、この街で飯を食うと、いくらかかるか知ってるか？　スタジオへ向かうボビーの車に無理やり乗り込み、ATMの差込口にキャッシュカードを入れさせ、現金を用立てさせ、レストランであれ、バーであれ、高級品を扱う小売店であれ、その日に用のある店のまえに乗りつけさせる。これまたドライヴスルー銀行。ショーンとケヴィンはこの発想が大いに気に入る。

もっとも、それはボビーと一緒にスタジオに出入りするようになるまでの話だ。

思いついたのはケヴィンだった。

「おれたちはチャンスを逃してる」ある日、サンセット大通りに面したレストランのテラス席で昼食を食べながら、ケヴィンはショーンに言った。

「チャンスって、なんの？」とショーンは訊き返した。食べるものにも金にも酒にも困らず、愛さえ手に入れている――アナと同棲しているのも同然で、真剣につき合っていると言っていい。なのに何を逃してるってんだ?

「ハリウッドのあれこれさ」ケヴィンはそう言った。「スターだよ……人気女優。ボビーはダイアン・カーソンと親しくしてるのに、おれたちはちらっとも拝んでない、ちがうか？　スーパーマーケットのレジに並んでるときに雑誌の写真を見るのは別にしたら」

「いつスーパーマーケットになんか行った？」

「そういう話をしてるんじゃない」

「だったらなんだ？」とショーンは尋ねた。すっかりくつろいで、昼食を愉しんでいた。人生そのものを。日焼けもしていた。これまでにないほど日に焼けて、素肌が黄褐色に輝き、そばかすも散っている。「ダイアン・カーソンとヤろうってか？」

「さすがにダイアン・カーソンとヤれるとは思わないけどさ」とケヴィンは言った。注文したアマトリチャーナ・スパゲティが来た。ウェイターがスパゲティにパルメザンチーズをその場ですりおろすのをケヴィンは見守り、ウェイターがテーブルを離れると言った。

「それでも、衛星レヴェルの女ならものにできるんじゃないか」

「そういう話なら是非とも聞きたいね」

「衛星レヴェルの女をものにする話？」

「ああ、是非とも詳しく聞きたいね」

「カーソンみたいないい女は太陽みたいなもんだ」とケヴィンは説明を始めた。「そのまわりにはそれほどでもないが、まずまずホットな女もいて、太陽のまわりを衛星みたいにまわってる」

「それは衛星じゃなくて惑星だろうが」とショーンは言った。「太陽のまわりをまわっているのは惑星だ。おれたちもその中のひとつに住んでる」

「今日のおまえにはほんとイラつくな。要するに、太陽には手が届かないかもしれないが、衛星のどれかにならまちがいなく手が届くって話だ。狙う相手には事欠かないって話だ」

ショーンはチリソースがかかったスズキを一口食べて言った。「おれのあの娘も衛星レヴェルだ」

「ほらな」とケヴィンは言った。「それに、ああいうところならもっと金が稼げる」

そう、問題は金だ。実際の話、ボビーからはじわじわと搾《しぼ》り取らなければならない。一度に少しずつ支払わせ、クレジットカードの利用限度額を最大限に引き上げさせ、あとで売り払える代物を買わせなければならない。ボビーもけっこうな金を稼いでいるが、それでもスタジオとは比較にならない。それにケヴィンが読んだ〈ヴァラエティ〉の記事によれば、『プロヴィデンス』の予算はなんと三千万ドルにもなるという。

そういうところから分けまえを手に入れる方法は絶対ある。

アルター・ボーイズも今は大金を手にしているが、金はあればあるだけいいに決まってる。おまけに、これはダニーには関係のない金だ。

「顧問だ」その夜、ボビー持ちのディナーの席でケヴィンはボビーに通告する。

「なんだって？」

「おれたちの希望は顧問だ――」

「テクニカル指導の顧問だ」とショーンも言う。「映画づくりに貢献できることがおれたちにはいろいろある。ちがうか？」

「それはどうかな」とボビーは言う。

「おまえの知らないことを教えてやれる。ちがうか？」とケヴィンが言う。

「それはどうかな」

「〝それはどうかな〟っていうのは」とケヴィンは言う。「おまえは自分が何を知らないのかも知らない。そういうことだ。でもって、おまえが知らないことのひとつに、抗争中にほんとうは何が起きていたのかってことがある」

「誰が何を言ったのかとかな」とショーンも加担する。

ケヴィンはデザートメニューをちらりと見て言う。「この店にはクレーム・ブリュレがないのかよ？　クレーム・ブリュレになじんできたのによ」

「ブリュレを切らしてるんだよ」とショーンが言う。

ケヴィンはメニューに載っているデザートをパスして、ダブルエスプレッソとショットグラスでバーボンを注文する。「監督に話しておいてくれ、ボビー」

言われたとおり、ボビーは監督に伝える。

ミッチェル・アプスベルガーはリアリティにこだわる監督のひとりだ。一から十まで事実に基づき、どんなに些細なこともすべてくそリアルでなければならない。なので、ボビーがしかたなく監督のもとに出向き、プロヴィデンスの本物のギャング二名が顧問を希望していると伝えると、色めき立つ。

「きみはケヴィン・クームズとショーン・サウスを知ってるのか？」

「ええ、まあ、それはそうです」とボビーは答える。が、心の中ではケヴィン・クームズもショーン・サウスも知らなければよかったとつくづく思う。

「で、ふたりはここに来てる」

確かにここに来ている。忌々《いまいま》しいことに。

「で、映画に協力したがっている」とミッチはさらに言う。

「金めあてですよ」とボビーは言う。つまり、それならそれで悪くない。あのふたりが狙っているのが自分の懐《ふところ》ではなく、ほかの誰かの懐なら。

「とりあえず〝ランチ〟だ」とミッチは言う。

それがいい。アカデミー賞はまだだが、レッドカーペットの常連にしてポップカルチャーのアイコン、加えて実に朗らかな人物でもあるミッチ・アプスベルガーはオオカミたちを自分のテントに招き入れる。

ランチはうまくいく。ケヴィンとショーンは懺悔ではなく、どぎついお色気ヴァイオレンス映画のレヴェルに容易に達する逸話でミッチを愉しませる。ミッチは大いに好奇心をそそられる。監督や俳優が実在するギャングの武勇伝に親近感を覚えるのは別段珍しいことではない。どっちがどっちのファンなのか、ギャングがただハリウッドのおこぼれにあずかろうとしているだけなのか、あるいはその逆なのか、容易に判断できない場合もあるが、〝ここだけの話〟も含まれる一時間ほどのやりとりののち、ひとつの事実が明らかになる。ケヴィンとショーンにトイレに行こうと誘われ、おれたちのチンポをしゃぶれと言われたら、次から次へと映画女優に手をつけてきたことで知られるミッチは、随喜《ずいき》の涙を流して、トイレの床にひざまずくだろう。

「ほんとにそう言ったのか？」ミッチは〝ここだけの話〟のひとつを聞いている途中で尋ねる。「〝おひずかに〟だって？　〝襲撃〟中にほんとうにエルマー・ファッドの物真似をしたのか？」

ケヴィンはひかえめにうなずく。

「その場面も取り入れないとな」とミッチはボビーに言う。

「メモしておくよ」とボビーは言う。

「きみたちはパット・マーフィを知っていた」とミッチはケヴィンとショーンに改めて尋ねる。

「棺を担いだ」とショーンが答える。

それは事実ではないが――ショーンは思う――事実であってもおかしくはない。それくらいのフィクションにはなんの問題もない、だろ？

「ダニー・ライアンのことは？」

「ああ、もちろん」とケヴィンが答える。「ダニーのことも知ってる」

知っていることは知っているが、避けて通りたい話題だ。自分たちのことを題材にしたハリウッドの大作映画に無理やり首を突っ込んでいるというのは、どう考えてもめだたない行動ではない。

ミッチはケヴィンとショーンをその場で顧問に雇う。そして、すぐに携帯電話で撮影所に連絡し、ふたりに五万ドルずつ支払い、営業日の終業時刻までに書類を用意するよう求める。異論ははさませない。

即決だ。

ボビーはその場に坐ったまま、ケヴィンとショーンが自分たち専用の控え室であるトレーラーハウスを要求するまで何日以上になるか、あるいは何日以下になるか考える。

（正解は三日）。

オオカミをディナーに招いたら、食い散らかされる覚悟が要る。

ミッチはランチのあと、その足でケヴィンとショーンを第四十一スタジオに連れていき、セットを案内する。彼がふたりを紹介してまわるさまは、十二使徒に対する初期キリスト教徒の振る舞いさながらで、まさにペテロとパウロが聖書の勉強会に顔を見せたとでもいった雰囲気。自分の両隣り――それもまたキャンヴァス地を張った背の高い椅子――にふたりを坐らせ、次のテイクの音声がふたりにも聞こえるようにヘッドセットも用意させて、ミッチは言う。「提案をよろしく。遠慮は無用だ」

もちろん。ケヴィン・クームズの半径三メートル圏内で〝遠慮〟ということばが使われたのはおそらくこれが初めてだ。ケヴィンは遠慮するような男ではない。難解にして独特のロードアイランド訛りを俳優が完璧に再現する手助けを遠慮なく買って出る。あるいは、スタッフ用の軽食を〝ひとりイナゴの大群〟さながら遠慮なく貪《むさぼ》る。女優に言い寄ることにかけてはとりわけ遠慮がない。女優だけではなく、メイクアップ担当者、美容師、製作アシスタントに対しても遠慮はない。

あるいはエキストラにも。

「今は〝背景要員〟っていうんだよ」とショーンはケヴィンに注意を促す。監督の椅子のすぐそばにいる者なら誰とでもお近づきになりたがる無尽蔵とも言える女たちの話をケヴィンがしたときの彼の答だ。「そういう連中はそういうことに関しちゃ、常に神経をとがらせてるからな」

神経をとがらせていると言えば、ショーンは今、撮影現場に出入りすることについて、アナとかなり神経を使うやりとりをしている。ドッグタウンの本物のギャングふたりが撮影所に来ているという噂が流れてきたとき、アナはヘアスタイリングのトレーラーにいたのだが、様子を見にスタジオに行ってみると、なんとそこには彼女のボーイフレンドがいるではないか！　ショーンがどうやって生計を立てているのか、アナは常々不思議に思っていたが——どう見ても〝無職〟だ——まさかギャングだったとは！

その夜、帰宅すると、アナはショーンを責める、わたしを利用したのね、と言って。

もちろん、ショーンは否定する。そして指摘する、お互い持ちつ持たれつじゃないかと。映画の連中だって〝こっち〟を利用している。だからお互いさまだろ、と。アナには反論できない。部分的にショーンの過去がもたらしてくれていると言えなくもない給与をもらっているからだ。ショーンを恨むことはできない。それに、撮影現場での彼は完全に紳士的だったし——物静かで、親切で、協力的で、ひかえめだった。

一方、ケヴィンは……

プールが見つめ返してくるまで、どれくらいプールを見つめていられる？

足を水に浸けてプールサイドに坐り、ダニーはそんなことを自問する。隣りに坐るイアンもその仕種を真似している。

つまり、そういうことを息子に教えたいのか？

無為に過ごすことを？

有閑階級の仲間入りをしろと？

息子はすでに甘やかされている。プールがあって、ホットタブがあって、なんとまあ、ポニーまで買い与えられている。そのうち車を欲しがるようになる、ドイツの優秀な技術が搭載された車を。今はまだ問題ないが、このままの状態が続けば、なんの使いものにもならないつまらない人間になるに決まっている。

親父みたいな男に？　ダニーは思い悩む。

わが身を振り返ってみる。

おまえは高校教育を受けた、とダニーは心の中で自分に語りかける。卒業後、漁師になった。港湾労働者になり、ならず者になり、強盗になり、ギャングになった。人殺しにもなった。今は大金持ちで、自分の金を自分のために使える立場にいる。

だけど、何に使う？　見ているだけか？

クソ退屈なだけだ。おまえは退屈男じゃない。

朝起きて、投資状況をチェックして、医者や弁護士や株式ブローカーとゴルフに行くような男じゃない。ゴルフを改良できる人間がいるとしたらそれはスナイパーだろう。いつ狙撃されるともわからないとなれば、あんな馬鹿げた派手なウェアなど誰も着ない。そもそもゲームそのものをもっとスピードアップさせるだろう。

だからゴルフはしない。ダニーは考えをめぐらせる。これからどうするか。

カリフォルニアに戻るのも一案だ。

海の近くで暮らすのも。

で、何をする？　何ができる？

パスコの若者版になるか？　釣りに行き、ローンボウリングをやって、ブリッジをやって、古き良き時代の昔話をする。

クソ古きクソ良きクソ時代の。

「はいるか？」とダニーはイアンに訊く。

「うん」

ダニーはプールに飛び込み、イアンの体をそっと引き寄せ、水の上で仰向《あおむ》けにする。息子を怖がらせずに浮くことを覚えさせようと、数秒ごとに手を放し、沈むまえに抱きかかえる。

昔から知っている男たちがいる。

金を稼いでも、まっとうに生きられるほど稼いでも、まっとうに生きられない男たちだ。そういう男たちはまっとうな暮らしに退屈してしまうのだ。昔の生業《なりわい》やアドレナリンが懐かしくなって戻ってきてしまう。仲間が懐かしくなったからという理由だけで戻ってくる男たちもいる。街をうろついたり、ジョークを飛ばしたり、危ない橋を渡ったり、笑い合ったりすることを懐かしんで。

そういうやつらの何人かは生涯刑務所で過ごすことになる。

おれはちがう、とダニーは思う。

昔を懐かしんではいない。

これっぽっちも。

息子と一緒にいるのが好きだ。

母親の近くにいることさえ好きになってきている。

「昼食は何がいい？」答は知っているが、ダニーはわざと尋ねる。

「ピーナツバターとジャムのサンドウィッチ」

答が出る。

とりあえずその問題については。

クリス・パルンボはキルトの上掛けのせいでベッドから出られない。

もっと言えば、ネブラスカから出られない。

キルトはぬくぬくと暖かく、ずっしりと重みもある。クリスとしては起きてベッドを出たいと思ってはいるのだが、結局、まだキルトにくるまっている。いつもはまた眠りに落ちるか、ベッドに横たわったままキルトのぬくもりを味わい、やがてコーヒーとベーコンの香りに誘われ、キルトの下から這い出て、階段を降り、ローラが料理をしているキッチンに向かう。

ローラはステレオで音楽をかけている――ボニー・レイット、リンダ・ロンシュタット、あるいはエミルー・ハリスとか、そういう歌手の音楽で、クリスは苦手だった。それも今では好きになりかけている。今朝はボニー・レイットだ――『夕映えの恋人たち』をローラも一緒に歌っている。ローラは歌手のつもりでいる。地元のバーでオープンマイクの夜に歌を披露し、いつもカラオケにまで参加しそうになっている。なかなか悪くない、とクリスは思う。エミルー・ハリスばりに歌えるわけじゃないが、ローラもそこそこ聞かせる。

ローラの朝はたいてい早い。まず瞑想をする。そのあとニワトリに餌をやり、魔術崇拝のわけのわからないことをやり、機織《はたお》り仕事をしたあと、コーヒーポットとフライパンでクリスを階下《した》におびき寄せる。料理上手というわけではない。それはちがう。ローラは豆類やカボチャや大量の玄米で風変わりなヴェジタリアン料理ばかりつくる。パスタをつくるのにも、有機小麦粉が原料の代物を使う。なので、クリスは夕食についてはキッチンを乗っ取り、自分で料理することを愉しんでいる。

食生活に対するローラのこだわりに逆らうことなく、旨《うま》いマリナラソースをつくることもできれば、ナスの料理もローラに好評で、手早く用意できる彼のリゾットは極上の一品だ。

自分でも意外なことに、クリスはローラの農場での暮らしを快適に感じている。退屈するだろうと思っていたのだが、少しも退屈していない。同じことを繰り返すおだやかな生活に心地よさを見いだしている。朝食のあと、ふたりはいつも牧草地か未舗装の道を散歩する。ローラがヨガ教室で生徒に指導するのに町に出るときには、クリスはダイナーへ行って、コーヒーを飲み、地元の住民たちと天気の話をする。

午後のお愉しみは昼寝で（またしても、キルトにぬくぬくとくるまる）たいていはセックスも含まれ、昼寝から起きれば、また散歩に行くこともあり、散歩から帰ると、夕食の準備に取りかかる。

夜はテレビを見るか、バーまで足を伸ばすか、州都リンカーンまで車を走らせて〈ズー・バー〉でブルースバンドのライヴを聞くか、それとも映画に行くか。

帰ってきたらベッドにはいる。

そしてまたセックス。

「性欲《セックス・ドライヴ》について言っておくと」とローラはクリスに言ったことがある。「あたしはV8エンジンを搭載してるから」

クリスはそれでかまわない。

妻のケイトもベッドではいつも最高だったが、ローラはまったくタイプがちがう。女房は胸が平らで痩せぎすだが、ローラは出るところは出ていて、腹にもいささか贅肉がついているものの、なまめかしい体つきをしている。そして、自分の体にも、その体をどう使うかについても、なんの制限も設けていない。

あるいは、クリスに自分の体をどう扱ってほしいかについても。

ローラは遠慮なくことばにする。〝こうしてほしいの、ああしてほしいの、そう、そこ、そう、そんな感じ、やめないで〟。あるいは、遠慮なく訊いてくる。〝ああされるのが好き？　こうされるのは？　ねえ、気に入ってるんでしょ？　わかるわ〟。

出ていくべきだ。クリスにはわかっている。

キルトを振り捨て、ニューメキシコへ車を走らせ、ネトに払うべき金を払うべきだとはわかっている。そのあとはロードアイランドに戻るべきだということも。おまえの妻子はそこにいるんだろうが、とクリスは心の中で自分に言い聞かせる。ケイトはできた女房で、いつもおまえに尽くし、おまえのたわごとにも耐えてくれていただろうが。

あいつをこんな目にあわせていいわけがない。

それにピーターが土の中で眠っている今はもう言いわけは通用しない。

いや、言いわけならあるにはある。クリスが戻るのをヴィニーは望まないだろうし、ヘロインの一件で下手《へた》を打ったことについてほかの連中もクリスに不満があるだろう。

クリスとしては、地元に戻って、ヴィニー・カルフォを王座から蹴り落としたい気持ちもなくはないが、やはりそこまでやるのは手間がかかりすぎる。それに、そもそもなんのためにそんなことをしなきゃならない？　プロヴィデンスのまぬけな田舎者の一団を束ねるために？　口のまわりが汚れるのもかまわず、浜辺でハマグリの詰め焼きにかぶりつくために？　日曜日にグレイヴィソースがけのスパゲティを食べたあと、ソファで居眠りするために？　ここでただのクリスでいたら得られなくとも、向こうでボスになれば得られるものは——いったいなんだ？

　ローラのほうはクリスになんの不満もないようだ。ローラはそのままの彼を愛し、それをことばにもする。よけいな詮索はしない。ほんとうは何者なのかということも、どういう経緯でここに流れついたのかということも一切訊かない。ローラはクリスがここにいてくれるだけで幸せであり、出ていってほしくないと思っている。

やっぱり出ていくべきだとクリスが言いかけるたびに、ローラはベッドでのレパートリーに——たいていは文字どおり口を使って——ひねりを加え、めくるめくようなひととき に誘い、クリスを引きとめる。

　それでも、だ。ここを離れられない一番の理由はキルトだ。

　始まりはキム・キャニグリアーロ。

　ケヴィンが撮影所から〈オークウッド〉に戻ると、キムが駐車場に停めた車からちょうど降りてくる。疲れて、少し気弱な顔をしているが、それでもいい女だ、とケヴィンは思う。細身のブラックジーンズの股の部分が手のひらをあてがうようにぴたりと股間に貼りつき、黒いシルクのブラウスが引きしまった胸をやさしく包んでいる。

キムはケヴィンを見て、手を振る。

ケヴィンはキムの車のほうへ近づく。「元気？」

「まあね」とキムは言う。「なんとか。そちらのプロジェクトはどう？」

「ああ、順調だ」とケヴィンは言う。「すこぶる順調だよ。今はミッチと何度も打ち合わせをやったりとかだが。わかるだろ？」

「ううん、わたしの知らない世界だもの」とキムは言う。でも、棘《とげ》のある言い方ではない。自分とはまったく次元がちがうのだと認めているのだ。

ケヴィンは気をよくして、その気になる。「アシュリーは？」

「アンバーのこと？」

「そうそう、アンバー」

「オーディション対策のクラスで知り合ったお友達と一緒にいるわ」キムはケヴィンの眼をのぞき込んでさらにつけ加える。「お泊まりをしてくるの」

「いいねえ」

「そう、わたしにとっても」あなたにとっても都合がいいかもしれない。そんな口調だ。

「これから何か予定はあるの？」

ケヴィンは肩をすくめる。「部屋に帰って、一杯飲むだけだ」

「わたしもよ」

「なるほど」とケヴィンは言う。「だったら、一緒にどうだ？」

ふたりでケヴィンの部屋に行く。室内はひどく散らかっている。ピザの空箱、フライドチキンのバケットの空箱、シンクには汚れた皿が溜まり、酒の空き壜とビールの空き缶が各種取りそろえられている。キムは何も言わない。が、内心思う。清掃サーヴィスを頼めばいいのに。映画製作に関わっているのなら、それくらいの出費なんか痛いわけないでしょ？

ワインの買い置きはなく、ビールとスコッチしかない、とケヴィンは謝る。それで全然かまわないとキムは言う。スコッチをツーフィンガーいただくわ、ストレートで。飲みものを用意したあと、ふたりは腰をおろし――ケヴィンは安楽椅子に、キムはソファに――スコッチを飲む。

「ううん、いい気持ち」キムは最初の一口を飲んで言う。「アンバーがそばにいるときはお酒を飲みたくないの」

「いい母親だな」

「駄目な母親よ」とキムは言う。ハンドバッグから煙草のパックを取り出す。「一服してもいい?」

「ああ、もちろん」

「あなたも?」

「おれもどうかって? ああ、もらおうか」

キムはケヴィンの煙草に火をつけ、それから自分の煙草にも火をつけて言う。「わたしは……そうよ、悪い母親なの。娘にああいうことをやらせて。それも強制的にやらせてるんだから。だから自分の胸に訊くの、これはあの子の夢なのか、それともわたしの夢なのかって。そういうことよ」

ケヴィンは肩をすくめる。

キムは煙草を深く吸い、スコッチをもう一口飲み、ケヴィンをしばらく見つめ、笑いだす。

「なんだよ?」とケヴィンは訊く。なんだか腹が立つ。

「一年近くしてないの」とキムは言う。

「長いな」

「ねえ、教えて」とキムは言って、はにかむようにケヴィンを見る。これまで見たことのなかった表情を浮かべている。そして尋ねる。「……相手してくれる?」

　キムは泊まっていく。

　ラジオについているアラームを九時にセットして。アンバーを十時に迎えにいって、ディズニーの公開オーディションに連れていかなければならない。ケヴィンはベッドに寝そべったまま、キムがショーツとブラをつけるのを見物する。カップにしっかりと固定された乳房の形が気に入る。キムはバスルームへ行き、化粧をして出てくると、今度は居間へ行って、服を着る。ケヴィンはベッドを出て、キムと一緒にキッチンへ行き、朝食代わりに缶ビールを開ける。

「筋金入りね」

　ケヴィンは肩をすくめる。「嫌か？」

「別に」とキムは言う。「問題はどうやって一日を乗りきるかってことよ。でしょ？」

　ケヴィンはキムが気に入る。東海岸の出《で》らしい歯切れのよさも、ベッドでの振る舞いも。ペニスがいささかひりひりして、睾丸にも痛みを感じながら、最後に達したとき、キムがどんなふうに腰を突き上げ、どんなふうに締めつけてきたか思い出す。そして、イッたあともそのまま腰を引かず、尻で小さく円を描き、ケヴィンが果てるまで腰を動かしていた。この女は自分の欲しいものが何か知っていて、それを手に入れる。それを正々堂々とやる。相手との関係は持ちつ持たれつであることを心得ている。打席をはずそうとするような女ではない。「よかったら、コーヒーをいれるけど」

キムは首を振る。「自分の部屋に戻って着替えなきゃ。アンバーはわたしが昨日と同じ服を着ていたらもう気づく年頃よ」

「きみとしちゃ、ママが男とヤッてるとは娘に知られたくない」とケヴィンは言い、言ったそばから後悔する。

「まあね」とキムは言う。「それはそうだけど、下品な言い方はやめて」

「すまん」とケヴィンは言う。口先だけでなく本心から謝る。

キムは近づいてきて、ケヴィンの額にキスをする。「いいのよ。ベッドでのあなたはよかったし。じゃあ、またってことで？」

さりげない口調だが、重みもかけられている。キムが何を訊いているのかどちらもわかっている――一夜かぎりの遊びだったの？　それでも別にいいけど、それ以上の可能性はある？　愛だの恋だのとは双方ともに考えていないが、お互い少しは孤独を癒し合えるかもしれない。そういうことだ。ケヴィンはトム・ペティの歌を思い出す。〝逃亡者みたいに生きなくてもいいんだよ〟。

「いいね」とケヴィンは言う。「電話するよ」

「連絡はわたしからでもいい？」

アンバーに電話に出られたら困るからだ。ママに代わってくれと知らない男が娘に頼むような事態は避けたい。キムはそう思っている。ケヴィンは納得する。むしろ大したもんだ、とキムを尊敬する。しかし、不思議なものだ、子供を持つというのは——何をしても、否応なく子供のことを第一に考える。「ああ、いいとも」

ケヴィンは立ち上がり、宅配ピザのレシートに電話番号を書きつけ、キムに手渡す。

「電話する」とキムは言う。

「よろしく」

部屋を出るまぎわになって、キムが言う。まるで思い出したかのように。「そうそう、あなたの映画にアンバーができそうな役があったら……」

三日後、ケヴィンはミッチにその話を持ちかける。

が、監督は心ここにあらずだ。撮影が予定より遅れ、撮影所の会計担当者が路上で車に轢《ひ》かれて死んだ動物に群がるハエのようにあたりをうろつき、サル・アントヌッチ役の俳優が、表情をとらえるだけの単純な場面でクローズアップを要求し、そのせいで使わずじまいになることが初めからわかっている照明設備の準備に半時間無駄にさせられる。

さらに、主演女優のダイアン・カーソンはマリブの更生施設のスパで二期目の療養生活を送り——一期目は効果が挙がらなかった——うまくいけば予定どおりに〝卒業〟し、最初の撮影に間に合うはずだが、さてどうなるか、そんなこと誰にわかる？　きれいな女だ、とミッチは思う。おそらくこれまでに会った誰より美しい。ダイアンは名声も富も築いているが、それでもミッチがこれまで仕事をしたほかの女優たちに負けず劣らず、不安定という宿痾《しゆくあ》を抱えている。

だから、ミッチは彼女が次に精神的に参ってしまう波が来るまえに撮影を終えられることだけを切に願っている。ケヴィンがそばにやってきたのは、ミッチがそんなことを心配しているときで、十二歳の少女に役を見つけてくれないかというケヴィンのぼそぼそ話などまったく頭にはいらない。

翌日のランチどき、ケヴィンはもう一度その話を持ち出す。ミッチは食堂のテーブルについている。ミッチと助監督のデニスが額を寄せ合い、午後の撮影に向けて二個所のカメラ位置をどうするか知恵を絞っている。ケヴィンは同じテーブルにつくと、いきなり切り出す。「ミッチ、アンバーのことだけど」

「アンバー？」

「あんたに相談してる女の子のことだよ」とケヴィンは言う。「すごく可愛い子でね。写真を持ってきた」

写真を入れた茶封筒をミッチに手渡す。

ミッチとデニスは、〝今ここでそんな話をするか？〟と言わんばかりに一瞬顔を見合わせる。それでも、ミッチは顧問に失礼にならないよう封筒を開け、ごく平均的な少女の可もなく不可もない写真をちらりと見てから言う。「どうかな、デニス、十二歳の少女の役はあるか?」

　デニスは首を振る。「ないですね」

「確認してくれないか?」とケヴィンは食い下がる。結論を出すのがクソ早くないか、ええ?

「台本はしっかり頭にはいってる」とデニスは言う。「確認しなくてもわかるんだよ」

「悪いな、ケヴィン」とミッチは言うと、撮影手順の打ち合わせに戻り、ケヴィンはテーブルについたままぽつんと取り残され、いかにもまぬけになった気分になる。おいおい、こいつらはプロヴィデンスに十二歳の少女はいないとでも思ってるのか? ワンシーン登場させるくらいのことがそんなに大変か、ドラッグストアとかスケートリンクとか、そんな場面、いくらでもつくれるだろうが。

　翌朝、ケヴィンはミッチにもう一度持ちかける。スタジオにはいりかけたミッチを呼び止める。「ミッチ、アンバーにちょっとした役をつけてくれたら、個人的な便宜を図ってくれたものと考える。ほんのひとことかふたことの台詞でいい」

　この話は簡単に終わりにできない。ミッチもさすがに気づく。ロードアイランドで使われる隠語は、すでにケヴィンとショーンからみっちり教え込まれており、〝個人的な便宜を図る〟は〝恩義を返す〟ことだということを過《あやま》たず理解している。個人的な便宜を図らなければ、互いの関係は修復不能になるほど損なわれる。ケヴィンはそう考えている。それに、ケヴィンとショーンがかなり役に立ってくれているのは事実だ。内々の者でなければわからない情報をあれやこれやと教えてくれている。かの地のギャングはどんな服装をしているのか、どんな車に乗っているのか、どんな話し方をするのか。もっと肝心なのはどんな話し方をしないのか、だ。残念ながら、ボビー・バングズはそういう細かな知識に欠けている。だから、ミッチとしてはケヴィンの機嫌を損ねたくない。

それでも、撮影現場にこれ以上問題を持ち込む余裕はない。

「込み入った事情があるんだよ」とミッチは言う。「わかるだろ、なんの理由もなく台詞をはさむわけにはいかないんだ。そうするとなると、それは脚本家にやらせなきゃならない。撮影スケジュールにも組み込まなきゃならない……それに、キャスティング・ディレクターがいて、そういうことを一手に引き受けてる。こっちがしゃしゃり出て、彼女の仕事の領分を侵したら……」

ケヴィンはどの理由にも納得しない。それは一目瞭然だ。ただじっとミッチを見すえている。〝個人的な便宜〟と魔法のことばを口にすれば、何もかもひっくり返ると言わんばかりに。ミッチは受け入れるしかない。

「面倒をかけたいわけじゃないが」とケヴィンは言う。「頼みを聞いてくれたら、ものすごく助かる」

「その子の母親と寝てるのか?」

ケヴィンはにやりと笑い、肩をすくめる。「まあな」

「その子は映画俳優組合《SAG》カードは持ってるのか?」ミッチは折れる。まあ、いいだろう。これまでにも出演俳優のガールフレンドや姉や妹や母親を映画に出してやったことがある。前作のプロデューサーの愛人だった人気ポルノ女優はさておき。あのときはたったひとことの台詞を撮るのに半日つぶれた。

「持ってると思う」とケヴィンは言う。そう言えば、キムからそういうことを聞いたような気がする。

ミッチは助手を呼びつけ、脚本家たちに連絡して、十二歳の女の子役用にひとこと台詞を追加できないか確認するよう命じる。

「段取りはついた」とミッチは言う。「大した面倒じゃない」

それがそうでもない。ミッチはここで大きなミスを犯した。なぜならこのことからケヴィンは思い込んだからだ、自分には影響力があると。自分にはそういう力があるのだと。かくしてアルター・ボーイズが一億ドルの映画のハンドルを握る。そして、地の底めざして突っ走る。

ブレーキ痕《こん》を残すこともなく。

ケヴィンはアンバーに台詞つきの役をつけてやれたことで気をよくする。それだけで自分は撮影現場で顔が利くのだと思う。その夜、〈オークウッド〉に帰って、キム親子に朗報を伝えると、アンバーは興奮して歓声をあげ、ホテルの中を走りまわる。「映画に出るの！」ほかの子供や母親からは口先だけのお祝いのことばと、本心からの羨望のまなざしが集まる。キムはアンバーの世話をそういう親子に押しつけると、ケヴィンを部屋に連れ込み、あらゆる工夫を凝らした特別版《スペチアーレ》のフェラをサーヴィスする。

こういうのを順風満帆《まんぱん》というのだな。ケヴィンはそう思う。

撮影所から帰宅してもキムに会えない日が来るまでは。しかたなく、ケヴィンはグレイグースを一壜空けて気持ちよくなることにする。翌朝、ひどい二日酔いのまま撮影所に行くと、朝食は何がいいかとケータリング業者が訊いてくる。すでに十時をまわっており、業者は昼食の用意をしているところだ。

「何を頼める？」とケヴィンは訊く。

「なんでもお好きに」

ハリウッドのスローガン。黄金律。映画界に飛び込む誰もがこのことばを聞きたがる。

〝なんでもお好きに〟。

ケヴィンがほんとうに欲しいのはブラックコーヒーにアスピリン、それにたぶんビタミンB12の筋肉注射だが、頼んだところで用意されるかわからないので、コーヒーとスイスチーズオムレツにしておく。ただ、オムレツにはほとんど手をつけない。それでも映画のセットに出入りする生活はすこぶる快適だと改めて思う。だから、ミッチがその日の最初の撮影に姿を見せると、ケヴィンは感謝したくなる。そうした感謝の念から忠誠心が芽生える。すべてが望ましい状態で、なんの問題もない。が、それも昼近くになってサル・アントヌッチ役の俳優ヴィンス・ダレッサンドロがミッチに顔を寄せてくるまでの話だ。

ヴィンスはハリウッドの問題児最新版で、スクリーンでの活躍より、ナイトクラブでの喧嘩騒ぎ、パパラッチへの暴行、高級コールガールとの火遊びで名を馳せている。にもかかわらず、ヴィンス本人は本格派を気取り、マーロン・ブランドやロバート・デ・ニーロの役者魂を受け継ぐ後継者を自任し、演技力の高さを自負している。なので、自分の芸術性に反する演技を撮影中にミッチから提案されると、それを〝ベタな商業主義〟と決めつけ、異議を唱える。

ミッチはミッチで黙っていない。ヴィンスの暴騰《ぼうとう》した〝取引き価格〟は誰かが支払わなければならない。それはつまり、馬鹿どもを何人も座席に坐らせなければならないということだ。馬鹿どもを映画に登場させるだけじゃなく。

「誰が馬鹿だって？」とヴィンスは噛みつく。

「いいから撮るぞ」とミッチは答える。スターのひとりと撮影現場で対立して、タブロイド紙に恰好《かっこう》のネタを提供するような愚だけは避けたい。

だから、そう言ってその場を立ち去りかける。

「無視するなよ、ミッチ」とヴィンスは食い下がる。「言いたいことがあるんだったら、男らしく面と向かって言ったらどうだ」

ヴィンスはそこでミッチのあとを追うというミスを犯す。

ケヴィンがヴィンスの進路に足を踏み出す。「おっとっと。あんた、タフガイのつもりか？」

「おたくには関係ない」

ところが、どうやら関係がある。ケヴィンに関するかぎり大いに。ケヴィンの頭の中では、ミッチはファーストクラス・ラウンジの鍵をくれた人物だ。その恩人に盾突く真似は誰であっても許さない。それがいかにもワルが言いそうな台詞を脚本家に書いてもらっただけで、いっぱしのワル気取りでいる三文役者となればなおさら。

ケヴィンはそれをヴィンス本人に指摘する。「あんたはタフガイを演じてるから自分がタフガイだと思ってるかもしれないが、だからタフガイになれるわけじゃない。だから、おれがあんたなら、口は閉じて、言われたことをやるけどな」

ヴィンスは震え上がるが、ここでおめおめと引き下がるわけにはいかない――ほかの役者や撮影クルー全員のまえではなおさら。で、一歩も引かず、声こそ若干弱々しくなるものの、こう言ってのける。「でも、おたくはおれじゃない」

「だったら、おまえもおれじゃないんだよ、このクソ」とケヴィンは言う。「ついでに言えば、サル・アントヌッチでもないんだよ」

　そう言ったあと、ケヴィンは心の中でつぶやく――もしおまえがサルなら、とっくに床に血が流れてる。

　ケヴィンのことばにヴィンスはキレる。すでにサル・アントヌッチになりきっている。サルが憑依《ひょうい》したと言ってもいいほど。リサーチも事前に山ほどやっている。『グッドフェローズ』なんかは十回以上見た。もっと古い『ミーン・ストリート』も見た。つまり、調べを徹底的にやって、サルになりきり、サルを自分のものにしていた。で、東海岸のイタリア系移民を思わせる、とびきりの訛《なま》りで言い返す。「ほほう、おたくはサル・アントヌッチをよく知ってるって?」

「あいつにはダチを何人か殺されたんでな」とケヴィンは言う。

　ヴィンスは即興で場面を演じる。ウェストハリウッドの演劇教室で稽古をしているのではないということも忘れて。「ということは、おたくはそれほどタフガイでもないってことか」

　気がついたときには、ヴィンスは顎に激しい痛みを覚えている。吐き気もある。ミッチが全員を中に残してスタジオをロックしていたので、警備員を含む大勢がヴィンスとケヴィン・クームズとやらの男のあいだに割ってはいる。

　その中のひとりがショーン・サウスで、ちょうどいい立ち位置にいた。殺されることなく仲裁できる人間がここに誰かひとりでもいるとすれば、それはショーンをおいてほかにはいないからだ。ショーンはケヴィンの胸倉をつかみ、うしろに押しやって怒鳴る。「何やってんだ、ケヴ！」

「売られた喧嘩だ」

そのあとハリウッドはケヴィン・クームズにとってさらに天国になる。てっきり警官が来て、傷害容疑で逮捕され、しばらく留置場に入れられる展開を予想するのに、そうはならない。ヴィンスのマネージャーが臨機応変に対処し、そういうことが二度と起きないように手配する。ワルで通っているヴィンスの評判は彼が暴力的な男である事実に基づいている、暴力を振るわれる男ではなく。そういうわけで、撮影所全体を統括する広報担当の出番となる。ヴィンスがパンチ一発でノックダウンしたという噂が外部に洩れないよう火消しにまわる。

警察沙汰にはしない、弁護士も立てない、マスコミには報道させない。大事《おおごと》にしない。

ただし、その日の撮影予定がつぶれたミッチにとっては大事《おおごと》だ。スターが控え室のトレーラーで腫れ上がった顎にアイスパックをあてているのは些細なこととは言えない。幸い、顎の骨は折れていない。ヴィンス・ダレッサンドロが殴り倒されたのを見て、ミッチも確かに胸がすく思いだった。それはまちがいない。が、彼にはつくらなければならない映画がある。彼は気の弱い男ではない――この騒動についてケヴィンときっちり話をつける。ただし、慎重に。

「さっきのはやってはいけないことだった」とミッチは言う。

「彼はあんたに無礼だった」とケヴィンは言う。

「芸術面で意見が衝突することは現場ではしょっちゅうある」とミッチは言う。「いちいち腹を立てては駄目だ。手が出るほど腹を立てるのは絶対に駄目だ」

しかし、結局のところ、どういうことだったのか、ミッチにはよくわかっていない。ヴィンスが言ったのは、ケヴィンがほんとうにタフだったら、ケヴィンの友人たちは今も生きていただろうということだ。そのことばが暴力的な反応を誘発した。でもって、ミッチは今、ケヴィン・クームズに拳ではなくことばを使えと諭す二歩手まえにいる。

「すまん」とケヴィンは言う。口先だけにしろ謝る――実のところ、金や食べものや女を提供してくれる世界から追い出されるのではないかと内心ひやひやしているのだ。ただ酒を飲ませてくれるなら、決してここを離れない（実際、酒はただで飲ませてもらっている。どういう仕組みになっているのか、ケヴィンには知る由《よし》もないが）。

「二度とやるな」とミッチは言う。

監督用のテーブルに戻ると、エグゼクティヴ・プロデューサーのラリー・フィールドが朝食ミーティングの席から緊急電話で呼び出されて、撮影現場に来ている。「いったいどうしたんだ、ミッチ？」

この映画はラリーが企画した超大作だ。三十三歳のラリーはこれまでに四本のインディーズ映画をつくっており、三作目が映画祭の世界でまあまあ評価された。が、それよりそのあとの四作目が誰も予想しなかった大ヒットを記録して、一千万ドルもの収益を製作会社にもたらした。その勢いに乗じて、彼は今回撮影所に『プロヴィデンス』の映画化権を取得させたのだ。撮影所の所長のスーザン・ホルトにしつこくつきまとって。さらに映画のプロットをミッチェル・アプスベルガーに自分で届け、読んでもらえるまで週二回電話をかけつづけ、脚色が気に入れば監督を引き受けるという承諾を得たのだった。

次いで、『黄色い夜明け』でアカデミー賞にノミネートされたばかりのケルマーとホイルの脚本チームに連絡した。ふたりをランチに連れ出し、とめどなく熱弁を振るうと、やがてふたりはスーザン・ホルトに電話をかけ、〝食いついたら離れないラリー・フィールド〟と〈オッソ〉にいると話し、次のプロジェクトは『プロヴィデンス』がいいと要望を伝えたのだった。

契約はその日の午後決まった。

三ヵ月後、脚本が完成すると、ラリーはそれをまた自分でミッチに届けた。ミッチはいくつか変更を求めた。その後、ラリーはダイアン・カーソンのマネージャーのところに脚本を届けさせた。マネージャーもその脚本が気に入った。これでダイアンも気に入るはずだとラリーは確信した。ただ、ダイアン自身は更生施設に入院中で、すぐには脚本を読めなかった。退院の日、ラリーは脚本を手にマリブの施設の門前で——二十人前後のパパラッチと——押し合いへし合いして待ち、ダイアンが出てくると、人混みを掻き分け、警備担当者と一緒にダイアンをエスコートし、巧みに同じ車に乗り込んだ。

「わたしたち、知り合いだった？」とダイアンは尋ねた。

「私はあなたのオスカー像を持っている男です」とラリーは言って、彼女の膝に脚本を置いた。

二日後、彼女のマネージャーから連絡がはいり、契約締結、パム役がダイアンに決まる。ラリーはサム・ウェイクフィールドを主演男優としてパット役に据え、ヴィンス・ダレッサンドロを助演のサル役に起用し、さらにダン・コーコラン——二年まえのアカデミー賞助演男優賞受賞者——にも話を持ちかけ、脇役ながら、味のある役柄と言えるダニー役を引き受けさせた。

ミッチ・アプスベルガーがメガホンを取り、スターを擁する夢のような企画で、撮影所では超特急で製作が進められた。それが今、ダイアンは更生施設に逆戻りし、やくざ者の二人組が撮影現場で幅を利かせている。映画製作は脱線の危機に瀕している。

「あいつらを現場から追い出したい」とミッチは言う。

ラリーは言う。「現場に立ち合わせるために十万ドル支払ったばっかりなんだけどね」

「それなら、今度は現場から排除するためにまた十万ドルくれてやればいい」

それがそうはいかない。

ビジネスマンが相手ならそういうやり方も通用したかもしれない。製作側からの提案を見て、何もしないで二十万ドルもせしめられたと考え、大人しく商談のテーブルをあとにする。

しかし、犯罪常習者はそういう考え方をしない。

何もしない相手に二十万ドルを積むのなら、出せる金はもっとあるはずだと考える。だから居坐り、供給源に近づこうとする。何もしなけりゃはした金をくれてやると言われたら、犯罪常習者は侮辱された気分になる。自分が何もしないことにはもっと値がつくはずだと本気で思っている。

かくして映画産業と裏社会が交差する。

怠惰《たいだ》と強欲の完璧なハーモニーを歌い上げる清らかな聖歌隊となる。

ラリーはケヴィンとショーンのトレーラーのドアをノックする。「はいってくれ」と不機嫌な返事が返ってくる。

ケヴィンは詰めもののあるベンチに坐っている。片手に冷たいビール、もう片方の手にはジョニーウォーカー・ブラックラベルを注いだショットグラス。スコッチを飲んでいる。パンチを繰り出した手に冷やした缶ビールを押しあてて、その手は赤剝《あかむ》けして、わずかに腫れている。プロデューサーは説得にかかる。〝少々方向転換することが決まったが、これまでのご協力の埋め合わせはきちんとするつもりだ〟云々《うんぬん》。

実際、ケヴィンとショーンもきちんとした埋め合わせを望んでいる。いや、埋め合わせもへったくれもあるか。というわけで、彼らのほうもちょっとした方向転換を決めている。

「プロデューサーとしておれたちの名前をクレジットに入れてくれ」とショーンが言う。

「プロデューサーとして……おれたちの名前をクレジットに？」ラリーは呆気に取られ、おうむ返しに訊き返す。〝プロデューサーとして名前をクレジットに入れる〟などといった業界用語を、どうしてこんなやつらが知っているのかさえわからない。いずれにしろ、そんなことは論外中の論外だ。スクリーンに名前を流す、流さないだけの問題ではない。〝プロデューサーとして名前をクレジットに入れる〟というのは、プロデューサーとしてまとまった額の報酬が発生するということだ。こいつらは映画の利益の一部さえ――ほんとうに？――要求するつもりなのか。雇われているだけのこいつらがパートナーになりたがっている？　そういうことなのか？

そういうことだ。

犯罪組織とはそういうものだ。

リアリティが欲しい？　これ以上のリアリティはどこにも望めないだろう。

しかし、ラリーはまだそのリアリティを理解していない。気は確かか疑うような眼でふたりの男を見ている。確かにこっちは彼らの世界を知らない。が、彼らのほうもこっちの世界がまるでわかっていない。大手映画会社の作品に顧問として参加したからと言って、そこからプロデューサーになれるわけなどないことを知りもしない。しかも、どういうことをすればプロデューサーになれると思っているのか。スターをひとり殴り飛ばせばなれるのか。ほんとうにそう思っているのか？

どうやらそうらしい。ショーンがさらに話を続けるところを見ると。「それがフェアってもんじゃないかな。ボビーはプロットを書いたけど、ボビーが書いた人生を送ってたのはおれたちだ。あんた方はおれたちの人生で儲けようとしてる。だから、その埋め合わせはするべきだよ」

「それに」とケヴィンがつけ加える。「おれたちをプロデューサーにすれば、当事者意識が生まれるから、あんたも今朝のような警備の問題を心配しなくてすむ」

「なんだって？」

「おれがあの場にいなかったら」とケヴィンは言う。「あの俳優は、あのヴィンスというクソは、監督さんに直接向かっていっただろう。なのに、警備員はどこにいた？　いるべきところにいなかった。おれたちがついてりゃそういう心配は無用だ」

畢竟《ひっきょう》、このちんぴらは主演俳優を殴り倒したことを手柄と思っているのだ。あれが善意の行動だったと。

「逆に」とショーンが言う。「おれたちがついてないと……？」

そこで眉をひそめ、肩をすくめて、ショーンは見通しはかなり暗くなると示唆する。ショーンが示唆しようとしているのはまさにそういうことだ。強請《ゆす》りとでも、用心棒代の要求とでも、好きに呼べばいい。言外の意味ははっきりしている。プロデューサーとして名前をクレジットに入れて、おれたちを仲間に入れろ――さもないと、よくないことが起きるぞ、と。

ラリーは、七〇年代初頭にギャングが裏方の組合を利用して映画業界にはいり込もうとしたのを聞いて知っている。その目論見はある程度成功したが、やがて組織犯罪対策委員会によって排除された。このちんぴら二人組は？　どこにも属していないのか、それとも陰に大物がひかえているのか？

この問題をスーザン・ホルト所長に報告すると、彼女も同じ疑問を呈す。ラリーはまず時間稼ぎをした。ケヴィンとショーンには、こういう話はそう簡単にはいかないと説明した。撮影所の幹部に相談しなければならないと。そのあとミッチを撮影セットから連れ出して、所長室へ出向いたのだ。

スーザン・ホルトはすでにこの厄介な映画にうんざりしている。確かに長年取りそびれているオスカーをミッチがついに獲得する見込みはある。また、興行収入も期待できる。が、これまでのところ、この映画は頭痛の種でしかない――どこまでも子供じみたヴィンス・ダレッサンドロの振る舞いに、ダイアンの病状再発、それに加えて今、ミッチが顧問に雇ったちんぴら二人組が、利益分配契約を要求してきている。すでに過度の負担がかかっているプロジェクトから、さらに金を巻き上げようとしている。

利益分配契約のことはスーザンも心得ている。彼女自身、独立系プロデューサーとしてこれまでそうした契約を何度も結んでいる。その後、エグゼクティヴ・プロデューサーとして次々とヒット作を世に送り出して、経営難に陥っていた撮影所のトップの座についたのだ。だから、ほんとうは悪名高いほど性差別主義で、表向きはリベラルで、政治的な正しさが求められるこの業界で頂点に立つ女性として、成功した女性につきまとうあらゆる名前で呼ばれている――〝売女《ビッチ》〟や〝冷血猛女《ボールバスター》〟などは一番穏便な部類。四十三歳の彼女はそういうことに慣れている。そんな呼び名を気にしていては今の地位は得られない。財を成し、女性としての魅力も兼ね備え、権力も握り、今は思うまま気ままな人生を送っている。そんな人生を手放すつもりはさらさらない。ハリウッドヒルズの大邸宅に住めるのは誰のおかげか、ちゃんと心得ていて、妻がベヴァリーヒルズ・ホテルで次から次と若い愛人と会っていても眼をつぶっていてくれる健気《けなげ》なライターの夫、高級美容室〈ホセ・エバー〉に定期的に入れる予約、そしてなにより、ストレスは少なくなくとも決して飽きることのない仕事。そういう暮らしを手放すつもりなどさらさらない。

スーザンは尋ねる。「そのふたりは犯罪組織とつながりがあるの？」

ミッチは肩をすくめる。「以前はあった」

「そういうことを訊いてるんじゃないの」とスーザンは言う。「水が飲みたい。水が欲しい人は？」

ミッチは首を振る。水は欲しくない――欲しいのはダブルのマティーニとマウイの別荘で過ごす一週間の休暇だ。

「ぼくはもらう」とラリーは言う。

スーザンはブザーを押してアシスタントを呼び、水のボトルを二本頼む。毎日八本の水を飲むようにしている。そうすれば、何をやっても落ちないあと二キロの減量に成功すると、トレーナーのドニーが力説しているからだ。ドニーは月水金の朝五時半に自宅に来て、厳しいトレーニングでスーザンの体を絞っている。

アシスタントが高級ミネラルウォーターのボトルを二本持ってくる。

「知る必要がある」とスーザンは言う。「そのふたりは犯罪組織とつながりがあるのかどうか、組合問題を惹き起こす可能性があるのかどうか。そういうことなら、ふたりの扱いには慎重を要する。一方、柄が悪いだけのたかり屋なのか。そっちなら撮影所から追い出して、警察に通報すればいい」

「目覚めたときにベッドに馬の生首があるのは困る（映画『ゴッドファーザー』の有名な場面）」とラリーが言う。

「連中ならむしろミスター・ポテトヘッド（ジャガイモの形をした玩具）だな」とミッチが言う。

「アイルランド人をおちょくる下手なジョークだ」とミッチは言う。

「ええ？」

「いずれにしろ」とスーザンは言う。「プロデューサーとして彼らの名前をクレジットに入れるなんてありえない。この作品の製作にはすでに不安要素がありすぎる。ただでさえダイアンのことで……」

「彼女から連絡があった？」とミッチが訊く。

「電話する許可はおりたみたいね」とスーザンは言う。「元気そうだったわ。声も明るくて。退院祝いのパーティに招待された」

「行くのか？」

「もちろん」スーザンとダイアン・カーソンは最初のヒット作が同じ映画だった。ある意味、ふたりは相手のおかげでキャリアを築いてきた。だから親しい友人同士でもある。今回、更生施設に戻るようダイアンを説得したのも、ほかでもないスーザンだった。

ラリーが言う。「ちょっといいかな？　けちなギャングの問題はどうする？」

スーザンが答える。自然と笑みが浮かんでいる。「その二人組のひとりが、われらがヴィンスを殴り倒したってほんとう？」

「ああ」とミッチが答える。

「その人にマフィンの詰め合わせでも贈らないと」とスーザンは言う。「弁護士たちにそのふたりとの交渉を始めてもらいましょう」

ラリーが言う。「まさか――」

「もちろん応じないわよ」とスーザンは言う。「でも、そのふたりの処遇をどうするか判断するまでのちょっとした時間稼ぎにはなるわ」

ミッチはソファから腰を上げる。スーザンとはこれまで三本の映画をつくった。だからこれでミーティングは終わりだということが彼女の口調からわかる。それに、すでに予定から二時間遅れていて、今日のところは挽回《ばんかい》の見込みがない。とにかく撮影スケジュールの組み直しを助監督ととくと相談しなければ。

「ありがとう、スーザン」

「どういたしまして」とスーザンは言う。「ねえ、ミッチ？　次回は、もうこの世にはいない人たちの歴史ドラマがいいかも」

「それで決まりだ」

スーザンはボトルの水を飲み干し、頭をひねる。どうやってあの道化ふたりを追い出すか。


道化はどこへも行かない。

問題の道化、別名アルタ―・ボーイズはびっくり仰天している。加えて嬉々としている。

映画業界の連中を脅して金を巻き上げることのなんとちょろいことか。
「パンチ一発だったな」とケヴィンは言う。
「言うことなしだ」とショーンも言う。
ショーン・サウスとケヴィン・クームズでいることは実に愉しい。

実のところ、ショーンはプロデューサーの役割を真面目に果たしている。毎朝最初の撮影が始まるまえに現場にはいり、映画が本物らしく見えるよう、経験に基づく助言をして丸一日過ごし、その日の撮影が終了すると、アナと一緒に帰り、静かに夕食を食べ、ワインを少し飲み、セックスをして、早めに就寝し、次の日にまた同じことを繰り返す。

ケヴィンの取り組み方は少しちがう。昼食の時間に合わせて撮影スタジオに顔を出し、一テイクか二テイク見物すると、専用トレーラーに引っ込み、ラリー・フィールドか撮影所の法務部に電話をかけて、交渉がどうなっているか問い合わせる。

やがて、撮影所が時間稼ぎをして自分たちを騙しているのだと気づく。
「どうしたい？」ケヴィンから悪いニュースを聞かされ、ショーンは尋ねる。

どうするべきか、ケヴィンにはちゃんとわかっている。撮影所の裏方の労働組合の代表のところに行き、国際港湾労働者組合《ILA》の組合員証を見せ、いくつかの名前を挙げる。そして、二千ドルほど手渡して、取引きが成立したら——この金の出所からはもっと搾り取って、もっとまわせるぜ、相棒。それぐらい言ってもいいかもしれない。

翌日、労働組合の代表は撮影セットで衛生安全上の違反を二件見つける。翌々日には、さらに二件。さらに製作ペースが落ちはじめる。照明係は設置に時間をかけるようになり、ロスアンジェルスのダウンタウンをプロヴィデンスに見立てて撮影するロケでは、さらに作業が滞《とどこお》る。トラックの到着が遅れても、運転手の休憩は時間どおりに取らなければならず、そのせいで荷物の積み降ろし作業が遅れ、あらゆる安全装置が必要になる。一台のトラックのヒーターが正常に作動しなくなり、使いものにならなくなる。そのため新たに一台調達しなければならなくなる。トラックは道に迷ったり、交通渋滞に巻き込まれたりもする。俳優たちはトレーラーで待機し、シャトルバスの運転手たちは休憩を取っている。

映画製作そのものの息の根が止められかけている。

アルター・ボーイズが両手をその首にまわしている。

「もう二進《にっち》も三進《さっち》も行かなくてね」ある日、ラリーはケヴィンにそれとなく打ち明ける。ふたりはロスアンジェルスのダウンタウンのビルトモア・ホテルの脇の路地に立っている。ドッグタウンの小径《こみち》に見立てたロケ地だ。美術デザイナーはいかにもプロヴィデンスらしいゴミを路上にちりばめている――〈デルズ・レモネード〉のカップ、〈ホワイト・キャッスル〉の包み紙、ナラガンセット・ビールのつぶれた空き缶、アイスホッケーチーム、プロヴィデンス・レッズの偽物の泥にまみれた試合予定表も落ちている。気温が摂氏二十度の快晴ではなく、氷点下の曇り空だったら、ここはプロヴィデンスだとケヴィンも請け合ったかもしれない。

「なんかありそうだがな」とケヴィンは言う。「それよりこっちの交渉もまるで進んでないぜ。言っとくと」

点と点を結べば簡単にわかることだろうが、このヌケ作。とケヴィンは内心思う。口先だけのハリウッドの連中は、無知な素人《しろうと》なんぞ簡単に厄介払いできると思っている。魚の骨を取り除くみたいに。仕組みがわかっていないド素人は学習曲線に乗りきれずに脱落する生徒よろしく、急カーヴで脱輪すると思ってる。いいか、ほんとうはどういう仕組みか、こっちが教えてやるよ。クソ世の中の仕組みというのはどうなってるのか。水ばっかり飲みやがって、サラダしか食わない、会議をやらなきゃなんにも始まらないこのクソども。

ミッチはトレードマークのごま塩頭の髪を掻きむしる。撮影予定表など便所紙の役にも立たないものになり、予算は第三世界の通貨並みに膨張している。ヴィンス・ダレッサンドロはトレーラーから出るのを怖がっている（ちんぽをもとの大きさに戻すにはどうすればいいかという難題に関して彼が何を考えているか、それは神のみぞ知る、だ）。ダイアン・カーソンは更生施設から退院して撮影現場に出てこようとしているものの、現場のほうがまだ準備が整っていない。なんとしても暇な時間だけはダイアンに与えたくない。

ミッチはスーザン・ホルトに非常事態であると連絡を入れる。

スーザンは馬鹿ではない。だから、撮影セットに降臨して、神経を逆撫でされていること（つまりほんとうのこと）をわざわざケヴィンとショーンに伝えたりはしない。

撮影所のオーナーは多国籍企業で、ビル・キャラハンという元ＦＢＩ捜査官を警備の責任者として派遣している。

スーザンは会員登録しているダウンタウンのロスアンジェルス・アスレティック・クラブ《LAAC》でキャラハンと会う。バーバンクに出向いてもらってもよかったのだが、ふたりで昼食をとっている姿を芸能記者に見られたくはない。古くさく、流行《はや》りとは無縁の店なら張り込みの記者もいないはずだ。それでも、個室が手配される。

キャラハンはスーザン・ホルトに感銘を受ける。強さと自信をみなぎらせている。てっきり上品ぶったメニューを選ぶのかと思いきや、マティーニとレアステーキを注文する。

「ここのマティーニはいけるわ」とスーザンは言う。「でも、実を言うと、シングルモルトのスコッチを個人的にここに保管してもらってるの」

「なるほど」

スーザンは世間話で時間を無駄にしたりしない。「クームズとサウスの問題で力になってほしい」

「あなたが抱えているのはクームズとサウスの問題じゃないよ」とキャラハンは言う。

「ダニー・ライアンの問題だ。乱暴なことばづかいをご容赦願いたいが、ライアンがよしとうなずかなければ、クームズもサウスも小便はしない」

「じゃあ、そのダニー・ライアン問題はどうすれば片づけられる?」

キャラハンは言う。「あなたの利益になるように、つまり撮影所の利益になるように、ひいては親会社の利益になるように……というか、本音を言えば、スーザン、おれの利益になるように……あらかじめ言っておくが、この状況については少々辛抱が必要だ」

「辛抱?」とスーザンは言う。「ビル、製作中の映画が大赤字を出しているのよ。時間とお友達にはなれない」

「それはわかってる」

「どう考えてもわかっていないわよ。いい――」

「あなたの問題は片づけられる。それは請け合うよ。しかし、対処には少々時間がかかる」

「対処って何に?」

「あなたとライアンのあいだにあることだね」とキャラハンは言う。「ご辛抱願えますか?」

結局、辛抱することになる。

キャラハンはマデリーン・マッケイに電話をかける。

14

ダニーがラスヴェガスにいる自分を場ちがいと思っているとしたら、ビル・キャラハンはさしずめ墜落した宇宙船に乗っていた宇宙人といったところだ。

ダニーは車から降りてくるキャラハンを眺める。茶色のスーツ、首まわりのきつそうな白いシャツ、仕事柄か、きっちりと結んだネクタイ。すでに汗をかき、顔が紅潮している。車内では冷房をマックスにしていただろうに。車のドアが開いたときには、空調の大きな音が外まで聞こえた。ボストンの出身で、ロスアンジェルスに移住したというキャラハンの経歴はダニーも知っている。つまるところ、キャラハンにしてみれば、ラスヴェガスは別の惑星ということだ。

その気持ちはわかる。

ダニーにわからないのは、ＦＢＩの元高官が自分になんの用があるのかということだ。あるいは、なぜマデリーンに面談の手配を頼んだのか。マデリーンはいろいろな政治家や法執行機関の関係者、実業界の大物たちに顔が利き、情報を共有している。だから、キャラハンと知り合いであっても別段不思議ではないが、それでも――

マデリーンは玄関先に出てくると、元捜査官を私道で出迎え、家の中に案内する。

「こちらはダニー・ライアン」ふたりを引き合わせる。「こちらはビル・キャラハン」

彼らは居間の椅子に腰を落ち着かせる。キャラハンは冷えたビールはどうかという勧めに応じる。そのあとマデリーンは言う。「あとはふたりだけでどうぞ」そう言って、席をはずす。

キャラハンが口火を切る。「最初に断わっておくが、プロヴィデンスで起きたことに興味はないし、ドミンゴ・アバルカに関して起きたかもしれないことにも、起きなかったかもしれないことにも興味はない」

つまり、ハリスとの取引きのことは知っているということか。そう思いながらダニーは尋ねる。「わかった。でも、どうしてここに？」

「あんたのレーダーから消えた昔の手下がふたりいる――クームズとサウス。まちがいないね？」

ダニーは黙ってうなずく。

「だけど、彼らはまた姿を現わした」

アルター・ボーイズがハリウッドで何をしているのかキャラハンは説明する。スーザン・ホルトがキャラハンに助けを求め、キャラハンがマデリーンに連絡し、この話し合いの場を手配したことまで。

「つまり、ふたりの暴走をおれに抑えてほしい。そういうことか？」とダニーは言う。

「それが全員にとって最善の策だ」

確かに、とダニーも思う。クームズとサウスがカウボーイごっこをすれば、そっとしておくにかぎる過去の出来事に埃を立てることにもなりかねない。

「あのふたりにはまだ睨みが利くか？」とキャラハンは尋ねる。

「言うことは聞かせられるだろう」

「じゃあ、やってもらえるかな？」

「まずはスーザン・ホルトと直接話がしたい」とダニーは言う。

「私は彼女に送り込まれた」

「うちの者を抑えたいのなら」とダニーは言う。「彼女から直接おれのところに話が来るのがすじだろう。頼みがあるのはおれじゃないんだから。ちがうか？」

今の力関係は明らかだ――ホルトはライアンを必要としており、ライアンはホルトを必要としていない。

「彼女に話すよ」とキャラハンは応じる。

マデリーンはキャラハンが帰るのを待って、居間に戻ってくる。

彼女が腰をおろすと、ダニーは元ＦＢＩ捜査官とのやりとりについて話し、尋ねる。

「どう思う？」

「どんな展開になるか、あなたの予想がまずはずれないとしたら、やるべきだと思う」

「どうして？」

「影響力は力だからよ」とマデリーンは言う。「大手映画会社の撮影所の所長に貸しをつくるのも悪くはない、でしょ？」

「その女所長がおれに何をしてくれる？」

「さきのことは誰にもわからない」

ダニーは少し考えてから口をひらく。「またイアンと離れ離れになるのは嫌だな」

「連れていけばいい」

「三歳児をハリウッドに？」

ハリウッドにいるのは〝みんな〟三歳児。マデリーンは内心そう思う。「ロスアンジェルスにもベビーシッターはいるわ。子守《ナニー》は。わたしが手配してあげる。むしろ、あなたにとって息子との絆《きずな》が深まる体験にもなるんじゃない？」

イアンを手放すのはマデリーンもつらい、たとえいっときであっても。ただ、彼女には裏の意図もある――イアンに新しいママができるかもしれない。ダニーは妻と死別した裕福な男性で、可愛い息子もいる。結婚適齢期の女たちには願ってもない相手ではないか。

引く手数多《あまた》とはこのことだ。親馬鹿は承知ながら。

三日後の夜、ダニー・ライアンはキャラハンの運転する車の助手席に坐り、ハリウッドヒルズの曲がりくねった細い道を進んでいる。

スーザン・ホルトの勧めで、ダニーはベヴァリーヒルズのザ・ペニンシュラ・ホテルに泊まっている。

イアンとホテルのフロントに到着すると、すでにチェックイン手続きはすんでおり、コンシェルジュの案内でスイートに通された。大きなベッドルームが二部屋に居間、それにロスアンジェルスを一望できる専用のテラス。

ほどなくナニーがやってきた。子供の世話をするプロで、ホリーという有能な若い女性だ。

親子の絆についてマデリーンの考えは正しかった――盾になってくれる祖母が同行していないので、イアンは初めて見る空港や、飛行機に乗るという胸躍《おど》る体験や、怖い体験を父親と分かち合い、見るものすべての名前を嬉しそうにダニーに教えた。

イアンはホテルのスイートにも喜んだ――幼児教育学的な用語で言えば、〝過剰な刺激を受けた〟状態というのかもしれないが。ダニーと屋上のプールに行き、一緒に水にはいった。ダニーは水上で息子を仰向《あおむ》けに寝かせ、浮き方を教えた。イアンは犬掻きにも挑戦し、おずおずと何回か腕を動かし、ダニーの腕に飛び込んだ。そのあとふたりでプールサイドに坐り、ホットドッグとポテトチップスを食べた。その夜ダニーがミーティングに出かける段になると、イアンは少しむずがったが、ホリーが持ってきていたゲームにすぐに夢中になった。

今キャラハンは磨き上げられた木の門のまえで車を停める。車の窓をおろし、スピーカーに向かって来意を告げる。すぐに電子音が鳴り、どっしりした門が開く。キャラハンは車を私道に乗り入れる。

スーザン・ホルトの家は私道をくだった右手に建っている。平屋のモダンな屋敷で、一枚ガラスの大きなはめ殺し窓があり、テラスが家をぐるりと取り囲み、斜面には芝地が広がっている。ダニーは車を降り、キャラハンのあとに続き、明かりのついたプールの脇に延びる石畳の歩道を進む。

キャラハンはドアベルを鳴らす。数秒後、スーザン・ホルト自身が玄関に姿を現わし、体の大きな年老いたグレーハウンドの首輪をつかんで動きを押さえる。老犬の頭はダニーの胸にまで達し、腹に鼻をすり寄せてくる。

「人懐こいの」とスーザンは言う。「元気いっぱいでね。さあ、こっちに来なさい、ミッドナイト」

スーザンは犬を脇に引き寄せ、もう一方の手をダニーに差し出す。「スー・ホルトです」

「ダニー・ライアン。よろしく、ミズ・ホルト」

「スーザンで」と彼女は言う。「こちらこそよろしく。さあ、はいって」

そう言って、玄関から一段下がった居間に手を差し向ける。「コーヒーか紅茶でもいかが？」

「いや、けっこうだ」とダニーは言う。

キャラハンも要らないと手を振って断わる。

彼とダニーは大きなソファに腰を下ろす。正面のはめ殺し窓から市《まち》の絶景が望める。ロスアンジェルスの市《まち》の灯りが眼下にきらめく。まるで空の上に坐り、市《まち》を見下ろしているかのようだ。

スーザンはくすんだ黒いブラウスに、穿《は》き古したジーンズという、カジュアルな服装をしている。張りぐるみの大きな椅子に坐り、裸足の足を尻の下に敷き、マグで緑茶をゆっくりと飲みはじめる。傍らのサイドテーブルには、ハードカヴァーの本がページを開いて置いてある。

予想していたような男ではない。スーザンはまずそう思う。てっきりケヴィンとショーンのやや年長版の男と対面するのだろうと思っていた。あるいは、いかにもマフィアらしい男が来るのだろうと。が、ダニー・ライアンはひかえめな人物だ――話し方もおだやかで、ビジネスマンが着るようなグレーのスーツに白いシャツ。シャツの襟元は開けているが、チェーンをじゃらじゃらさせてはいない。足元は艶《つや》のない黒いオックスフォードシューズ——磨き上げられているが、光沢は抑えてある。茶色の髪は短く、近頃散髪したのか、こざっぱりとしている。

「ダニー」とスーザンは言う。「ビルの話では、わたしが抱えている問題を解決するのに手を貸してくれるって？」

「まずこれだけは言っておくよ」とダニーは言う。「クームズとサウスのせいで迷惑をかけているのなら謝る。あのふたりとはしばらく連絡を取っていなかった。しかし、おれがこっちに来た以上、おたくに迷惑をかけている問題は明日には決着する」

「その見返りに——」

「確かにケヴィンとショーンの言うことにも一理ある」とダニーは言う。「ある意味で、そちらはおれたちの人生を利用し、そこから利益を得ようとしている——あるいは、得られたらいいと思っている」

なるほど。スーザンは内心そう思う。クームズとサウスの問題は明日決着する。なぜなら、この男との問題が今夜から始まるから。この男は彼らの恐喝未遂行為を引き継ぎ、さらに有効に利用する。

「プロットの映画化権は合法的に購入したの」とスーザンは言う。「だから、その購入物から利益を得るのは当然のことよ。もし問題があると思っているのなら、それはわたししたちとのあいだにあるのではなく、ボビー・バングズとのあいだにあるということじゃないかしら」

「ボビーとのあいだに問題があるとすれば、それもなんとかするよ」とダニーは言う。「おたくはボビーの著作物を利用する権利を買った。だからといって、おれの人生を利用する権利があるわけじゃない」

「この映画の登場人物は全員、完全に架空の人物よ」

「そうではないことはおたくもおれも知っている」

「その点を追及したいなら、あなたは訴訟を起こせばいい」とスーザンは言う。「でも、わたしの映画を食いものにするような真似はあなたにはできない」

ダニーはスーザン・ホルトが気に入る。たわごとを並べて煙《けむ》に巻こうともしなければ、一歩も引こうともしない。「おれは訴訟好きな人間じゃないし、強請りたかりにも興味はないよ。興味があるのは協力関係だ」

スーザンは笑う。「あなたの望みはこの映画からなにがしかの利益を得ることでしょ？結局、同じことじゃないの」

「おれは何か寄こせなんて言ってない」とダニーは言う。「買いたいと言ってるんだ」

ダニーは彼女の驚いた顔が気に入り、さらに続ける。「撮影スケジュールは遅れていて、予算はオーヴァーしてる。主演俳優のひとりは更生施設に入院していて、入院させたほうがいい俳優もほかにいる。おたくはだいぶまえから取締役会でうるさく言われてる。この映画には社運がかかっているから。言うまでもなく、おたくのキャリアもこの映画の成功にかかってる」

ダニーは予習をすませてきている――母親の伝手《つて》を頼って調査を依頼し、その調査結果はすでに検討済みだ。

手強い相手だ。スーザンはそう思う。

ダニーがどこで情報を収集したのかスーザンには知る由もないが、その情報は正確だ。ちょうど今日も今日、予算増額の提案を午前中に重役たちに持ちかけたところだった。その提案は鉛の風船が墜落するようにあえなく却下された、もちろん。映画を完成させる資金はなく、たとえ完成させても大々的に宣伝する資金がない。そこで、個人投資家にあたろうと思っていたところだった。ことばを変えれば、海賊がうじゃうじゃいる水域に船を進めようかと考えていたところだった。『プロヴィデンス』が沈没したら、撮影所も道連れになる。そうなれば、失敗のにおいが消えるまで、少なくとも五年は仕事を干される。

「話を聞かせて」とスーザンは言う。

「金なら用意できる」とダニーは言う。「赤字を穴埋めするだけじゃない。もっと出せる。利益の最初の一ドルから、まともな率でまともな利益分配をしてもらえるなら」

「それってわたしにはとうてい断われない申し出ということ？」とスーザンは尋ねる。

「もしノーと言ったらどうする？」
「あんたはノーとは言わない。なぜならあんたは馬鹿じゃないからだ」とダニーは言う。
「でも、たとえ断わられても、ケヴィンとショーンには手を引かせるよ。あのふたりから
おたくに連絡が来ることはもう二度とない。おれからも連絡はしない。映画は完成できな
いだろうが、それはそっちの問題だ」
「資金のことだけど」とスーザンは言う。「それって……」
「きれいな金だ」
キャラハンが言う。「ミスター・ライアンはいかなる訴追の対象にもなっていないし、
いかなる事件の参考人でもない」
スーザンはダニーに視線を戻す。「でも、交換条件があるんでしょうね、もちろん」
「ある」とダニーは言う。「おれの会計士におたくの財務部へ出入りさせること。すべて
の帳簿の閲覧を許可すること。金の出入りを一ペニーにいたるまで監視させること。この
三つだ」
「それなら大丈夫よ。ほかには？」
絶対ほかにも何かある。ないわけがない――ガールフレンドを映画に出してほしいとか、
デートしたい女優がいるとか、顧問料とか、『ザ・トゥナイト・ショー』を観覧したいと
か……

「事前に撮影を見学したい」とダニーは言う。「どんなものに金を出すのか、この眼で確かめるために。見て、おれがどうしようもないと思ったら、この話はなしだ」

「つまり、ダイアン・カーソンがどうしようもない様子なら、ということね」とスーザンは言う。

「ああ、そういうことだ」とダニーは言う。「ジャンキーのことなら子供の頃から知ってるんでね、スーザン。そういう人間のために金をどぶに捨てるつもりはない」

「ダイアンは〝ジャンキー〟じゃないわ」

「わかった」とダニーは言う。「彼女に会ったあともそう思えることを願うよ」

ふたりはしばらく睨み合う。ややあってスーザンが折れる。「見学は歓迎するわ。いつでもどうぞ」

「じゃあ、これで決まりか？」

スーザンはうなずく。

かくして取引きはまとまる。

ダニーは撮影所に出向く。

スーザン・ホルト本人の案内で、ジミー・マックとネッド・イーガンを両脇に従え、セキュリティゲートを抜ける。ケヴィンとショーンが駄々をこねた場合の用心だ。何事も用心に越したことはない。

どのみち、ネッドはロスアンジェルスにいる。ジミーは家族でサンディエゴに移り住む準備をしているが、ダニーの頼みならいつでも駆けつけてくれる。

なんとも奇妙なものだ、とダニーは内心思う。ドッグタウンをそっくりに再現した〝通り〟を歩くのは。誰かが自分の人生を手に入れ、思い出も手に入れ、それらを実物大のおもちゃのセットに組み立てた。古いドラッグストアの建物、〈マッケンジーズ・シガーズ〉、チャプスイを出すウォンの店まである。パット・マーフィの家があり、さらには、やれやれ、〝おれの〟家もある。

ダニーは足を止め、眼を見張る。〝おれの〟家の玄関ポーチに坐っている親父が眼に浮かぶ。ラッキーストライクを吸い、ビールをちびちび飲んでいる。自分自身の姿もそこに見える。子供の頃の自分がジミーとパットと一緒にコミック雑誌を読み、くだらない話をして、『スーパーマン』の特別記念号を買うためにどうやって五十セントを手に入れるか悪知恵を出し合っている。

「ちゃんと再現できてる?」とスーザンが訊いてくる。

「ああ」とダニーは答える。「再現できてる」

彼らはスタジオに向かって歩く。ダニーはスタッフの〝仕事ぶり〟に感心する。いたるところに働く人がいて、みなきびきびと動き、スケジュールをこなそうとしている。なんなのかダニーにはよくわからない装置を運んでいる――照明用具、レフ板、カメラ、マイクアーム。いたるところに広がるワイヤーロープとケーブル。あらゆる場所で人々が動き、動き、動いている。

精を出している。

活気に満ちあふれている。

「ここの人たちは働き者だな」とダニーは言う。

「そうね」とスーザンは言う。ダニーが眼にしているものについてスーザンはざっと説明するが、ダニーは半分しか聞いていない。撮影現場全体の魔訶《まか》不可思議さにすっかり心を奪われている。再現された自分のかつての生活風景を眺めているのにまちがいはない。が、それだけではない。あらゆるものがいささかこぎれいに、いささか古くさく、いささか色鮮やかに……実生活よりもいささか過剰に仕上げられている。

あるいは、自分の記憶より。そこから疑問が浮かぶ――ハリウッド版が輝いているのか、それとも自分の記憶がぼやけているのか。

「こいつは驚きだな」と彼はジミー・マックに言う。

「ああ、まったくだ」

「過去の日々からは逃れられない」とダニーは言う。「どこへ行こうと」

ジミーは畏怖すら思わせる顔つきで首を伸ばしては、何もかも見逃すまいときょろきょろしている。ネッドも首を左右に動かしているが、理由はちがう——人が大勢いることと活発な動きに神経をぴりぴりさせているのだ。この状況が気に入らないのだ。

「自分に会いたい？」とスーザンがダニーに訊く。

「昔から会ってみたかった」

「こちらへ」

　ダニーはスーザンについてセットのへりへ進む。そこは——

なんと。〈グロッカ・モーラ〉。

　正確に言えば、その半分だ。右手にまた別のセットがあり、そこが反対側のもう半分になっている。セットの端に立ち、技師の少人数の一団越しに様子を見ていると、いかにも奇妙な気分になる。台車に乗った大きなカメラのまわりにまた別の一団が集まり、セット内の動きを熱心に見つめている。

　奥のボックス席に四人の俳優が坐っている。

　あの古い木のボックス席だ、とダニーは思い出す。マーフィ家の親父さんが古代ケルトの国王よろしく裁きを司《つかさど》っていた。今も年老いたアイルランド《ハープ》人がそこに坐り、眼のまえのテーブルには、ウィスキーのグラスがあり、ふちが欠けた灰皿に火のついた煙草がのっている。

　細部まで再現されている。自分たちのことがとことんリサーチされている。

親父さんが話をしている相手は──

なんと、〝おれ〟だ！　その俳優はダニーが昔着ていたような服を着ている。髪は長く、ぼさぼさに伸びている。室内にいるのに、着古した濃紺のピーコートをまとったままだ。隣りに坐っているのが──パット。パットにちがいない──男ぶりがよく、カリスマ的な熱血漢。パットを演じている役者にはダニーにもおぼろげながら見覚えがある。おそらく出演作を一、二本は見ているのだろう。〝自分〟を演じている役者にはまったく見覚えがない。それはそうだろう。内心そう思い、苦笑いする。おれはドッグタウンのスターじゃなかった。今になってスターになるわけがない。

この場面の四人目の俳優はリアム・マーフィ役にちがいない。女泣かせの笑みを浮かべる可愛い坊や。リアムに決まっている。すべてを惹き起こしたくそリアム。くそリアム・くそマーフィ。

ダニーは〝自分自身〟に眼を戻す。自分を演じる俳優を見ているダニーにスーザンは気づいて笑みを浮かべ、彼の胸に指を突き立てる。そして、〝あなたよ〟と声を出さずに口だけ動かす。

ダニーはうなずき、〝なんだか奇妙な気がする〟とばかり首を振る。

スーザンはカメラの棚からヘッドセットを取り出し、ダニーの頭に装着する。俳優たちがどんな台詞を言っているのか聞こえてくる──

〝おまえはおまえに股を開くあの女を家族より大事にしてるってことか〟

〝彼女のことをそんなふうに言うな〟

〝リアム、親父が言ったとおりだ。蛇を鳥かごに入れたら――〟

〝愛してるんだよ〟

〝愛してるだと！　ふざけるな……〟

〝おれ〟は何も言わない。ダニーは思う、いかにもおれらしく――いかにもよき兵隊らしく。ジミーを見やると、彼も見返し、にやりとして口だけ動かして言う――悪くない。

〝こっちもやり返さないと〟

〝やつらは人員を通りにもっと増やせる〟

〝彼女のことはあきらめないよ、親父〟

ダニーはあのときのやりとりを思い出す。実際、あのときのやりとりはそんなふうだった。ただ、場所はマーフィ家の裏庭だった。〈グロッカ・モーラ〉ではなく。親父さんがリアムの顔を叩くこともなかった。だけど、とダニーは思う、こっちのほうがドラマティックだ。

〝カット！〟

鋭いブザーの音がヘッドセット越しに聞こえ、ダニーは過去から現在に引き戻される。セット内でまた人が動きはじめる。技師は照明装置、ケーブル、カメラのレンズをつけ換え、現場を仕切っているらしき男が言う。「クローズアップを撮るぞ」

「どう思う？」とスーザンがダニーに尋ねる。

「すばらしい」

「あなたにあなたを紹介するわね」

スーザンはセットの脇へダニーを連れていく。ダニーの役を演じている俳優は立ったまま、ペットボトルにはいった水を飲んでいる。

「ダン・コーコランよ」スーザンは眼をいたずらっぽく光らせて言う。「こちらはダニー・ライアン」

コーコランは度肝《どぎも》を抜かれたような顔をする。「ほんとに？」

ダニーは手を差し出す。「初めまして」

「初めまして」とコーコランは言う。「というかなんというか……いや、まいったな……これってなんだか不思議な気がするけど。だよね？」

「実に不思議だ」とダニーも同意する。

「ちょっといいかな」とコーコランが言う。「時間をつくって、じっくり話ができないかな？　お知恵を拝借したいんだ。ええと、そう、ランチはもう先約済みかな？」

「そうなの」とスーザンが答える。「別の機会でいいかしら？」

「もちろん」

「ダニー」とスーザンは言う。「あなたもそれでかまわない？」

「ああ」

「こいつはすごい」とコーコランは言う。「いや、なんていうか……」

「わかるよ」とダニーは言う。

「ミッチにも紹介するわ」とスーザンが言う。

「ミッチというのは？」

「監督よ」とスーザンは答える。「あなたのために働いてる人」

彼らはミッチに会いにいく。ミッチは事前に説明を受けていたようだ、とダニーは察する。ダニーがケヴィンとショーンの問題を引き受けることも、大出血中の製作費に輸血がわりの資金を投入しようと申し出ていることも。ミッチは礼を尽くしてダニーと話をするためすべての動きをいったん止める。当然のことながら。「ちゃんと再現できてるかな？」と下手《したて》に出て尋ねる。

「ちゃんとどころじゃない」とダニーは言う。「正直言って、見ていてつらくなるくらいだよ」

「よかった」

「邪魔はしたくない」とダニーは言う。「時間に余裕がないことはわかってる」

「プロデューサーらしいおことばだ」とミッチは言う。「お気づかいに感謝する」そう言って、改めてダニーと握手し、仕事に戻る。同じ場面だが、今度はマーフィ家の親父さんのクローズアップを撮っている。

「モニターを見ていてね」とスーザンはダニーに言う。

ダニーはそうする。カメラの近くの小さなテレビ画面に眼を向け、〝おまえはおまえに股を開くあの女を家族より大事にしてるってことか〟と親父さん役の俳優が台詞を言い直すところを見る。さらに、〝彼女のことをそんなふうに言うな〟とリアムに言われたときの親父さんのリアクションを見る。パットが言う。〝リアム、親父が言ったとおりだ。蛇を鳥かごに入れたら――〟

〝彼女を愛してるんだよ〟

親父さん役の俳優の顔にうんざりした表情が浮かび、さらにそのあとせせら笑いが浮かぶ。煙草を吸い、慎重な手つきで煙草を灰皿に戻してから、親父さんは怒鳴り声をあげる。

〝愛してるだと？　ふざけるな……〟

親父さんをうまく再現している、とダニーは思う。親父さんは金と権力と息子たちを愛していた。つまるところそうだった。それがすべてだった。

「カット！」

「気を悪くしてない？」とスーザンが尋ねる。「あなたの役にはあまり台詞がないけど」

「全然」とダニーは言う。「おれはあの頃すごく無口だった」

「すべて自分の中に抱え込んでいた」

そのことばはスーザンの見解でもあり、ダニーに説明させようとする挑発でもある。ダニーはそれには乗らない。「それはちがう。おれの言うべきことなど当時は大してなかっただけだ」

実際、話をするのはほとんどマーフィ家の人間だった。特にリアム。リアムは自分の声を聞くのが大好きだった。好きでなかったのは自分の血が流れるのを見ること。なのに結局、見ることになった。リアムは口先だけの男で、行動を起こすのはパットだった。マーフィ兄弟の兄貴のパットがすべての責任を負っていた。リアムの罪の報いを受けたのもそのためだ。

「だったらあなたはどこにいたの？」とスーザンが尋ねる。

「うしろに引っ込んでいた」とダニーは言う。

赤いランプがつき、セットは静まり返る。

リアム役の俳優にカメラの焦点が合わせられている。その俳優が「彼女を愛してるんだ」と言う場面をダニーは見る。

覚えている。心の中でそう思う。

〝彼女のことはあきらめないよ、親父〟

あきらめてくれていたら、どんなによかったか。

やがて一条の光が彼に射す。ダニーは文字どおりスターに魅せられる。

ダイアン・カーソンはまさに女王のようにセットに現われる。

スタジオのドアが開き、背後から陽光を浴びながらはいってくる。お付きの人々――ヘアドレッサー、メイクアップアーティスト、演技コーチ、アシスタント、警備員、エージェント二名、弁護士――に取り囲まれて。

美しい女だ。

いや、そうではない、とダニーは思う。ただ美しいだけではない――〝スター〟という呼称にふいに合点がいく。並の人間にはない輝きを放っている。まわりに光輪ができるようなブロンドの髪、のみで彫ったような高い頬骨、ふっくらした唇、そしてヤグルマギクを思わせる青紫色の眼。光り輝いている。体つきはセクシーそのものだ。地味な濃いグレーのウールのセーターに着古したジーンズという服装であっても。

ダニーは彼女のもとへ歩み寄り――

――手を差し出して言う。「ミズ・カーソン、ダニー・ライアンだ。お会いできて光栄だ」

「あのダニー・ライアン？」

ダイアンの手は温かく、ダニーの手をしっかりと握り、放そうとしない。

加えて彼女の声――深く、ハスキーで、いかにも知性を感じさせる。挑むようでいて、同時に温かく迎え入れようとする響きがある。居間や寝室で聞くのにふさわしい声。朝、耳にしたくなる声。

「スーザンからはあなたの噂をたくさん聞いてる」と彼女は続ける。

「いい噂ならいいが」

ダニーは彼女の眼をまっすぐに見ている。それがダイアンは気に入る。彼のことをすぐに気に入る。話し方もおだやかで、堂々としている。物腰は柔らかいが、その裏に危険が見え隠れしている。そして、自分が何者かよくわかっている。ダイアンが出会う人々の大半が必死になっておのれを実際より大きく見せようとするが、ダニーは少しも背伸びをしていない。

ありのままの自分をつくろっていない。

それにハンサムだ。赤褐色の髪、濃い茶色の眼はかすかな悲しみを宿している。骨折した鼻は曲がっているが、そうでなければ女性的と言ってもいいほど目鼻だちの整った顔。

アイルランド人ならではの赤らんだ頬。逞《たくま》しい胸、逞しい腕、守るように彼女の手を包み込む逞しい手。

ダイアンは言う。「ほとんどがいい噂。悪い噂は好奇心をそそられる程度よ」

「言いづらいんだが、あなたの映画は見たことがなくてね」とダニーは言う。

「そう、早くも共通点が見つかったわね」とダイアンは言う。「わたしも見たことがないの」

「からかってるのかい？」

「ううん」とダイアンは言う。「真面目な話。スクリーンに映る自分を見るのが耐えられないの。肥《ふと》って見えるし、老けて見えるし、演技も救いようがないほど下手だし……」

「アカデミー賞に二度ノミネートされたのに」

「つまり予習はすませたのね」

「予習は欠かさない主義だ、ミズ・カーソン」

「ダイアンで」

「こっちはダニーで」

ニックネームは廃止するべきだわ、とダイアンは思う。彼の本名は〝ダニー〟ではない

——〝ダン〟か、あるいは〝ダニエル〟かもしれない。それはあとで調べることにして、彼女は別のことを尋ねる。「まぎわになって言うのは失礼よね。それはわかってるけど

……土曜の午後に予定はもうはいっている？　自宅でちょっとした集まりがあるの。友達が何人か来るだけで、それで思ったんだけど、よかったら……」

「ぜひ」とダニーは言う。「子供が一緒でもよければ……」

「連れてきて」とダイアンは言う。「映画で言うと、保護者同伴《PG》が望ましいお子さんも歓迎の健全なパーティだから。わたしは退院したばかりだから……」

「そうらしいね」

「ええ。じゃあ、パーティで」ダイアンはやや力を入れてからダニーの手を放し、〈グロッカ・モーラ〉のセットにはいっていく。

ダニーのほうは自分の人生に変化が起きたような気がしている。

撮影シーンについてミッチとダイアンが話しているのを眺める。やがてダイアンはボックス席の〝リアム〟の隣りに坐る。

幸運なリアム。ダニーは胸にそうつぶやく。うしろを向くと、ケヴィンとショーンが眼にはいる。うしろめたそうな、決まり悪そうな顔で立っている。

「ケヴィン」とダニーは言う。「ショーン」

アルター・ボーイズは黙ってうなずく。

「話がある」とダニーは言う。

「うちのトレーラーで話せる」とケヴィンが言う。

専用トレーラーか、とダニーは思う。

やれやれ。

ハリウッドに入《い》らばハリウッドに……


ケヴィンはダニーに飲みものを勧める。

ダニーは断わり、ケヴィンにも飲むなと言う。

「震えてるのか、ケヴ」とダニーは言う。「飲みすぎか？」

「いや、驚いたんだよ、あんたが顔を出したから」とケヴィンは言う。

「だろうな」とダニーは言う。「坐れ、ケヴ、緊張するな」

ケヴィンはクッションのあるベンチに腰をおろす。ショーンもその隣りに坐る。校長室で待たされているふたりの生徒といった風情《ふぜい》だ。ネッド・イーガンは坐らない。その場に立ち、鋭い眼つきでケヴィンを見ている。ジミーはトレーラーのドアにもたれ、邪魔がはいらないようにしている。

「元気そうだな」とダニーは言う。

「ああ、ふたりとも元気だ」

ダニーは上着の内側に手を入れる。ケヴィンはちぢみ上がるが、ダニーは雑誌の〈エンターテインメント・ウィークリー〉を取り出し、あるページを開き、テーブルに投げ出して指差す。「この写真のおまえたちはすこぶる元気そうだ」

ケヴィンは写真を見る。ダイアン・カーソンがアルコール依存症を治療する施設を退院し、撮影に復帰したことを伝える記事で、セットの後方に設置されたスタッフ用の軽食が並んだテーブルでがつがつ食べているケヴィンとショーンが写っている。ショーンはベーグルにかぶりついているところを撮られている。

「人間誰しも食いものを腹に入れないと」とケヴィンが弁解がましく言う。

ネッドが一歩ケヴィンに近づく。が、ダニーが手を上げ、ネッドを制する。そして、テーブル越しに身を乗り出して言う。「これが人目につかない行動か？　雑誌に写真が載ることが？」

「あんたに話すつもりだったんだよ、ダニー」

「ほんとか？」とダニーは訊く。「いつ？」

「あんたを捜し出せなかったんだ」とケヴィンは言う。「どこにいるのかわからなかったし、どうやって連絡すればいいかもわからなかった」

下手な嘘をつきやがって。ダニーは内心そう思う――おまえたちは遊んで暮らしていた。すると、ある日、この映画の話が転がり込んできて、おれに報告したら、反対されることはわかっていた。だから、おれに見つからないことを願って、こそこそやってたんだ。

ダニーはケヴィンをじっと見つめ、たわごとを並べているだけだということを本人にわからせる。

「ひょっとしたらっておれたちは思ったんだよ、残念なことだけど、あんたはもう――」とショーンは言いかけ、いきなり口をつぐむ。そこまで口にして取りつくろうのはもう無理だ。

「――死んだと思ったのか?」とダニーはあとを引き取って言う。「残念ながら、あるいは、あわよくば死んでくれてるかもしれない。そう思ったのか、ショーン?」

「〝残念なことだけど〟って言っただろ、ダニー。やめてくれ」

「いや、おれには〝あわよくば〟って聞こえたがな」とダニーは言う。「おまえたちはここで勝手なことをしてる。おれにはそうとしか思えない」

奇妙な縁のある映画の話を聞きつけ、甘い汁を吸う誘惑をこのふたりが拒めるわけがない。しかし、だからと言って、後先のことを考えないこのふたりの無鉄砲な行動を見逃すわけにはいかない。こういうやつらの手綱《たづな》は一度ゆるめたら、もう二度と締めつけることができなくなる。

「あんたに上納金を払うつもりだったんだよ、ダニー」とケヴィンは言う。「その分は取ってある」

「おれをコケにするなよ、ケヴィン。すでにコケにしてくれたが、もうこれ以上はやめろ」ダニーはしばらく黙り、ふたりの不安を煽《あお》る。やや間《ま》を置いてさらに言う。「何があったのかなんぞおれには興味はないよ。興味があるのは今後のことだ。その一、強請りは終わりだ。昨日で終わった。おまえたちのことは兄弟のように愛しているが、親父の不滅の魂に誓って、おまえたちをここから外の世界に退場させる」

ふたりの眼をそれぞれしっかりと見すえ、腹を割って話していることをわからせ、さらにさきを続ける。「その二――好きにしたければ、おまえたちも自分たちだけで好きなようにすればいい。アバルカのヤマの分けまえはそのまま自分のものにして、好きなようにすればいい。ただし、やるならおれ抜きでやれ――おれから知恵を借りることもなく、おれの承認を得ることも、導きや庇護を受けることもなく。おまえたちはおまえたちでやっていけ。おれはおまえたちを今日で縁を切る――悪く思わないでほしいが、もし道を歩いていて、ばったり出くわしても、おまえたちは通りの反対側に渡れ。おれたちは知らない者同士だ」

少し間を置き、ことばの意味を浸透させてからさらに続ける。「あるいは、おまえたちは仲間として戻ってくることもできる。メキシコの金の取り分の〝半分〟をこの映画に投資すればな。おれたちは合法的なパートナーになり、生計を立てる。映画に投資して利益を得て、その金をまた別の合法的なビジネスに投資する。ギャング稼業の日々はもう終わりだ」

ふたりをいっときまた見つめたあと、もう一度繰り返す。「もう終わったんだ」

ダニーは小さな冷蔵庫を開け、とくと中を見て、ペットボトルにはいった水を取り出す。映画業界の人々が依存症のように飲んでいる飲みものを。そして、ひねってはずした蓋をゴミ箱に捨てると、一口飲んで言う。「残るなら、指示に従うことだ。おれの庇護のもと、おれの権限のもとで行動することだ。おれとしちゃ、おまえたちが忠誠を誓っておれに従うことを期待してる」

ダニーはケヴィンとショーンの眼のまえに立って見下ろす。

「これで終わりなら、もうこれっきりだ。おまえたちのこれまでの忠誠には感謝する。終わりじゃない道をおまえたちが選ぶなら、また一緒に仕事ができることを愉しみにしてる」

そう言い残し、ダニーは出ていく。

ドラッグストアのまえを通り過ぎ、〈マッケンジーズ・シガーズ〉のまえを通り過ぎ、チャプスイを出すウォンの店のまえを通り過ぎ、自分の家のまえを通り過ぎる。

ゲートを抜け、現実のハリウッドの世界に出る。

15

いずれおまえは八十ドルのシャツを買う。ドッグタウンにいた頃にそう言われたら……ダニーはふと考える。いや、買うどころか、そもそも八十ドルのシャツがこの世に存在すると言われたら、その場で笑い飛ばしていただろう。

今、ダニーはホテルのギフトショップで買ったブランド物のシャツを着ている。黒いシャツで、ジーンズとローファーに合わせると見映えがいい。

イアンに服を着せるのはまた別の問題だ。身をくねらせ、はしゃいで笑っている子供にシャツとズボンを着せて、靴を履かせようとするのは、ゼリーをリングのマット代わりにしてレスリングをするようなものだ。それでもついに服を着せおえると、駐車係に連絡してレンタルしているマスタングを駐車場から出してもらい、パーティが開かれるダイアン・カーソン邸に向かう。

その屋敷に続く私道の入口に警備員が立つセキュリティゲートがある。警備員は丁重にダニーの名前を尋ね、確認すると、手を振って敷地の中へ通す。ダニーは屋敷のまえまで車を走らせ、駐車係に車を預ける。

玄関のドアは開け放たれている。ダニー親子が家の中にはいっていくと、オードブルをトレーにのせたウェイターに出迎えられる。別のウェイターが飲みもののトレーを持って近づいてくる。

ダニーは尋ねる。「飲みものは――」

「ソフトドリンクです」とウェイターは答える。「すべて。禁酒パーティなので」

ダニーはコーラをもらう。

ダイアンは部屋の向こう側からダニーたちに気づくと、会話を途中で切り上げ、近づいてくる。白いサマードレス姿のダイアンはまばゆいばかりで、トルコ石のネックレスにかかる程度に髪をおろしている。

ダニーにハグをして、頰にそっとキスをすると、イアンに手を差し向けて言う。「こんにちは、わたしはダイアンよ」

ダニーは言う。「挨拶はできるか、イアン？」

「こんにちは」

「ねえ、イアン」とダイアンは言う。「仔犬がいるの。見に行く？」

イアンは黙ってうなずく。

ダイアンはふたりを外に連れ出す。芝生の一画でゴールデン・レトリーヴァーの仔犬が愉しそうにおもちゃを噛んでいる。「プリよ、イアン」

仔犬に顔を舐められ、イアンは嬉しそうな笑い声をあげる。

「プリ?」とダニーは訊き返す。

「陸上選手のスティーヴ・プリフォンテーンにちなんで、彼の愛称をつけたの」とダイアンは言う。「しばらくランニングにはまっていたから」

「なるほど」

「ねえ、イアン、プリはあなたがすごく好きみたい」とダイアンが言う。

「ぼくもプリが好きだよ」

「餌をやるのを手伝ってくれる?」

「うん」

「じゃあ、餌を取りにいきましょう」ダイアンはイアンの手を取る。驚いたことに、ダニーの息子は彼のほうを振り返りもせず、ダイアンに連れられ、その場を立ち去る。ダイアンは肩越しにダニーをちらりと振り返る。

ダニーは声には出さず、〝ありがとう〟と口を動かす。ダイアンは〝どういたしまして〟というように首を振り、投げキスをする。

ダニーは〝ちょっとした〟パーティの会場内をぶらぶらと歩く。五十人から六十人が集まっていて、普段着のようだが、どう見ても値の張る服に身を包んでいる。映画かテレビで見たことがある顔もちらほら見える。アルコールの潤滑油がないせいか、会話は静かで、抑え気味だが、それでも客たちはパーティを愉しんでいるように見える。

つまり、ハリウッド流のゆったりとした集まりということか。ハリウッドと言えば当然と世間で思われている乱痴気コカインパーティとはほど遠い。ダイアンが更生施設を退院したばかりだから、招待客も行儀よくしているのかもしれないが。あるいは、酒抜きの集まりが目新しくて興味をそそられるのか。とりあえずしばらくは。

別にそれも悪くない、とダニーは思う。パーティの雰囲気も悪くない。ダイアンが元気になって復帰して、友人たちは喜び、彼女の支えになっているのだろう。静かとはいえ、つくり笑いではなくみな本心から笑い、会話も盛り上がっているように見える。あえてダニーを話に引き込もうとする者もいない。それで少しもかまわない——見て見ぬふりをされる幽霊参加者でいるのは一向にかまわない。そのほうが気づかれず観察していられる。

大勢がプールのまわりに立っている。泳いだり、バレーボールをしたりしている者も何人かいる。コックが鶏の胸肉とサーモンの切り身を焼くバーベキューの準備をしている。

ダニーは何種類かの果汁を混ぜ合わせたミックスジュースのグラスをウェイターから受け取り、ローンチェアに腰をおろす。椅子の背にもたれ、顔に陽射しを受け、ぬくもりを味わう。不意に疲れが出て、眠りに落ちていくような心地になる。

いや、疲れが出たわけではない。リラックスしているだけだ。

少しは肩の力を抜いてもいいだろう。

こうやって寝そべっていると、すこぶる気持ちがいい。

ダニーは瞼《まぶた》を閉じる、ほんのいっときだけ。

やがて眼を開け、サングラス越しにあたりを見まわすと、イアンとダイアンがいる。プールの反対側の端に坐り、しきりと話し込んでいる。いや、話し込んでいるのではない。なんとイアンが一方的に話している——唇の動きから察するに、分速一マイルもの勢いでまくし立てている——ダイアンのほうは、片足を水に浸け、イアンの話にじっと耳を傾けている。いっさいよそ見をせず、うなずいては笑みを浮かべ、時々、手を伸ばして、イアンの手の甲に触れたりしている。

ダニーは突然、空腹を覚える。ありがたいことに、チキンとサーモンが焼き上がり、つけ合わせの野菜、グリーンサラダ、新ジャガのポテトサラダ、コーンブレッドと一緒に出されている。ダニーは皿を取り、列に並ぶ。

「愉しんでる？」背後から近づいてきたスーザンに声をかけられる。

「ああ」

「あそこでダイアンと一緒にいるのは息子さん？」

ダニーはサーモンとチキンをそれぞれ皿にのせる。「イアンだ。思うに、あいつはめろめろになってる」

「彼女のほうも」とスーザンは言う。「用心するのよ、ダニー・ライアン。わたしの友達にはくれぐれもご用心」

いったいどういう意味だ？　そんなことを思っているあいだに、スーザンは立ち去る。

ダニーはグリーンサラダとポテトサラダも少し皿に盛り、ダイアンをイアンから救出しにいく。

「いちいち言うまでもないけれど、すばらしいお子さんね」とダイアンは言う。「とても可愛くて、話も面白い。自慢の息子さんね」

「確かに自慢に思ってる」とダニーは答える。「息子に親切にしてくれてありがとう」

「お安いご用よ」

「それにしても見事なお宅だ」とダニーは言う。

「売ろうかと思ってるの」とダイアンは言う。「わたしには広すぎるし、生活をシンプルにしようと思ってるから。海辺に小さな家があるのよ。普通、そこだけで充分じゃない？」

「おれならそれで充分だな」

「いわば自己改革に取り組もうというわけ」とダイアンは言う。

「ハリウッドにいてはむずかしい？」

「というか、ハリウッドでは自己改革が大事なのよ」とダイアンは言う。「だってアメリカン・ドリームなんだから。ここに出てきたら、なりたい自分になれる。そのうちその自分に嫌気が差す。そうしたらまた自分を変える。ハリウッドはそういうことがあたりまえで、そういうことが受け入れられるところなのよ」

「それはきみの話なのか？　それともおれの話なのか？」

「わたしたちの話、じゃない？」

ダイアンはダニーの腕を取り、紹介してまわる。〝こちらはダニー・ライアン、撮影中の作品の投資家なの。ねえ、みんな、ダニーを紹介するわ、『プロヴィデンス』に協力してくれてるの〟。ダニーの素性や昔日のドッグタウンとのつながりをダイアンはうまく話題から逸らす。パーティ客はもちろん知っている。そのことは礼儀正しい笑顔の陰に見え隠れしている。ボビー・バングズのことも、アルター・ボーイズが強請りを働こうとしたことも彼らの耳に届いている。強請りをやめさせるためにダニーが呼ばれたことも――さらにその任務が完了したことも。客たちは好奇心に駆られつつも、むしろ恭《うやうや》しくダニーに接する――愛想よく、礼儀正しく。危険からは少し距離を置きつつ。

ダニーはそれでかまわない。自分を〝改革〟するには時間がかかる。そんなことは先刻承知だ。

変身があたりまえのこの地でも。

やがて、太陽が丘陵《きゅうりょう》の向こうに沈みかける頃、大物歌手らしき男がアコースティックギターを取り出して、演奏を始める。パーティ客はそのまわりに集まって腰をおろし、まるで七〇年代に戻ったような〝メロウでグルーヴ感〟のある曲に耳を傾ける。ギターを弾く男はネオヒッピーで、自然にまつわる歌を歌う――海はリズムを刻み、川はセコイアの森の中を流れ、恋人たちは海辺の岩場を歩き、恋は霧の中に消え、朝日とともにまた現われる。弾き語りの歌手はサーファーの歌を歌い、ヒッチハイクをする詩人の歌を歌い、終夜営業のダイナーでとる真夜中の食事の歌を歌い、わびしいモーテルの部屋で早朝に煙草を吸う歌を歌う。

心地よい演奏で、ダニーはダイアンの隣りで芝生に腰を下ろし、このひとときを心から愉しんでいる。柔らかな明かり、ダイアンの香り――香水なのか、本人のにおいなのかわからない――ダイアンのそばにいる感覚、心が温まるような実感。それらがすべて作用する。

ダニーはすべてを満喫する。

〝落ち着きなさいってば〟。ダイアンは心の中で自分にそう言い聞かせる。早すぎるでしょう、まだあまりに早すぎる。それに更生施設でも自主治療の集会でもなんて聞かされてきた？　二年間は恋愛禁止じゃなかった？　二週間じゃなくて、二年間よ、まったく。

二年間も恋愛なしで、セックスもなし？　ダイアンが依存症自主治療会の助言者《スポンサー》にそう尋ねると、助言者のパティはこう言った。

〝ヴァイブレーターですませれば、お酒に走ったりしない〟。そう言って、実物をくれた。〝これを使えば必ずイけるし、朝食を出してあげる必要もない。電池があればいいだけ〟。これまたパティの金言だ。〝そうね、パティ、でも、ヴァイブレーターは抱きしめてくれないし、首にキスもしてくれないし、朝コーヒーを持ってきてくれたりもしない。子供を授けてもくれないわ〟。すると、〝それがヴァイブレーターのいいところでしょ？〟とパティは言った。

けれども、わたしは子供が欲しいし、家族が欲しい。ダイアンは顔を洗いながらそんなことを思う。

あの人は父親だ。ベッドにはいり、ダイアンは心の中でそうつぶやく。あなたはそんな彼をハリウッドのパーティに誘った。すると、子供を連れていってもいいかと彼は尋ねた。離婚したのではなく、奥さんとは死別したのだ。あの悲しげな茶色の眼には抗《あらが》いがたい魅力がある――素直に認めれば、とてもセクシーな眼だ。あの人はピーターパン症候群に陥ってはいない。責任を取って結婚することを異常に怖がるタイプの男性ではない。

駄目よ、落ち着いて。焦らないで。パティの助言は正しいし、ほかの人たちの言うことも正しい。トラブルに巻き込まれる原因はいつだってセックスだった。昔からずっとそうだった。いつからそうなのかと言えば……

ダイアンは甦《よみがえ》りそうになる記憶を頭から締め出す。彼女のトラブルは常に愛とセックスが原因だった。その一言でまとめられる。カントリーミュージックを地で行っている。

だから、慎重にならなければ。

ダイアンはシーツを顎の下まで引っぱり上げる。

スターの座にのぼりつめるまでの道のりは短かったわけでも、平坦だったわけでもなかった。

ハリウッドに来てみると、役はすぐにもらえた。立て続けに三本、低予算のお色気映画に出演した。ダイアンはカメラに愛された。服を着ていても、ヌードでも、あるいはそのあいだのどの段階でも、ダイアンがスクリーンに現われると、観客の注目を一身に集めた。彼女が出るだけでその映画の興行成績は軒並み伸びた。

さらに二本低俗な映画に出たあと、ダイアンは正統派の女優と見なしてほしいとマスコミに抗議した。が、どんな結果を招くかは火を見るより明らかだった。その失言はお決まりのパターンをたどり、深夜のトーク番組の司会者たちにいじられ、物笑いの種にされた。ところが、ダイアンはそのあと肝の据わった行動に出た——自分をいじった番組のひとつに、体にぴったり張りつき、胸元が大きく開いた挑発的なドレス姿で出演し、見事に司会者を〝悩殺〟した。

ダイアンはその恰好で自分のことも男性司会者のことも茶化した。司会者をからかい、赤面させ、口ごもらせた。ダイアンが出演したコーナーはスタジオ観覧客から送られた割れんばかりの拍手喝采で締めくくられ、翌朝のラジオ番組評ではべた褒めされた。ハリウッドのあるコラムニストはマリリン・モンローを引合いに出しさえした。一夜にして、女性たちはダイアンを受け入れ、ダイアンを好きになり、ダイアンを応援するようになった。

その週のうちに、有名な〝正統派〟の監督から連絡がはいり、次回作出演のオファーを受けた。主役ではなかったが、きわだった役柄だった――物悲しくもユーモアのある、心やさしい娼婦の役で、主人公の作家はセックスだけでなく、彼女との会話も求めて訪ねてくる。露骨な描写ではないが、強烈な性衝動を暗示するラヴシーンもあった。そんな役どころを見事にこなし、アメリカじゅうの職場で休憩時間の話題をさらい、しかもそれは男たちだけにとどまらなかった。

その役でダイアンはゴールデングローブ賞助演女優賞を受賞し、アカデミー賞にも同じ部門でノミネートされた。オスカーは逃したものの、レッドカーペットと記者会見では誰より輝きを放った。ダイアン・カーソンにまつわるジョークは過去のものになった。著名な監督がマスコミにこの質問を投げかけてからはなおさら。「馬鹿を演じるにはどれだけ頭がよくないといけないか知ってるか?」

今やマスコミはダイアンをマリリン・モンローだけでなく、ジュディ・ホリデイにもなぞらえるようになった。出演依頼は殺到し、ダイアンは脚本をとくと吟味し、女優人生の将来を決定づけることになる重要な役を探した。完璧を期さなければならない――主役、性的魅力があっても、性搾取的には描かれず、真面目な性格であっても、ユーモアのセンスも持ち併せており、なにより知的なキャラクター。おまけに演技の幅も知らしめる役柄。頭が空っぽなブロンド娘の役はすべて却下した。娼婦役も、愛人役も撥《は》ねつけ、あまりに多くの役を見送るので、〈ク《C》リエイティヴ・ア《A》ーティスツ・エ《A》ージェンシー〉のエージェントからは世間に忘れられないうちに次の映画に出なければ駄目だと小言を言われた。が、その問題はマスコミが解決してくれた。将来有望な映画俳優や人気クォーターバック、ロックシンガーと彼女をロマンティックにくっつけることで。彼女自身、マスコミが求める役をしっかり演じた――クラブやパーティやプレミア試写会のレッドカーペットに登場し、常に世間の注目を浴びつづけることで。

　そして、ようやく〝ほんとうの役〟の話が舞い込んできた。

その話を持ってきたのがスーザン・ホルトだった。三本続けてヒット作を世に送り出したばかりの若手敏腕プロデューサー――切れ者にして、野心家にして、不屈の精神の持ち主。サンセット大通りのすぐ南側のドヒニー・ドライヴ沿いのダイアンの家にスーザンは自ら脚本を届けにやってきた。こぢんまりした庭の芝地にふたりの女性は腰をおろし、スーザンは脚本を声に出してダイアンに読み聞かせた。

華やかさとは対極にある作品だった――舞台設定は世界大恐慌時代。ダイアンの役は経営が苦しい農場の若い妻ジャン・ヘイズ。幼い二児の母親で、夫は運転していたトラクターが横転し、その下敷きになり、十五ページ目であっけなく死ぬ。残されたジャンは土地を手放さないよう奮闘する。農業だけでは立ち行かず、地元の食肉加工場に働きに出る――最低賃金、危険な労働環境。やむにやまれず、ジャンは同じ工場で働く労働者たちを束ね、組合結成に動く。解雇され、訴訟を起こし、やがて勝訴する。

恋愛相手は登場せず、レズビアンの同僚との友情以外に恋に発展する可能性はなく、しかもその同僚女性とも休憩中にそれらしき会話をするだけだ。衣装はあえてみすぼらしく、地味にする――序盤はデニムのシャツにジーンズ、そのあとは汚れた白いつなぎ、法廷場面では〈Kマート〉で調達した服といった具合。

それでもこれはジャンを描いた物語だ――単独主演の脚本。

これぞダイアンが出演するべき作品だった。

出演を辞退してほしい、とエージェントはダイアンに懇願した。オフィスでひざまずき、『ジャン・ヘイズ』に出たら、女優人生を棒に振ることになると訴えた。

ダイアンはジャン役を引き受けた。

危うく死にかけるほど撮影は過酷だった。スーザンが断固主張し、ロケはサウスダコタでおこなわれた。天候は厳しく、単独主演映画の撮影スケジュールは天候の何倍も厳しかった。ダイアンは一日に十二時間から十四時間もセットに詰めた。それが週に六日だ。確かに七日目は休みだが、それまでの六日間のギアが高速にはいったままなので、なかなか神経が静まらず、寝つきも悪かった。眠るために薬を飲むようになり、やがて起きるためにさらに薬を飲むようになった。

ダイアンとスーザンは公開初日にニューヨークへ行った。最初の三時間で映画がどうなるか決まる――封切り日の金曜夜六時から九時にマンハッタンでどんな反響を呼ぶかどうかで。ふたりの女性はブルーミングデールズ・デパートの向かいの三番街に立つアンジェリカ・フィルム・センターのシネマワンのロビーで待った。ふたりの将来がこの封切り初日に懸かっていた。

午後五時に行列ができはじめた。五時半にはブロックの角をまわるほど行列は延びていた。六時になる頃には、行列に並んだ人々は十時の回のチケットを買っていた。ダイアンとスーは観客席のうしろに立って見た。上映が終了すると、観客から万雷の拍手が起こった。『ジャン・ヘイズ』はその週末の興行成績で二位につけた。ふたりのスター男優が共演する大型アクション映画の一位作品に肉薄する、思わぬヒットになった。

次の週末には一位を獲得した。

彼女はまたゴールデングローブ賞に輝き、アカデミー賞にノミネートされた。今度は主演女優賞の部門で。『ジャン・ヘイズ』はアカデミー賞作品賞と監督賞を勝ち取った。本命のダイアンは機会を不当に奪われた、とマスコミは騒いだ。それまで受賞を逃していた埋め合わせとして年配の女優の手にオスカー像が渡ったのだ。

それはそれでかまわなかった――映画は批評家から絶賛され、商業的にも大成功を収めたのだから。

かくしてダイアン・カーソンは正統派の女優になった。大スターになった。

男たちは容姿と色気に惹かれてダイアンのファンになり、女たちは彼女の知性と美貌に惹かれた。

しかし、ダイアンの私生活はその頃すでに破綻《はたん》していた。『ジャン・ヘイズ』の監督と結婚したが、結婚生活は七ヵ月しか続かなかった。次に人気カントリー歌手と交際したが、その相手は酒癖が悪く、浮気性だった。そのクソ野郎が二十歳のピンナップガールを妊娠させると、ダイアンは関係を解消した。失恋の痛手からか、ある俳優とラスヴェガスで結婚したが――今度こそ真実の愛を手に入れたわ、これこそ本物よ――二週間後に婚姻無効の手続きをした。

「ふたりとも酔っぱらってたんでね」その俳優はカメラのまえでにやにや笑いながら、そう言った。

ダイアンの言動はタブロイド紙の恰好のネタになり、その官能的な魅力からパパラッチが〝夢精する〟対象になった。どこへ行っても彼らが飢えたカラスのように押し寄せてきた。やがてダイアンは『ジャン・ヘイズ』の出演料で購入したマリブのビーチハウスに身をひそめるようになる。

それは歌手のアル・ジョルスンが建て、のちにやはり歌手のロイ・オービソン、続いてボビー・ヴィントンが住んでいたこともあった家だ。ダイアンはその別荘に引きこもり、海を眺め、もの思いにひたった。どうして誰も自分が愛するようにひたむきに愛してくれないのだろう?

よくある噂が広まりはじめる。どれも事実無根の噂だ。彼女はハリウッドにいるB級映画のプロデューサーなら誰のまえでもひざまずき、フェラチオをしまくってデビュー作を勝ち取った。ポルノ映画を撮って、内輪だけのパーティで上映している。ダイアンはそうした噂を無視した。映画スターという存在はアメリカの世俗の宗教において、古代ローマの炉の女神ウェスタに仕えた処女であると同時に、聖なる神殿の売春婦でもあると正しく理解していた。

噂を否定も肯定もせず、仕事で答を出した。『ジャン・ヘイズ』の次にロマンティックコメディに出演して輝きを放ち、その次には暗い雰囲気の官能サスペンス映画で、また激しい濡れ場を演じた。

「みんなに忘れてほしくなかったの、わたしがいいおっぱいをしてるってことを」例の深夜のトーク番組ではそう語り、当意即妙の受け答えで観覧席を沸かせ、翌朝は職場の井戸《いど》端《ばた》会議の話題をさらった。同時に、番組でそんなことを言ったのは、酔っぱらっていたか、ハイになっていたんじゃないのか、などと勘ぐる向きもあったが。

その可能性はある。実のところ、大ありだ。なぜなら睡眠薬とスピードとウォッカのスリーポイントシュートをキメて出演していたからだ。ダイアンはメイクアップ係に難題を提示するようになった——早朝は顔がむくみ、夜はぴくりともせず昏々《こんこん》と長時間眠るので、顔にしわが残った。ウォッカで体重が増え、カメラ映りに響くようになり、痩せ薬も併せて飲みはじめ、食事をやめて、下剤を使うようにもなった。

すると、さらに噂が広まる——拒食症、過食症、アルコール依存症、薬物依存症。かくしてマリリン・モンローとの比較が異なる様相を呈してくる。〝ダイアン・カーソンの死体が海辺の別荘で発見されるのはいつだ？〟。死体が発見されることはなかったが、撮影現場に姿を現わさず、トレーラーの中で倒れているところが発見されるという事件が起こる。そのときはすぐさま救急車で病院に搬送され、パパラッチの到着より一足先に緊急治療室に運び込まれた。二日間入院し、そのあとはマリブの別荘にほど近い更生施設に移った。

二ヵ月後に退院すると、ラリー・フィールドが『プロヴィデンス』の脚本を手にダイアンに会いにくる……

これがダイアンのオスカー初受賞作になる——ダイアン本人もスーザンもそう思っている。

薬も酒もなしではなかなか寝つけず、今、ダイアンはしばらく眠れないままベッドに横たわっている。

頭の片隅でダニー・ライアンのことを考えている。

落ち着きなさいってば。そう自分に言い聞かせる。

慎重にね。

映画の撮影現場ほど退屈な場所はそうそうない、とダニーは思う。

ほとんどの時間は照明を設置しているだけなので、見るべきものはあまりない。映画製作の現場で汗を流しているのでないかぎり、やることはない。自分が役立たずであるような気さえして、ダニーは早くもうんざりしている。

時折、会計事務所に顔を出し、バーニーの様子を見る。一見したところ複雑きわまりないハリウッド流の会計報告をバーニーは腰を据えて解読しているが、本人曰《いわ》く〝なんとも摩訶不思議〟な代物ということだ。

それでも、粘り強さがバーニーのなによりの持ち味だ。ぽたぽたと執拗《しつよう》に水滴を落としつづける水責めの拷問さながら、ひたすら根気強く調べを続けるうち、最後に撮影所のほうが根負けし、ほんとうの数字を記した正式の会計帳簿を出してくる。

バーニーが聞かせてくれる話の半分もダニーは理解できないので、ここでも役立たずという気分になる。アルター・ボーイズに本来の仕事にだけ従事させておくには、ただ顔を出すだけで事足りる。だからスタジオで彼にやれることはほとんどない。

そういうこともあって、ダニーはザ・ペニンシュラ・ホテルを引き払い（バーニーは高級ホテルの宿泊費を経費として認めず、ダニー自身ずっと場ちがいな気分だった）バーバンクのアパートメントに居を構える。居住空間が広くなるのはイアンにとってもいいことで、キッチンがあるのもいいことだ。ピーナッツバターとジャムのサンドウィッチをわざわざルームサービスに頼まなくてもいい。アパートメントハウスにはプールと遊び場が併設されており、イアンは喜び勇んで、飽きることなく遊びまわっている。子供の扱いに慣れたホリーが毎日数時間かよってきてくれるので、ダニーは一息入れることができ、イアンも遊び相手が替わることを歓迎している。

それは大いにけっこうながら、さて、一息入れて何をする？

用もないのに撮影現場へ行って、まぬけづらをさらして突っ立っている？　兄弟分のバーニーのところに行く？　車を出して……ロスアンジェルスの市《まち》をドライヴするだけの目的でロスアンジェルスの市《まち》をドライヴする？

気持ちが落ちつかない。その理由はわかっている。

ダイアン・カーソンだ。

ダニーはあの手の男にはなりたくないと思っている。あわよくば映画スターとどうにかなれると考える馬鹿な男には。あるいは、〝あんたの映画に何百万ドルも投資したんだから、おれとデートしてもばちは当たらない〟などという了見の持ち主には。

そうは言っても、彼女のことが頭から離れない。

電話をかけてみようかと考える。出かけないかと誘おうか。いや、やっぱりやめておこうと思い直し、もう一度考え直し、ロスアンジェルスの市《まち》をドライヴする。そして、さらに考える。

結局、ダイアンから電話がかかってくる。

「パム・マーフィを個人的に知っていたのよね?」と彼女は訊く。

「ああ」

「彼女の内面について教えてもらえないかしら」とダイアンは言う。「ほんとうは何が好きだったのか、どんなことに心を突き動かされたのか。ケヴィンもいくつか教えてくれたけど、でも、あなたならもっといろいろ……」

「ああ、知ってる」とダニーは言う。「セットに行こうか?」

「実を言うと」とダイアンは言う。「土曜日はわたしの撮影はないの。それで思ったんだけど、ドライヴに行くのもいいかもしれないって。あなたはパムのことを聞かせてくれて、わたしはロスアンジェルスを案内できる。いわば一石二鳥ってわけ」

「いいね」

「迎えにきて。そう、お午頃《ひる》はどう？」とダイアンは訊く。「ランチを一緒にどう？」

「いいね。迎えにいくよ」

飾り気のない服装の彼女にも眼を瞠《みは》らされる。

色褪《いろあ》せた紫色のデニムのシャツに白いジーンズ、ブロンドの髪はポニーテールに結い、ロスアンジェルス・ドジャースの青い野球帽をかぶっている。

化粧をしているとしても、気づかないほどの薄化粧。

ダニーはダイアンのために車のドアを開ける。

「あら」と彼女は言う。「ロスアンジェルスの男性たちはこんなことしないのに」

「ロードアイランドの男はする」とダニーは言う。「性差別的な行動かな？」

「ううん、嬉しい」

ダイアンの指示に従い、パシフィック・コースト・ハイウェーに車を走らせ、マリブ方面へ北上する。

「ドジャースのファンなのかい？」とダニーは尋ねる。

「あなたはレッドソックスのファンなんでしょうね」

「悲しい定めながら」とダニーは言う。「それがおれの定めだ」

悲しい定めだ、そうとも、とダニーは心の中でつぶやく。マスタング・コンヴァーティブルのハンドルを握り、海岸線を北へ車を走らせ、左に海を見て、右には美女を乗せていても？

これがカリフォルニアなのに？

ダイアンはパム・マーフィのことをダニーに尋ねる。

別の人生のような気がする。いや、確かにもう別の人生だ、とダニーは自分に言い聞かせる。それでも、パムの思い出をダイアンに語る。海から上がってきたパムを浜辺で初めて見たとき、いかに美しかったか、ポーリー・モレッティのガールフレンドだとわかったときにはどれほど驚いたか。

「それはどうして？」とダイアンは尋ねる。「コネティカットのいいところ出のお嬢さんがどうしてマフィアとつき合ったりしたの？」

「親への反抗心？」とダニーは肩をすくめて言い、あの夜のことを話しはじめる。酔っぱらったリアム・マーフィがパムの体をまさぐり、モレッティ兄弟と仲間のちんぴらふたりがリアムを殴り、半殺しの目にあわせたことを。

「そんなリアムの病室にパムは顔を出した」とダイアンが言う。

「おれも居合わせた」とダニーは言う。「パムがやってきたときには絶句したよ」

リアムが退院したときにはパムが付き添ったこと、パムがリアムと同棲を始めたこと、ふたりがさっさとラスヴェガスへ行って結婚してしまったこと。

「そこから戦争が始まった」とダイアンが言う。

「いや、それは口実だった」とダニーは言う。「モレッティ家はアイルランド人が持っているものをもともと狙っていた――波止場と組合だ。パムの存在はもっともらしい口実になっただけだ」

「なぜリアムだったの？」

「リアムはいかしたやつだった」とダニーは言う。「ハンサムで、面白くて。役立たずの駄目なやつだったが、女には愛された。パムもそこそこ愛してはいたんだろう。寝返るまでは」

「なんですって？」

「ボビーはプロットにその話を盛り込まなかったのか？　そうか、たぶん知らなかったんだろう。そう、パムはＦＢＩにリアムを売った。それでリアムは殺されたんだ」

「てっきり自殺かと思ってた」

「そういう説もある」

「ほかの説は？」

「〝自殺幇助《ほうじょ》〟があったという説もある」とダニーは言う。「いずれにしろ、ご存知のとおり、パムはポーリーとよりを戻した」

「わからないのはその理由ね」

ダニーは言う。「おれは精神分析医でもなんでもないが、パムが一連の殺しに常々罪悪感を覚えていたことはわかる。彼女は自分を責めていた。思うにポーリーとよりを戻したのはある種の……贖罪《しよくざい》だろう」

「自己処罰ね」とダイアンは言う。「そういうことはわたしもよくわからないけれど」

そのあと、彼女は高級住宅街マリブ・コロニーのビーチハウスへの道順をダニーに伝える。「ランチはわたしの別荘でいい？　アシスタントに食料品を用意させておいた」

レストランで食事をすると騒がれるかもしれないから、と説明する。

コロニー内のほとんどの家屋と同じく、ダイアンのビーチハウスも細長い造りで、住宅密集地に立っているが、海辺に面した正面側に広いテラスがある。ダイアンはすぐにキッチンで作業にかかり、二人まえのサラダとターキーサンドウィッチをこしらえる。ペットボトル入りのアイスティーを用意して、ダニーにはビールを勧める。

「アイスティーにするよ」とダニーは言う。「ビールの買い置きなんていいのか？」

「よくないわよね」とダイアンは言う。「でも、ビール党だったためしがないから」

ふたりはテラスに出て食事をする。

カリフォルニアらしい日和の海はすばらしい。

「こっちで暮らすのもいいなって思うの」とダイアンが言う。

ダニーは笑う。「ここに住めるなら右手をくれてやってもいいというやつもいるだろうよ、それもごまんと。誰もが夢見る暮らしだ、だろ？」

「あなたも？」

「ああ」とダニーは言う。「昔からずっとだ。おれは海が好きなんだ」

昼食のあと、ふたりは海辺を散歩する。

「プレゼントを持ってきた」とダニーは言う。

「そんなこといいのに」

「あげたいものがあるんだが、でも……」

「でも？」とダイアンは訊き返す。

「ちょっと立ち入りすぎた品物かもしれない」

「あら、それならなおさら欲しいわ」とダイアンは言う。

ダニーはポケットから取り出し、金属製の小さな円盤状のものをダイアンに手渡す。

「禁酒九十日記念メダル」と彼女は言う。「どうして知ってたの？」

ダニーは言う。「そろそろじゃないかと思ったんだ」

「どんぴしゃりよ。今日で九十日目なの。でも、どうして知ってるの？　あなたもビルの友達なの？（断酒会参加者を暗に示す言いまわし）」

そうでなければいいのに、とダイアンは願う。アルコール依存症同士の交際はご法度《はっと》だ。今の段階ではなおさらまずい。

「いや、おれはアイルランド人だから」

ダイアンは思わず笑う。「なるほど。そういうことね」

「こういうプレゼントが……出すぎた真似でなければいいんだが」

「全然」とダイアンは言う。「完璧よ。ありがとう」

ダイアンは身を乗り出し、ダニーの頬にキスをする。

スコールがまたたくまに近づいてくる。

にわかに空が暗くなったかと思うと、激しい雨が降りはじめる。

ダニーとダイアンはものの数秒でずぶ濡れになる。

笑いながらふたりは手をつないで浜辺を走り、ダイアンの別荘のテラスの屋根の下に駆け込む。びしょ濡れの服が肌に張りついている。

嵐のように突然と、避けられない運命のように、ダニーはダイアンにキスをし、ダイアンもキスを返してくる。ダニーはダイアンのブラウスのボタンをはずし、ブラウスの下の素肌に触れる。ジーンズの留め金をはずし、引きおろす。ダイアンを抱え上げ、支柱に押しつけると、ダイアンはダニーのジーンズのファスナーを下ろす。ダニーは彼女の中にはいる。

雨がテラスに打ちつけ、ふたりの声を押し流す。

かくしてふたりは恋に落ちる。

16

初めのうちは慎重を心がける。

ダニーが撮影現場に来ても、ふたりはただ親しいだけという距離を保つ。さらにダニーが撮影現場に行く回数も少なくなる。ふたりは彼女のビーチハウスで、撮影のあとか、彼女の休みの日に会うようになる。

最初はそれが愉しくて、人目を忍ぶという陳腐で安っぽいスリルを味わう。

かつてダニーは、完璧な夫とは言えなくても、完璧に一途《いちず》な夫ではあった。テリがいた頃はテリだけだった。小さな町の若い既婚者の典型だった。誰も彼もが知り合いで、そんな仲間内で結婚し、そんな仲間内で人づき合いを続けた。教会にかようのも、結婚式や洗礼式や葬式を執りおこなうのも、同じ顔ぶれだった。ダニーは閉鎖的な集団の中で生きてきた。性的にも、社会的にも。が、自分に正直になるなら、パムが海の中から現われたあの瞬間、それまでの安定が損なわれたのも事実だ。

今、ダニーはロスアンジェルスに、それもハリウッドにいて、人気の映画女優とつき合っている（彼女がパムを演じているというのは皮肉以外の何物でもなく、それぐらい彼にもよくわかっているが）。セックスは信じられないほどすばらしく、心がかよい合うのも尋常ではなく、ふたりだけの秘めごとという事情がさらに興奮を煽《あお》っている。

それでも、ふたりはこの恋を表沙汰にはしたくない。干渉、助言、意味ありげなふくみ笑い、にやけ顔などまっぴらご免だ。ダイアンがタブロイド紙のスクープ記事やパパラッチの追跡から逃れたがっているのは言うまでもない。ダニーのほうも、世間から隠れて生きることにすっかり馴染んでおり、秘密主義が自然な本能としてすでに身についている。

とはいえ、そんな彼らの自重もたちまち過去のものとなる。

ふたりは愛し合っていて、もっと、もっとと望んでいる。レストランや映画、クラブやパーティにも行きたい。

まるで子供だ。世界に向かって自分たちの愛を叫びたい気持ちになっている。

が、叫ぶ必要はない。

放っておいても世界に気づかれる。

撮影現場で交わされる目配せに勘づかれる。憶測が噂になり、噂が事実になる。製作アシスタントがタブロイド紙に電話し、タブロイド紙はカメラマンを手配して、ダイアンの自宅や別荘に張り込ませる。その中のひとりが運よく、彼女のビーチハウスにダニーがはいっていくところをフィルムに収める。

その写真は〝ダイアンの謎の恋人〟という見出しとともにその週の紙面を飾る。新聞社はもちろん恋人の正体を知っている。それでも、謎の男という切り口で読者を焦《じ》らすにかぎると考えて、その路線を貫き、撮影所の入口ゲートを通る車中のダニーをあえて画素の粗い写真で載せ、その上に〝ダイアンと熱愛中の男性は誰？〟という見出しを躍らせる。

「あなたはわたしの〝熱愛中の男性〟なんだって」ある夜、ベッドでダイアンがダニーに言う。「そういうのって……ちょっと好き」

ダイアンはそうかもしれないが、スーザン・ホルトはそうでもない。

ダイアンのトレーラーに来て、昼食をともにしながら彼女は言う。「あなたとダニー・ライアンがねえ」

「それがどうかした？」

「じゃあ、ほんとうなの？」

「〈ナショナル・エンクワイアラー〉が紙面に載せたのよ」とダイアンは言う。「だったら真実でしょうが」

「仕事がらみで寝たわけ？」とスーザンは尋ねる。「それとも本気？」

ダイアンは答える。「まだわからない。本気っていう感じがしてるのは確かだけど」

「気をつけて」とスーは言う。「あなたが傷つくのはもう見たくない」

タブロイド各紙はすでにダイアンの過去に触手を伸ばしはじめている。加えてライアンの過去が明るみに出ると、もう食べ放題だ。

秘密が外に流れ出るまで、時間はかからない。映画の撮影現場というのは古い木造船より水洩れがひどいところだ。『プロヴィデンス』の脇役のひとりが、実はダニー・ライアンをモデルにしているという疑惑がタブロイド紙に載る。

ダイアン・カーソン――私生活でもマフィアの情婦

映画『プロヴィデンス』でダイアン・カーソンはマフィアの恋人を演じているが、今回まったく新次元のメソッド演技法に挑戦中と見え、脚本そのままに私生活でも本物のギャングと交際している。演技の肥やしなのか、それとも本気の恋なのか？

スーザンは声に出して読みおえた新聞を机の上に放り出す。

彼女のオフィスのソファには、監督のミッチ・アプスベルガーが坐っている。宣伝部長と映画会社の顧問弁護士もいる。

まずは弁護士が口を開く。「映画会社には訴える資格はない。訴えるとしたらダイアンかライアン本人がやるしかないだろう。彼を〝マフィア〟や〝ギャング〟と呼んでいるところは違法行為の可能性がある。彼は一度も有罪判決を受けたことがないどころか、いかなる犯罪に関しても起訴されたことすらないんだから。さらに、バングズのプロットでも犯罪とは無関係だと描かれているし、映画の中でも彼をモデルにした登場人物はそういう設定だ。それでも、裁判沙汰にはしないよう強く勧めたい。証拠開示の過程で不利な情報が明るみにならないともかぎらないから。ライアンが偽証に追い込まれる危険も出てくる」

「ダイアンが訴えても、この件が脚光を浴びるだけね」とスーザンは言う。「どう思う、ベン？」

宣伝部長のベンが言う。「正直に言っていいかな？　わたしはこの騒動をむしろありがたいと思ってる。つまり、金では買えない宣伝になってるということだ。騒ぎがもっと大きくなれば、上映館を六百ほど増やさなきゃならなくなるんじゃないかな」

「ライアンが、デイモン・ラニアンの『野郎どもと女たち《ガイズ&ドールズ》』に出てくるみたいな愛すべきならず者だったら、わたしたちに有利に働くでしょうけど」とスーザンは言う。「でも、もっと闇の部分が公然になったら、状況が暗転するかもしれない」

「『ゴッドファーザー』ならまだしも『グッドフェローズ』となるとな。話は別だな」とミッチも言う。

「ダニー・ライアンはアル・パチーノじゃない」とベンは言う。「レイ・リオッタでもない。もちろん、ロバート・デ・ニーロでもない」

「わたしたちは今ここでライアンのキャスティングをしてるわけじゃないんだけど」とスーザンがたしなめる。

「ある意味ではキャスティングに近い」とベンは言い返す。「ダイアンが彼を起用したんだから」

「まあ、今回の映画はまだ編集すら終わってない」とミッチが言う。「公開まであと六ヵ月はかかる。その頃にはみんなダニーとダイアンのことなんて忘れてるさ」

「ふたりがまだつき合ってたら、そうもいかない」とスーザンは言う。

「まだつき合っていようと、どうせ世間は忘れるってことさ」とミッチ。

スーザンには確信が持てない。それに、心配なのはダニー・ライアンとダイアン・カーソンに関して新事実が明るみに出ることだけではない。ライアンが映画に出資していることがばれたらどうなる？

会社は蜂の巣をつついたような騒ぎになるだろう。現場のトップが馘《くび》になりかねない事案だ。

「うちの息がかかってる記者を利用してちょうだい」と彼女はベンに言う。「もっとちがう角度から書かせて。〝ダニー・ライアンはマフィアから逃げ出した小心者。おまけに女房に死なれて幼い子供を抱えている〟みたいな感じで。それからミッチ、撮影現場に箝口《かんこう》令《れい》を敷いて。おしゃべりな口をふさいで」

弁護士と宣伝部長は腰を上げる。

「わたしはダイアンと話して、冷静になるように言ってみる」とスーザンはつけ加える。「ライアンとはあなたが話してくれる?」

やってみる、とミッチは答える。

ダニーは真面目な人間だ。

ダイアンを傷つけ、結果、彼女のキャリアを台無しにするのはなんとしてでも避けたい。ミッチと話したあと、ダイアンとイアンと三人で浜辺を歩きながら彼は言う。「きみがうんざりしてるのなら、その気持ちは理解できる。おれは大人しく消えるよ」

「嫌よ」とダイアンは言う。「そんなことは金輪際望んでない。一緒にいたい」

お互い愛のことばは口に出さない。それでもふたりのあいだには、今にも泣きだしそうな重苦しい曇り空のように、そのひとことが漂っている。

「おれは人生の大半を他人の望みに従って過ごしてきた」と彼はダイアンに言う。「もうたくさんだ。そんな生き方はもうしない」

だから、ふたりは冷めない。

ダニーはダニー、ダイアンはダイアン。その現実に逆らわずに進む。

全力で。

全身全霊で。

公然と出かけ、〈シャトー・マーモント〉で昼食をとり、〈ムッソー&フランク・グリル〉で夕食をとり、ロデオドライヴで買いものをする。パパラッチから逃れようともせず、撮りたいように撮らせる。

ダニーにとっては新たな境地だ。

これまでは陰に隠れて生きてきた。しかし今や、正々堂々。ロスアンジェルスの陽光を浴び、スポットライトを浴び、何ひとつ隠さない。

最初は奇妙で、なじめず、不快な感じがする。

違和感しかない。

パパラッチたちを力ずくでどかしたい、連中の顔にカメラを押しつけてやりたい、いや、なによりダイアンを守りたい、という衝動に駆られる。しかし、彼女は笑って、放っておきなさいと言う。

「無視するにかぎるから。わたしはずっとそうしてきた」

とはいえ、イアンの写真を撮られると、さすがにおだやかではいられない。イアンはダニーとダイアンと一緒に過ごす時間が増えている。幼い彼はカメラの放列に威圧されてしまう。ある日の午後、ダニーはパパラッチたちに近づき、冷静かつ理性的な口調でこう告げる。「ダイアンやおれは平気だが、子供は勘弁してくれないか?」

そのときいた連中はイアンがいるときには少し距離を取るようになった。ただ、呆れたことにその後は望遠レンズで撮りはじめる。

メディアは敵であると同時に味方にもなりうることを賢いダニーは知っている。少しばかり協力してやれば、報道の中身が好意的に傾く。〝マフィア〟や〝ギャング〟といったことばが減り、〝生き残り〟や〝シングルファーザー〟が増える。

あるコラムニストがこう書く。〝過去がない人などいないだろう。ダニー・ライアンは確かに過去を抱えているが、それを克服してみせた〟。

これが戦争だとすれば、ダニーとダイアンは勝利を収めつつある。

ふたりはいたるところに平気で出没する。イアンを連れてサンタモニカ桟橋やディズニーランドで遊び、ドジャースの試合をバックネット裏の特等席で観戦し（場ちがいなレッドソックスの野球帽をかぶったダニーはめだつ）、コメディ・ストア劇場で笑い合い、〈カフェ・ラルゴ〉で踊る。

悠々自適のダニー。

長年にわたり、優秀な兵隊、忠実な夫、従順な息子、責任感の強い父親を務めてきたが、人生で初めて自分のやりたいことをやっている。

当人でさえあとから振り返れば、少し破目をはずしすぎたと認めるだろう。

しかし、多少破目をはずすのは気分がいい。

出歩くのも気分がいい。

ダイアンを愛するのも気分がいい。

ダイアンのほうも気分がいい。スーザンの家で話している途中、スーザンにそう打ち明ける。

「今までろくでもない男とつき合いすぎたわ」とダイアンは言う。「ロスアンジェルスの男とばっかり。ダニーこそ本物の男よ」

「でも、過去がある」とスーザンは水を差す。

「わたしは人の過去をあげつらうタイプじゃないの」

スーザンは別の角度から攻める。「ダイアン、もしこの映画がコケたら、わたしたちふたりのキャリアだって地に落ちるかもしれない」

「あらあら、結局はそこなのね」

「わたしはただ現実的に考えてるだけよ」とスーザンは答える。「彼とつき合うなとは言わないけど、しばらくはひかえめにしてもらえないかな」

そんなことをしても今さら遅い。

もはや表沙汰になっている。

ふたりはもう明るみに出ている。暗い洞窟に戻るつもりなどない。

陽光を浴びて幸せを感じている。

しかし、過去ほど執拗で忍耐強いものもない。

なにしろ、過去は時間しか持っていないからだ。

ネブラスカの小さな町のスーパーマーケット。クリス・パルンボがレジまえに並んでいる。

買いものが好きなのだ、意外にも。献立を考えながら、店内の通路を歩きまわり、店員と無駄話をするのが愉しい。それもひとりで。ひとりなら、じっくり時間をかけて買いものができる。〈ジミー・ディーン〉のような調理ずみの食品は体に悪いだのなんだのとローラに小言を言われずに。

そんなわけで、彼は今、赤いプラスティックのかごをさげてレジの順番を待っている。かごの中身は、自分のための〈ジミー・ディーン〉と、ローラ向けの野菜、店主に頼んで仕入れてもらったペンネ二箱（クリスが来るまえ、地元の住人はスパゲッティ以外にもパスタがあることを知らなかった）、卵一ダース、それに玄米。待ちながら、彼は雑誌や新聞の棚を眺める。

そのとき、眼に飛び込んでくる。

笑みを浮かべたダニー・ライアンの写真が。

クリスはそのタブロイド紙を手に取る。

忌々しくも、ブロンドの美女に腕をまわすライアンが載っている。〝イケてるダニー、愛しのダイアン〟という派手な見出し。読み進むうち、ダニー・ライアンが映画スターとつき合っていることを知る。

あのクソ野郎。クリスは頭を振って考える。あのアイルランドのクソは、糞の山に顔から落ちたのに、口の中にダイアモンドを頬張って立ち上がりやがった。ダニーの肩の上にどんな天使《エンジェル》が乗っかっているのか知らないが、そいつはよほど気前のいいやつなんだろう。

「ジョー？」

「え？」

「ジョー、その新聞も買うの？」とヘレンが尋ねる。青く染めた白髪にはきっちりとパーマがかかっている。

「うん、そうだな」

彼は買うものをレジカウンターに並べはじめる。

「ダニーとダイアン」ヘレンがレジを打ちながら言う。「すごいカップルよねえ。この人、昔はギャングみたいなやつだったんでしょ？　なんていう世界なの。ちがう？」

「世界ってなもともとそんなもんだ」とクリスは言う。

彼はヘレンが好きだ。彼は町のほとんど全員に好感を持っていて、相手も彼に好意的だ。rを発音しない彼の訛りをからかい、カ（ー）はちゃんとパ（ー）キングしたの、などとわざと訊く。クリスはいつも、ああ、バ（ー）のまえに停めたよと答え、みんなで笑う。同じやりとりがかれこれ七千回くらい続いている。

クリスは食料品を車に運び、坐って記事を読む。

なんだ、こりゃ、あの抗争が映画になる?! そこにダニーも関わってるだと？ あの馬鹿、何を考えてる？

そのあと、ふと思う。おれも映画に登場するのか？

もしそうなら、おれを演じるのは誰だ？

イケメン野郎であってほしい。

FBI本部ではレジー・モネタがデスクに積み重ねたタブロイド紙に眼を通している。

そして笑いだす。

ダニー・ライアン。誰にも見つけられなかったダニー・ライアン。そのうちに誰も見つけたがらなくなったダニー・ライアン。そのライアンがメディアの脚光を浴びている。

アメリカでの人生に第二幕はない。そう言われるが、ダニー・ライアンは上々の再スタートを切っている。人気の映画女優とつき合い、ロスアンジェルスで豪遊し、タブロイド紙の寵児《ちようじ》となり、今やジョー・ディマジオ気取りだ。

上等よ、と彼女は胸につぶやく。

せいぜい愉しむがいい。

第二幕のあとには必ず第三幕がある。レジーはそのことを知っている。

彼女は電話を手に取る。


同じくワシントン。麻薬捜査官のブレント・ハリスとCIA元長官のエヴァン・ペナーが今日はロック・クリーク公園にいる。

「きみの坊やのライアンはどんなつもりであんな行動を取ってるんだ?」とペナーが尋ねる。

ハリスとしては、ライアンを〝きみの坊や〟などと押しつけられたくない。理由はふたつ。その一、ライアンは誰の坊やでもない。その二、ライアンの行動を自分と結びつけてもらっては困る。「人生を謳歌《おうか》してるんでしょう」

「人目もはばからずに?」とペナーはたたみかける。「これが厄介なことになるとは思わないのか?」

すでに厄介なことだ、とハリスは胸につぶやく。タブロイド紙だけならまだしも、真面目な報道メディアもこの件に首を突っ込みはじめたら、ギャングと映画女優の熱愛などという薄っぺらなゴシップではすまなくなる。もっと深く掘り下げられてしまう。ライアンが映画に出資している事実を〈ニューヨーク・タイムズ〉や〈ワシントン・ポスト〉がつかんだら、その金の出所を知りたがるにちがいない。そう、厄介だ、もちろん。例によって、ペナーは彼より一歩先んじている。「わたしの情報筋によると、ライアンはこの映画製作に相当な金を注ぎ込んでいるらしい。だから、製作会社のお偉方は大いに不安がっている」

「そういうことは、出資を受けるまえに考えるべきだったと思いますが」とハリスは言う。

「悲しいかな」とペナーは答える。「現ナマに勝るものはないのだよ。そんなことより現実問題として、ダニー・ライアンとのつながりをこのままにしておくわけにはいかない」

「わかりました」

「ほんとうか？」とペナーは尋ねる。「怪しいもんだ」

怪しいもんだ。ハリスも自分でそう思う。

バーニーがダニーに請求書の束を見せる。「あんた、この連中にぼったくられてる」

老会計士はそう説明する。ロケ撮影時に食事を用意するケータリング業者が料金を水増しして請求している、と。

「どうしてわかる？」とダニーは訊く。

「撮影現場に行って確認した」とバーニーはあたりまえのように答える。「ほら、ここを見てくれ。〝鶏の胸肉、七ダース〟？　いや、実際は五。テンダーロインやカニの脚も同じ調子だ。マッケンチーズまで水増し請求してる。加えて、こっちも……」

バーニーはユア・ピーイン社の請求書を見せる。

「これは――？」

「仮設トイレだ。五つ請求されているが、運び込まれたのは三つだ」

「映画会社の会計士たちはなぜ今までこれを見過ごしてたんだ？」

「連中は社内にこもりきりだからさ」とバーニーは言う。「両方の会社を調べた。経営者は同一人物、ロナルド・ファエラだ」

翌朝五時ちょうど、ダニーがロケ現場で待っていると、ケータリングのヴァンが停まる。ダニーは責任者風の男に歩み寄る。「おまえらは馘《くび》だ」

「はい？」

「〝馘〟の意味がわからないのか？　おまえらはおれたちから金を騙《だま》し取った。別の会社が来ることになってる」

「ボスに電話しないと」

「誰にでも電話しろ」とダニーは言う。「今すぐおれの現場からヴァンをどけろ」

四十五分後、ひどく苛立《いらだ》った様子のロナルド・ファエラが車で駆けつけ、ダニーを見つける。誰かに起こされたらしく、髪が乱れ、ひげも剃っていない。「あんたがライアンか？」

「ああ」

「で、何が問題なんだ、お偉いさん？」

「問題はおまえが詐欺師だってことだ」

「どうどう、おいおいおい」

「おれが馬に見えるのか？」

「どう考えたって何かの誤解だ」

「誤解なんかじゃない」とダニーは突っぱねる。「七つ分を支払ったら七つもらう。三つ分なら三つ。これが道理だ」

「映画会社の担当者に相談したほうがいい」とファエラは言う。

「誰に？」とダニーは返す。「誰と話せばいいんだ？　名前を教えてくれ」

ファエラはダニーを見つめるものの、ことばが出てこない。

「やっぱりな」とダニーは言う。「とにかくおまえらは今日かぎりで馘だ」

「契約ってものがある」

「だったら弁護士に連絡しろ」とダニーは言う。「こっちもこっちで弁護士を呼ぶ。その上でみんなで愉しくおまえらの帳簿を調べようじゃないか」

「おれが誰か知ってるのか？」とファエラは尋ねる。

「自分が何者かわからないのか？」ダニーは訊き返す。「記憶喪失で困ってるのか？」

「おれのバックには誰がいるか知ってるのか？」

クソくらえ、とダニーは思う。相も変わらず同じことの繰り返しだ。いつもながらの古くさい、あまりに古くさい脅し文句。「おまえが何者だろうと、誰がバックにいようと知ったことか。パーティはお開きだ。宝の袋に手を突っ込むのはもう終わりだ。ほかの誰から金を巻き上げようとかまわない。だけど、おれから巻き上げるのだけはやめろ」

ファエラはまだあきらめない。「おれが帰った二十分後には、組合の役員が安全違反を見つけることになるぜ」

「いや、そんなことにはならない」とダニーは言う。

そいつにはもう事情を説明してあるから。

「ダニーってのは誰だ？」アンジェロ・ペトレッリが訊く。

「ダニー・ライアン」

「知らねえやつだな」

アンジェロとロニー・ファエラは、ウェストレイク・ヴィレッジのゴルフコースの十九番ホールでロングアイランド・アイスティーを飲みながらクラブサンドウィッチを食べている。

西海岸のマフィアは東海岸のマフィアとはちがう。そういうことだ。

「数年まえ、プロヴィデンスの連中がアイルランドのやつらと騒動を起こしたのを覚えてるか？ ライアンはそのひとりだった」とファエラは言う。

「ピーター・モレッティの事件か？」

「そう」

「やつは死んだんだろ？」

「だと思う」とファエラは言う。「だけど、まだ弟がいるんじゃなかったかな。真面目な話、このダニーってやつに関する記事を読んでないか？ 新聞に派手に載ってる。ダイアン・カーソンとヤッてやがる」

「乾杯《サルーテ》」と言ってアンジェロはグラスを掲げる。「できるもんなら代わってやりたいところだがな。そういう話を別にすりゃ、おれがそいつとどんな関係があるんだ？」

アンジェロは眠たがっている。太陽と運動と食事と酒の組み合わせのせいで、昼寝したくなっている。

ファエラはロケ現場での出来事を話して聞かせる。

さすがにアンジェロも関心を持つ。ロニー・ファエラからの分けまえがこのライアンという邪魔者のせいで、減らされてはたまらない。「うちとつながってる組合の役員がいるよな？」

「デイヴ・キーリー。あいつに話しにいったら、ライアンの手下がふたり張りついてた」

「で、そいつらはなんだって？」

「何も。おれを見ただけだ」とファエラは言う。

「見ただけ？」

「わかるだろ？　キーリーが言うには自分にできることは何もないとさ」

アンジェロは気に入らない。東海岸から――よりにもよってプロヴィデンスくんだりから――のこのこやってきた男がロスアンジェルスにキャンプを張っただと？

「エルドラド矯正施設の収監者の方からお電話です。料金を負担なさいますか？」

「ええ」とダイアンは答える。

ずいぶん久しぶりだ。

やがて声が聞こえる。「やあ、スウィートハート」

ダニーは、ダイアンのビーチハウスのテラスから夕陽を眺める。

眼下の浜辺では、イアンがホリーと一緒にぐるぐる走りまわっている。ダニーはすぐにでも降りていって一緒に遊びたいと思う。

しかし、一日の終わりを迎え、悲しみと疲労を覚えている。

小賢しい騙し合いから逃れたくてここへ来たのに。ここにも救いがたい狡猾《こうかつ》さが待ち受けていた。別人に生まれ変わるためにきたはずなのに、これでは元の木阿弥《もくあみ》だ。

今はただこのロニー・ファエラなる男があきらめて消えてくれるのを願うしかない。ファエラについてはアルター・ボーイズに調べさせることにしたが。実際はどの程度の脅威なのか、もしうしろ盾がいるとしたらそいつは誰なのか。ファエラはロードアイランド州でよく出くわしたような、伝手《つて》を吹聴しているだけの舌先野郎なのか。

ダイアンが引き戸をすり抜け、彼の横に坐る。

軽いキスのあと、彼女が尋ねる。「今日はどうだった?」

「まあ、順調。きみは?」

「いい感じだった」

互いに嘘をついている。

新たな章が始まる。

ケヴィン・クームズは、ロニー・ファエラとアンジェロ・ペトレッツリが大して大物だとは思わない。二日がかりで捜した結果、ふたりがいつもウェストレイク・ヴィレッジのベーカリーで遅い朝食をとることを突き止める。

「やつらが何を食ってたか当ててみろよ」と彼はショーンに言う。

「知るかよ」

「クロワッサンだぜ」とケヴィンは嫌悪もあらわに言う。「どこにクロワッサンを食うマフィアがいる？」

「何を食やいいんだ？」

「ベーコンエッグ」とケヴィンは即答する。「マフィアはベーコンエッグを食うもんだ。まあ、イタリア人ならソーセージでもおかしくないがな。けど、クロワッサンはないだろ、だろ、ショーン？　おまけに、そいつらのなりがわかるか？　パステルカラーのポロシャツだ」

「それがどうした？」

ケヴィンは首を振って言う。「マフィアは黒い服に決まってるんだよ。幹部は黒のスーツ。下っ端は黒の革ジャン」

「外の気温は三十度を超えてるぞ」

「そんなことは関係ない」とケヴィンは言う。「基準ってものがあるだろうが。神に誓ってもいいぜ、明日の朝、ひとりはベリー入りのオートミールを食うはずだ。もうひとりは？　ヨーグルトだ。自称〝ボス〟とはな。聞いて呆れる。なあ、ヨーグルトだぜ。そんなやつらのたわごとをどうすりゃ真に受けられる？」

「ダニーは真に受けてる」とショーンは返す。

「ネッドを送り込んで、やつらのまえに立たせるだけで充分だ。あいつら、小便をちびるぜ」

「ヨーグルトは尿路の健康にいいそうだ」とショーン。

翌朝、そのベーカリーがあるショッピングモールの駐車場で、ケヴィンは車内からファエラとペトレッリがマフィンにぱくついているのを眺める。朝のこの時間帯は二日酔いがひどく、ケヴィンは吐き気がして機嫌が悪い。

やがてファエラが立ち上がり、ケヴィンのほうに歩きだす。

ケヴィンは銃に手をかける。

ファエラは窓を開けろと手振りで示す。そして、窓を開けたケヴィンに尋ねる。「おまえはどっちだ、サウスかクームズか?」

なるほど、とケヴィンは思う。多少の下調べはしたらしい。そのほうが身のためだ。

「クームズだ」

「おれのボスがそっちのボスと話したいそうだ」とファエラは言う。「友好的な話し合いだ。それでお互いうまくいくと思うか?」

「頼んでみる」

「そうしろ」とファエラは言う。「頼め」

そう言って、ファエラはマフィンを食べに戻る。

ケヴィンは銃を置く。

ダイアンがびくっと身震いをする。

「カット！」とミッチが叫ぶ。

今日の撮影はパムとリアムの最初のラヴシーン――おそらくこれから三日、このシーンに取り組むことになるだろう。デリケートでむずかしい場面だけに、ミッチは撮影スケジュールをやや先送りにし、ダイアンがリアム役のブレイディ・フェロウズと打ち解けるまで時間を置いた。その甲斐あって、これまでのふたりのラヴシーンには親密で性的な化学反応が起きていた。なのにブレイディが彼女の肩に触れ、ブラウスを脱がせると、彼女は三回連続で拒否を示した。

「ごめんなさい」

「かまわない」とミッチは言う。「一休みしよう」

セットにはほとんど人がいない。セックスシーンに備えて、ミッチは必要なメンバー以外を締め出している。

ダイアンは椅子に坐って、化粧と髪型を直す。

「大丈夫？」とアナが尋ねる。

「ええ」

少しも大丈夫ではない。ダイアンは滅入っている。みんなを辟易《へきえき》させ、製作費をふくらませ、ミッチの撮影スケジュールをますますずれ込ませているのもわかっている。やがて噂が広がり、疑惑が湧き上がるだろうことも。ダイアンがまたハイになってるって？　またドラッグをやりはじめたのか？　酒を飲んでるのか？

それはちがう。それでも久しぶりにドラッグか酒に手を出したい気分だ。

ミッチが近寄ってくる。

気を利かせてアナは席をはずす。

「調子はどうだ？」とミッチは尋ねる。

「こんな古いジョークがある」とダイアンは応じる。「結婚式の夜、花婿が花嫁に、これが初めてかい？　って尋ねる。すると花嫁は言うの。〝どうしてみんなそう訊くのかしら〟って」

「笑える。だけど、きみはなんて言うか……神経過敏になってる。ブレイディのせいか？あいつに問題でも？」

「いいえ。ブレイディは上手にやってくれてる」

ミッチは納得のいく返事を待つ。

ダイアンは言う。「自分でもわからないのよ、ミッチ。わからないけど……でも、そう、

「ただの神経過敏よ」

「なんなら」とミッチは提案する。「体のクローズアップは代役でしのごう。いや、全部代役にやらせてもいい。肩から下だけの構図で撮る」

「ありがとう」

でも、とダイアンは思う。ほんものの欲情が表われていなければ駄目。性的な魅力が、抑えきれない衝動が、あふれていなければ、パムとリアムの物語は意味をなさない。それがなければ、映画全体が成り立たない。

わたし自身が観客に伝えなければ。

代役にはできない。

わたしに懸かっている。

彼女は集中しようとする。パムになりきろうとする。自分を捨てて。けれども、電話の声が頭の中でよみがえる。

やあ、スウィートハート。

ダニーは、アンジェロ・ペトレッリが朝食をとる店へ行く。

自分から出向くことに抵抗はない。どちらが偉いかなどと競うつもりはない。中立的な場所で会うことに固執する気もない。それに、ベーカリーまで出向いたところで危険があるとも思えない。木曜日の朝の十時半にウェストレイク・ヴィレッジでドンパチが始まるとは思えない。

ウェストレイク・ヴィレッジは、ロスアンジェルスというより、郊外の高級住宅地のような雰囲気のところだ。

ダニーのほうももちろん調べはしている。

アンジェロ・ペトレッリは、ロスアンジェルスのマフィアのボス。まあ、それだけなら、どうということはない。その昔、一九二〇年代から五〇年代にかけて、ロスアンジェルスのファミリーにはジャック・ドラグナ、ミッキー・コーエン、ベニー・シーゲル、ジョニー・ロゼリといった有力者がいた。

それが七〇年代から八〇年代になると、仲間割れが始まり、多くの者が刑務所送りになった。それでロスアンジェルスのファミリーは瓦壊し、そこからまだ回復できずにいた。ただ、最近はペトレッリをはじめとする数人が頭をもたげはじめ、関係者を新たに映画界に送り込んだり、ラスヴェガスの一角を手中に収めたりしている。

ただ、ロスアンジェルスの実態は別にあることをダニーは知っている。実のところ、シカゴに本拠を置くマフィアの組織《シカゴ・アウトフィット》が牛耳《ぎゅうじ》っていることを。ロスアンジェルスはシカゴが半ば公認している植民地だ。となると、簡単な話ではなくなる。

ダニーとしてもシカゴと揉《も》める気はさらさらない。

誰だってそうだろう。

だからダニーは会いにいく。仲間は反対したが、ひとりで行くほうがものに動じない印象を相手に与える。自信があるから単身で乗り込んできたのだと思わせられる。

アンジェロ・ペトレッツリはすでに外に出て、ファエラとテーブルをはさんで坐っている。ダニーを見て立ち上がると、丁重に迎える。「ダニー、すまんな、手間をとらせて」

アンジェロも下調べをしたのだろう。すでにあれこれ知っているはずだ。ダニー・ライアンは肝の据わった男で、ピーター・モレッティから四十キロのヘロインを奪ったこと。少なくともふたり、おそらくそれ以上を殺していること。なによりパスコ・フェリの古い友人であり、身内も同然であること。かつてニューイングランドのボスだったパスコは、引退して今はフロリダにいるものの、シカゴを含む主要なファミリーといまだつながりがある。

だからアンジェロはダニー・ライアンにとりあえず敬意を示す。

「何か注文するか、ダニー？」と彼のほうから尋ねる。「コーヒーか？　デニッシュか？　ロニー、このダニーにコーヒーを持ってきてくれ。まあ、坐れや、ダニー」

ダニーは坐る。

ロニー・ファエラはベーカリーの店内にはいっていく。

「ダニー」とアンジェロは切り出す。「トラブルがあったんなら、最初におれのところに来てほしかった」

「知らなかったんだ」とダニーは言う。

「そこがいつも問題になる」とアンジェロは続ける。「ふらっと来たばかりのよそ者は自分が何を知らないかを知らない」

「そのとおりだ」

アンジェロは笑みを浮かべる。「だから、まあ、もう忘れてくれ。ロニーをもとに戻して、人生を続ける。すべて水に流そうや」

「答はノーだ」

笑みが消える。「ノー？　何が？」

「ロニーは戻さない」とダニーは言う。「あんた、泥棒を家に入れるか？」

ダニーは具体的に並べ挙げる。飲食代の架空請求、機材費の水増し、来てもいないスタッフの人件費の請求などなど。合計すると、何万ドルにもなる。

「何をこだわってる？」とアンジェロは尋ねる。「おまえの金でもないのに。だけど、おまえも一枚嚙みたいってことなら、よかろう、話し合おうじゃないか。浮かせた経費を懐《ふところ》に入れたいのなら、おれがロニーを説得するよ。そっちもパスコに電話して、おれたちとはうまくやれてるって報告するといい」

「あんたの交渉相手はパスコじゃない」とダニー。「このおれだ」

　そして、ダニーのまえに置いて腰をおろす。ファエラがコーヒーとデニッシュを持って戻ってくる。

「今ちょうど、ダニーと打開案を探ってるところだ」アンジェロが伝える。

「みんなで仲よく食事できるほどな、ダニー、ひとりが欲張らないかぎりは」とファエラは言う。「映画業界ってのはでかいテーブルだ」

　ダニーはコーヒーカップからプラスティックの蓋をはずして一口飲んで、また蓋をする。

「この映画はおれのテーブルだ。あんたたちを招待したつもりはない」

「おれたちはおまえよりさきにテーブルについてた」とファエラは言い返す。

「だけど、今はもうあんたたちの席はない。そういうことだ」

「マッケンチーズみたいなケチな食いもののために、おまえは本気でごたごたを起こしたいのか、ええ?」アンジェロが腹を立てはじめる。「ケータリングなんてものは――ロニーには悪いが――ちっぽけな話だ。だけどな、ここはおれの縄張りなんだよ。おれの縄張りで稼ぎたいなら、おれのところに来るこった」

「あんたの縄張りを荒らす気はないよ」とダニーは答える。「ギャンブルもヤクも女も組合も高利貸しも。何も要らない」

「じゃあ、何が欲しい?」

「おれが関わってる映画だけだ」とダニーは言う。「この映画と今後おれが製作に関わる映画だけだ」

「おれたちは映画組合ともつながってる」とアンジェロは言う。

「好きにすればいい」とダニーは言う。「ただしおれの撮影現場以外でな」

ファエラが言う。「お守《も》りが欲しけりゃ、お守り代を払うもんだ」

「こっちはそんなことは頼んじゃいない。だからそんなものは払わない」ダニーはそう言い、立ち上がる。「時間を割いてくれてありがとう。コーヒーもうまかったよ」

彼は歩いて車に戻る。

そして、すぐにジミーに電話する。「撮影現場を常に誰かに見張らせろ。全員に頭をフル回転させるように言え」

「護衛をつけようか？」

「いや、おれはいい」

よくないが、とダニーは内心思う。

おれはクソまみれだ。

今やおれが最も望んでいなかった事態だ。

彼が自宅のあるアパートメントハウスの敷地にはいると、見慣れない車が彼を待っている。

二十三回目のテイク。

やはりよくない。ダイアンはそう思いながら、撮影スタジオをあとにする。テイクを二十三回繰り返したのに、わたしの演技はどこまでもまやかし。ミッチは不機嫌を努めて隠そうとしているけれど、芝居が下手だ、わたし以上に。あちこちで囁《ささや》きが交わされている。もうすぐスーザンのオフィスの電話が鳴りだすだろう。

ダイアンは疲れきっている。

今の望みは家に帰って寝ることだけだ。

ダニーの車のシートには今、ハリス麻薬捜査官が坐っている。

「できるかぎりめだたないようにしなきゃいけないときに」とハリスは言う。「きみはできるかぎりめだってる」

「それがどういう意味にしろ」

「映画女優とつき合って、公《おおやけ》の場をうろうろしてるという意味だ。理解に苦しむよ。きみは馬鹿じゃない。あの金を手に入れた以上、静かに幸せな生活を送ることもできたんじゃないのか」

「まさにそれがおれの望みだ」

「正反対の証拠がこんなにあるのに？」とハリスは言う。「彼女に何か話したりしてないか？　彼女が知ってはいけないことを？　ピロートークのときにでも？」

「おいおい――」

「彼女は不安定だ」とハリスは続ける。「薬物と酒に溺れた過去がある。鬱病と精神疾患の気《け》もある。彼女の兄は――」

「それは知ってる」とダニーはさえぎって言う。「大丈夫だ。彼女には何も言ってない」

数秒の沈黙のあと、ハリスは言う。「ワシントンの一部の人たちがとても心配している」

「それはどんな人たちだ？」

「おいおい、ダニー」

「おれはあんたに雇われてるわけじゃない」とダニーは言う。〝ワシントンの一部の人たち〟に雇われた覚えもない。おれたちは取り決めをして、おれは自分の役割を果たしおえた」

ハリスはきっぱりと言う。「メディアからは距離を取って、彼女との関係は断つべきだ。さもないと――」

「今度は脅しか？」

「きみを助けたいのがわからないのか？」

「大きなお世話だ」

ハリスはドアを開ける。「彼女とは別れろ、ダニー。今すぐ別れろ」
そう言い残して車を降りる。

ダニーは麻薬ディーラー？

見出しを見たとたん、ダニーは胃袋が跳ね上がったような気分になる。続きを読む。

色男のダニー・ライアンは、スカイ・マスターソン（『野郎どもと女たち』の主人公）より『スカーフェイス』の登場人物に近いのかもしれない。信頼できる司法関係筋からの情報によるかぎり、われらがいとしのダイアンと街中でいちゃついているダニーは、大量のヘロイン取引きから得た金でデート代をまかなっている可能性がある。

記事の内容は、〈グロッカ・モーラ〉の家宅捜索、十二キロのヘロインの押収、ジョン・マーフィの逮捕と続く。

情報筋によると、ダニーはジョン・マーフィの義理の息子であり、ロードアイランド州でイタリア系マフィアと長期抗争を繰り広げたアイルランド系マフィアの手先だ

ったらしい。いくつかの殺人事件で〝参考人〟となったが、検察は彼の有罪の決め手をつかめなかった。

彼は現在も麻薬取引きに関わっている可能性がある。

果たしてダイアンは自分の恋人の過去を知っているのだろうか？


ダニーは吐き気を催す。

スーザン・ホルトも気分が悪い。

大変なことになった。

もはや宣伝部長も、いい宣伝になるとは思っていない。その一方、顧問弁護士は、現段階ではまだ法的な立場から介入するわけにはいかないという。ライアンと新聞各社とのあいだの問題だから、と。ライアンが裁判を起こしても諸刃《もろは》の剣だ。むしろ関連記事が掲載されつづけることになる。

そもそも疑惑が真実だとしたら？

スーザンは同じ部屋にいるミッチに眼をやって言う。「撮影日報を見たけど、ダイアンはひどい状態みたいね」

「彼女に何が起きているのかおれにもわからない」とミッチは答える。「ドラッグやアルコールの影響じゃない。彼女はこのところ手を出してない。なのに、精神状態が……」

「映画の完成まで持ちこたえられるかしら？」とスーザンは疑問を呈する。「彼女の撮影はあと何日あるの？」

「まともな精神状態でいてくれれば、九日か十日だ」とミッチは言う。「まともじゃなきゃ予測不能だ」

「今回の記事はそんな彼女の助けにならない。でしょ？」

「ああ、そうだな」


「ほんとうなの？」とダイアンは尋ねる。

今日も不調に終わった撮影現場から、まっすぐ彼のアパートメントにやってきている。

「一部はほんとうだ」とダニーは認めて言う。

イアンが寝たあとでよかった。

「ヘロインの一件はボビーのプロットで読んだわ」とダイアンは言う。「脚本にも書いてあった。でも、あなたが関与してたなんて知らなかった」

「おれの人生にはきみからは遠ざけておきたいことがある」

「なぜ？」

「もしそういう部分を見せたら、きみは去っていってしまうからだ」

ばにいたこと。

「ダニー」と彼女は言う。「そういう部分を見せてくれないなら、逆に去るわ」

ダニーは彼女にすべてを話す。リアムの口車に乗せられて、モレッティのヘロイン輸送車を襲撃したこと。四十キロものヘロインを強奪したこと。しかしそれは罠であり、はめられたこと。〈グロッカ・モーラ〉が警察の手入れを受けたとき、自分は入院中の妻のそばにいたこと。

残りの経緯も打ち明ける――おれはヘロインを取りにいった。

「事実だったのね」と彼女が言う。

「しかし、おれは捨てた」とダニーは言う。「ヘロインは海に捨てた」

「そんなことを信じろって言うの？」

「きみに何を信じてほしいのか、自分でもわからない」とダニーは言う。「おれにできるのは、真実を話すことだけだ」

脚本も映画もリアムの自殺で幕を閉じる。

妻のパムに捨てられたあとで。

「あれは事実に反する」とダニーは言う。「パムはリアムを裏切り、ジャーディンという名のＦＢＩ捜査官に売った。そのジャーディンがヘロインを手に入れるためにリアムを殺したんだ」

「なぜそれを知ってるの？」

「ジャーディンから聞いた」

「彼は殺害されたはずよ」

「彼は殺された」

「あなたがやったの？」

「ダイアン。答を知りたくない質問をしないでくれ」

「じゃあ、イエスってことね」

正直に伝えるべきか？　ダニーは自問する——ジャーディンには逃げる機会を与えてやった。なのに、彼のほうから撃ってこようとしたので一瞬早く撃ち殺した。

いいや、伝えない。

彼女を証人にしてはいけない。

「きみが理解していないことがたくさんある」と彼は言う。

「じゃあ、理解させてよ」

彼は首を横に振る。

「わたしは蚊帳《かや》の外ってわけ？」

言うべきでないとわかっていながら、ダニーは口を開く。「関わり合った当初から、おれがボーイスカウトではないのは知ってたはずだ」

「よくわかったわ」

彼女は身を翻《ひるがえ》し、ドアから出ていく。

翌日にはもっとひどくなる。

ダニー・ライアンは警官殺し？

記事はフィリップ・ジャーディン殺しの件に踏み込んでいる。直接的にダニーの犯行とは示唆していないものの、当日の朝、彼が現場の浜辺にいたかもしれないといった含みは持たせている。ひょっとすると彼がジャーディンの情報提供者で、仲間をジャーディンに売ったものの、そのあと関係がこじれたのか。

別の可能性として、ダニーは、ヘロインを持っているところをジャーディンに見つかり、口封じのために殺したのかもしれない。

そんな説を堂々と主張しているわけではない。が、可能性という形で読者に問いかけている。

続いて、ダイアンが槍玉に挙げられる。薬物やアルコールに溺れた過去が蒸し返され、さらに——

——以上が事実なら、ダイアン・カーソンは実兄に夫を殺され、今は警官殺しの犯人とつき合っている。そういうことなのだろうか？

非常ベルのように、電話が鳴りやまなくなる。

マデリーンはエヴァン・ペナーが電話に出るのを待つ。長くは待たずにすみ、すぐさま本題に入る。「うちの息子をこんな目にあわせてるのは誰？　どうしてなの？」

「なんの話だ？」

「ダニーについて誰かがデマを言い触らしてるでしょうが。やめさせて」とマデリーンは言う。

「リーク元を探している段階だ」

「嘘は言わないで」と彼女は言う。「情報源はわかってる。ちがうの？——ＦＢＩのモネタでしょうが」

「あいにくだが、マデリーン。ダニーが脚光を浴びるのは自業自得だ。自ら進んでカモになった」

「全部終わらせて」とマデリーンは言う。「裏情報を持っているのはミズ・モネタだけじゃないのよ。わかってると思うけど」

彼女は誰にとっても脅威となりうる。それはペナーにもよくわかっている。

マデリーン・マッケイは裏情報を嫌というほど握っている。その気になれば、さまざまな公人の性的な趣味はもちろん、極秘の政治献金やインサイダー取引きを白日のもとにさらすこともできる。

上級国民が積み上げたキャリアをぶち壊し、監獄にぶち込むこともできる。

「モネタはわれわれが黙らせる」とペナーは応じる。「だけど、マデリーン、どうやったらこの歯磨き粉をチューブに戻せるのか、正直なところ、私には見当もつかない」

マデリーンにもわからない。

真実が表《おもて》に出てしまった以上、今のダニーはとことん弱い立場に立たされている。そのことを肌身に感じながら、彼女は電話を切る。

エヴァンの言うとおり。とにもかくにもダニーをスポットライトから引き離さなければ。

ハリウッドから離れさせなければ。

ダイアン・カーソンから。

パスコ・フェリもあちこちから電話を受ける。

どれもがダニー・ライアンのことだ。

ついニ日まえも、アンジェロ・ペトレッリとかいうロスアンジェルスのヌケ作が電話してきて、泣きごとを並べ立てた。ダニーが自分のシマに侵入し、敬意を払おうとしなかった、と。

パスコは苛立《いらだ》った。理由その一、彼は今や引退生活を愉しむ身だ。その二、ペトレッリなどという男は知らないし、ロスアンジェルスはファミリーとしての体《てい》を成しておらず、シカゴの西海岸支部でしかない。その三、ダニー・ライアンはこの件から手を引くはずだった。

シカゴに気をつかって電話を受けてやっただけなのに、ペトレッリはやたらと強引で、パスコの力でダニーを説得して金を払わせるか、仕事をやめさせるか、どっちかにしてくれと迫ってきた。パスコは、ダニーとつき合いがあったのは少しばかり昔だから今は電話番号さえ知らない、それでも調べてできるかぎりのことはしよう、と答えた。

もちろん、いっさい何もしないつもりだった。

ド素人が、と彼は思った。ダニーと揉めているなら、それはおまえの問題であって、おれの知ったことではない。自分のことは自分で片をつけろ。

ところが、今朝になって、シカゴ、ニューヨーク、デトロイト、カンザスシティのそれぞれのボスから電話があり、ダニー・ライアンという男はどうなってる、なんで紙面を賑わせてる、と問い詰められた。

誰もがこの騒動を迷惑がっている。

最近は、どのファミリーも組織犯罪取締法《RICO》にこっぴどく締め上げられて、警察にぺらぺらと口を割る輩《やから》が増え、割りを食った幹部が刑務所にぶち込まれている。そんなときに一番ありがたくないのは、麻薬や殺しをメディアに大々的に報じられることだ。

ニューイングランドの死体の山は埋もれたままにしておくのが最善策だ。パスコでなくても誰が見ようと。なのに、ダニーがハリウッドの女のあそこに一物を突っ込んだせいで、世間がこぞって過去をシャベルで掘り返そうとしている。

パスコは六〇年代の似た事件を思い出す。シチリア系の大物サム・〝モモ〟・ジアンカーナが人気コーラスグループのマクガイア・シスターズのひとりをたらし込み、新聞各紙を騒がせたときのことだ。〈シカゴ・アウトフィット〉はそれが気に入らず、モモを幹部から追放した。

その後、モモはケネディ家やＣＩＡ、さらにはキューバ人やらなにやらと関わりを持つようになった。ＪＦＫ暗殺に一枚嚙んだとの説もある。

結果、また注目の的になった。

ことここに及び、〈シカゴ・アウトフィット〉は彼の頭に弾丸《たま》を撃ち込んだ。

哀れなもんだ。ジアンカーナはイタリアン・ソーセージか何かを焼いている最中に殺された。

そして今度はダニー。

マフィアのメンバーは映画が誕生するまえから女優とファックしていた。だからそれ自体はなんの問題もない。が、そういうことはあくまで内密にしておくのがすじというものだ。

この種のことは、ただ賢くやるだけで、極上の人生が送れる。

なのに、ダニーは馬鹿をやらかした。

彼に関する電話のほとんどは、ほぼ同じ内容だった——ダニーを抹殺しろ、とまでは言わないものの。近頃は誰も電話では明言しない。が、みんなそれを望んでいるのは明らかだ。

ただ、パスコはそれには賛成できない。

ほかの連中もよく考えればわかるだろう。ダニー・ライアンのうつ伏せの死体がロスアンジェルス川で発見された、などという事件が新聞の見出しを飾るのは、絶対避けたいはずだ。

新聞社は喜ぶだろうが。

今取るべき道は——誰もが望む形は——ダニーにあきらめさせ、姿を消させ、事態を沈静化することだ。

ダニーなら聞く耳を持っているはずだ。

そうでないとしたら、もう打つ手は……

レジー・モネタは、自らの潔白を主張したりもしない。

ジョージタウンでエヴァン・ペナーとふたりきりのランチをとりながら、彼にあからさまに圧力をかけられ、今後もＦＢＩにいたいのか、民間に飛ばされたいのかと暗に迫られても屈しない。

「この際、虫けらがうじゃうじゃはいった缶詰を開けて、陽のもとにさらしたい」と彼女はペナーに言う。「そうするには缶詰を全部開けるしかない。中米の缶詰も、〈エトナ作戦〉の缶詰も。ドミンゴ・アバルカの缶詰も。このまま虫けらどもをワシントンにはびこらせておきたいのなら……ミスター・ペナー、もっとオブラートで包んだ脅しをかけてくることね」

「リークはもうやめろ」とペナーは言う。

「もうやんでる」

すでに満足している。これ以上、流す情報はない。ワインはすでに注がれ、瓶にはもう戻せない。

「わたしに言わせれば」とモネタは続ける。「ダニー・ライアンは麻薬密売人で殺人犯。いくらひどい目にあわせてもまだ足りない。ああ、そうそう、彼の母親にもそう伝えておいて。マデリーン・マッケイのことは調べがついてる。つまり、一部の捜査に関しては、彼女を証人として引っぱることだってできるということよ。もしあなたが望むなら」

これこそオブラートで包んだ脅し。

いや、オブラートを剝いた脅しか。

そんな脅しをしたところで、それがダニー・ライアンの起訴につながることはない。それぐらい彼女にもわかっている。

つながるとすれば、それはダニーの死だ。

パスコ・フェリに電話してもアンジェロ・ペトレッリは幸せになれない。

軽くあしらわれた。あの老いぼれ、おれをビールの泡みたいに吹き飛ばしやがった。

この件をシカゴに持ち込むというのもできないことではない。しかし、体裁《ていさい》が悪すぎる。ただでさえ、シカゴにはふにゃまら扱いされている。こんな些細なことをいちいち相談していたら、もっとふにゃまら扱いされるだけだ。

それに、ライアンのクソ野郎は今、窮地に立たされている。どの新聞にも顔写真が載り、警官殺しの関与まで疑われている。すでに厄介者だ。だから、おれがその厄介者を始末すれば、大ファミリーのボスたちは気をよくするはずだ。

あいつを永久に葬ってやれば。

アンジェロの最大の望みは、ラスヴェガスにおける利権の復活だ。ラスヴェガスはシカゴが牛耳っている。ライアンの一件を処理して、シカゴからふにゃまら扱いされなくなれば、パーティへの招待状がもらえるはずだ。

「誰かに命じろ」と彼はフェイラに言う。

「誰に？」

アンジェロはスムージーを飲みながらフェイラを睨む。「おれは知りたくない」

腕のいい誰かに決まってるだろうが、このふにゃまら。

ダニーの側近まで彼に不満を抱きはじめる。

ケヴィン・クームズは怒っている。まず自分を差し置いてダニーがダイアンをものにしたから。その上、娘のアンバーを映画に出演させてやったのに、キムが彼を捨てたから。

「悪く思わないで」別れのセックスのあと、キムはケヴィンに言った。「わたしたちニューヨークに引っ越すの」

「ニューヨーク？」

「アンバーにオファーが来て、テレビシリーズにレギュラー出演することになったのよ。撮影がニューヨークで。この際、引っ越したほうがいいと思って。娘はロスアンジェルスでこういう薄っぺらな役をやるんじゃなくて、本格派の女優になりたがってるのよ。撮影スケジュールを見ると、オフブロードウェーの舞台に出るゆとりもありそうだし」

なによりケヴィンは退屈している。

確かに現金隠し場所を襲って得られた金は莫大だった。撮影現場での生活も愉しい。が、ケヴィンはまた暴れまわりたくなっている。また大仕事がしたい。なのに、ダニーはふたりをめだたせたくないものだから、何もさせてくれない。

何を言おうと大人しくしてろの一点張りだ。おれたちにはそう命じてるくせに、自分はどうだ？　世間の注目の的じゃないか。それがケヴィンには股間を火で炙《あぶ》られるくらい我慢ならない。

「彼はまったくもう……なんて言うんだっけ？」と彼はショーンに訊く。

「偽善者」とショーンは答える。「偽善者だ」

ショーンもほぼ同じ理由でダニーに不満を募らせている。が、彼の一番の心配は、ロードアイランド州で関わった事件で起訴される恐れが出てきたことだ。加えてアナがダニーはダイアンを大事にしていない、としつこく愚痴《ぐち》る。

「あの人、ダイアンのキャリアを台無しにしちゃう」先日の夜もそう言っていた。

それどころか、みんなのキャリアを台無しにしちまう、とショーンは今、ケヴィンと〈バーガーキング〉の店内に坐ったまま考える。大ファミリーがダニーの息の根を止めると決めたら、おれたちは皆殺しにされるだろう。

バーニー・ヒューズはと言うと、ただひたすら心配している。

そもそも心配性なのだが、今回の不安材料は明確だ。ダニーがこのまま暴走を続けたら、側近みんなを道連れにしかねない。が、ヒューズはそれよりダニーのことを心配している。なんと言ってもダニーはマーティの息子なのだ。

幼なじみのジミー・マックはダニーと直接向き合う。彼はアンジーと子供たちを西海岸に呼び寄せようとサンディエゴの郊外に手頃な物件を見つけている。教育環境もよく、心安らぐ公園も近くにある場所に。

が、今は安らいでなどいられない。

「おれはあいつらと話し合ってる」ある日、彼はダニーにそう切り出す。バーバンクにあるまずまず旨《うま》いフィッシュ&チップスの店。

「おまえがあいつらと？」とダニーは訊き返す。「何を？」

「わかってるだろ？」

「ああ、たぶん」とダニーは答える。「それでもはっきり言ったらどうだ？」

「よし」とジミーは腹をくくって言う。「おれたちはそろそろ腰を上げるべきじゃないかと思ってる」

「どこから？」

「このすべてから。このハリウッド関連から」

「どこかへ行きたいのなら行けばいい」

「おまえも一緒に行くんだ」とジミーは言って、フライドポテトにさらにビネガーをかけると、それをじっと見つめる。

「どうして?」

ジミーはしびれを切らす。「問題の核心はおまえだからだよ、ダニー。おまえがダイアンに手を出したとばっちりで、おれたちのことが新聞で報道されまくってる。テレビでも。おれたち全員を殺すつもりか? ファミリーのボスでなきゃならないおまえがみんなを失望させてるんだ」

知るか、とダニーは思う。おまえらのポケットに金を、口に食いものを入れてやったのは誰だと思ってる? ボスはおれだ。おまえじゃない。〝あいつら〟でもない。いつどこで何をするか。それを決めるのはおれだ。それが気に入らないなら、出口に鍵はかかってない。

そう思うものの、彼は考え直す。

ジミーは昔からの友人だ。いつもおれを支えてきてくれた。

ジミーには借りがある。少なくとも彼には正直になるべきだ。

ダニーは言う。「彼女を愛してるんだ」

「一番最近おれのまえでその台詞を吐いたのは誰だか知ってるか?」

もちろん、とダニーは胸につぶやく。

リアム。

くそリアム。

ああ、今のおれはあいつと変わらない。

「頼みごとはなんでも聞く」とダニーは言う。「金の話でも、仕事の話でも。しかし、その頼みだけは駄目だ」

「おまえはリアムになんて言った?」とジミーは言う。「パムのことで」

「別れろって言ったよ」

ジミーは肩をすくめる。

そういうことだ。

ダニーの電話が鳴る。「もしもし」

「ダニー・ライアン」男の声が言う。「きみは私が誰だか知らないだろうが、ポンパノビーチに共通の友人がいる。その友人がきみと私で話し合ってくれと言ってきた」

ポンパノビーチ——パスコだ。「わかった」

「会える時間と場所を言ってくれ」と男は言う。

「ロスアンジェルスを知ってるか?」

「空港は知ってる。今、着いたところだ」

「サンタモニカ桟橋」とダニーは言う。「二時。あんたの目印は？」

「私はきみを知っている」


実際、男はダニーを知っている。

ダニーが桟橋に着くと、五十代前半の背の低い瘦せた男が歩み寄ってくる。チャコールグレーの洒落たリネンのスーツを着ている。「よく来てくれた、ダニー。私はジョニー・マークスだ」

ふたりは大観覧車のまえを通り過ぎ、埠頭《ふとう》に出る。

「用件はなんだ？」とダニーは尋ねる。

「われわれの友人の考えをきみに伝えるのが私の役目だ。きみはここでまちがいを犯している」とマークスは言う。「今はきみが次に進むべきときだと彼は考えている」

「おれの考えはちがう」

「別の言い方をしよう」とマークスは続ける。「速度制限の標識は知ってるか？」

「ああ」何が言いたい？

「速度制限の標識はいわば提案みたいなものだ、ちがうか？」とマークスは言う。「今回のはそういう標識じゃない。一時停止の標識だ。停止の標識を見たら、止まるものだ」

「だったら、パスコに伝えてくれ、愛と敬意を込めて」とダニーは言う。「心配はありがたいが、あんたには関係ないと。そう伝えてくれ」

「それが関係あるのさ」とマークスは言う。「あちこちの大ファミリーから仲裁役を任されたんだよ。彼を窮地に追い込まないでくれ」

「おれはここでビジネスをしてる」

「映画ビジネスか。きみには向いてない。なあ、パスコの流儀は知ってるだろ？　なんの見返りもなしに申し出をしたりはしない人だ。われわれの友人たちは今、ヴェガスに戻ろうとしている。きみはあの地に強いコネを持ってる。おふくろさんを通じて。だから多少の分けまえがきみの懐にもはいるようにするとパスコは言ってる」

「そんなものは要らない」

「きみには息子がいる」とマークスは淡々と続ける。「イアンのことを考えろ。彼の将来を。このヴェガスの話は世襲制だ」

「おれは合法的にやる」

「ハリウッドで？　おいおい。きみはマフィアをただの盗人だと思ってるのか？　われわれは上まえをはねても節度というものを心得ている。一方、映画に寄生してる盗人《ラードリ》は限度を知らない。きみはきみを愛してくれる人たちとではなく、そういうやつらと手を組みたいのか？」

ああ、とダニーは思う。イタリア系の連中にはずいぶんと愛してもらったよ。

「今日のは友好的な対話だ」とマークスは言う。「だけど、また会うことがあるようなら、そのときは対話にはならない。次のときにはきみは私の顔を見ることもない。あまり長引かせないでくれ。じゃあ」

ダニーは桟橋を歩いて戻るマークスを見送る。

陰で見張っていたショーンがあとを尾《つ》けることになっている。このあとマークスがどこに向かうにしろ。

要するに、とダニーは思う、おれはもう二進《にっち》も三進《さっち》も行かなくなっている。そういうことだ。

おれを殺すと三人が脅してきた――ペトレッツリにハリス、それにマークス。順に危険度が増している。

ペトレッツリは平均的なマフィアの殺し請負人だから、さらに下請けを雇うだろう。おそらくファエラを。で、ファエラがまた別の小悪党を雇って実行させる。

よくある手口だ。

ハリスはちがう。あの男は政府のクソだ。だから、政府お抱えの殺し屋を抱えている。たいてい軍隊上がりの。彼らは指揮官の命令に逆らうことはない。

一方、今回のマークスは、パスコの代理人であり、パスコは大ファミリーのボスたちの代理人だ。ボスたちがおれを殺したいと思えば、おれは死ぬ。マークスを消しても、別のやつがやってきて、さらにまた別のやつがきて、永遠に終わらない。

だけど、おまえなら終わらせられる。ダニーは車に向かって歩きながら自分に言う。

今日にも終止符を打てる。

ダイアンと別れさえすれば。

ロスアンジェルスから立ち去りさえすれば。

それこそおまえの取るべき道だ。自分を守り、仲間を守る。おれとはもう縁を切れと告げても、ジミー・マックもネッドもほかのやつらも誰も従わないだろう。おれが地獄に堕《お》ちるなら、とことん運命をともにしようとするだろう。なぜなら彼らはニューイングランドの男だからだ。それがニューイングランドの男の生き方だからだ。

みんなも死なせることになる。

たったひとりの女のために、リアムが多くを死なせたのと変わらない。

そのためにこそおまえはリアムを憎んだ。

ここで終わりにするんだ。

そう思うそばから別の声がする——そんなことはできない、そんなことは。くそ!

おれは彼女を愛してる。

おれたちはもう互いのものになっている。

パシフィック・コースト・ハイウェーにはいるまえに、ダニーはその車に気づく。が、気にしない。どうせ住まいなどばれているに決まっている。それに、その車の数台うしろにはジミー・マックの車がついている。助手席にケヴィンを乗せて。

ダニーは思う。子供相手に遊んでるつもりなのか？　おれが護衛もつけずにのこのこ現われるとでも思ったか？

ダニーは後続車を引き連れてドライヴすることに決める。マリブ・キャニオンを通り抜けたあと、一〇一号線を戻って自宅に着く。

尾行の車はダニーの車の横を通り過ぎる。停める場所を探しているふりをして。

ダニーはプールへ直行し、ホリーと一緒にいるイアンを見つける。ホリーに金を払って、そのあと一時間ほどイアンとプールで遊ぶ。

イアンの浮いた体を引っぱってプールの反対端へ移動して、柵のある盛り土《ど》や木々のほうを見やると、茂みを刈っている男がいる。白人の男。メキシコ人以外がカリフォルニアで庭仕事をしているのを見るのは、たぶんこれが初めてだろう。

ダニーは思う、あの男は茂みを刈っているのではない。

銃撃に向け、下調べをしているのだ。

イアンを連れて二階に上がり、フィッシュ・スティックとインスタント・マッシュポテトをつくる。イアンの好物だ。ちびのくせにいかにもアイルランド人だ。

ダニーはショーンから電話を受ける。「マークスはあんたと別れたあと、ある男に会った。さて、誰だと思う?」

「さっさと言え、ショーン」

「ハリスだ」

ダニーは納得する。

なるほどパスコとハリスなら、この件について理解し合い、協力し合えるだろう。ふたりには共通の利害がある――おれだ。ハリスが人に命じておれを殺すとしたら、なんとしても自分たちとの接点を消さなければならない。自分たちが関与していることがマデリーンにばれたら、そのあと彼らは彼女に立ち向かわなければならなくなる。一方、マフィアの仕業となれば、そういう手間が省ける。

パスコのほうも政府に協力しておけば、保護が得られる。ほかにもおそらくおいしい部分があるのだろう。

これはいい知らせでもあり、悪い知らせでもある。悪いのは、ふたりは強力なコンビだということだ。無限と言ってもいいほどの力を持っている。一方、いいことはこっちが対処しなければならない脅威が三つからふたつに減ったことだ。

「よし」とダニーは言う。「そのあとマークスはどこに行った?」

「ビルトモア・ホテル。ダウンタウンの」

「監視をつづけろ」

「了解」

　ダニーはジミーに電話する。

「おまえを尾行してた男はサンタモニカの〈ベストウエスタン〉にチェックインした」とジミーは言う。「ケヴィンに見張らせてる。車はレンタカーだ」

「飛行機で来たわけか？」

「だろうな」

「ペトレッリの手先か、おれが会ったマークスの手先か？」とダニーは尋ねる。

「なんとも言えない。ただ、そいつの写真を撮っておいた」

「その写真をバーニーに送って調べさせろ」とダニーは命じる。「おれたちとつながってる誰かがそいつの正体を知ってるかもしれない」

「もう手配した」

　その男がペトレッリの手先であることに賭けるしかない――実際、ダニーはそれに賭ける。話し合いの直後にマークスが尾行をつけるとも思えない。

　ジミーが言う。「お望みなら、おれとケヴィンでそいつを始末してもいい」

「いや」とダニーは言う。「おまえはこっちに来て、イアンを乗せて、マデリーンの家まで送ってくれ」

パスコの配下の者たちがイアンに危害を加えるとは思えない。おそらくペトレッリの手先どもも。イタリア人はドミンゴ・アバルカとはちがって、家族《ファミリー》は痛めつけたりはしない。とはいえ、何が起こるかわからない——流れ弾《だま》というものもあれば跳弾もある。危険は冒したくない。

ダニーは電話を切って、声をかける。「イアン。お祖母《ばあ》ちゃんに会いにいこうか?」

イアンの顔が輝く。「お祖母ちゃん!」

「ジミーおじさんが送ってくれる」とダニーは言う。イアンの顔が曇り、その眼に涙が溜まる。「心配するな。二、三日のうちにおれも行く」

「ふたつ寝たら来る?」

「ふたつ寝たら行く」

彼はイアンの衣服とおもちゃをいくつか鞄に詰め、ジミーが来るまで絵本を読んで聞かせる。

数分後、バーニーから電話がはいる。「男の名前はケン・クラーク。フェニックスから来てる。ロスアンジェルスのファミリーとつながってる。ほかにも大物のボスによく使われてるみたいだ。陸軍の元狙撃兵、ヴェトナム帰り。凄腕だ、ダニー」

「わかった、ありがとう」

　三十分後、ダニーはハリスと並んで坐っている。〈オークウッド〉の駐車場に停めた公用車の座席に。

「急にどうした？」とハリスが尋ねる。

「話があるのはそっちじゃないのか？」

「どういう意味だ？」

「おれに何か言いたいことがあるはずだが」とダニーは促す。

「きみとジャーディンを結びつけた報道がこのところあふれている。これはまずいよ、ダニー。おれに何を言わせたい？」

　真実はどうだ？　とダニーは胸につぶやく。おまえは大ファミリーとベッドインして、ピロートークでおれを消す相談をしてる。正直にそう言ったらどうだ？　もちろん、ダニーは自分が知っていることを自分のほうからは明かさない。こっちは何も知らずにおめでたく暮らしていると思わせておく。

「『波止場』って映画を見たことあるか？」とハリスが訊く。

「どうかな。見たかもしれない。どうして？」

「有名なシーンがある。マーロン・ブランドとロッド・スタイガーが車の中にいて、スタイガーがブランドに言うんだ。〝金を受け取れよ、小僧。おれたちがたどり着いちまうまえに……〟と。するとブランドが尋ねるんだ。〝どこにたどり着く？　どこに着くんだ？〟って。ブランドにはわかってる。行き着くところまで行ったら、実の兄であるスタイガーが自分を殺す命令を出すことが」

「だから？」

「だから金を受け取れよ、小僧。たどり着いちまうまえに」

ダニーは車を降りる。

ケン・クラークはチキンを買いにいく。

〈ポパイズ〉へ。

激辛のチキンを買いに。

それはまちがいだった。部屋に戻ると、ケヴィン・クームズに後頭部を棍棒《こんぼう》で殴られる。

やがて床の上で意識を取り戻すと、ダニー・ライアンが椅子に坐り、彼を見下ろしている。

「誰に雇われた、ケン？」

「言えば殺される」

「そんな心配はあとでしろ」とケヴィンが言う。

〝黙るように〟とダニーに視線で制され、ケヴィンは大人しくクラークのチキンをまた口に運ぶ。ネッド・イーガンは無言だが、そもそもめったにしゃべらない。無言で、クラークの頭に三八口径を突きつけている。

「簡単な話だ」とダニーは言う。「雇い主の名前を言わなければ、こっちがおまえを殺す」

「どうせ殺すんだろうが」

「いいや」とダニーは言う。

「殺さないという保証は？」

「保証はない」とダニーは答える。「ただ、言えば死なずにすむ可能性がある。言わなければ可能性はゼロだ。数字を比べてみろ」

「ロニー・ファエラ」

「わかった」とダニーは言う。「立て。バスルームに行け」

「やめろ。さっきおまえは――」

「命令されたとおりにしろ」

ケヴィンがクラークを床から引き上げ、半ば引きずってバスルームに運び入れる。クラークはまだ自力では立ち上がれない。

ダニーはテレビのヴォリュームを上げ、クラークのスーツケースを漁る。「おい、ケン、きれいな靴下はないのか？　いや、いい、あった」

クラークは運動用の白い靴下を几帳面《きちょうめん》に丸めている。ダニーはバスルームにはいって言う。「口を開けろ」

「なあ、頼む。ちゃんと言っただろうが――」

ダニーは靴下をクラークの口に押し込む。

「仕上げはおれがやろうか？」とケヴィンが申し出る。

「だって、そうだろ、ケン」とダニーは言う。「ここで生かしたら、おまえはいずれまたおれを狙うだろ？」

クラークは首を横に振り、「やらない」と言おうとする。

「危険を冒すわけにはいかない」とダニーは言う。「手だけドアの外に出せ」

クラークはまた首を横に振る。

「手を出すか、頭に弾丸《たま》を食らうか」

クラークはドア枠に手をかける。

ダニーはドアを蹴って閉める。

クラークは靴下の奥から悲鳴をあげる。すべての指が砕け、骨が二本、皮膚を突き破って出ている。彼は膝をつき、手首を押さえ、泣きわめく。

「そっちの手も」とダニーは言う。

ケヴィンがクラークのもう片方の手首をつかみ、手のひらをドア枠に押しつける。ダニーはまたドアを蹴る。クラークが銃をかまえられるようになるにはだいぶ時間がかかるだろう。

悲鳴が収まるのを待ち、ダニーはクラークの口から靴下を取り出す。「こいつらが救急病棟のまえでおまえを降ろしてやる。ファエラとペトレッリに伝えろ、おれが平和を望んでなければ、おまえも彼らも死んでたとな」

クラークの車のキーを取り、車内を確認し、トランクを開く。

ライフルはない。

これでひとつ減った。

まだひとつある。

ダニーはビーチハウスへ行く。ダイアンがそばまで歩いてきて、彼の腕に包まれる。

「ごめんなさい」

「おれも悪かった」

「世界じゅうがわたしたちを別れさせたがってる」と彼女は言う。

「世界なんてクソ食らえ」と彼は答える。「おれはそれとは真逆の道を進もうと思ってる」

「真逆って？」

「きみの撮影が終わったら、ヴェガスに行って、結婚式用のチャペルで……」

「それってプロポーズ？」

「指輪はまだ用意してないけど」とダニーは言う。「でも、買うよ。ちゃんとやろう」

そのあとベッドに横になり、体を並べて向かい合い、強く抱き合う。彼女は顔を彼の胸に押しつけ、彼は彼女の肌を隅々まで感じ取る。

そのあと彼女は体を強《こわ》ばらせる。

硬くなる。

そして、おもむろに切り出す。「兄のジャロッドが、わたしの最初の夫を殺したのは知ってるでしょ?」

「知ってる」

「なぜだかわかる?」

「きみの兄さんは麻薬か何かやってた」

「いいえ。そんな理由じゃない」

それから三十分、ダニーは彼女の話に耳を傾ける。彼女の口調はゆっくりと流れる小川のように、柔らかで、一定していて、よどみがない。

ダニーは彼女の物語を聞く。ダイアンとジャロッドはいつも仲がよく、いつもチームだった。冷淡な父と口うるさい母が階下《した》で繰り広げる喧嘩、飛び交う怒声に立ち向かう連合軍だった。夜はよくベッドに横になって語り合い、笑い合ったものだ。しかし、彼女が十二歳、兄が十六歳のときにそれが始まった。いずれ恋人ができたときに備えようと、ある種のおふざけとして、彼女とジャロッドはキスの練習をし、可笑《おか》しくてお互い笑いはしたものの、彼女は快感を覚えた。今のがあなたに知ってもらいたいことよ、ダニー、わたしはレイプされたことはないって言わなくちゃいけない、あるって言ったら嘘になる。気持ちよかった、いつもそうだった、いけないとはわかっていた。兄のほうもわかっていた。でも、気持ちよくて、兄が初めてわたしの胸を触ったときにはすごくぞくぞくした。兄が初めてわたしのあそこを触ったときにはすぐに濡れた。わたしは初めてイッて、わたしはそれが大好きで、ジャロッドが大好きで、彼が初めてわたしの中にはいってきたときには、うしろからだったから、わたしはほかの人としてるんだと自分をごまかして、彼もわたしを〝スウィートハート〟と呼んで、でも、ごまかせなかった、ほんとはそれが誰かはわかっていた。それが兄だということは。わたしは兄の名前を囁いた。それが何年も続いて、いつもじゃないし、毎晩じゃないし、時々やめたこともあった。それが何ヵ月になることもあった。でも、それ以上はやめていられなかった。だってお互い愛していて、たとえほかの人とつき合っても、やっぱりわたしたちは愛し合っていて、いつも自分たちのベッドに戻ってきた。だから、ダニー、もうわたしに触れたくなくなっても、わたしのことがもう欲しくなくなっても、その気持ちはわかる、理解できる。おぞましいことよね、ひどいことよ。病気よ。わたしたちがしたことは。でも、嘘は嫌なの、わたしは自分に嘘をつくのはやめたの。お酒と薬で自分をごまかしていたけど、わたしはそれが好きだった。兄に身を任せるのが。それ自体大好きで、兄が大好きだった。

ダニーは横たわったまま身動きひとつせずにいる。少しでも動いたら彼女がばらばらになるのではないか。そんな恐怖がある。ひたすら耳を傾ける。彼女はさきを続け、家を出たと言う――わたしは家を出て結婚し、結婚したときには、あれはもうやめなくちゃってジャロッドに言って、彼ももちろんだ、もちろんやめなきゃって言った。でも、兄は怒っていた。傷ついていた。彼がどんなに病んでいたか。わたしにはわからなかった。実際、家族が集まると、彼は笑い、下品な冗談も言った。でも、わたしとふたりきりになると、きみが恋しい、あれが恋しい、スコットにはずっと内緒だ、誰にも内緒だって言った。わたしがもうできないって断わると、ひどく怒った。それがどんどんひどくなってある晩、わたしが家に帰ると、スコットは床で死んでいた。そこらじゅう血だらけで、ジャロッドが安楽椅子にへたり込み、手にナイフを持っていた。そして、わたしを見上げて言った――おまえのせいだ、スウィートハート。

公判では、兄はスコットに金を貸してくれと頼んだのに貸してもらえず、かっとなって凶行に及んだというつくり話をした。でも、被告人席からまるでふたりだけの秘密があるような眼でわたしを見つめていた……ダニー、もうわたしなんか要らなくなったでしょ？当然よね。そう言われても、なんの反論もしないわ。

彼女の涙が彼の肌を濡らす。彼女の体は硬く強ばっている。互いに身を押しつけて横たわり、傷ついた者同士が出会ったのだとそれぞれが理解する。

「もうすぐすべてが明るみに出る」と彼女は言う。

「どういう意味だ？」

「こないだ、兄から電話があったのよ」

――やあ、スウィートハート。きみのことは新聞で読んでる。ほんとにすばらしい人生を歩んでるんだね？　男も見つけたんだね。おれがこの穴蔵にいるあいだに。この地獄にいるあいだに。まあ、それももうすぐ終わるようだ、スウィートハート。世間におれたちのことをばらしてやる。全部言ってやる、おまえがどんなふうにおれとファックしたか。何年も何年も。実の兄とどんなふうにファックしたか。おまえの人生は実のところどんなものだったのか、一緒に眺めようぜ。じゃあな、スウィートハート。

ダニーは彼女を強く抱きしめる。

17

日の出の兆《きざ》しとともに、ダニーはベッドを抜け出す。

外へ出て、テラスの椅子に坐る。

どうすれば彼女を助けられるのかわからず、眠れなかった。

エルドラド矯正施設に伝手《つて》はない。

ジャロッドがロードアイランド成人矯正施設か、あるいはニューイングランドのどこかの刑務所に収監されているのなら――いや、せめて連邦刑務所にでも――電話一本か、せいぜい二本で問題は解決できる。

が、〈エルドラド〉はカンザス州にある州の施設で、ダニーにはまったくコネがない。

ダイアンも外に出てきて言う。「まだいたのね。夜のうちに逃げちゃったかと思ってた」

「どこにも行かないよ」と彼は言う。「いや、イアンのところには行かなきゃいけないけど、もっと大きな範囲では……みんな過去があるんだ、ダイアン。胸を張れないようなことを誰だってやってきた」

「ダニー、これが明るみに出たら、つまり、ジャロッドが――」

「あそこの橋から飛び降りよう」と彼は言う。「でも、それはまだ起きてない。彼はきみをからかっただけかもしれない」

そう言いながらも、ダニー自身、自分のことばを信じていない。彼女の気持ちを傷つけたいだけなら、ジャロッドはもうとっくにやっているだろう。何年もやりつづけていてもおかしくない。

どうすれば彼と接触できるか考えなければ。

着替えるため、ダイアンは中に戻る。やがて、彼女を撮影所まで送るための迎えの車が来る。ふたりは軽くキスをする。ダニーは海辺に散歩に出る。

どうしたらいいのかわからない。

救いの手を求めることができる相手も今はいない。おれに好意を示してくれるときじゃない。おれ自身にはなんの影響力もなく、取引きできるネタもない。

いや、待て。

取引きするネタならおまえには腐るほどある。

クリス・パルンボは超能力などくだらないと思っている。

それでもローラを怒らせたくなくて、彼女が連れてきた魔女の集いの友人が〝運勢を読む〟のにつき合っている。

「グウェンドリンってほんとにすっごいのよ」とローラは言った。「彼女はわたしがあなたに会うのを予言したんだもの！」

そうだろうとも、とクリスは思う。グウェドリンとかいうその女はおまえが男と出会うと言ったにちがいない。おまえの性遍歴からすると、当たる確率は相当高い。さて、眉に唾をつけてお手並み拝見だ。

彼は今、グウェンドリンとキッチンテーブルをはさんで坐っている。彼女はローラよりも髪が乱れ、一九六九年頃サンフランシスコの〈グッドウィル〉などの古着屋に出没していた女装男性《ドラアグクィーン》のような服装をしている。

「あなたは流れ者ね」と彼女は言う。「根なし草」

そうとも、とクリスは思う。車はアリゾナ州のナンバーなのに、おれは今、ネブラスカ州の辺鄙《へんぴ》な町に住んでるんだから。言いあてられてもなんの不思議もない。

「さっきからずっとPの文字が見えてる」とグウェンドリンは続ける。「何か思いあたる節はない？」

「肺炎《ニューモニア》かな？」とクリスは綴《つづ》りがPで始まることばを挙げる。「心理学《サイコロジー》とか？」

ローラのきつい視線に射られる。彼はふざけるのはやめる。

「なるほど」とクリスは言う。

「彼の未来も見える？」とローラが尋ねる。

グウェンドリンの様子が変わり——クリスが察するに、トランス状態にはいったふりをしているのだろう——さらにご託《たく》が続く。「あなたはいずれ家に帰る。それはまちがいない。そこには王座のようなものがあって……そこはオフィス……？」

そう聞いたローラはグウェンドリンのことを〝ほんとにすっごい〟と思わなくなっている。「いつ？　彼はいつ家に帰るの？」

「それはわからない」とグウェンドリンは答える。が、そこでどっちの側に立たなければならないのか思い出す。「でも、すぐじゃない」

一方、クリスはこの段階でこの超能力者の言うことはそうでたらめでもなさそうだと思いはじめる。Pはプロヴィデンスの頭文字だ。そこでおれが王座につく？　オフィスの？まあ、ヴィニー・カルフォが生きていて、シャバにいるうちは無理だろう。とはいえさきのことは誰にもわからない。

「あなたとコンタクトを取りたがってる人たちがいる。あちら側に」とグウェンドリンが言う。

「あちら側？」とクリスは訊き返す。

「亡くなった人たちのことよ」とローラが声をひそめて言う。

すばらしい、とクリスは思う。しゃべれるのなら、嘘を言ってくれると助かる死人が彼には何人もいる。

「あなたのお母さんが自分は元気だと伝えたがってる」とグウェンドリンが言う。「でも、あなたに会いたくて死にそうだって」

そうだろうとも。あのクソ婆《ばばあ》はおれにナイフを突き立て、さらにとどめも刺したがっていることだろう、たとえ墓場からでも……

「別のPが見える」とグウェンドリンが言う。「ポールかしら？　それともピーター？」

「たぶんピーターだ」とクリスは答える。今や完全に真に受けている。

「彼はあなたに伝えたいそうよ。彼の奥さんが……まあ、なんてひどい」

「なんだって？」とクリスは勢い込んで尋ねる。

「つまり、その、ピーターは奥さんが自分を殺させたんだって言ってる。思いあたることある？」

シーリアを知っている者なら、さもありなんと思うだろう。クリスは内心そう思う。しかし、この女にはどうやってそれがわかったんだ？「いいや」

「今わたしに見えてる人はサリー」とグウェンドリンは続ける。「あ、この人、男の人ね」

「サルだ」とクリスは言う。

サル・アントヌッチ。モレッティ一家の突撃隊長で、おれのダチだった。ゲイの恋人のアパートメントを出たところで、くそリアム・くそマーフィに撃たれた。

サルはおかま野郎だった。でも、それを知ってたのは――？

「いろいろ世話になったってあなたにお礼を言ってる」

あいつの敵《かたき》を取ってやったからか？ 「どういたしましてと伝えてくれ」

「彼は子供たちのことを心配してる」とグウェンドリンは言う。

「元気にしてると言っておいてくれ」とクリス。

あいつの子供たちがどうしているかなど見当もつかないが、サルも知らないのなら、安心させてやって何が悪い？

グウェンドリンが帰ったあと、ローラが激怒する。

「わたしを捨てるつもりなのね」

「そんな気はない」

「だってグウェンドリンが……」

「あのおしゃべり女《キアッキエローネ》が何を知ってるっていうんだ？」

それでも、ローラは何度も何度も言う。わたしを捨てるつもりなのね、わたしを捨てるつもりなのね、わたしを捨てるつもりなのね。涙を流し、鼻水を垂らして。だから、何度も何度も何度もクリスは繰り返す。そんな気はない、そんな気はない、そんな気はない。今はそんな気も少しは出てきたが。グウェンドリンが言った王座のことを思うと。

ベッドでクリスはローラに手を伸ばすが、彼女は離れる。彼が胸を触ろうとすると彼女は寝返りを打つ。手を触ろうとすると手をずらし、キスをしようとすると顔をそむける。彼がここに来てから初めて、彼女はミンクみたいないつものファックを拒む。超能力なんぞ嘘八百だ、とクリスは思う。いや、待て。そうともかぎらないか。

ダニーは、サウス・グランド通りと西五丁目通りの角に建っているビルトモア・ホテルの駐車係に車を預ける。

ビルトモア・ホテルは古きロスアンジェルス、レイモンド・チャンドラーのロスアンジェルスだ。かつては舞踏室で映画スターたちが踊り、アカデミー賞授賞式の会場にもなった。〝ブラック・ダリア〟ことエリザベス・ショートが最後に目撃されたのもこのホテルのロビーだ。

ジョニー・マークスみたいな昔気質《かたぎ》のマフィアがいかにも滞在しそうなホテル。

ダニーはロビーを横切って、エレヴェーターのところまで歩き、八階まで上がると、八〇八号室のドアをノックする。

マークスがのぞき穴から彼を見ているのが気配でわかる。

チェーンロックの幅だけドアが開く。

「話がしたいだけだ」とダニーは言う。

マークスは彼を中に入れると、自分はデスクチェアに坐り、ダニーにはソファを手振りで示す。

「立ったままでいい」とダニーは言う。「長居はしない」

「好きにすればいい」そう言って、マークスは眉をもたげ、無言で尋ねる。何を言いにきた？

「おれはロスアンジェルスを去る」とダニーは告げる。「映画ビジネスは続けない」

「あの女はどうするんだ？」

「彼女とも別れる」

「いい決断だ」とマークスは言う。

これでみんな幸せになれる。そう思って、彼は安堵《あんど》する。

「ひとつだけ見返りがほしい」とダニーは言う。「それだけは譲れない」

ダイアンの兄ジャロッド・グロスコフは矯正施設内のバスケットボールコートに出る。

いつもここでプリズン・ギャングのアーリアン・ブラザーフッドとプレーしている。

コートにはすでに六人いて、適当に敵味方に分かれている。

ジャロッドはスウェットシャツを脱いで加わり、ひとつうなずいて挨拶すると、両手を上げてパスを要求する。

そこでふと奇妙なことに気づく。

刑務官たちが去っていく。

今もふたりが背を向けて歩きはじめる。

ジャロッドはボールを落とす。とっさに走りだす。が、もう遅い。

男たちが彼を取り囲み、めった刺しにしはじめる。凶器は剃刀《かみそり》の刃、作業場からくすねた金属片、歯ブラシの柄を溶かしてとがらせたナイフ。

刑務官が無線で叫びながら走って戻ってくる頃には、ジャロッドは失血死している。

「あなたがやったの？」とダイアンは詰め寄る。

「いや」とダニーは答える。

ふたりは彼女のビーチハウスのテラスに立っている。

彼女は泣いている。

「ねえ、ほんとうのことを言って」とダイアンは言う。「お願い、ダニー。兄の殺害に関係してるの？」

ダニーは彼女の眼をまっすぐに見る。「いや」

「じゃあ、ただの偶然なのね」

「だと思う」

彼女は顔をそむける。「もう何を考えればいいのかわからない。あなたのことをどう思ったらいいのかわからない」

「何も考えなくていい」とダニーは言う。

彼女は彼のほうに向き直る。「どういう意味？」

そのあと彼をしばらく見つめてから言う。「あなた、わたしと別れるつもりね？　顔を見ればわかる。そういう顔、まえに見たことがある」

「おれたちはおしまいだ」とダニーは告げる。

残酷なまでに傷ついた心が彼女の眼の奥に読み取れる。

しかし、もうおれたちのあいだには何もないはずだ、とダニーは思う。おれが彼女のために無残な人殺しを命じたことを彼女は知っている。おれたちのベッドは血にまみれている。みんなの言うとおりだ──おれは彼女のキャリアを台無しにしかけている。彼女をめちゃくちゃにしておきながら、彼女の兄から彼女を救ったところで何になる？

それが事実だ、と彼は自分に言い聞かせる。おれたちのこの愛はおまえも破滅させる。おまえは連中に殺される。おまえの仲間も殺される。さんざん力を貸してくれた仲間まで。おまえの息子はなんの罪もないのに父なし子になる。

彼女の顔が苦痛に歪《ゆが》む。「あなたに告白したのがいけなかったのね？　兄との関係を」

ちがう、とダニーは思う。

それはちがう。

真実を告げることもできなくはない。彼女を救うために取引きをしたと言えなくもない。しかし、そんなことを言ったら、彼女まで殺すことになる。おまえをこのあとも愛しつづけてくれても、彼女の内側は死ぬ。

憎まれたほうがましだ。

だから彼は何も言わない。

ダイアンは激怒する。「じゃあ、消えて！　出ていって！　ここから出ていって！　愛してたのに、このろくでなし！　愛してたのに！」

ダニーは何も言わない。

彼女は叫ぶ。「出ていって！　さあ！　もう二度と会いたくない。死ねばいい！　聞こえてるの?!　あんたなんか死ねばいい！」

彼女は家の中に戻っていく。

引き戸が大きな音を立てて閉まり、しばらく震える。

ダニーは命令する。

みんなでロスアンジェルスから撤退する。

「神に感謝だ」とケヴィンは言う。

ハリウッドにはもううんざりしている。男の半数はホモだし、女は自分がどんなふうに見えているか自分を見ながらセックスする。

ケヴィンとしては何か新しいものを求めたい。

「これからどこに行く？」ダニーの命令をジミーから聞いて、ケヴィンは尋ねる。

ジミーが答える。「ダニーの考えじゃ、サンディエゴのマーティの墓に行って、ちゃんとした弔《とむら》いをするんだとさ」

ケヴィンはそれを歓迎する。「ボスは自分を取り戻しつつあるみたいだな。あの女のあそこからもらった毒がようやく抜けはじめてるんだろう」

「そんなこと、口が裂けても本人の聞こえるところで言うんじゃないぞ」とジミーは釘を刺す。「そんなこと、おまえが思ってるだけでも彼の耳に聞こえたらおまえはもう終わりだ」

ショーンにも去る覚悟はできている。ダニーがダイアンを捨てたことを知るなり、アナはショーンを捨てた。このまま関係を続けられるわけがない、あなたに問題があるわけじゃないけど。確かにいい関係だった、とショーンは思う。同時に鮮度が落ちてきた。今は新鮮さがほしい。

サンディエゴで派手にやるというのも悪くない。

バーニーも喜んでいる。サンディエゴの閑静なランチョ・ベルナルド地区に戻る日を待ち遠しく思っている。あそこにはきれいなチェーン・レストランときれいな歩道がある。

ジミーは狂喜乱舞している。

かくもすんなり家族でサンディエゴに落ち着けるとは。そこで暮らせるとは。郊外の洒《しや》落《れ》た家で。

やっとダニーが正気を取り戻してくれた。

18

誰か（おそらくポーリー）が以前言ったことがある――なんであれ、フランキー・ヴェッキオは組一番の切れ者ってわけじゃない。

フランキー・Ｖが経験したのと同じことをもし経験したら、どんな馬鹿でも（いや、どうやら例外的な馬鹿もいるようだが）アバルカの組織とはできるだけ距離を取ろうとするだろう。取るものも取りあえず、バス代だけを握りしめ、サンディエゴを――〝ポパイ〟の裏庭を――一目散に出ていこうとするだろう。シアトルなりダルースなりウランバートルなり、アバルカの組織に見つかる可能性の一番低いところをめざして。

サンディエゴからティファナにかけて、広範囲にいるアバルカの手下たちが、彼というよそ者を血眼《ちまなこ》で捜しているのはまちがいないのだから。ダニーたちが襲撃するまえまでは金《かね》の隠し場所にいて、その後そこからいなくなったよそ者を捜しているのは。

ただ、フランキー・Ｖにとって唯一幸いしたのは――持って生まれた彼の人徳のおかげではなく――ネト・バルデスが彼を重要な標的と見なしてはいなかったことだ。それに、そもそもフランキー・Vを金の隠し場所に監禁したこと自体、彼が勝手に決めたことで、自分のほうからわざわざ吹聴したくなるようなことではない。

だから当然、ネトによるフランキー・Vの捜索はひそかなものとなる。

捜していることに変わりはなくとも。

それでもまさかこんな近くにいるとは。

フランキー・Vはカリフォルニアに流れ着いたものの、金もなく、金を稼ぐ術《すべ》もなかった。少なくともまとまった金を稼ぐ術は。それでも金は稼がねばならず、半端仕事を次々にこなしていた。ただ、そうしたチンケな仕事の問題点は、そういうことを続けている自分自身もチンケな存在に思えてくることだ。

そもそも仕事とはそういうものだ。こつこつ真面目に働くことだ。

一方、真面目に働きたくてマフィアになるやつなどいない。

それはマフィアの生き方ではない。

それでもフランキー・Vは頑張った。それはまちがいない。

マクドナルド《ゴールデン・アーチ》で定職にありつき、格安ホテルの〈ゴールデン・ライオン〉に一部屋を借りた。サンディエゴのダウンタウンにあるワンルーム。そんなふうにして、生きていられるだけでありがたいと思う日々がひと月以上続き、そのあと幸運が相次いだ。そのホテルの昼間のマネージャーが脳卒中で倒れて職が空いたのだ。フランキー・Vは嬉々としてその後釜に収まった。さらにもうひとつ、ほかの滞在者――特に英語が苦手な者――の手紙の読み書きを手伝うと金になることがわかった。

とはいえ、いいことには終わりがある。次第に退屈に襲われた。規則正しい定時のデスクワークを強いられることが重荷になり、優雅な気分は見る見る色褪せた。

プロヴィデンスにいた頃には、〝仕事〟には顔を出したいときだけ出していた。おまけにその〝仕事〟というのも、たいてい自販機の管理オフィスでピーターやポーリーと馬鹿話をしたり、誰彼なく他人の仕事に首を突っ込んだりするだけのことだった。賭けトランプ、高利貸し、用心棒稼業といった副業もあった。愛人も何人かいれば、たまにストリッパーでただでフェラチオをしてもらったりもしていた。

幸福だった。

なのに、今はアルコール依存症者や頭のイカれた連中、不法移民など、普通なら近づきたくないようなやつらを相手に日々を送っている。世話料と引き換えに空き部屋を使わせてやっているコカイン漬けの売春婦がファックしてあげると言ってきても、そんな女が相手では抗生物質がいくらあっても足りない。かといって、上品な女性を上品なデートに連れ出すだけの金はない。いや、このクソ溜めで上品な女性に出会えるはずもない。そもそも無理な話だ。せいぜいできることと言えば、二十五セント硬貨四十枚の巻紙包みをひとつ握りしめて、ガスランプ・クォーターにあるポルノショップに出向き、ざらざらの画質のビデオを個室で鑑賞しながら、片手で硬貨をスロットに注ぎ込みつづけ、もう片方の手でしごくことくらい。

とことんチンケな野郎に成り下がった気分。

今のフランキー・Vの世界には、吐物と小便と精液と消毒剤のにおいが充満している。ロードアイランド州に戻る切符を買う金がたとえあっても行けない。ファミリーを裏切って証人保護プログラムの適用を受けたことが知れ渡っていないわけがない。それに、証人保護プログラムはプロヴィデンスではろくに機能していない。あの市《まち》では〝わが身は自分で守れプログラム〟のほうが幅を利かせている。それにどのみち、彼を保護してくれるはずだった頼みの綱のFBI捜査官がくたばっちまった。

くそダニー・くそライアンが何もかも台無しにしやがった。

さらにクリスは、あの二枚舌のクソ野郎は、おれをメキシコのやつらの現金隠し場所に置き去りにして行方をくらまし、戻ってこなかった。あの赤毛のど腐れ外道《げどう》、今頃どこかのどぶで死体になって、カラスに肝臓でもつっつかれてやがれってんだ。

この世界には友情も忠誠もありゃしない。

だからフランキー・Vは自棄《やけ》を起こす。

やけくそになって愚かな行動に出る。

あろうことか、自分からネトを捜しにいく。

　これがマフィアの思考術ってもんだ、とフランキー・Vは心の中でつぶやく。ネトが欲しがるものをおれは持ってる。ネトが喜んで金を出して買うだけの価値のあるものを。

　フランキー・Vは情報を持っている。彼にとっていつだって一番頼りになる生活の糧《かて》が情報だ。

　しかし、どんな馬鹿でも（いや、どうやら例外的な馬鹿もいるようだが）奇跡が起こり、窮地を脱することができたら脱したままでいるものだ。どう考えても殺されておかしくない場面だったのに、生きたまま釈放してもらえたら、神に感謝し、そいつらとはもう関わりを持とうとはしないものだ。

　そこがフランキー・Vはちがう。

　自棄になったがために、拾いものの幸運をふいにする。

　救いようのない愚かなおつむのせいで。

　いずれにしろ、フランキー・Vは自分からイースト・ヴィレッジまで歩いていって、まちがいなくH《ヘロイン》を売っていそうな角を見つけ、そこに立っているメキシコ人の若造に、ネト・バルデスを知っているかと尋ねる。

　その若造も馬鹿ではない。だから答えない。

「いいともよ」とフランキー・Vは言う。「それでいいからよ。とにかくフランキー・Vが話したがってると伝えてくれ」

挙げ句、〈ゴールデン・ライオン〉に住んでいることまで明かす。

なんであれ、フランキー・ヴェッキオは組一番の切れ者というわけではない。

二日後の夜、フランキー・Vはチュラヴィスタの倉庫で食肉用のフックに吊るされている。

「誰だったんだ?」とネトが尋ねる。「金《かね》の隠し場所を襲撃したのは? クリスか?」

フランキー・Vは肝が据わっている。その点は認めてもいい。

脳みそはないが、度胸はある。

彼は言う。「十万ドルくれたら教えるよ」

「フランキー、おまえは死ぬんだよ」とネトは言う。「それでも選ばせてやる。苦痛に耐えてゆっくり死ぬか、すぐ死ぬか。おまえ次第だ、おれはどっちでもかまわない。どうせおまえは、遅かれ早かれ、隠し場所を襲ったやつの名前を吐く。ほんとうのことを吐く。ほんとうか嘘か、おれにはわかるからだ。さあ、どうする?」

フランキー・Vはダニー・ライアンの名前を吐く。

「誰だ、そいつは?」

ネトはタブロイド紙を読まず、テレビもあまり見ない。

それでも数日後には、ドラッグの世界全体に知れ渡る。

緊急手配、ダニー・ライアン

　ダイアンは浜辺で焚き火をする。

　枝を拾い集めるのをアナも手伝い、ふたりで小さな薪《たきぎ》の山をつくる。ダイアンがその薪に着火剤を染み込ませ、マッチを投げ入れる。気持ちよく炎が立ち昇る。

　炎がぱちぱちと音を立てる。

　火の粉が夜空に舞い上がる。

　ダイアンは、アナの手を借り、ダニーが残していった私物──歯ブラシやシャツ、海水パンツなど──を集めて火にくべる。最後に自分とダニーの写真を。自分自身の姿がねじれ、焦げ、火の中に没していくのを見つめる。

「これでいい」とダイアンは言う。「彼は消え、わたしたちの関係も消えた」

「大丈夫？」とアナが尋ねる。

「心配しないで」とダイアンは答える。「むしろ晴れ晴れとした気分」

　それだけ聞いて、アナは立ち去る。

　ダイアンは炎が消えるまで焚き火のそばに佇《たたず》んでから家の中に戻る。

　自分は平気だと思い、せいせいしたと思うものの、そのあと空《むな》しさに襲われる。心にぽっかりと穴があき、深い孤独が夜の霧のように彼女の身を包む。その霧はどこまでも重く、どこまでも冷たい。彼女は寝室にはいり、クロゼットの奥を探り、隠してあったスミノフの瓶を見つけると、思いとどまるまえに、恐くなるまえに、蓋を開け、口をつけて瓶を傾け、胃に流し込む。

　それだけでは充分でないことは誰より彼女自身が知っている。まだ足りない、どうしても足りない、だから飲みながら、衣装簞笥《だんす》を引っ掻きまわし、ジャケット、セーター、ジーンズのポケットを隈なく捜し、ようやく精神安定剤《ヴァリアム》の小瓶を見つけ、舌に一錠のせると、ウォッカで咽喉《のど》に流し込み、そのあとはもう何錠飲んだのか、酒もどれだけ飲んだのかわからなくなる。しかし、冷たい霧は消えてなくなり、胸を裂く孤独も和らぎ、彼女はベッドに横になる。眠りたくて、ただ眠りたくて、自分が孤独だという現実を忘れたくて、それでも孤独で、これからもずっと孤独で、自分は壊れもの、修理不能の人形だと思う。そのあと両手の感覚がなくなり、支離滅裂なことばをつぶやく。そうしてついに眠りに落ちる。翌朝、アナが彼女を見つける。手足を広げてベッドに横たわっている彼女を。命をなくし、じっと動かぬ彼女を。

第三部

死せる魂が求めるもの

カリフォルニア州サンディエゴ
1991年4月

……川へ向かうこの群れにいかなる意味があるのか?
死せる魂は何を求めているのか?

——ウェルギリウス『アエネーイス』第六巻

19

キャリックファーガスに帰りたい
せめて夜だけはバリーグラントに……

墓のまえに立って、ダニーはマーティが好きだった古いアイルランド民謡のひとつを思い浮かべる。

ローズクランズ墓地は美しい。太平洋を見下ろす長い尾根の上にあり、そこに埋葬された数多くの遺体が海の向こうを見やり、自分が死んだ場所を眺めることができるかのようにつくられている。

ハリスは約束を果たしてくれた。親父の埋葬を引き受けてくれた。

けれど、海は広すぎて
泳いで渡れるはずもない

空飛ぶ羽もありゃしない……

あんたはサンディエゴが大好きだっていつも言ってたよな、とダニーは胸の中で父親に語りかける。戦争に行くときと帰るときにここで飲んだことがあったからか。陽の光が好きだといつも言っていた。だからここにしたんだ。ここを愉しんでくれ。

さまよい続けの人生だった
柔らかい草がおれの無料《ただ》の寝床だった
ああ、それでもやっとキャリックファーガスに戻って
海へと続く曲がりくねった長い道をくだってる……

ダニーは、自分の思いが複雑で、葛藤《かっとう》の中にあることを自覚する。彼の父親は育児放棄の天才で、大酒飲みで、息子を虐待した。成長したダニーの眼には、ひどく冷淡な老人にしか映らなかった。孫のイアンが生まれて初めてマーティは少し温かみを示すようになり、最後の一年かそこらはやっとそれまでの長い年月より父親らしくなりはしたが。

今、ダニーの心を占めているのはその最晩年の数ヵ月のことだ。

マーティのために涙を流すつもりはない。ばかばかしい。それに泣いたら、マーティは

女々《めめ》しいやつだと笑うだろう。

それでもほんとうは泣きたい。

彼は父親の墓にアイリッシュ・ウィスキーのブッシュミルズを注ぐ。

一瓶全部ではなく、大半は自分のために取っておく。ダニーのほうは大酒飲みではない。飲酒癖というアイルランド人にありがちな病は父親から受け継がなかった。それでも今、ダニーは勢いよく酒を呷《あお》る。

ダイアンの死を聞いてから今日まで二日ずっと呷りつづけている。

彼女の死に自分がどう加担したのか考えずにはいられない。相も変わらず裏目ばかりだな、ダニー・ライアン、おまえは彼女を救おうとして結局、彼女を殺しちまった。

新聞各紙は慎重を期して、〝自殺〟ではなく〝薬物の過剰摂取〟と報じ、最近さんざん彼女を痛めつけてきたタブロイド紙もトーンを弱め、棘《とげ》のない文章で弔意を綴《つづ》り、映画会社は、完成ずみで公開を待つばかりの自社作品の価値が一夜にして跳ね上がったとほくそ笑み、大衆は愛を見つけた女性がその愛ゆえに報いを受けたと知って、悲しみと蜜の味、その両方を味わう。

なのに今、キルケニーでおまえの名は

真っ黒な大理石に刻まれる

　　金貨や銀貨がたんまりあれば、おまえを支えてやれたのに
　　もうこれ以上は歌わない、もう一杯飲むまでは……

ダニーはさらに一口呷ったあと、また墓に酒を振りかけて言う。「乾杯《スランチャ》」

そのあと瓶をネッドに渡す。ネッドも一飲みする。そしてジミー・マックに瓶を渡し、マックはそれをバーニーに渡す。

次にショーン、最後がケヴィン。

一同が無言で神妙な面持ちで立ち尽くす中、ダニーは別れのことばを口にする。そして、戻ってきた瓶を受け取ると、またがぶ飲みする。

父親の歌声が耳の奥に甦《よみがえ》る――

　おれは今日も酔っている、素面《しらふ》の日などありゃしない
　町から町への色男
　ああ、なのに今は病に冒され、残された日もあとわずか
　なあ、そこの若い衆、おれを寝かせてくれないか

ダニーは瓶の残りを墓に注ぐ。

「安らかに眠ってくれ、親父」

　窓から陽光が射し込んでいる、ダニーに襲いかかるかのように。

　その光が眼にあたり、もう午後だということがわかる。海辺のホテルの一室で西向きの窓から陽が射している。彼はきつく瞼《まぶた》を閉じる。が、すぐにあきらめてベッドから這い出る。今度は陽射しのかわりに二日酔いに襲われる。側頭部を抉《えぐ》られる。脚を引きずりながらバスルームにはいり、冷たい水を顔に浴びせる。

　そう言えば、マーティの通夜はホテルのスイートでおこなったのだった。

　ダニーはその夜の細かなことはよく覚えていない。月明かりのもと、その場の雰囲気から海で泳ぎだす者もいれば、浜辺で駆けっこに興じる者もいて、そのうちショーンとケヴィンが殴り合いを始めたのだ。そこにダニーが割ってはいり、勝ったほうはおれと勝負しろと脅して、ようやく収まったのだった。

　決まり悪さを覚えながらさらに思い出す。バルコニーの手すりに瓶を並べて射撃の競い合いにもなりかけた。あのときまあまあ素面だったバーニーが止めにはいらなければ……

　まったく、何をやってる、ダニー。彼は自分を叱る。

　現実から眼をそむけるんじゃない。

　罪悪感から逃れられない。その罪悪感は片時もおかず彼に問いかける。

どうしておまえは生きていて、彼女は生きていないのか？　どうしておまえは生きていて、彼女は死んだのか？

彼女には答がない。

ひげを剃っていると、ジミーの妻、アンジー・マックニーズから電話がある。話をしにいってもいいかと訊いてくる。

ふたりでテラスの椅子に坐る。

「わたしがあなたと話しにきたなんて知ったら。ジミーは怒りまくるでしょうけど」とアンジーは言う。

「何かあったのか、アンジー？」ふたりは高校時代からの友達だ。

「ラスヴェガス行きはあなたがもう決めたことだけど、ジミーは行きたくないと言ってる。ここに残りたいって」

「どうしておれに直接言わない？」とダニーは尋ねる。

「ジミーの性格は知ってるでしょ？　忠誠心の塊《かたまり》みたいな人だもの、そう、誰かに従うタイプなのよ、彼は。最初はパットで、今はあなた。でも、ダニー、彼は何年もあちこちを移動してきた。わたしたちにとって、うちの家族にとって、それは決していいことじゃない。引っ越しにはもううんざりなの。とにかくどこかに落ち着きたい」

「それがヴェガスじゃ駄目なのか？」とダニーは尋ねる。「もう一回だけ引っ越そう、アンジー。みんなでそこに落ち着くんだ。しかも完全に合法的に」

「ここに来るときだって合法的に暮らすつもりだった」と彼女は言う。「それでうまくやれた?」

痛いところを突かれた、とダニーは思う。

アンジーは続ける。「ジミーは自分の取り分をもらいたがってる。それを元手に小さな商売を始めて、彼なりの人生を送り、家族を養いたがってる」

「おれたちはマフィアじゃない」とダニーは言う。「おれたちはあいつの指に針を刺して血の宣誓なんかさせてない。仲間から抜けたければ、勝手に抜ければいい」

「でも、あなたの承認が要る。大丈夫だって請け合ってくれないと、彼は行動に移れない」

そのとおりだ、とダニーは思う。

しかし、ジミーのいない人生?

あいつとは幼稚園の頃からの仲だ。

「おれが話そう」とダニーは言う。

ラスヴェガス行きはバーニーも渋っていることがわかる。

「ここが気に入ってるんだ」とバーニーは言う。「地中海性の温暖な気候だしね。ラスヴェガスみたいな砂漠じゃ、散歩するのだって朝早くにかぎられちまう。悪気はないんだが、ダニー、おれはもう年寄りだ。これ以上働きたくない」

バーニーに悪気がないのは言うまでもない。が、皮肉なものだ、とダニーは思う。これまでずっと仲間を守るために数々の決断をしてきた。なのに今は互いのつながりがちぎれかけている。バーニーがいなくなるのは淋しい。金庫番としての彼の才能と常識的な判断力が得られなくなるのは痛い。が、引退の時期を決める権利は彼にもある。

ネッドはついてくる、もちろん。彼はマーティ・ライアンを守ることにこれまでの人生を費やしてきた。残りの人生をマーティ・ライアンの息子を守ることに費やすのはむしろ望むところだ。

守る場所がどこであれ。

アルター・ボーイズはむしろ乗り気だ。ほんとかよ? ヴェガスだって? 酒に博打に女……競馬の三連単的中みたいなもんだ。不道徳の三位一体《さんみ》。

ダニーは彼らに釘を刺す――すべてまっとうにやる。合法的なビジネスに参入して、おまえたちにもその中で役割を見つけてやる。ヤバいことは金輪際やらない。

出発のまえ、ダニーはジミーと話す。ふたりはサンディエゴ郊外の小さなショッピングモールにあるドーナツ屋のまえで会う。

「〈ダンキンドーナツ〉は最高だよ」とジミーが言う。

「おまえ、すっかりカリフォルニアに染まったな」とダニーは応じる。「〈スターバックス〉、〈イン・アンド・アウト・バーガー〉……次に会う頃には、おまえ、絶対スシを食ってるな」

「次に会う頃？　どういう意味だ？」そう言って、ジミーは訝《いぶか》しげに眼を細める。そばかすの散った頬にしわが寄る。

「おまえはヴェガスに合わない」とダニーは言う。「おまえはあんなところには虫唾《むしず》が走るはずだ。何もかも嘘っぱちだからな。おまえはその真逆で、おれの知る中で一番誠実な人間だ」

「おれと一緒にいたくないのか？」そう言って、ジミーは傷ついた顔をする。

「もちろん、一緒にいたいさ」とダニーは答える。「冗談じゃない、おまえなしじゃおれは途方に暮れる。だけど、しばらくは別行動のほうがいい。ここで自分の仕事をこなし、すべて丸く収まるのを見守っててくれ」

ジミーはダニーの真意を見抜く。互いに本音を知る。「おれが必要なときにはいつでも――」

「わかってる」

「――飛行機なら四十五分だ」

ふたりはそこでやめる。

さよならのことばもハグもない。

ただひとこと。「元気でな、ダニー」

「おまえもな、ジミー」

それだけ言うと、ダニーは車に乗り、走り去る。

20

ピーター・モレッティ・ジュニアが戦争から帰ってくる。休暇で。彼が就いていた作戦は休暇中に終わるが、服役期間はまだ二年残っている。

叙勲《じょくん》した海兵隊員。

イラク軍がクウェートに侵攻した夜、彼は最前線にいた。向かってくる戦車の列を眼前にして、最初は震え上がった。小便を洩らしかけさえした。それでも持ち場に踏みとどまって、敵を迎撃した。

任務を果たした。立派にやり遂げた。

常に忠実《センパー・ファイ》（海兵隊のモットー）。

彼はプロヴィデンスに戻る。

父親の葬儀以来の帰郷だ。ピーター・ジュニアにとってずっと辛い日々だった。妹と父を亡くし、戦地では死力を尽くした。

数ヵ月まえに除隊した海兵隊の戦友が空港に迎えにきている。その男ティム・シーは、イラク兵どもから攻撃を食らったときすぐ横にいて、走って退却したときもすぐ横にいた。ピーター・ジュニアはまだ家族に会う気にはなれない。どのみち、家族と呼べるものなどほとんど残っていないが。母親のもとへ直行すべきなのはわかっている。が、なぜかそうしたくない。たぶん、母親が再婚相手のヴィニーと一緒にいる姿を見たくないせいだろう。

義理の父親を持つ身になるとは。

なんてこった。

ティムにはその気持ちがよくわかる。同じく義父がいて、その存在の鬱陶《うっとう》しさが入隊を志願した理由のひとつだった。あのクソ野郎の切りのないだぼらの垂れ流しにほとほと嫌気が差したのだ。「さて、どこに行く？　酒でも飲むか？　ストリップクラブはどうだ？　アメリカ女のあそこの具合を思い出したくはないか？」

「親父の墓に行きたい」とピーター・ジュニアは言う。「変かな？」

「全然変じゃないよ」とティムは答える。

ふたりは車でプロヴィデンスの東地区を走り、ゲート・オヴ・ヘヴン墓地へ向かう。

「おまえ、除隊のあとどうしてた？」とティムは尋ねる。

「あれやこれや半端仕事だ」とティムは言う。「だいたいそんなところだ。酒を飲んだり、オナニーしたり。英雄のご帰還だなんて歓迎されると思ってるのなら、期待しないほうがいい。誰も気にかけちゃいない」

「おれたちは英雄扱いされたくて戦ったわけじゃない、だろ?」

「じゃあ、なんのために戦ったんだ?」

「自由のためだ」ピーター・ジュニアは即答する。

「なるほど」ティムは笑う。

「なんだよ?」

「おまえはほんと面白いな、ピート」とティムは言う。「ちっとも変わらない」

ふたりは墓地に着く。

「車で待ってる」とティムは言う。

ピーターの墓は駐車場からでも見える。墓というより記念碑に近い。かなり大きく、天《エン》使《ジェル》だか智天使《ケルビム》だか何かが刻まれ、上から聖母マリアが見守っている。

ピーター・ジュニアが墓に近づくと、墓に花を供えている女性がいる。

「ヘザー?」とピーター・ジュニアは声をかける。

ヘザーは振り向く。「ピーター! いつ帰ったの?」

「一時間まえ」

「見ちがえたわ」とヘザーは言う。「一瞬、誰だかわからなかった。すっかり大人になっちゃって。一人前の海兵隊員ね」

そのとおり。清潔な身なりで痩せ型。海兵隊員の典型だ。短髪、ひげなし、筋肉質。もうティーンエイジャーではなく、立派な若者だ。

ふたりはハグする。

「家にはもう寄った？」とヘザーは尋ねる。

「いや」とピーター・ジュニアは答える。「家はどんな様子？」

「変な感じよ」とヘザーは言う。「ヴィニーがいて、家長を気取ってる。わたし、あそこには寄りつかなくなってる」

「ヘザー、あいつと母さんは結婚したんだよ」

「わたしに言わせれば、早すぎる」

「母さんに淋しい思いをさせたいのか？」ピーター・ジュニアは母親を庇《かば》わなければという気持ちになっている。自分でも理由はわからないが。

ヘザーは鼻で笑う。「シーリアが淋しかろうとどうしようとわたしには関係ない」

「どういう意味だ？」いつから母親を〝シーリア〟だなんて呼ぶようになった？

「可愛い弟とは喧嘩したくない」と彼女は言う。「ここまでどうやって来たの？」

「友達の車で。空港まで迎えにきてくれたんだ」

「どうしてわたしに電話しなかったのよ？」とヘザーは責める。「傷つくじゃないの」

「なんだかまだ不思議な気分なんだよ。わかるだろ？」とピーター・ジュニアは言う。

「ここに戻ってきた実感が湧かないんだ」

「ここはろくでもないところよ」とヘザーは言う。「不気味で、悲しいところ。さあ、飲みにいこうよ」

ピーター・ジュニアとティムはダウンタウンに戻って、〈エディ〉という店でヘザーと落ち合い、ショットグラスを重ねる。

「あなたが帰ってきたこと、シーリアは知ってるの?」とヘザーは尋ねる。

「もうすぐ帰るとは伝えた」とピーター・ジュニアは答える。「正確にいつとは言ってない」

「自分のところに直行しなかったと知ったら、かんかんになって怒るでしょうね」

「どうかな。そんなことを気にするかどうか」とピーター・ジュニアは言う。「おれがこの国にいなかったあいだ、母さんから手紙が何回来たと思う?」

そう言って、指を一本立てる。

「そんなの気にしちゃ駄目よ」とヘザーは言う。「あの人、たいがい酔ってるんだから」

各自もう一杯ずつ注文する。

四杯目あたりで、ティムが言う。「おれは失礼するよ。姉弟《きょうだい》水入らずで再会を祝してくれ。このろくでなし海兵が無事に家に帰るのを見届けてくれ、ヘザー」

姉と弟は亡き父親の思い出を語り合い、ヴィニーが家庭でもビジネスでも父親の座を奪ったことについて、嘆き合い、悲しみを分かち合う。ピーター・ジュニアは、ヘザーが抱えるのが悲しみというより怒りであり、それを押し隠しているのに気づく。「どうした?」

「なんでもない」

「どうしたんだよ?」

彼女はためらい、正直に言うべきかどうか自問する。それでも最後にはテーブルに身を乗り出し、弟の鼻のすぐ先まで顔を近づける。「父さんはあいつらに殺されたのよ」

「誰かに殺《や》られたのはわかってる」

「そうじゃない」とヘザーは言う。「ヴィニーとわたしたちの腐れ婆《ばばあ》に殺されたのよ。ふたりが父さんを殺したのよ」

「そんな馬鹿な」ピーター・ジュニアには姉のことばが信じられない。

「これは事実よ」とヘザーは言う。「信じられないなら、名づけ親《ゴットファーザー》に訊けばいい」

「パスコおじさんも知ってることなのか?」

「そういうことでパスコが知らないことなんてある?」とヘザーは言う。「そう、わたしたちの母親が父さん殺しにじかに関わったかどうかは、正直なところ、わからない。でも、ヴィニーの背中を押したのはまちがいない。いつだったかの夜、あの婆《ばばあ》は酔っぱらって、わたしのまえでそれを認めかけたくらいなんだから」

ピーター・ジュニアは頭がくらくらしはじめる。酒のせいだけではない。「そんなふざけた話があるかよ、ヘザー」

「忘れて」と彼女は言う。「今わたしが言ったことは全部忘れて」

「そんなこと、どうしたら忘れられる⁉」

「でも、だからってわたしたちに何ができるの？」とヘザーは挑むように尋ねる。「家に帰りなさい、ベイビー・ブラザー。母親に大歓迎されて、パーティを開いてもらって……きっとヴィニーが何か仕事を見つけてくれるわ、それがあなたの望みなら」

ピーター・ジュニアは家に帰らない。かわりにティムに電話して、海岸まで乗せていってほしいと頼む。

パスコの家まで。

彼を見てパスコは驚くが、すぐに中に招き入れる。そして、彼をキッチンカウンターにつかせ、サンブーカ（イタリアのリキュール）を勧める。「おまえはみんなの誇りだ、ピーター・ジュニア。見事に戦ったな」

「ありがとう」

「次なる足固めを考えてるのか？」とパスコは尋ねる。「もちろん、ヴィニーに相談すれば——」

「あいつが父さんを殺したのか？」

「ピーター――」

「あんたはおれの名づけ親だ」とピーター・ジュニアは言う。「ほんとうのことを言ってくれ」

「ほんとうのところ」とパスコは答える。「おれは知らない。確かに、そんな噂は聞いたことがあるが、証明はできない」

ピーター・ジュニアは額面どおりに受け取る。「母さんも関与してるって聞いたけど」

パスコはため息をつく。「おまえの両親の結婚生活はうまくいってなかった、それはおまえも知ってるだろ？　複雑だった」

つまり、パスコは噂が真実だと告げている。

ピーター・ジュニアは頭を振って涙をこらえる。「あんただったらどうする、パスコおじさん？　もしおれの立場だったら？」

パスコはいたってシンプルな返事をする。「おまえは実の父親の息子だ」

ピーター・ジュニアは身を真っぷたつに切り裂かれる。おれはもう詰んじまった。そう悟る。ヴィニーを殺したら、殺人犯になる。殺さなかったら、意気地なしと見なされる。おまえは実の父親の息子だ――つまり、パスコは殺《や》れと言っているのだ。青信号を出したのだ。なのに殺らなかったら、おれはクズ野郎になる。

彼は別れを告げ、ティムが待つ車へ向かう。「お次はどこに行く、ボス？」とティムは尋ねる。

「おれの家」とピーター・ジュニアは言って尋ねる。「銃をここに持ってるか？」

「トランクにある」とティムは答える。「十二番径の散弾銃とグロック9ミリだ。酒屋でも襲うつもりか？」

「いや」とピーターは言う。「親父が殺された事件について何か聞いてるか？」

「ここはロードアイランドだぞ」とティムは答える。

誰もが聞いている。そういうことだ。

「おれはその一件に片をつけなきゃいけない」とピーター・ジュニアは言う。

「やるべきことはやるにかぎる」

ナラガンセット地区にある彼の家までは車で十分の距離だ。ピーター・ジュニアには深く考える時間がない。車はそんなことに容赦なく彼を彼の家に運ぶ。

「降ろしてくれるだけでいい」家の近くまで来ると、ピーター・ジュニアは言う。

「駄目だ」とティムは言う。「ひとり行くなら全員行く。常に忠実《センパー・ファイ》。やつが手下を家に入れてるようなら、おれはおまえを援護する」

「本気か？」

「おれはこれがロデオに初出場ってわけじゃない」とティムは言う。「カウボーイ、覚えてるよな？」

ピーター・ジュニアは覚えている。暗闇で腹這いになり、あちこちで銃口が赤く明滅する中、ティムは気が触れたように笑いつづけていた。

夜中に人を殺すのは経験ずみだ。

石造りのゲートの脇に警備係の詰所《つめしょ》がある。

母さんはいつゲートなんかつくったんだ？　おまけに警備係？　その警備係が詰所から出てきて、車を制止する。ピーターはその男が父親の下っ端の手下だったことを思い出す。

警備係も助手席にいるピーター・ジュニアに気づく。「ピーター・ジュニア！　お帰り！　帰ってきたことはお母さんにもう知らせたのか？」

「いや、びっくりさせたくて」とピーター・ジュニアは答える。

警備係がボタンを押すと、ゲートが開く。ふたりは玄関のすぐそばに車を停める。

ティムがトランクを開ける。ピーター・ジュニアは散弾銃を取り上げ、玄関に近寄り、ベルを鳴らす。数分の間《ま》ができる――幸福なカップル、王と王妃は二階のベッドの中にいる。

ピーター・ジュニアは散弾銃を背後に隠す。

のぞき窓が開く。

続いて、ドア。

ヴィニーはローブ姿で、その下には何も着ていない。この男はたった今まで母親とヤっていたのだ。ピーター・ジュニアの脳裏に卑猥《ひわい》な図が浮かぶ。

「ピーター・ジュニア」とヴィニーは言う。「帰ってきたとは知らなかった。いつ――」

ピーター・ジュニアはすばやく銃を構える。

ヴィニーはうしろを振り向きざまドアを閉めようとする。

ピーター・ジュニアは撃つ。

ヴィニーの首のうしろが炸裂し、頭がもげそうになる。

ピーター・ジュニアは家にはいると、階段を見上げる。母親がその途中に立っている。青いシルクのローブを身にまとい、ベルトがゆるく垂れている。髪は乱れたままだ。

ティムも中にはいり、ドアを蹴って閉める。

母親は階段を駆け上がる。

ピーター・ジュニアはあとを追う。母親は寝室の箪笥《たんす》の引き出しの中を掻きまわしている。ピーター・ジュニアは母親をそこから引き離し、振り向かせる。ローブがはだける。彼女はそれに気づいているのか、気づいていても気にならないのか、そのまま箪笥に背を預ける。

部屋には彼女の香水のにおいが充満している。

それが胃の奥を刺激し、ピーター・ジュニアは吐き気をもよおす。彼女のローブには蝶と花が描かれている。ピーター・ジュニアは母親の股間の三角形の茂みを見る。

「何してるの？」と彼女は尋ねる。叫び声になっている。「ピーター・ジュニア、あなた、何してるの？　なんてことを……」

「あいつはおれの父さんを殺した。あんたの夫を」

「誤解よ」

「嘘をつくな」そう言いながら、薬室に次の散弾を送る。

「わたしはあなたの母親よ」と彼女は言う。「産んであげたのよ！」

「おまえは父さんを殺した！」とピーター・ジュニアは怒鳴る。「おれの人生はめちゃくちゃだ！　もうどうにもならない！」

「わたしのベイビー、可愛い子」

彼女は両手を広げ。息子を招き入れようとする。

ピーター・ジュニアは身を固くする。

彼女が歩み寄ってくる。

ピーター・ジュニアは引き金を引く。

彼女は腹を手で押さえ、撃たれた勢いで化粧台に叩きつけられる。そのあと血を流しながらずり落ち、重い音とともに床にへたり込む。そして、手のひらにこぼれ出ている腸《はらわた》に眼を瞠《みは》り、息子を見上げる。

ピーター・ジュニアはもう一発撃ち、彼女の頭を吹き飛ばす。

すべて終えて階段を駆けおりる。

「ずらかろう」とティムが言う。

ふたりは車に乗り込み、駆け込んできた警備係のまえを通り過ぎる。

ピーター・ジュニアは急に震えだす。「おれは何をした？　何をしちまったんだ！」

そのあと嘔吐《おうと》する。何度も何度も吐きつづける。

必死のノックにパスコは応じる。

誰が来たのか、わかっている。シーリアとヴィニー・カルフォが何者かに殺されたという一報をすでに電話で受けている。

その犯人もわかっている。

ピーター・ジュニアが玄関に立って泣いている。シャツには血やらなにやらが飛び散っている。「助けてくれ、頼む」

パスコは彼を中に入れない。「おまえを助けるだと?!」

「あんた、おれに命じたよな」とピーター・ジュニアは言う。「殺《や》れって命じたよな」

「母親を殺せとおれが命じただと？」とパスコは訊き返す。「獣《けだもの》だって母親を殺したりはしない」

「どうしたらいいかわからない」ピーター・ジュニアは嗚咽《おえつ》が止まらない。「ほんとうにどうしたらいいのか。頼む……」

「自首するんだ」とパスコは言う。「あるいは逃げるか。あるいは、自分で自分の脳みそを吹き飛ばすか。どうでもいい。が、ここにはもう来るな」

「パスコおじさん……ゴッドファーザー……」

「おまえなんぞはおれの名づけ子じゃない」とパスコは突き放す。「おまえのことが恥ずかしい。おまえは獣《アニマーレ》だ、犬畜生《ブルート》だ」

ドアが閉まる。

ピーター・ジュニアはよろめきながら家を離れる。

私道に車はない。ティムはもうそこにはいない。

ピーター・ジュニアは走りだす。

21

ダニーは車で砂漠を駆け抜ける。

高速道路から離れたラスヴェガスへの裏道。アンザ・ボレゴ砂漠を突っ切る二車線のアスファルト道路。

サンディエゴを出発して田舎へ向かい、高台にあるジュリアンという小さな町を過ぎ、そこから二十五キロほど急なジグザグ道路をくだって、平らな砂漠にたどり着く。

賢明な経路とは言えないかもしれない。アバルカから現ナマを略奪した場所から北に五、六十キロしか離れていない。ポパイは死に、すでに舞台から姿を消した。おれがここにいることは誰も知らない。おれには頭を整理するための広い場所が要る。

ひとりになりたい。ありがたいことに、砂漠は空っぽだ。そして美しい。

彼の頭の中はちがう。

いくつもの〝もし〟が渦巻き、彼を苦しめている。さまざまな仮定が広大な不毛の地に解き放たれ、勝手気ままに暴れている。もしおれがあそこにいたら……もし彼女のもとを去らなかったら……もし彼女を見捨てなかったら……

彼女は生きていただろう。

底なしの罪悪感にまたぞろ襲われる。

〝もしも〟の空想がまたぞろ始まる。家に帰ると、彼女が意識不明で倒れている。すぐに九一一に電話をかけ、心臓マッサージをおこない、彼女の鼓動が戻ってくるのを感じる。さらに彼女が息を吹き返すところを見る。

あるいは、彼女が薬瓶を手に取って錠剤を出すよりまえにその場にたどり着く。

あるいは……そもそも彼女と別れなければ。

裏返しのシナリオが次々と頭に浮かぶ。実際には目撃していない場面まで脳裏に映し出される。ダイアンが薬瓶に手を伸ばし、蓋を開け、ベッドに横たわって息を引き取る場面まで。

ダニーはこれまで五人の命を奪ってきた。

これで六人に増えた。

ほかの五人に関して罪の意識はない。どれも正当防衛だ。

今回も……それは変わらない。

そう、おれは自分の身を守るために彼女を殺したのだ。

ボレゴ・スプリングズの町から数キロ行ったあたり、道端に若い女がひとり立っている。

ペザントブラウスに色褪《いろあ》せたジーンズ、サンダル履き。つばの短い革製の帽子から、ブロンドの長い髪がまっすぐに垂れている。足元にはバックパック。踝《くるぶし》のあたりがかげろうでゆらゆらと揺れて見える。

親指を突き出している。

ダニーは車を停める。

若い女はバッグを持ち上げ、小走りで車に近寄り、ドアを開けて乗り込んでくる。「ありがとう！」

「このあたりは危険だ」とダニーは言う。「殺されてもおかしくない場所だ」

「危険は慣れっこよ」と彼女は言う。「あなた、どこに向かってる？」

「ヴェガス」とダニーは答える。「きみは？」

「東へ数キロ。そこに住んでるの。コミューンとでも言えばわかってもらえるかな」

「そんなものがまだ存在するとは知らなかったな」

「それが存在するのよ」と彼女は言う。「わたしはシビル」

「ダニーだ」握手を交わす。

彼女は屈んでバックパックからマリファナを取り出す。「ハイになりたい？」

初めダニーは断わろうと思う。そこで考え直す。いいじゃないか、と。最後に吸ったのは何年も昔、イアンが生まれるまえだ。葉っぱ、クサ……今は何と呼ぶのか。「もらおう」

「そう来なくっちゃ」彼女は火をつけ、一口吸って、彼に渡す。「一気に吸いすぎないで。強いわよ」

確かに強烈だ。一服《トーク》（今でも〝トーク〟などというのだろうか？）の数秒後、早くも効いてくる。シビルに返すと、彼女はもう一度吸う。そういうことを三回繰り返す頃には、ダニーは本気でハイになっている。

シビルがカーラジオのダイヤルをいじりだす。「わたし、〝デッドヘッズ〟のひとりなの。あのバンドのツアーの追っかけをしてるのよ」

「あのバンドって？」

「グレイトフル・デッドよ」と彼女は笑って言う。

「おれは断然、スプリングスティーン派だな」とダニーは言う。

「ブルーカラー、労働者階級、東海岸……」

「わかってるじゃないか」

二十分後、未舗装路が一本右方向に延びている。

「この脇道」とシビルは言う。

「目的地まで送ってやるよ」

「ほんとに？」と彼女は驚く。「五分くらいかかるけど」

「全然かまわない」

そのコミューンは廃鉱の跡地にある。日干し煉瓦《れんが》と材木とトタン屋根からなるおんぼろ小屋がいくつか見える。それに古い塔がひとつ、木製の大きな貯水槽がふたつ。背後の丘には、材木で支えられた坑道が何本か見える。

正面に円錐《えんすい》形のテント小屋がふたつあり、その隣りの東屋《あずまや》に、いかにもここに似つかわしいフォルクスワーゲンのヴァンが一台停まっている。東屋と言っても、四方に柱を立てて、屋根がわりに小枝を張っただけの粗末な造りだ。同じようなものがもうひとつあって、そこには古びたピクニックテーブルが置かれ、若い女性が坐ってブレスレットを編んでいる。

テント小屋からふたり出てくる。ひとりは三十代半ばに見える白人男性で、茶色のひげを伸ばし、髪型はブレイズヘア。もうひとりは若いアジア系の女性で、長いストレートの黒髪を腰まで垂らしている。

顔に警戒の色が浮かんでいたものの、シビルが助手席のドアを開けて出てくるのを見て、ほっとした顔つきになる。

「じゃあ、これで」とダニーは言う。

「少し寄っていかない?」とシビルは誘う。

ダニーはためらう。

シビルは笑う。「心配しないで。わたしたちはマンソン・ファミリーじゃないから。あなた、お腹空いてない？」

「少し」

少し？　ダニーは自分に問い返す。車のシートでもいいからかぶりつきたいくらい空腹だ。

「じゃあ、ここで何か食べていけば」シビルはダニーにそう言うと、出迎えの男女とそれぞれハグをする。そのあと互いを紹介する。「ダニー、こちらはハーリーとメイリン。おふたりさん、こちらはダニー。車に乗せてくれたの」

「ようこそ」ハーリーが車を降りたダニーに言う。続いて、シビルに眼を向けて尋ねる。「手にはいった？　例の……」

彼女はうなずいて、バックパックを軽く叩く。「食べもの、ある？　わたしたち、お腹ぺこぺこなの」

ダニーは彼女のあとについて、ピクニックテーブルが置かれている東屋のところまで歩く。半分に切られたドラム缶に網がのっていて、薪の燃えさしの上で大きな鍋が湯気を立てている。シビルが鍋の中身をすくって、ふたつのボウルによそう。「ヴェジタリアン・チリよ」

どうだかな、とダニーは思う。泥みたいな味がする。それでもがつがつと食う。

ハーリーが彼の隣りに坐って訊いてくる。「ダニー、きみはどんなわけでここに？」

「言っておくと、おれは警官じゃない」とダニーはふざけて言う。

「だったら?」

「ビジネスマン」

「砂漠をひた走るビジネスマン。いいねえ」

「裏道をたどってラスヴェガスに行く途中なんだ」とダニーは説明する。「一五号線にはもう飽き飽きして」

「確かにあの道は胸くそ悪い」とハーリーも認めて言う。ダニーをじっと見つめながら。「なあ、きみに見覚えがあるような気がしてならないんだけど。まえにも会ったっけ?」

「記憶にないが」そう言いながら、ダニーは大方スーパーマーケットかどこかの売り場に置かれているタブロイド紙ででもおれの写真を見たのだろう、と思う。

「前世で会ったんだよ、きっと」とハーリーは言う。

「まちがいない」とダニーは応じる。話題を変えたい。「きみたちはここで何をしてる?」

「〝してる〟?」メイリンが聞き咎《とが》めて横から口を出す。「わたしたちは〝生きてる〟のよ」

　さらにふたりがぶらりと近寄ってくる。ハンナとブラッド。ハンナはさきほど編みものをしていた女性で、ブラッドは若い男。起きたばかりらしく、陽射しにまだなじめない顔をしている。五人は次々に自分たちがどんなふうに〝生きてる〟のかダニーに話す——手芸をやり、芸術をやり、音楽をやる。週に一度ぐらいはボレゴ・スプリングズに繰り出して、買いものをすることもあるのだろうが、たいていは他人のゴミ箱を漁って暮らしている。

「レストランってすごい量の食べものを廃棄してるのよ」とシビルが言う。

ダニーはさっきのヴェジタリアン・チリを吐きそうになる。が、マリファナの効き目でどうにか収まる。「どうやって金を稼いでるんだ？」

「われわれには金の使い道があんまりないんだよ。たいてい物々交換してるから」とハーリーが言う。歯がとがっているので、笑顔になるとまるでオオカミ男だ。「葉っぱの売り買いはたまにちょっとするけど」

そう言って、国境の南を顎で示す。

ダニーは、男ふたりと女三人が共同生活を送るという、ここでの仕組みを努めて理解しようとする。

それに気づいたシビルが笑う。「わたしたち、〝ポリ〟なの」

「〝ポリ〟？」とダニーは訊き返す。彼が知っている〝ポリ〟と言えば、ポリアンナ（底抜けの楽天家の意）か、お菓子ちょうだい《ポリー・ウオンツ・ア・クラッカー》（オウムが覚える決まり文句のひとつ）ぐらいだが……

「多夫多妻制《ポリアモラス》よ」とシビルは言う。

「一夫一妻の基本は所有で」とメイリンが言う。「排他性が独占を生むのよ」

なるほど、とダニーは思う。テリならなんと言うだろう？　排他性が独占を生むことについてなんと言うだろう？　馬鹿ね、そこがいいんじゃないの。

「昼食をごちそうさま」とダニーは言う。「知り合えて愉しかったよ」

「もうしばらくいればいいのに」とシビルが引き止める。

「もう行かないと」

「ラスヴェガスはどこへも行かない」なおもシビルは言う。「のんびりしていきなさいな。葉っぱを吸って、うとうとして。わたしはそうするつもり」

おれは疲れている。

疲れて、マリファナに酔い、アルコールもまだ体から抜けていない。横になりたい、眠りたいという衝動が強い。同時にここに惹かれるものもある。この集団が身を任せている、ただ生きるという生き方も悪くない。背負っているものを全部降ろして、少しのあいだただ生きるのも……

シビルに案内され、彼は敷地内を見てまわる。採鉱がおこなわれていた頃の離れ家が二軒残っている。木の三脚に水嚢《すいのう》が吊るされている。シャワーがわりに使うのだそうだ。クリスマス用の電球が張りめぐらされており、プロパンガスで稼動する発電機がある。

「電気が欲しい夜はこれを動かすの」とシビルは言う。

そう言って、斜面に掘られた坑道のまえで立ち止まる。スプレーで金色に塗られたパロヴェルデの枝一本が扉のかわりになっている。

「ちょっと洒落てるでしょ？」とシビルは言って枝を脇に押しやる。

そうして身を屈め、中にはいっていく。

ダニーも四つん這いになって追いかけるしかない。

真っ暗だ。

「ここで待ってて」と彼女は言う。

彼女が動きまわる気配のあと、ろうそくの明かりがともり、彼女の居住空間が浮かび上がる。寝袋、枕、十本あまりのろうそく。木箱を利用した本棚には、数冊のペーパーバックと古いハードカヴァーが何冊か並んでいる。あとはカセットテープの山、それにウォークマンひとつ。

そしてマンドリン。

シビルは服を脱ぐと、横になって寝袋を叩き、彼を誘う。

ダニーは彼女と並んで寝そべる。

「ラリってて、セックスしたい気分にはなれないけど」とシビルは言う。

「別にかまわない」

あっというまにダニーは眠りに落ちる。

ハーリーはパイプを長々と吸い、ブラッドに渡す。「あいつを知ってることはまちがいないんだがなあ」

ブラッドが言う。「おれも知ってるよ」

「知ってる？」

ハーリーはブラッドが詳しく説明するのを待つ。が、ブラッドはパイプを吸いながらただ宙を見つめている。

「誰だ、あいつは？」とハーリーはしびれを切らして言う。

「このまえ街中に行ったときに新聞で見た。マフィアみたいな男で、女優とつき合ってるそうだ。その女とつるんで映画をつくってるかなんかだ」

「名前も覚えてるか？」

「ちょっと待ってくれ」ブラッドは意識を集中させてから答える。「ダニー・ライアン」

その名前がハーリーの記憶の糸に触れる。「まちがいないか？」

「ああ。どうして？」

ハーリーはその名前に聞き覚えがある。ハリウッドのおとぎ話とは関係なく、麻薬がらみで。

「ヴァンを借りるぞ。街中に行く」とハーリーは言う。

「いいよ」

ハーリーは電話をかけにいく。

シビルは寝袋に膝をつき、枕の下に手を伸ばす。「ダニー、最高にハイになりたくない？」

そう言うと、小さな薄茶色のマッシュルームの笠をひとつかみ取り出す。「マジック・マッシュルーム。幻覚作用があるの。ＬＳＤに近いけど、天然のものよ。今夜、みんなでやろうと思ってる」

「おれは遠慮しておくよ」

「いいじゃないの」と彼女は言う。「堅いこと言わないの。頭の奥がじんじん来るわよ」

「頭の奥には立ち入りたくないんだよ。懐中電灯と銃がないときには」とダニーは答える。

「わたしがいるじゃないの」とシビルは言う。「わたしが道案内してあげる」

そう言って、彼女は手を差し出す。キノコをひとつ指につまんでいる。聖体拝領の際、司祭が拝領者に聖餅《せいへい》を与えるような仕種《しぐさ》で。

ダニーはキノコを受け取る。「これをどうすればいいんだ？」

神の祭壇《イントロイボ・アド・アルターレ・ディ》にのぼらんことを。

「嚙んで」と彼女は言う。「それから呑み込むの」

彼は従う。あまりの苦さに顔が歪《ゆが》む。シビルは笑いながら、自分もひとつ口に入れる。

続いて彼に二個目を渡す。

「これも？」とダニーは尋ねる。

「ええ、そう」

ダニーは二個目のキノコも受け取り、嚙んで呑み込む。

これがおれの聖体なのか……

ピーター・ジュニアは両腕で自分を抱いて体を揺する。インターステート一号線のすぐ脇の木にもたれて。何をすべきなのかわからない。

自分がしてしまったことが信じられない。

「何をしたんだ、おれは何をしたんだ？」体を前後に揺らして自問する。

おまえは実の母親を殺したんだぞ。

パスコが救いの手を差し伸べてくれるはずだ。そう思っていた。名づけ親であるパスコがコネを使って、騒ぎが沈静化するまで匿《かくま》ってくれるだろうと。ヴィニーを殺したおれをむしろ誇りに思って、きっと事態を収拾してくれるだろうと。

ところがパスコは、おれを獣と、犬畜生と罵《ののし》った。

事実、おれは獣なのかもしれない。

外気は冷たく、彼は震えている。道路を走ってくる車を見つけ、立ち上がって親指を突き出す。

車が停まる。

ピーター・ジュニアは駆け寄る。

助手席の窓が開く。男が尋ねる。「どこまで行くんだ?」

「どこでも。あんたの目的地でいい」とピーター・ジュニアは答える。

「おれはウェスタリーまで行くけど」

男はドアのロックを解除する。ピーター・ジュニアは乗り込む。ウェスタリーはコネティカット州との境界に接している。少なくともこの州から脱出できそうだ。

「こんな夜中にヒッチハイクなんて」と男が言う。年上で、おそらく漁師だろう。

「仲間に置いてきぼりを食らっちまって」

「そりゃ仲間と呼べないな」

「まったくだ」とピーター・ジュニアは言う。

常に忠実《センパー・ファイ》。

男はウェスタリーの繁華街で彼を降ろす。電話ボックスを見つけ、ピーター・ジュニアはヘザーに電話する。

「警察が来た」とヘザーは言う。「まさかピーター、母さんを撃ったの?」

また〝母さん〟なんて呼びやがって、とピーターは内心思う。「何が起こったのかわからない。向こうがおれに襲いかかってきたんだ。ヘザー、どうしたらいいかわからない」

「わたしにもわからない」

「迎えにきてくれないか？」とピーターは頼む。「どこかに連れてってくれ」

「ついさっきまでここに警察がいたのよ」

「でも、今はもういないんだろ？」とピーター・ジュニアは言う。「だったら来れるよな？」

沈黙。

「ヘザー、頼む」

沈黙。

ダイヤルトーンがそのあとに続く。

おれは詰んだ。ピーター・ジュニアはそう思う。

おれはひとりぼっちだ。

夜中にたった一匹、狩人に追われる獣だ。

22

闇だ。

いや、闇ではない。

黒だ。

黒のせいで外が見えない。中しか見えない。ここはおれの頭の中だ。ダニーはそう思う。ラリったダニー・ライアンの頭の中だ。懐中電灯と銃、懐中電灯と銃、愉しもうじゃないか、懐中電灯と銃で。オー〜ダニー〜ボーイ〜、バグパイプが呼んでいる、夏は去り、バラは散り……全部散り、おれの足元、花びらは踏まれてつぶれ、枯れた花は日陰で腐り、悪臭を放ち、甘くて不快な死臭が鼻から離れず、そして記憶が甦る。おまえは死んで何日も経ったパットを掘り返した。浅い墓から、泥から、地中から。落ちた花、バラはすべて枯れ、おれが死んだら、そう、おれはやはり死ぬんだろう、そのときにはおまえたちがやってきて、おれの死体がある場所を見つけ出し、ひざまずいて告げるだろう、さよなら《アヴェ》と。おれたちはひざまずきはしなかった。歌いもしなかった。ジミーとふたりでおまえを掘り起こしたら、毛布でくるみ、車の後部座席に乗せた。ああ、パット、ああ、パット、ああ、パット、バグパイプが呼んでいる。お涙ちょうだいのアイルランドの古くさい歌がいいと思ったことは一度もない。どれもオー・ダニー・ボーイとおんなじ嘘泣きソングだ。いい加減に勘弁してくれ。聖パトリックの祝日に酔っぱらい、いや、聖パトリックの祝日は素人向けの一日で、プロは毎日毎晩酔っぱらう。おれの酔いどれ親父、酔っぱらい爺《じじい》、剣呑《けんのん》きわまるあの馬鹿野郎は、筋金入りのロードアイランド野郎だった。どこまでも透き通ったスープ野郎だった。神に守られてるなんぞとぬかしつつ、実のところ、神への冒瀆《ぼうとく》みたいな、赤ん坊のゲロみたいな、トマトスープ野郎じゃなくて。くそ、おれはラリってる。ラリってる、ラリってる。〝イントロイボ・アド・アルターレ・デイ〟——神の祭壇にのぼらんことを。ラリった頭で思い出す。神父になりたがってたパットがよくクロゼットに網戸を立て掛け、懺悔《ざんげ》しろと言ったっけ。おれは罪をでっち上げなきゃならなかった。ほんとの罪を言うのは大罪だから。だからおれは口からでまかせを言った。リンカーンを暗殺したのはおれだとか、スーパーマンも殺したとか、ホープダイアモンド（持ち主に不幸をもたらすと言われる不吉なダイア）を盗んだとか。パットは、〝父なる神よ〟と三回唱え、〝アヴェ・マリア〟と五回唱えよと言い、それで懺悔の儀式はすんだ。パットの神父になりたい願望が消えたのは、シーラの乳首がタイトな白のブラウスから透けて見えたときで、その瞬間、あいつの願望は、〝神父になりたい願望〟から〝あのブラウスの下に手を突っ込みたい願望〟に変わった。おれも同じ願望をあいつの妹のテリに抱いた。だけど、そんなことはとても口には出せない。出したら鼻にパンチが飛んでくる。それでも、ある日パットが訊いてきた、おまえ、おれの妹とヤってるのかよと。おれは、いや、まあ、と答えた。すると、パットは、そりゃどういう意味だとさらに訊いてきた。いや、まあ、三塁までだとおれは言った。テリは上品なカトリックの女の子で、親としても自慢の娘だ。だから容易に体を許しはしない。それに修道女たちにはこう言われてた。どうしても車の中で男の子とふたりきりになってしまったら、男の子の膝の上に電話帳をのせなさいと。そうすれば男の子はきっと萎《な》えるからと。イタリア系の男どもはその話をよくからかいやがった。おまえらは新聞紙で充分だと。分厚い日曜版も必要ないと。

テリ、可哀そうなテリ、彼女もまた落ちた花だ。あの診断。呪わしくも卑劣なことばのあの診断。善人を罰するとはどんな神だ？　テリは悪いことなど何ひとつやってないのに。告知を受けたときの彼女の表情が忘れられない。診断の結果、検査の結果はいつも悪くて、息をもつけなかった。化学療法なんぞはぽたりぽたりぽたりとろくでもない液を彼女の腕に、彼女の血管に、ただ注ぎ込むだけのことだった。そんな彼女を置いて、瀕死の彼女を置いて、おれは逃げた。一目散に逃げ出した。風を食らったように。妻を見捨てた。彼女は告知を受けた年の冬に、固く冷たい土の中に葬られた。トーチバーナーで凍土を溶かして掘ったのだろう、神には彼女を暖かくやさしい夏に死なせることができなかった。ひどく暗くてひどく黒い冬にしか死なせてくれなかった。

ダニーは腹這いになり、前方に手を伸ばす。ありもしない光をつかもうとするかのように。その光の中にはいり込もうとするかのように。

死。

ダニーは体のまわりに、体の中に、それを感じる。死、病、妻の命を奪った癌、父親を少しずつ蝕《むしば》んだ毒、そういったものを皮膚に感じる。骨にも。骨の内側にも。のっぴきならない骨の髄にも。存在が腐り、骨が腐る。罪にまみれて生まれた者は腐るべくして生まれつく。

現代の怪物、子供の頃に聞かされた悪魔や悪霊。修道女たちから聞かされた話によれば、悪魔の手先どもは赤く燃える熊手を、永遠に燃えつづける熊手を、罪人の皮膚に突き立てるという、アーメン。そいつらのおぞましい顔が見える。にやりと笑い、血まみれの鋭い牙を剝き出して、しゅうしゅうと威嚇の音を出している。ダニーは言う。神よ、あなたの怒りを買ったことを心から悔いています、自分が犯したすべての罪を憎んでいます。すると聞こえる。今さら遅いわ、このクソ。ダニーはベルトから銃を引き抜き、悪魔どもを撃つ。銃口から放たれた赤い火が暗闇を貫く。闇が血の色に染まる。彼は全員を殺す。そこでシビルの声がする。そいつらはあなたの頭の中にいるだけよ。ダニーは撃つのをやめる。するとと今度は別の音がする。さらに水が押し寄せる音、岸に砕ける波の音がする。いや、ちがう。ここは海ではない。ジャクージだ。おれの人生の汚泥《おでい》が噴出する風呂の中だ。おれの罪。汚職捜査官のジャーディンが見える。死んだあとひげが伸びている。爪も伸びている。今ではぼろぼろになった服が体から垂れている。そんな恰好《かっこう》で渡し舟の上に立っている。ここが懐かしい湾であることにダニーは気づく。ゴーシェンビーチとギリアッドを隔てる小さな湾。これを渡らなければならない。それは彼にもわかっている。が、背後から死者の群れに襲われる。彼らは彼を踏みつけ、踏みにじり、渡し守《もり》のほうへと駆けていく。その大半が知った顔だ。長い戦《いくさ》の犠牲者たちだ。そこで彼は思い出す。ここには渡し舟などありゃしない。子供の頃は飛び込んで泳いで渡ったものだ。潮の流れに身を任せていれば、対岸の岩場にたどり着いたものだった。彼はシビルに尋ねる。あの死者たちは何をしてるんだ？　どこに向かってるんだ？　彼女は答える。向こう岸に行きたがってはいるけれど、それは無理ね。だって彼らは安らかな眠りに就けなかったから。気づくと、ダニーは湾の畔《ほとり》にいる。そんなダニーにジャーディンが言う。おまえも渡れないぜ、このクソ野郎、まだ死んじゃいないんだから。シビルが言う。お金を払いなさい。いくらだ？　とダニーは尋ねる。おまえはおれに何百万ドルもの借りがある、とジャーディンが答える。おれの金を奪いやがって、命まで奪いやがって。シビルが言う。わたしが住んでるところの入口に金色の小枝があったでしょ？　それをあなたにあげるからその人に渡して。おかげでダニーはジャーディンの脇に乗り込むことができる。が、気づいたときにはそれがジャーディンではなく、くそリアムになっている。すべての発端となったリアムに。頭に小さな穴をあけたリアムがダニーを見て言う。おれの女房とファックしやがって。おれはそんなことはしていない、とダニーは答える。すると、リアムは言う、映画の中でだ、映画の中でおれの女房とファックしただろうが。そのほうが大問題だ。おれが演じるべきだったのに。おれは映画スター並みのいい男なのに。みんなそう言ってたのに。おまえじゃない。おまえは駄犬だ。そのとき犬の吠え声が聞こえてくる。ここに犬などいるわけがないのに。いや、これは犬じゃない。コヨーテだ。ダニーは吠え声をたどる。

坑道を出ると、野外パーティが始まっている。月明かりのもと、人々が踊っている。夜の精霊たち、夜の精霊たち、今、立ち上がれ。彼は四つん這いの姿勢から立ち上がる。闇を這う獣ではなく人間らしく。二本足で立ち、焚き火で赤く照らされた人々の体を眺める。音楽――フルートとギターの気味の悪い音楽――に合わせてくねる体を。グレイトフル・デッドの曲かもしれない。もしかしたら、死んでいないことをありがたく思う曲《グレイトフル・ノット・トゥ・ビー・デッド》かもしれない。正面にシビルが見える。彼を手招きしている。砂漠に、踊りの場に出てこいと。ダニーは彼女のあとについていき、ヒッピー・キャンプを離れ、剝き出しの夜の中に出る。

すると――

そこにはピーター・モレッティが立っている。黒い髪が濡れて水がしたたっている。おまえは死んだと聞いたが、とダニーは言う。浴槽の中で撃たれたんだ、信じられるか、とピーターは言う。もう風呂にははいれない、浴槽の中にはキャシーが横たわってるから。潮の流れに漂う海藻みたいに彼女の髪が広がっていて、額にはふたつの小さな穴があいてるから。そのキャシーが顔を起こして、ダニーを見て言う。あなたに警告したのに。彼は答える、すまない、耳を傾けなくて。彼女は言う、誰かがこんなことを言ってるそうよ。聞いたことある？　空からスープの雨が降りはじめたら、アイルランド人はフォークを持って急いで外に出るだろうだって。面白くない？

パットが歩いてやってくる。おれの妹とファックする気か？　こっちとじゃない、とダニーは答える、もうひとりのほうだと。するとパットは言う、おれの妹はふたりとも死んじまった。ダニーの親友、義理の兄以上、実の兄以上のパットが車の陰から自分の体の一部を引きずってきて、路面にこすりつける。自分の一部を。自分の一部を。そのあと彼は言う。なんてこったい、ダニー、とんでもないヘマをしやがって。おれの後釜を任せたのに、なんてざまだ？　ダニーは答える。すまない、パット、できるかぎり頑張った。だけど、力不足だった。おれはおまえとちがう、これまでもちがったし、これからもちがう。それでも、とパットは言う、おまえがかわりを務めるしかないんだよ。どうして？　そりゃほかにはもう誰もいないからだ。

ダニー・ライアンしか、ダニー・ライアンしか、バグパイプのダニー・ライアンしか。パットは尋ねる。おまえとおれのちがいがわかるか、ダニー？　おまえは太陽がまた昇るのを見ることができる。そう言い残して、彼はいなくなる。

ダニーはヒッピー・キャンプからさらに離れる、案内役のシビルからも離れ、たったひとり砂漠の中に迷い込む。そこにはテリがいる。

チューブを挿《さ》されていないテリがいる。モルヒネを血管に注ぎ込むチューブ抜きのテリ。砂浜に寝そべっている。昔、ビーチに寝転んでいたときと同じポーズだ。片肘をついて手で頭を支えながら彼女は言う。わたしを置き去りにしたわね。ダニーは答える。きみが言ったからだ、息子を連れて逃げろと言ったからだ。すると彼女は言う。そう、あなたがわたしのことばに従ったのはあのときだけね。彼女は笑ってつづける。あの女とヤりたいんでしょって、わたし、あなたに言ったわよね。誰だ、あの女というのは？　と彼は訊き返す。海の中から出てきた女、パムよ。あの日がすべての始まりだった。あなたは彼女の胸をじろじろ眺めてた。あなたが彼女とヤりたがってたのは見ればわかった。で、結局、ヤった。すまない、と彼は謝る。テリは言う。いいのよ、むしろよかったじゃないの、ダニー。わたしだってロバート・レッドフォードとヤれるものならヤりたいもの。でも、もう無理ね、わたしはもう死んじゃったんだから。だけど、よかったって言ったのはほんとうよ。そんな気持ちがあなたにまだあったなんて思わなかったから。そんなことを思うと、なんだか熱くなってきちゃった。こっちに来て、ヤって。彼は言う。コテージに戻ろう。駄目、と彼女は言う。このビーチでしたい。彼は彼女の腕にかかった柔らかな髪に触れ、耳のうしろの甘いヴァニラの香りを嗅ぎたくて、彼女の横に寝そべろうとする。が、そこには砂しかない。彼はまた立ち上がり、星空のもと、彼女を捜しはじめる。星がとても近くに見える。手を伸ばせばつかめそうなほど近くに。この柔らかな砂漠の夜、彼はさらに歩き、さらに行く――

ダイアンが歩いている。薄暗い霧に包まれたような、おぼろな月明かりの中、砂の上を漂うように歩いている。ダニーは彼女のあとを追う。呼びかけても彼女は歩みを止めない。どんどん彼から離れていく。ダニーに気づかないのか、見て見ぬふりをしているのか。ダニーは言う。すべてはおれの過《あやま》ちだったのか？　すまない、ダイアン、あんなふうにきみを傷つけるつもりなどなかったのに。去りたくもなかった。きみを残していきたくもなかった。でも、しかたがなかったんだ、お互いを救うためには。考えもしなかったんだ、まさかきみが……あんなことをするなんて。夢にも思わなかったんだ、おれから離れていかないでくれ、ダイアン、頼む、口を利いてくれ、おれを赦《ゆる》すと言ってくれ、おれのことなど嫌いでもいいから、何か言ってくれ、お願いだ、ダイアン。彼女は歩きつづけ、ダニーを見ようともせず離れていく。彼は人生でふたりの女性を愛したが、ふたりとも失った。バラの花びらは散って漂う、遠くへ、遠くへと。

ダニーは立ち止まり、両手で顔を覆って泣く。指のあいだから涙が伝う。彼は体を丸め、むせび泣く。とめどない悲しみがあふれ出す。押し寄せる波が砕けてしぶきと化すように、塩辛い涙が流れ、耳を伝い、鼻と口に流れ込む。胸の痛みが重く重くぶら下がり、波がずしりとのしかかる。涙は次の涙に——熱い涙に——押し流されて冷たい海となる。塩辛い海となる。

波が浜辺に打ち寄せて、彼を砂上に打ち上げる。シビルがすぐそばにいて、まだ音楽が聞こえている。マンドリン、ギター、ドラム、シンバル、それにフルート。音楽に合わせて彼女は動く。彼女はダニーが思ったより硬い。端のとがった骨をしている。腹の筋肉も硬い。しかし、中は柔らかい。とても柔らかく、しっとり湿り、柔らかく温かい。彼のペニスは見る見るふくらむ。すると彼女が言う。いいのよ、こっちもしてほしいんだから。彼はする。彼女の中で果てる。

また吠え声がする。いや、今度は人間の声だ。大声、歌、音楽。シビルがまた手招きをして、パーティに加わろうと促す。月と星、プッシー、ペニス、糞、小便、土、砂、それらの命を祝福するために。仲間の輪にははいりたくないと彼は言う。おれは父親に会いたい。父親に。おれは親父を見つけたい。するとシビルは言う、想像できるものはなんでも見える。あなたの頭はどこでも好きなところへあなたを連れていってくれる。彼は立ち上がり、小径《こみち》に沿ってよろめきながら、ヒッピー・キャンプを背に裏手の丘へ向かう。そこには緑の草が生えたオアシスがあり、木も数本生えている。彼は丘のてっぺんまでのぼる。

眼下では、塔のまえでは、今や焚き火が高い火柱となって燃えさかっている。火の粉が夜空に舞っている。そのさまは、天使たちがこの地上の地獄を飛び立ち、火によって清められ、天国へ帰っていくかのようだ。

おれは火の粉じゃない、とダニーは思う。あんなふうに高く舞い上がることはない。おれの仲間も誰ひとり。盗っ人であり、ペテン師であり、売人であり、強請《ゆす》り屋であり、人殺しであるおれたちは誰も。赦された者は天へと飛び立ち、赦されざる者は地を這いつづける。自らの罪という重い鎖につながれ、ここでうめき、ここで死ぬ。

まだハイになっている。今もまだ。それがわかる。だからダニーは抗《あらが》う。この繭《まゆ》から抜け出そうとする。閉じ込められながらも。自分の声が聞こえる。今これから真っ赤な太陽が昇るところじゃないか。気づくと、すぐそばにマーティがいる。東を向いて坐っている。彼は言う。おまえ、ヒッピー女なんかと何をやってる？　この変態。環境保護運動でもしたいのか？　ダニーは彼に両腕をまわそうと近づく。が、マーティは彼をよけて言う。キャリックファーガスに帰りたい。ダニーは言う。ハグしたいだけだ。おまえはホモにでもなったのか？　なんてこった。ふたりは黙って坐り、砂漠を眺める。何もなく、どこまでも静かな砂漠を。その静けさを破ってマーティが言う。おまえはいったい何をやってるんだ、この馬鹿たれ。子供がいるのに。なんでこんなところに坐ってる、このボケ。面倒をみなきゃいけない子供がいて、ファミリーもいるのに。ダニーは言い返す。あんたはどうなんだ？　ファミリーの面倒もおれの面倒もみなかったくせして。マーティは言う。だから今、面倒をみてやってるじゃないか。おまえはおれみたいになりたいのか？　後悔と悲しみと痛みだけを抱えて生きたいのか？　せめて夜だけはバリーグラントにいたいがために……さあ、立つんだ、このクソ。立つんだ！

　立ち上がれ、とダニーは自分に命じる。立て、立て、立て。あのクソ親父マーティの言うとおりだ。おまえには息子がいるんじゃないのか。なんとしても戻らないと。父親になるんだ。おまえの親父のようには絶対なるな。こんなことはいつかどこかで終わらせなければならない。それは今だ。それができるのはおまえだけだ。

　ダニーは立ち上がる。

　丘のてっぺんから谷へとくだる。ちょうど太陽が昇りつつある。朝の光を背に受け、ヒッピー・キャンプに向かう。丘をくだる。キノコの効き目も薄れつつある。そう思うなり、眼前に最悪の幻覚、最悪のイメージ、最悪の犬畜生が現われる。裸体が柱に縛りつけられている。両腕を上に伸ばされ、手首のところで縛られ、足首も柱にくくりつけられている。ブラッド、ハンナ、メイリン。ハーリーは卑猥なペニスをさらして、怒りと恐怖に顔を歪めている。シビル——すらりと背が高く筋肉質の彼女——は今にも壊れそうで、土埃にまみれた顔に涙のすじができている。泣くたび肩が震える。おれはまだ死者の国から帰れてないのか。ダニーはそう思う。なぜなら、すぐまえに、ひとつ眼の大男が立っているからだ。キュクロプス（ギリシャ神話に出てくるひとつ眼の巨人）さながら。

ポパイだ。

ダニーは彼に近づいて言う。「おまえは死んだんじゃないのか？」

「死んでるふうに見えるか？」

「おれにはわからない」

とはいえ彼は死んでいない。生きている。

ダニーはほかの男たちを見やる。銃を持ち、まわりに立っている。何台ものＳＵＶが半円を描いて停まっている。まるで古い西部劇の幌《ほろ》馬車のようだ。ポパイの横に立つ男に見覚えがある。現金の隠し場所を襲撃したときに居合わせた男だ。床に転がしてうしろ手に縛ってやった男。

その男ネト・バルデスがダニーを睨《にら》み返して言う。「あのときおまえに言っただろ？おまえもおまえのファミリーもみんな死《ムエルテ》ぬってな。時間をかけてゆっくり死ぬってな」

ハーリーが叫ぶ。「おれだけは助けてくれ！　おれがあんたたちに通報したんじゃないか！」

そう叫び、体をくねらせてもがく。

ダニーは両腕をつかまれて、蹴られ、ひざまずかされ、うしろ手に縛られる。

ポパイが彼に話しかける。「これがおまえのファミリーか？　このヒッピーのちんけな連中が？」

ダニーは全員殺すべきだった。

今はそれがダニーにもわかる。

しかし、そうでないのがダニー・ライアンだ。昔からそれが彼の弱点だった——今でもまだ神を信じている。天国やら地獄やらそういうおめでたいたわごとのすべてを。

そして今は膝をつき、頭に銃口を突きつけられている。ヒッピーたちは体と手足を縛られて、柱にくくりつけられ、訴えかけるような眼に恐怖の色を浮かべて、ダニーを見下ろしている。

夜明けの砂漠の空気は冷たく、砂の上にひざまずいてダニーは震えている。太陽が昇りはじめ、月はもはや薄れゆく記憶と化す。まるで夢のようだ。もしかしたら、人生は夢なのかもしれない、とダニーは思う。

あるいは悪夢か。

なぜなら、人は夢の中でも犯した罪の報いを受けるからだ。

清々《すがすが》しく凜《りん》とした外気を刺激臭が切り裂く。

ガソリンのにおい。

声が聞こえてくる。「おまえの仲間が生きたまま焼かれるのを見物させてやろう。おまえはその次だ」

なるほど、これがおれの死にざまか。

ポパイがネトにうなずく。

ネトはガソリンのはいった大きな缶を手に取る。

シビルが悲鳴をあげて命乞いする。お願い、お願い、やめて！

「まずはその女からだ」とポパイが命じる。

ダニーは背後から顎をつかまれ、無理やり顔を上げさせられて、無理やり正面を見させられる。

シビルの両眼は恐怖でとてつもなく大きく見開かれている。

ネトがガソリン缶を持ち上げる。

「お願い！」とシビルは絶叫する。「いやあああああ……！」

ネトはガソリンをポパイの頭にぶちまける。

そして、マッチをすってポパイに投げる。

ダニーはポパイがまわる松明《たいまつ》となって、くるくると体を回転させるのを見る。

男たちは笑っている。

「こいつにはもううんざりだ」とネトが砂地に唾を吐いて言う。「せいせいするぜ」

そのあとダニーを見下ろして言う。「心配するな、あほんだら《ベンデホ》。全員手早くすませてやるから」

そう言って、ピストルを抜く。

「そいつらは殺すな」とダニーは言う。「そいつらはなんの関係もない」

「おまえの居場所をチクったやつもか？」とネトは言う。「復讐したくないのか？」

ダニーは首を振る。

「おまえはおれを殺そうと思えば殺せたのに殺さなかった」とネトは言う。「これでお相《あい》子《こ》だ」

彼は銃をホルスターに収め、スペイン語で手下に命じる。

手下のひとりがダニーの縄をほどく。

彼はうつ伏せに倒れる。

足音、車のドアが開く音、車のエンジンの音。

顔を起こすと、ネトたちはもういなくなっている。

夢は薄れ、

長かった夜も終わり、

夜明けが始まる。

謝辞

一冊の本を独力で書き上げられる人間などいやしない。

独力と思うのは錯覚だ。

朝、階下《した》に降りて、明かりをつけ、欠かせない一杯のコーヒーをいれ、コンピューターのスウィッチを入れる時点で、私はすでに何千人もの技能や労力のおかげをこうむっている。その人たちのことを知ることもなく。

もっとも、直接知っている大勢の人々にも、大いに世話になっている。彼らがいなければ、私の執筆活動は不可能だろう。質も喜びも損なわれてしまうだろう。

友人であり、エージェントでもあるシェーン・サレルノに対しては、充分に感謝を表現するすべがない。「ありがとう」のひとことですませるほかない。同志よ、きみが伴走してくれた距離のなんと長いことか。

デボラ・ランドール、ライアン・コールマンをはじめ、〈ストーリー・ファクトリー〉の全スタッフにも謝意を伝えたい。

〈ウィリアム・モロー〉のリアト・ステリックへ。あなたからの絶大な信頼はあなたが思う以上に深い意味を持っている。あなたは放浪の作家に家を与えてくれた。

私の編集者であるジェニファー・ブレールへ。あなたがいなければこれは小説ではなく、単なる原稿で終わっていた。この本は、あなたの判断力、洞察力、情熱、支援あっての作品だ。どれほど感謝しても感謝しきれない。

私の原稿整理編集者、ローラ・チャーカスへ。私のさまざまなミスを詫《わ》びるとともに、あなたがブラッシュアップしてくれたことに深く感謝する。おかげで、恥ずかしい思いをせずにすんだ。

ブライアン・マレー、アンディ・リクーント、ジュリアナ・ウォジック、ケイトリン・ハリ、ダニエル・バートレット、ジェニファー・ハート、クリスティン・エドワーズ、アンドルー・ディチェコ、アンドレア・モリター、ベン・スタインバーグ、シャンタル・レスティヴォ＝アレッシ、フランク・アルバネーゼ、ネイト・ランメン、ジュリエット・シャプランドへ。私のために熱心で類《たぐ》い稀《まれ》な仕事をしてくれた。ありがとう。

〈ハーパーコリンズ〉および〈ウィリアム・モロー〉のマーケティングおよび広報スタッフの方々へ。みなさんが自らの職務を熱心に、疲れを知らずこなしてくれるからこそ私は仕事ができている。心より謝意を捧げる。

顧問弁護士であるリチャード・ヘラーにも感謝を。

SNSに関しては、ツイッター上で@donwinslow、#DonWinslowBookClubをフォローしてくれている人たちや、#WinslowDigitalArmy の兵士たちに。おなじ道のりをともに歩んでくれていることに心からの感謝を。さらにまえに進もう。

すべての書店員の方々へ。あなたがたの存在なしには、私は今の立場にいない。サポート、温かい姿勢、友情に感謝する。

読者のみなさんにも謹んでお礼申し上げる。みなさんは私のキャリア全体にわたって、励ましと支援と温かさを与えてくれている。みなさんのおかげで私は自分の好きなことを生業《なりわい》にできた。つまるところ、読者の方々がいてくだされればこそ作品に存在意義が生まれるのである。

私に豊かな友情、愉しみ、食事、さらにそれ以上のものを与えてくれた多くの人々と場所にも謝意を。デイヴィッド・ネドウィデックとケイティ・アレン、ピートとリンダ・マスロウスキ、ジム・バスカーとアンジェラ・ヴァロット、テレサ・パロッツィ、ドリュー・グッドウィン、トニーとキャシー・スーザ、ジョンとテレサ・カルヴァー、スコットとジャン・スヴォボダ、ジムとメリンダ・フラー、テッド・ターベット、トム・ワラ、マーク・クロッドフェルター、ロジャー・バービー、ドナ・サットン、ヴァージニアとボブ・ヒルトン、ビルとルース・マケニーニー、アンドルー・ウォルシュ、ジェフとリタ・パーカー、ブルース・レオダン、ジェフ・ウェバー、ドン・ヤング、マーク・ルビンスキー、キャメロン・ピアス・ヒューズ、ロブ・ジョーンズ、デイヴィッドとタミー・タナー、タイとダニ・ジョーンズ、デロンとベッキー・ビセット、〝カズン〟・パム・マッテソン、デイヴィッド・シュニープ、〈ドリフト・サーフ〉、〈ケチョ〉、〈ジャワ・マッドネス〉、〈ジムズ・ドック〉、〈キャプテン・ジャックズ〉、〈ザ・コーストガード・ハウス〉、〈ラス・オラス〉、〈ピーチズ〉、〈ザ・シーヴュー・マーケット〉、〈ライト・クリック〉。みんな、ありがとう。

そしてもちろん、私の息子のトーマス、妻のジーン。きみたちがいなかったら……まあ、言うまでもないが。きみたちは私の理想をさらに超える存在だ。

一冊の本を独力で書き上げられる人間などいやしない。

特別収録

ギャング小説の新たな金字塔――
巨匠ドン・ウィンズロウが放つ
三部作の最終幕!

『荒廃の市《まち》（仮）』

（原題：CITY IN RUINS）

一部抜粋を
特別先行公開!

＊本編は『陽炎の市《まち》』に続く次作『荒廃の市《まち》（仮）』（原題：City In Ruins）の一部を抜粋して先行掲載したものです。本編をお読みになったあとにお読みください。『荒廃の市《まち》（仮）』は2024年夏頃発売予定です。

荒廃の市《まち》

プロローグ

ダニー・ライアンはその建物が倒壊するのを眺めている。

その建物は撃たれた獲物のように震え、ほんの一瞬、おのれの死に気づいていないかのように完全に静止し、それから一気にくずおれる。かつて古いカジノが建っていた場所には、空に向かって立ち昇る塵芥《じんかい》の塔だけが残る。二流のマジシャンがどこかのラウンジで大げさに披露してみせるつまらないトリックさながら。

〝内破《ないは》〟──と人は言う。

内側からの破壊と。

すべてがそういうわけではないが──

まあ、たいていはそうだ、とダニーは思う。彼の妻を殺した癌も、彼の愛を破滅させた抑鬱《よくうつ》症状も、彼の魂を奪い去ったモラルの腐敗もそうだった。

どれも内破──内側からの破壊だった。

ダニーは杖に寄りかかる。脚にはまだ力がはいらず、強《こわ》ばっていて、ずきずきと痛む。

そうやって彼に思い出させようとしている……

崩壊とは何かということを。

ダニーが見ているまえで、塵芥は天高く舞い上がり、砂漠の澄んだ青空に灰色がかった汚い茶色のキノコ雲をつくる。

その雲も徐々に薄れ、やがては消えてなくなる。

跡形もなく。

ダニーは思う。どれほど戦い、どれだけのものを捧げてきたか……

それもすべて無と化す。

ただの塵《ちり》となる。

ダニーは倒壊した建物に背を向け、脚を引きずりながら市《まち》を歩く。

荒廃した彼の市《まち》を。

第一部

イアンの誕生日パーティ

信心深いアエネーアースは葬儀を終え、
土を盛って墓をこしらえ……
船で旅に出る。

――ウェルギリウス『アエネーイス』第七巻

1

一九九七年六月、ネヴァダ州ラスヴェガス

ダニーは不満を覚える。

オフィスの窓からラスヴェガス大通り《ストリップ》を見下ろし、不満のわけを考える。

古い車に幼い息子ともうろくした父親を乗せ、わずかな持ちものをすべてうしろに詰め込んでロードアイランド州を逃げ出したのは、ほんの十年たらずまえのことだ。その彼が今はストリップ沿いにあるふたつのホテルの共同出資者となり、大豪邸に住み、風光明媚《めいび》なユタ州に別荘を保有し、会社の金で毎年新車に乗り換えている。

今やダニー・ライアンは億万長者だ。その事実はあまりに現実離れしていて、滑稽《こっけい》にすら思える。翌月にもらう給料より高額な純資産を手にすることになるなど夢にも思っていなかった。そう、かつての彼を知っている者なら、誰がそんな話を信じる？　ましてや、熾烈《しれつ》なパワーゲームが繰り広げられるラスヴェガスという地で強大な力を持つ〝大物《モーグル》〟と見なされているなど。

ダニーは思う、なんたるジョーク、と。人生とは面白いものと端《はな》から思ってでもいないかぎり、このジョークの面白さはわからない。

ジーンズのポケットに二十ドルもはいっていれば金持ちになった気分になれたかつての日々を今でもまざまざと思い出せる。今は誂《あつら》えのスーツのポケットに、マネークリップにとめてたいてい千ドル以上持ち歩いている。昔は金曜日の夜に妻のテリと一緒に中華レストランに行く余裕があるだけで、大変な贅沢《ぜいたく》と思っていた。今の彼は望むより多くの機会にミシュランの星を獲得したレストランで〝お食事〟している。腹まわりが段々出っぱってきているのはそのせいでもある。

体重を気にしていないのかと訊かれると、ちゃんと気にしているとダニーは答える。贅肉がベルトを乗り越えていくのはちゃんと見守っていると。ほとんど机について仕事をしているおかげで、五キロのボーナスがついたとも。

母親からはテニスに誘われたが、ボールを追いかけまわして打ち返し、すぐにまた相手が打ち返してくるだけのことのどこが面白い？　ダニーはゴルフもしない。理由のひとつは単にクソつまらないからだ。もうひとつは、ゴルフというのは医者や弁護士や株の仲介人がやるものだと思っていて、自分はそのどれでもないからだ。

その昔、ダニーはそういう連中を鼻で笑っていた。自分は社会の底辺にいながら、そういう者たちを女々《めめ》しいやつらだと見下していた。当時のダニーはぼさぼさの髪にニット帽をかぶり、着古したピーコートに体をねじ込み、簡素なランチを持ち、肩で風を切って喧嘩上等と言わんばかりにプロヴィデンスの波止場に仕事に行っていた。スプリングスティーンが歌う労働者そのものだった。今は千五百ドルするパイオニア社製のステレオでスプリングスティーンのアルバム『闇に吠える街』を聞いている。

それでも、今でも神戸牛よりチーズバーガーのほうが好きだし、高級魚のメロよりもフィッシュ&チップスのほうがいい（そもそもラスヴェガスではどれだけ金を出しても美味《うま》いフィッシュ&チップスにはありつけないが）。たまに飛行機でどこかに出向かなければならないときには、社用のジェット機ではなく、民間の旅客便を使う。

（ただしファーストクラスだが）。

ダニーが社用のジェット機を使いたがらないので、息子のイアンはいつも怒っている。その気持ちはダニーにもよくわかる。プライヴェートジェットに乗りたくない十歳児がどこにいる？　だから、今度のヴァカンスはどこに行くにしろプライヴェートジェットで行くと約束してある。そのことにいささか罪悪感を覚えながらも。

「ダニーのあほんだらは脳みそがチャウダーでできてる」共同出資者のドム・リナルディが一度そう言って、ダニーをからかったことがある。ダニーは昔ながらのニューイングランド気質で現実的……つまり安っぽい男で……あらゆる贅沢を疑ってかかる。そう言いたいわけだ。

そのときダニーは話をはぐらかした。「この市《まち》でまともなチャウダーにありつけると思ってるのか？　赤ん坊が吐き出したミルクみたいに濁ったやつじゃなくて、透き通った本物のチャウダーに」

「専属のシェフが五人もいるじゃないか」とドムは言った。「彼らに頼めば童貞のペルーのカエルの包皮入りのチャウダーだってつくってくれるだろうよ」

それはそうだ。もちろん、ダニーはそんなことをしようとは思わないが。シェフには彼の客を喜ばせるために時間をかけてもらいたい。客が望むどんなものにも。

その客こそ金の出所なのだから。

ダニーは立ち上がって窓辺に行き――窓ガラスにはラスヴェガスの容赦ない陽光をさえぎるためにほんのりと色がついている――ラヴィニア・ホテルを見下ろす。

そして、胸につぶやく、おんぼろラヴィニア。一九五〇年代の建築ブームに乗じて建てられ、今も残る最後のホテルだが、実際のところはかろうじて持ちこたえているだけの過去の遺物だ。全盛期はとうに過ぎている。シナトラが仲間たちと結成した〈ザ・ラット・パック〉が人気を博した時代、ギャングとショーガールが幅を利かせ、会計事務所が売り上げの汚れた金のうわまえをかすめ取っていたのは今や大昔の話だ。

ホテルの壁に口が利けたら？　いや、利けたとしても――とダニーは思う――壁は黙秘権を行使するだろう。

そのホテルが今、売りに出ている。

ダニーの会社〈タラ〉グループはすでにホテルの南に隣接する物件をふたつ所有しており、ダニーは今、そのうちのひとつにいる。ライヴァル企業グループ〈ワインガード〉はホテルの北側にカジノをいくつか持っている。誰であれ、このラヴィニアを手に入れた者がストリップに残るもっとも名高い場所の支配権を得ることになる。ラスヴェガスは評判がものを言う土地柄だ。

ヴァーン・ワインガードがその土地を購入することはほぼ確定している。それはダニーも知っている。それでいいのかもしれない。〈タラ〉としては、急激に事業を拡大するのは賢明とは言えないかもしれない。そうだとしても、そこはストリップ沿いで手に入れられる唯一の場所であり、それに……

ダニーは内線電話で秘書室のグロリアに伝える。「ジムに行ってくる」

「行き方、覚えてます？」

「笑える」

「ミスター・ワインガードとミスター・レヴァインとランチの予定があるのは覚えてます？」

「今思い出した」とダニーは答える。ほんとうのところ、思い出したくはなかったが。

「何時だ？」

「十二時半」とグロリアは言う。「場所はクラブです」

テニスもゴルフもしないダニーだが、〈ラスヴェガス・カントリークラブ＆エステーツ〉の会員にはなっている。ラスヴェガスで事業をするなら入会は必須だと母親に言われたのだ。

「あそこに出入りしてるということ自体が重要なの」とマデリーンは言った。

「どうして？」

「ラスヴェガスではそれが昔からのしきたりだからよ」

「おれは昔ながらのラスヴェガスの人間じゃないけど」彼がこの市《まち》に来てからまだ六年しか経っておらず、新しさでは〝新米のひよっこ〟と変わらない。

「わたしは昔ながらのラスヴェガスの人間だから」とマデリーンは言った。「それに、好むと好まざるとにかかわらず、ラスヴェガスで事業をするなら、昔からいる人たちとつき合わなくちゃならない」

入会したのはそういうわけだ。

「そうそう、バウンシーキャッスル（城の形をした大きなバルーンに空気を入れて膨らませる遊具）が三時には届きます」

「バウンシーキャッスル？」

「誕生日パーティなんですから」とグロリアは言う。「今夜がイアンの誕生日パーティだってことは覚えていますよね？」

「ああ、覚えてる」とダニーは言う。「ただ、バウンシーキャッスルのことは知らなかった」

「注文しておきました」とグロリアは言う。「子供の誕生日パーティにはバウンシーキャッスルが欠かせませんから」

「そうなのか?」

「そういうものです」

まあ、そういうことなら、とダニーは思う。そういうものならしかたないが……嫌な予感がする。「ひょっとして組み立てないといけないのか?」

「彼らが膨らませてくれます」

「彼らって?」

「バウンシーキャッスルを運んでくる人たち」グロリアはだんだん苛立《いらだ》った口調になる。

「いいですか、ダニー、あなたはただ会場にいて、ほかの子供たちの親御さんに愛想よくしていればいいんです」

いかにも、とダニーは思う。冷徹なまでに有能なグロリアと、同じく周到な彼の母親がタッグを組んでパーティを計画した。このふたりのコンビは最強だ。もしグロリアとマデリーンが世界を率いていたら——当人たちはそうなるべきだと思っている——失業者はひとりもいなくなり、戦争も飢饉《ききん》も疫病もなくなり、時間に遅れる者もひとりもいない世界になるだろう。

招待客に愛想よく振る舞うことについては問題ない。ダニーはいつだって親切で、愛想がよく、人々を魅了してやまないといってもいいくらいだ。が、彼にはパーティから――それが自分の主催するパーティであっても――いつもいつのまにか抜け出すという検証済みの噂がある。誰かがふと彼がいないことに気づくのだ。そういうとき、ダニーはたいていひとりで奥の部屋にいたり、外を歩きまわったりしている。パーティが深夜にまで及んだときには、だいたい寝室でもう寝ている。

要するにパーティが嫌いなのだ。くだらないおしゃべりも、世間話も、一口サイズの軽食も、ずっと立っていなければならないことも。そういう何もかもが嫌いなのだ。しかし、今は社交上のつき合いが彼の仕事の大部分を占めている。だからとても辛い。うまく立ちまわり、うまくこなしてはいるものの、実のところ、今の仕事で一番嫌なのがそれだ。

二年まえ、三年に及ぶ工事期間を経て〈ザ・ショアズ〉が完成したときのこと、当然盛大なパーティがオープン初日に催されたのだが、パーティ会場でダニーの姿を見た者はひとりもいなかった。

だから挨拶のスピーチもなかった。実際、どの写真にも写っていないので、ダニー・ライアンは自分のホテルの開業記念パーティでさえ出席しないという伝説さえ生まれたほどだった。

実際には出席していたのだが。ただ、裏方に徹していた。

「イアンは十歳になる」とダニーは言う。「バウンシーキャッスルを喜ぶ歳《とし》はもう過ぎたんじゃないかな」

「バウンシーキャッスルにかぎって言えば」とグロリアは言う。「歳を取りすぎるということはありません」

ダニーは電話を切り、もう一度窓の外を見る。

おれもずいぶん変わったものだ。

体重が増えただけではない。今の髪型はパット・ライリーのようなオールバックで、量販店の〈シアーズ〉ではなく高級ブランドの〈ブリオーニ〉でスーツを誂え、袖はボタンではなくカフスボタン。ラスヴェガスで暮らすようになる以前は、スーツを着るのは結婚式か葬式だけだった（当時のニューイングランドの実情は、前者より後者のほうが断然多かった）。今はポケットに札が何枚もはいっているだけではない。勘定を気にせず食事をし、スーツを買うときには仕立屋が巻き尺と生地の見本を持ってわざわざオフィスにやってくる。

そんな生活が気に入っている。それは事実だ。

それでも心のどこかに……

満たされない隙間がある。

どうしてだろう？　ダニーは疑問に思う。金は使いきれないほどある。ただの欲望なのか？　あのくだらない映画で投資家の男は——確かトカゲみたいな名前の男だったと思うが——なんて言ったのだったか？「強欲は善だ」？（一九八七年公開の映画『ウォール街』で投資家のゲッコーが株主総会で言った台詞。〝ゲッコー〟は英語で〝ヤモリ〟の意）そんなことばはくそ食らえだ。

ダニーは自分のことをよく知っている。欠点もあるし、罪も犯してきたが——それもかなりたくさん——その中に強欲はない。テリとよくこんなジョークを言い合ったものだ。おれは車の中でも暮らせる。ダニーがそう言うと、テリは決まって「お好きに」と返してきた。

欲ではないとしたら、この気持ちはなんなのか？　おれは何を欲している？

永遠に変わらないもの？　安定？

どちらもずっと手に入れられなかったものだ。

しかし、今はその両方を手に入れた。

ダニーは彼が建てた美しいホテル〈ザ・ショアズ〉のことを考える。

彼が欲していたのは美しさかもしれない。人生に美しさを求めていたのかもしれない。

これまでの人生は疑いようもないほど醜いものだったから。

妻は癌で死に、母親を失った子供が残された。

友達は死んだ。

それにおれが殺したやつら。

それでもおまえはよくやった。美しいものを築いた。

今求めているのはそれ以上のものだ。ダニーはそう思う。

正直になれ。おまえはもっと金が欲しいんだ。金は力であり、力があれば安全だから。

安全はいくらあっても充分ということはない。

この世界では。


ダニーは月に一度、最大のライヴァルとビジネスランチをする。

ヴァーン・ワインガードとバリー・レヴァインと。

もともとはバリーが提案したもので、実にいいアイディアだった。バリーはストリップの東側、ダニーの会社〈タラ〉が所有する物件の向かいに巨大なホテルを三軒所有している。もちろんほかにもカジノのオーナーはいるが、現在ラスヴェガスの権力の中心にいるのはこの三人で、共通の関心と問題を抱えている。

そんな彼らの目下の最大の関心事は連邦政府が調査に乗り出しつつあることだ。つい最近、ギャンブルの社会への影響に関する国立研究委員会が上程した法案が連邦議会を通り、ギャンブル産業がアメリカの市民生活に与える影響が調査されることになったのだ。

ダニーも市場規模は把握している。

ギャンブルは一兆ドル規模の産業で、収益はそのほかのあらゆるエンターテインメント事業の収益を合わせた額の六倍以上になる。昨年一年間で人々がギャンブルで失った金は実に百六十億ドルを超えており、そのうち七十億ドルはここラスヴェガスに落ちている。

そんな中、最近ではギャンブルは単なる習慣、あるいは悪習などではなく、依存症というれっきとした病気だと考える風潮が広まりつつある。

禁酒法が撤廃され、密造で儲けられなくなったあと、当時はまだ違法だったギャンブルが犯罪組織の最大の収入源となり、カジノがその一大産地となった。あちこちの街角で売られている数当て賭博《ナンバーズ》、胴元が自分の資本で客を募る馬券のノミ行為、スポーツ賭博、店の奥の部屋で繰り広げられるポーカーやブラックジャックやルーレットなどさまざまあったが、いずれにしろ、ギャングがそれらのあがりを濡れ手に粟《あわ》のように得ていた。

当然ながら、それを見ていた政治家たちは自分たちも同じことをしようと考えた。その結果、州や自治体が独自の宝くじを発売するようになり、かつては個人の悪習だった行為が社会の美徳となった。それでも、カードなどのテーブルゲーム賭博やスポーツ賭博が合法なのは、依然としてネヴァダ州のみであり、ラスヴェガスとリノとタホ湖周辺だけがその特権をほぼ独占していた。

ところが、その後、アメリカ先住民が連邦法や州法の規制を受けない自治区という法の抜け穴を突いて、居留地に次々とカジノを開設し、アトランティックシティを有するニュージャージー州を筆頭に、各州もまたカジノ経営に乗り出した結果、ギャンブルが社会に蔓延《まんえん》するようになった。

今では、誰もがちょっと車に乗って出かけるだけで家賃や住宅ローンに相当するほどの額をいとも簡単に失っている。ギャンブルを麻薬のクラックに喩《たと》える社会改革主義者もいる。そこで、連邦議会が調査に乗り出したというわけだ。

ダニーはその動機を皮肉に思っている。自分たちも一枚嚙みたいと画策しているだけではないかと疑っている。実際、クリントン大統領はギャンブルの収益に四パーセントの連邦税を課すことをすでに提案している。

が、ダニーにとって税負担は最大の問題ではない。

現状の法案では、委員会には尋問の実施、偽証すれば罪に問われる証人の喚問、会計や納税の記録の提出、実態のない名目上の会社や非執行パートナーの調査などあらゆる召喚権が付与される見込みだ。

狙われるのはおれみたいな人間だ、とダニーは思う。

調査の結果次第では、〈タラ〉グループは粉々に吹き飛ぶ。

ダニーは事業からの撤退を余儀なくされる。

それどころか投獄されかねない。

そうなれば、すべてを失う。

召喚権を持つ委員会の設置はただ腹立たしいだけではない——下手をすればこっちの死活問題になりかねないのだ。

「ギャンブルが病気だと?」とヴァーンが尋ねる。「病気というのは癌やポリオのことだ」

ポリオ?　今時ポリオなんて覚えているやつがいるか?　ダニーはそんなことを内心思うが、それには触れずに言う。「われわれがこの動きに逆らってると思われるのはまずい。見栄えが悪い」

「ダニーの言うとおりだ」とバリーが同意して言う。「かつてのアルコール産業と同じように対処しないと。それか煙草産業の大手——」

ヴァーンがすかさず口をはさむ。「クラップステーブルのせいで癌になったやつがいるなら、そのテーブルを見せてもらいたいもんだ」

「ギャンブルに関して責任ある者としての声明を出そう」とバリーは続ける。「ホテルのどの部屋にもギャンブル依存症者の自助グループ《ギャンブラーズ・アノニマス》のパンフレットを置くのもいい。ギャンブル依存症の研究に資金援助するのも悪くない」

ダニーは言う。「声明を出すのはいい。バリーの提案に従って金をばら撒くのもかまわない。だけど、委員会がおれたちの事業を根掘り葉掘り調べようとするのだけは、なんとしても食い止めなきゃならない。召喚権だけは阻止しなきゃならない。これまでそうだったように、その一線だけは越えさせるわけにはいかない」

ふたりともそれにはは反論はない。資金洗浄をしていることを公《おおやけ》にしたがるやつなどいやしない。汚れたシーツを洗濯したら、そのシーツはまっさらになっていないと意味がない。

「ただ、問題がひとつある」とダニーは言う。「おれたちがこれまで寄付してきたのは共和党だけだった――」

「連中はこっちの味方だ」とヴァーンが言う。

「ああ、そうだ」とダニーは認めて言う。「それはつまり、民主党にとっておれたちは敵だってことだ。委員会が民主党主導で進められたら、これまでの意趣返しとばかり、やつらはおれたちをとことん追いつめるだろう」

「次の大統領選でドールが勝てば、委員会の設置なんていうたわごとは忘れ去られる」とヴァーンは言う。「法案はお流れになる」

「あんたは票をちゃんと読んでるか？」とダニーはいささか苛立って尋ねる。「おいおい、あんたは自分たちのオッズメーカーがどんなオッズをつけてるか見てないのか？　クリントンが再選されるのはまずまちがいない。おまけにあの男は執念深いクソだ。委員会に命じておれたちのケツの穴まで調べ尽くそうとするだろう。あんたは証言したいのか、ヴァーン？　昼のテレビ番組の人気者になりたいのか？」

「敵に金をくれてやろうって言うのか？」とヴァーン。

「どっちに転んでもいいようにリスクは分散させておくほうがいい」とダニーは言う。

「共和党にも今までどおり寄付は続ける。だけど、民主党にもこっそりいくらか渡しておく」

「袖の下を？」とヴァーンは言う。

「そんなことは思ってもみなかったよ」とダニーは言う。「あくまで選挙資金の寄付の話だ」

「おれたちから金を受け取るように民主党を言いくるめられると思うか？」とヴァーンは尋ねる。

「骨を欲しがらない犬がいるか？」とバリーが横から言う。「選挙の年のやつらはいつだって見境なく両の手のひらを差し出して歩いてる。近々、大統領が何かの会に出席するためにこっちに来る。昼食会に招待しよう。ただ、来てくれる約束を取りつけるには、あらかじめ寄付の保証が要るだろう」

ダニーは少しためらってから伝える。「今夜、大統領の側近をパーティに招待してる」

デイヴ・ニール。民主党の大物だが、公的な役職には就いていないので自由に動ける。大統領に近づきたいならニールを通せばいいというのがもっぱらの噂だ。

「さきに相談しようとは思わなかったのか？」とヴァーンが言う。

思わなかった、とダニーは心の中で答える。相談していたら、きっとおまえらは反対しただろう。事後承諾させるしかなかった。これはそういう類いの案件だ。「だから、今話してる。もしあんたが民主党に近づくべきじゃないと思ってるなら、おれも近づいたりはしない。招待した男はパーティに来て、飲み食いして、ホテルに帰って――」

「そのレヴェルの人間だと」とバリーが言う。「無料でホテルの部屋を用意して、口でしてやる程度じゃすまないな。ある程度まとまった金を期待してるはずだ」

「望みの額を払ってやる」とダニーは言う。「これは必要経費だ」

反論は出ない。ふたりも金を出すことに同意する。

そのあとヴァーンが尋ねる。「ダニー、今夜のパーティには奥方連中も来るのか?」

「もちろん」

「それは知らなかったな」とヴァーンは言う。「女房の心配が要らないというのはほんと、あんたはつくづく運がいいな」

バリーが顔をしかめたのにダニーは気づく。

確かに今のは無神経なことばだ。ダニーが妻を亡くしたひとり者だということは誰もが知っている。ただ、ダニーはヴァーンに悪意があったとは思っていない。ヴァーンはそういう人間なのだ。ただそれだけのことだ。

ダニー自身はこのヴァーン・ワインガードという男が嫌いではないが、彼を嫌っている者が大勢いるのは知っている、もちろん。岩みたいに愛想がなく、マナーが悪く、たいていいつも気むずかしく、横柄だ。それでも、いいところもある。ダニーにもはっきりとわかっているわけではないが、ふてぶてしい態度の裏にどこか傷つきやすいところがある。それに、ヴァーンは抜け目のない事業家ではあっても、誰かを騙して金を巻き上げたという話は聞いたことがない。

とはいえ、彼の発言に胸をちくりと刺された感じがするのも嘘のないところだ。息子の誕生日パーティにテリがいないという事実を改めて突きつけられた気がする。

いずれにしろ、会合は首尾よく終わる。欲しいものも必要なものも手にはいった。金で召喚権を排除できるなら、それに越したことはない。

それが駄目なら、また別の手立てを考えなければならない。

ダニーは腕時計で時間を確認する。

次の予定を入れる時間はありそうだ。

目覚めると、ほっそりとした首にかかる真っ黒な巻き毛が眼のまえにある。香水の麝香《じゃこう》の香りがして、部屋はエアコンで冷えきっているのに裸の肩に汗をかいている。

「寝てた？」とイーデンが尋ねる。

「うとうとしてただけだ」とダニーは答えながら思う、〝うとうと〟？　まるで死んだようにに眠っていた。行為のあとの短くも深い眠りに落ちていた。だんだん頭がはっきりしてくる。「今、何時だ？」

イーデンは腕時計を見る。おかしなもので、彼女は時計は絶対にはずさない。「四時十五分」

「しまった」

「どうかした？」

「イアンのパーティがある」

「パーティは六時半からだと思ってたけど」とイーデンは言う。

「そうだが」とダニーは答える。「ほかにもやることがある」

イーデンは寝返りを打ってダニーに面と向き合う。「あなたにだって愉しむ権利はあるわよ、ダニー。それに眠る権利も」

ああ。以前、ほかの人間にも同じことを言われたことがある。言うのはたやすい。いや、理に適《かな》ったことばでもある。が、ほかに人間にもイーデンにも、彼の現実というものがまるでわかっていない。彼はふたつのホテルの経営者で、数億ドルの金と数千人の従業員と数万人の客を預かる身だ。おまけに彼の仕事は九時から五時までというわけにはいかない。カジノに時計がないのはよく知られていることだ。そういう場所では問題が二十四時間年中無休で発生する。

「おれが愉しんでることは誰よりきみが一番よく知ってる」とダニーは言う。

確かに、とイーデンは思う。

月曜日と水曜日と金曜日の二時きっかり。

実のところ、彼女にとってもその時間は都合がいい。スケジュールにぴったり当てはまる。授業があるのは火曜日と木曜日、それと水曜日の夜にひとコマ。心理一〇一——心理学概論。心理四一六——認知心理学。心理四四一——異常心理学。

夕方と夜は患者とのセッション。彼女が昼下がりの情事を終えてベッドから出たばかりだと知ったら、患者はどう思うだろう。時々そんなことを考える。今もその考えが頭をよぎり、思わず笑ってしまう。

「どうした？」

「なんでもない」

「なんでもないことで笑うのか？」とダニーは尋ねる。「精神科医《シユリンク》に診《み》てもらったほうがいいかもしれない」

「わたしはなんでもないことでも笑えるの」と彼女は言い返す。「それがプロの条件。それと、〝精神科医《シユリンク》〟っていう呼び方は蔑称にしか聞こえないんで、セラピストって言ってくれる？」

「ほんとうにパーティには来ないのか？」とダニーは尋ねる。

「患者とセッションの予定がはいってるし、それに……」

最後までは言わない。ふたりとも取り決めはわかっている。ふたりの関係を秘密にしておきたいと望んだのはイーデンのほうだ。

「どうして?」そのときダニーは尋ねた。

「ただ、あれやこれやが嫌なだけ」

「あれやこれやって?」

「ダニー・ライアンの恋人でいることにまつわるあれやこれや」とイーデンは言った。

「注目されて、メディアの標的になって……第一に、そう、悪評が立ったら仕事に差し支える。学生はわたしの話をまともに聞かなくなる。患者もそう。第二に、わたしは内向的なの。ダニー、あなたがパーティが嫌いなら、わたしも嫌いなの。どうしても出席しなければいけない教員の親睦パーティには遅れていって早く帰るようにしてる。第三に、悪く思わないでほしいんだけど、カジノに行くと気が滅入るのよ。魂を奪われるんじゃないかって思えるくらい憂鬱になる。ストリップにももう二年行ってない」

実のところ、ダニーがイーデンに惹かれる理由のひとつはそういうところだ。彼女はダニーの気を惹こうとする女たちと正反対だ。華やかさも、高級な食事も、ショーも、プレゼントも、セクシーさも、名声も求めない。

そういうものは何ひとつ欲しがらない。

彼女は端的に言った。「わたしの望みは大切に扱ってもらうこと。いいセックスといい会話があればそれで充分」

彼女の要望のチェックリストをダニーはすべて満たしている。彼は思いやりがあり、繊細で、時代遅れの騎士道精神がある。家父長主義の性差別になりかねない境界線上にはいるものの、境界を越えてはいない。ベッドの中でもいいし、行為を終えたあともちゃんと会話ができる。もっとも本に関してはほとんど知識はないが。

イーデンは読書家だ。ジョージ・エリオット、ブロンテ姉妹、メアリー・シェリーなどを読む。最近はジェーン・オースティンに夢中で、今度の休暇にはオースティンゆかりの地を巡るツアーにすでに申し込んでいる。至福のひとり旅だ。

ダニーにもビジネス書だけでなく文学にも関心を向けさせようとしている。

「『グレート・ギャッツビー』を読むべきよ」あるとき彼女はそう言った。

「どうして？」

まるであなたみたいだから。彼女はそう思ったが、それは口に出さずに言った。「きっと気に入ると思う」

イーデンもダニーの過去を多少は知っている。スーパーマーケットのレジに並んで会計を待ったことのある者なら誰でも知っている。ダニーと映画スター、ダイアン・カーソンのロマンスはタブロイド紙の恰好《かっこう》のネタだった。ダニーが彼女のもとを去り、ダイアンが自殺すると、マスコミはしばらくのあいだこれでもかとばかりに書き立てた。

マスコミはダニーをギャングだのマフィアだのと呼び、麻薬の密売人でもあり、殺人犯でもあると根拠のない情報を垂れ流した。

そのどれもが彼女の知るダニーとはかけ離れていた。

彼女の知っているダニー・ライアンは親切で、やさしくて、思いやりに満ちている。

また、実のところ、彼女としても、事実かどうかは別として、きな臭い噂のあるダニーのような相手とつき合うスリルとうしろ暗さを愉しんでいる。その自覚はもちろんある。同時に、そういうことを愉しめるくらいにはそもそも鍛えられている。彼女はごく普通の家庭で育った。きちんとした立派な家庭で。そういう自分とダニーとのちがいに魅力を感じている。それは否《いな》めない。

面白半分に火遊びをしているのはわかっている。そのことに少し罪悪感も覚えている。もしダニーについての噂がほんとうだったら？　そのうちのいくつかは事実に基づく噂だったら？　それでも彼とベッドをともにするのは正しいことなのかどうか。

今はまだその疑問を解決しようとは思っていない。

ダイアン・カーソンとの一件はもう六年もまえのことだが、イーデンは彼が本気で彼女を愛していたと思っている。今なお彼はどこかしら悲しみのオーラをまとっている。それはもしかしたら、妻に先立たれて以降、ずっとひとり身ということのせいかもしれない。

ふたりの出会いは、乳癌患者を支援する資金集めのウォーキング・イヴェントだった。ひとり一日三十キロを三日間歩くというもので、ダニーは裕福な友人や仕事仲間からスポンサーを募った。結局、それでどれほど額が集まったのか。それは神のみぞ知る、だ。いずれにしろ、と彼女はそのとき思った。彼は実際に歩いた。スポンサーのひとりとして自分も小切手を切るだけでもよかったのに。

彼女は言った。「ずいぶん熱心なのね」

「ああ」と彼は答えた。「妻が……亡くなった妻がそうだったんだ」

彼女は訊かなければよかったと思った。

「きみは？」と彼は尋ねた。

「母親」

「お気の毒に」

そのあとダニーは彼女自身について尋ねた。

「わたしは歩くステレオタイプよ」とイーデンは言った。「アッパーウェストサイドのユダヤ教徒の家庭で育って、バーナード・カレッジにかよって、心理療法士《サイコセラピスト》になった」

「ニューヨークの精神科医《サイカイアトリスト》がどうして――」

「サイコセラピスト」

「そのサイコセラピストがラスヴェガスでいったい何をしてるんだ？」

「こっちの大学で終身在職権のあるポストを提示されたの。でも」と彼女は言う。「ニューヨークの友達に同じ質問をされたときには、雪は嫌いだからって答えることにしてる。

あなたは？　何をしてるの？」

「ギャンブル業だ」

「ラスヴェガスで？　嘘でしょ！」

ダニーは宣誓するように手を上げて言う。「ほんとうだ。そうそう、おれはダニー――」

「からかっただけよ」とイーデンは言う。「ダニー・ライアンが何者かはみんな知ってる。ギャンブルには縁のないわたしでも」

それが初日のことだった。三日目になり、十五キロを過ぎたところで、ダニーはようやく彼女をデートに誘った。

あまりに下手な口説き方に彼女は驚いた。

映画スターと、それも世界一の美女と言われた女性との色恋で名を馳せたことがあり、カジノを所有する億万長者で、望めばどんなに魅力的な女性でも手に入れられるはずなのに、彼の口説き方はどこまでもどこまでもぎこちなかった。

「もしよかったら……嫌なら断ってくれてかまわないんだけど、もちろん……悪く取らないでもらいたいんだけど……もちろん、なんというか、その……今度ディナーに誘ってもいいだろうか」

「答はノーよ」

「そうか。わかった。気にしないでくれ。すまなかった、いや、もちろん――」

「すまなくなんかないんですけど」と彼女はさえぎって言った。「外でデートしたくないだけ。ディナーを持ってうちに来てくれるなら……」

「だったら、シェフを連れて――」

「テイクアウトにして。〈ボストンマーケット〉がいいわ。あそこのミートローフが大大大好物なの」

「〈ボストンマーケット〉のミートローフ」とダニーはおうむ返しに言った。

「今度の木曜の夜ならあいてる。あなたは？」

「あけるようにする」

「それから、ダニー」と彼女は言った。「これはふたりだけの秘密よ、いい？」

「おれとつき合うのがもう恥ずかしくなった？」

「ゴシップ欄に自分の名前が載るのを見たくないだけ」

イーデンはその取り決めに今も固執している。たまのディナーはいい。週三日の昼下がりの情事もかまわない。が、それ以上は駄目。彼女は静かな生活を求めている。ダニーにもめだつことはしてほしくないと思っている。

「要するに、おれはセックスフレンドみたいなものだな」ある日の午後、ダニーは言ったことがある。

イーデンは笑って答えた。「男とちがって女がこういう関係を持つというのは簡単じゃないけど、それより聞かせてくれる？　わたしとのセックスはどう？」

「すごくいい」

「一緒にいるのは？」

「それもすごくいい」

「だったらどうしてわざわざ関係を複雑にしなくちゃいけない？」

「結婚を考えたことはないのか？」

「以前は結婚してた」と彼女は言った。「結婚生活は好きになれなかった」

彼女は話した――フランクは悪い人ではなかった。誠実で、いい人だったけれど、執着心が強すぎた。で、わたしを束縛しようとした。わたしが夜、患者と会ったり、ひとり静かに本を読みたがったりすると、ひどく腹を立てた。彼が勤める法律事務所の共同経営者とのディナーにやたらと同席させたがった。わたしにしてみれば、彼らの話には聞くに値するものなど何もないのに。話すこと自体退屈きわまりないのに。

そんなときに、折よくラスヴェガスからオファーが舞い込んだの。

フランクともニューヨークともきれいさっぱり別れられる恰好の口実になった。フランクも口にこそ出さなかったが、おそらくほっとしたんじゃないかな？　わたしは彼が望んだような妻じゃなかったから。

これは彼女自身大いに意外だったのだが、今ではラスヴェガスがすっかり気に入っている。当初は自分を立て直すつなぎの場所としか思っていなかった。失敗に終わった五年間の結婚の傷を癒やし、もっと文化的な場所に移り住むまでの一時的な休息の場所としか考えていなかった。

ところが、蓋を開けてみると、日光も暑さも自分好みであることがわかった。コンドミニアムのプールのそばに横になり、本を読む生活も。果てしない競争――居場所もタクシーも地下鉄の座席もコーヒーも何もかも勝ち取らなければならない日常――が続くニューヨークとは正反対ののんびりした暮らしも。

今は車でキャンパスに通勤しており、彼女専用の駐車場もある。患者の診察をする病院の建物にも屋根付きの駐車場がある。コンドミニアムにも。

とにかくすべてが簡単だ。

ニューヨークではただ食材を買いにいくだけでも一苦労だった。雪やみぞれが降る日はなおのこと。薬局やクリーニング店に行くことすら。ニューヨークでは日々のちょっとした用事をすませるだけで相当なエネルギーと時間を要した。

今ではより大事なことに意識を集中させていられる。

学生や患者に。

イーデンは学生のことをとても大切にしている。しっかり学んで、成功してほしいと思っている。患者のことも心から気にかけている。回復して、幸せになってほしいと心底願っている。これまでに習得したあらゆる知識と技能を総動員して、そのために尽くしたいと思っている。ラスヴェガスでの気楽な暮らしのおかげで、そういうことのためにエネルギーを使うことができる。

もちろん、学生も患者もニューヨークと変わらないが。ノイローゼ、不安、心的外傷、どこにでもある人間の痛みのドラムビート（心臓の鼓動《ハートビート》？）。ギャンブル依存症患者や高級娼婦といったラスヴェガスならではの変化球もある。しかし、イーデンの生活にはいり込むカジノの世界はせいぜいその程度だ。

そう、ダニーを除くと。

ニューヨークの友達は彼女に尋ねる。「美術館はあるの？　劇場は？」ラスヴェガスにも美術館や劇場はある、と彼女は答える。正直に言えば、ニューヨークでは働いて生活するのが精一杯で、どのみち美術館の展覧会や芝居を見にいく余裕などなかった。

淋しくはない？　友人たちはそう尋ねる。

ええ、もうすっかり慣れたと彼女は思う。

ダニーとの取り決めは完璧だ（これを〝関係〟と呼べる？　彼女は自問し、そう呼んで差し支えないと思う）。お互いに愛情とセックス、それに一緒に過ごす時間と笑いを分かち合っているのだから。なのに、今になって息子の誕生日パーティに来てほしい？　ラスヴェガスの権力者が軒並み顔をそろえる場所に？　深みにはまるとわかっていて、飛び込めというの？　もっとも、イーデンにはダニーという人間がよくわかっている。ほんとうは来てほしいとは思っていないのに、誘わないと彼女が気分を害すると思っているのだ。

「ダニー」とイーデンは言う。「わたしはあなたに匿《かくま》ってほしいんじゃない。ただ隠れていたいだけ」

「わかった」

「気を悪くした？」

「いや」

ダニーは生涯でふたりの女性を愛した。そのどちらも若くしてこの世を去った。

妻のテリー――イアンの母親――を襲った乳癌は執念深く、容赦なく、移り気で、残忍だった。

ダニーは死にゆく昏睡状態の妻を病院に残して逃げた。

別れを告げることもできなかった。

ふたり目の女性がダイアンだった。

一昔まえは、〝映画黄金時代の女神〟などともてはやされていた。生きていた頃は映画スターで、誰からも愛されていながら、自分を愛せない典型的なセックスシンボルだった。

そんな彼女をダニーは愛した。

ダニーにとっては燃えるような熱い恋だった。堂々とデートに出かけて世間の注目を浴び、自ら進んでタブロイド紙の餌食《えじき》になった。カメラのシャッターが切られる音を聞くことが、彼女と一緒にいることを実感できる証《あか》しだった。

が、ふたりの関係はやがて彼の手に余るものとなった。

ふたりの異なる世界がふたりを引き離し、切り裂いた。彼女の名声は彼の秘密に耐えられず、彼の秘密は彼女の名声に耐えられなかった。が、最後にふたりの関係を粉々に砕いたのは、彼女がひた隠しにしてきた恥ずべき過去の秘密だった。

ダニーは彼女を捨てた。自分がいなくなることで彼女を救えると思ったのだ。

ダイアンは薬の過剰摂取で死んだ。いかにもハリウッドらしい悲劇的な結末だった。

だから、ダニーは恋愛などもうこりごりだと思っている。

ダニーは常にひとりの女性としかつき合えない男で、たとえ相手が娼婦でもセックスだけの関係というのが苦手で、そんなことで女の尻を追いまわそうとは思わない。そもそもそんな時間もない。それでも定期的に欲求を満たす必要はないではない。

だから、イーデンとの午後の密会はうまくいっている。

イーデンはすばらしい女性だ。

ゴージャスで――豊かな漆黒《しっこく》の髪、ふっくらとした唇、はっとするような眼――まるで昔のノワール映画から飛び出してきたみたいな女性だ。話すと愉しく、ウィットと魅力に満ち、ベッドの中ではそれはもう……逢い引きをするようになってすぐの頃にはもう彼女は彼に提供した――〝わが家の特別料理《ラ・スペシアリテ・ドゥ・ラ・メゾン》〟を。文句なしに特別だった。

ダニーはベッドを出て、シャワールームに行く。一分ほどシャワーを浴び、戻ってきて服を着る。

いかにもダニーらしい。イーデンはそう思う。

いつも効率よく振る舞い、時間を無駄にしない。

「ほんとうにパーティには来ないのか？」

「ええ」

「タコスが食べ放題だけど」

「そそられるわね」

「バウンシーキャッスルもある」

「これはもう計測不可能な可能性を秘めた組み合わせね」と彼女は言う。「でも……」

「無理強《じ》いはしないよ」とダニーは言う。「また月曜日？」

「ええ、もちろん」

ダニーは彼女にキスをして部屋を出る。

解説

SYO（映画ライター）

巨匠ドン・ウィンズロウによる〈ダニー・ライアン三部作〉、その二作目『陽炎の市《まち》』（原題 *City of Dreams*）は、一九九〇年代ハリウッドを舞台にした作品だ。アメリカ東海岸を血に染めた抗争に敗れ、多くの仲間を失ったアイルランド系マフィアのダニー・ライアンは、幼い息子と西へ向かい、逃亡生活を送っている。追っ手が迫るなか、かつて自分を捨てた母マデリーンの庇護を受けざるを得なくなり、各界の大物たちの醜聞を武器にフィクサー的な立ち位置にまで上りつめた彼女のツテで当局との取引に応じる。そしてメキシコ麻薬カルテルが絡んだ危険な仕事を成功させ、一旦は安息を得るも、数奇な運命から再び望まぬ争いに巻き込まれていく――というストーリーだが（ここから先は本編読了後に読んでいただきたい）、その契機となるのがとあるハリウッド映画だ。しかも手下たちが映画の製作に首を突っこみ、彼らの暴走を止めるため、ダニーはハリウッドに足を踏み入れる。そこからギャング映画『プロヴィデンス』をめぐる狂騒曲が始まるのだが、こうした展開は実に独創的で、それでいて「ありそう」と納得させられてしまう絶妙な塩梅を突いている。

まず、ハリウッドにおけるギャング／マフィア映画の流れを簡単にさらっていこう。〈ダニー・ライアン三部作〉の時代に照らし合わせると、八〇～九〇年代に製作された作品には作中でも言及される『スカーフェイス』（八三）や『ワンス・アポン・ア・タイム・イン・アメリカ』（八四）『アンタッチャブル』（八七）『グッドフェローズ』（九〇）『レザボア・ドッグス』（九二）『ヒート』（九五）『L.A.コンフィデンシャル』（九七）『フェイク』（九七）などが挙げられるだろう。これらの作品のロバート・デ・ニーロ＆アル・パチーノ出演率の高さからうかがえるとおり、ギャング／マフィア映画ブームの流れを生み出した一因に『ゴッドファーザー』三部作（七二、七四、九〇）があることは想像に難くない。言うまでもなくこの名シリーズが世に与えた影響は絶大で、『陽炎の市』でも主演男優がマーロン・ブランドやロバート・デ・ニーロに憧れていたり（二人はともに俳優養成所アクターズ・スタジオの出身で、私生活から役になり切るメソッド演技で知られる）、会話の中で『ゴッドファーザー』の名シーンが引き合いに出されたり、『波止場』（五四）や『ミーン・ストリート』（七三）といったブランドやデ・ニーロの各出演作のネタが登場するのもその派生といえるかもしれない。そもそも本三部作の一作目『業火の市』自体「『ゴッドファーザー』以来、最強のギャング小説」とスティーヴ・キャヴァナーに評されており、両者は切っても切れない関係にある。

また、本書との印象的な符合として、『ゴッドファーザー』の映画製作の舞台裏を描くドラマ「ジ・オファー／ゴッドファーザーに賭けた男」（二〇二二）を参照したい。物語は一九六〇年代後半から始まるのだが、映画スタジオ・パラマウントの首脳陣によれば「ギャング映画は時代遅れ。今人気があるのはジェームズ・ボンドや（ミュージカル映画）『ファニー・ガール』（六八）だ」。だが、『ゴッドファーザー』の原作小説が驚異的なベストセラーであることから、彼らはヒットを目論んで低予算での映画化に踏み切る。しかし、その道程は災難続きとなる。主人公のプロデューサーを悩ませる難題の一つが、マフィアの介入だ。「イタリア系アメリカ人を侮辱している」との理由で、マフィアが映画化を妨害しようとするのだ。主人公は彼らに脚本を読ませることで敬意を伝え、「マフィアという言葉を使わない」ことを条件に製作を許される。そしてマフィアと組んだ映画づくりが始まるが、脅迫まがいのロケ地の交渉や金銭の要求、マフィアたちの撮影現場への訪問とトラブルが相次ぐ。劇中で描かれるこうした〝史実〟は、『陽炎の市』でダニーの配下たちが『プロヴィデンス』の〝顧問〟として撮影を牛耳る展開と絶妙にリンクしている（本書にも「七〇年代初頭にギャングが裏方の組合を利用して映画業界に入り込もうとした」との記述があるが、『ゴッドファーザー』の製作時期と一致する）。

つまり、『陽炎の市』は、九〇年代ハリウッドに『ゴッドファーザー』の騒動が再勃発した、というメタ的なニュアンスで楽しむことも可能なのだ。『グッドフェローズ』や『L.A.ギャングストーリー』（二〇一三）が実話ベースであるように、〝本当にあった感〟が強いほうが、ギャング作品の凄みは増す。本作もフィクションではあれどリアルとの接点を細かく配しており、ベストセラー作家の業《わざ》を随所に感じさせる。

著者ドン・ウィンズロウ自身、これまで著作の映画化プロジェクトが何度も立ち上がっており、二〇一二年には『野蛮なやつら／SAVAGES』が映画化され、『業火の市』は『エルヴィス』（二二）でアカデミー賞主演男優賞にノミネートされたオースティン・バトラー主演で映画化が進行中であり、ハリウッドとの付き合いも長い。著者自身が見てきたハリウッドの裏事情も、存分に反映されていることだろう。作中にも『華麗なるギャツビー』（一九七四）や『エクソシスト』（七三）といったタイトルや「ヴァラエティ」「エンターテインメント・ウィークリー」といった情報誌（情報が誌面で初出しされることも多く、『プロヴィデンス』の予算の情報や撮影現場の写真が独占／先行掲載される点もリアルだ）が登場し、業界人の〝ランチ〟やしたたかなステージママたちといったハリウッドならではの習性も組み込まれている。ダニーと息子の逃避行に、トム・ハンクスがアイルランド系マフィアを演じた『ロード・トゥ・パーディション』（二〇〇二）ないしそのインスピレーション元の『子連れ狼』を想起する方もいることだろう。

そしてハリウッドという舞台が、原題が示すように *City of Dreams*（夢の街）、つまり変身願望を叶える場所として機能している点も秀逸だ。『プロヴィデンス』に起用される大物女優ダイアンはダニーにこう言う。「ハリウッドでは自己改革が大事なのよ」と。彼女自身壮絶な過去を背負った人物だが、スクリーンの中では女神のように輝く正真正銘のスターであり、自己改革によってお色気担当から演技派女優への転身を成功させている。そんなダイアンとの出会いで、最愛の妻の死やマフィアとしての生き方、終わりのない逃亡人生に行きづまっていたダニーが「改革」されていく流れは実に美しい。

ダイアンとマデリーンのシンクロ具合も、本書の興味深いポイントだ。マデリーンもまた、ダイアンと方法論は違えど自己改革によってセレブへとのしあがった人物であり、ダニーの人生に多大な影響を及ぼしていく。ダニーはダイアンを『プロヴィデンス』の配役パムと重ねていくが、実際ダイアン、マデリーン、パムには重なる部分が多い。パムは二年半に及ぶアイルランド系マフィアとイタリア系マフィアの抗争の火種となった人物であり、三者全員が男たちの人生を翻弄する「運命の女（ファム・ファタール）」なのだ。加えて、彼女たちの持つ〝毒〟は、相互に反応し合う。ダイアンによって引っ張りあげられたダニーが過去を暴露されて転落していく展開と、幼少期にマデリーンによって捨てられたダニーが彼女の権力で窮地を脱するという上昇の物語は、明暗の動きが真逆の鏡像になっている。また、ダニーのハリウッド行きを後押ししたマデリーンの「あなたは何者にもなれる」という言葉が予見したとおり、ダイアンとの出会いでダニーは別人のように輝きだすが、彼女がパムを演じたことで、ダニーのみならずダイアン自身も過去の罪に絡め取られていくさまには、カルマを感じずにはいられない。

映画は時間の芸術とも呼ばれるが、こうした「過去は消えずにそこに居続ける」ウロボロス的な円環構造や、終盤に用意された過去と現在が混濁するトリップシーン、ほろ苦い幕切れを含めて、本作は映画という装置を実に効果的に用いた傑作だ。最終巻 *City in Ruins* は本国で二〇二四年春の刊行が決定、日本でも同年夏の刊行が予定されているとのこと。ハリウッドでの〝一炊《いっすい》の夢〟の先にどのような事態が待ち受けているのか……。ダニー・ライアンの彷徨《ほうこう》の行方、そして本三部作の完結をもって作家引退を宣言しているドン・ウィンズロウの有終の美を見届けたい。

二〇二三年五月

翻訳協力

小林さゆり

北綾子

中山宥

訳者紹介　田口俊樹
英米文学翻訳家。早稲田大学文学部卒業。おもな訳書にウィンズロウ『業火の市』『ダ・フォース』『ザ・ボーダー』『壊れた世界の者たちよ』、ブロック他『短編画廊 絵から生まれた17の物語』（以上、ハーパー BOOKS）、ブロック『八百万の死にざま』、ベニオフ『卵をめぐる祖父の戦争』（以上、早川書房）、チャンドラー『長い別れ』（東京創元社）、コーベン『WIN』（小学館）、テラン『ひとり旅立つ少年よ』、タランティーノ『その昔、ハリウッドで』（以上、文藝春秋）がある。

ハーパーBOOKS

陽炎《かげろう》の市《まち》

2023年6月20日発行　第1刷

著　者　ドン・ウィンズロウ

訳　者　田口俊樹《たぐちとしき》

発行人　鈴木幸辰

発行所　株式会社ハーパーコリンズ・ジャパン
東京都千代田区大手町1-5-1
03-6269-2883（営業）
0570-008091（読者サービス係）

印刷・製本　中央精版印刷株式会社

扉写真　logoboom/Shutterstock, Inc. ; MurrLove/Shutterstock, Inc. ;
siriwat sriphojaroen/Shutterstock, Inc. ; Kevin Key/Shutterstock, Inc.

ISBN978-4-596-77476-7